历朝通俗演义（插图版）——唐史演义Ⅲ

朋党之争

蔡东藩 著

北方联合出版传媒(集团)股份有限公司
万卷出版公司

图书在版编目（CIP）数据

唐史演义 . 3, 朋党之争 / 蔡东藩著 . — 沈阳 : 万
卷出版公司, 2015.1（2021.7 重印）
　　（历朝通俗演义）
　　ISBN 978-7-5470-3104-9

　　Ⅰ . ①唐… Ⅱ . ①蔡… Ⅲ . ①章回小说—中国—现代
Ⅳ . ① I246.4

中国版本图书馆 CIP 数据核字（2014）第 154360 号

出 品 人：王维良
出版发行：北方联合出版传媒（集团）股份有限公司
　　　　　万卷出版公司
　　　　　　（地址：沈阳市和平区十一纬路 25 号　邮编：110003）
印 刷 者：河北盛世彩捷印刷有限公司
经 销 者：全国新华书店
幅面尺寸：168mm×233mm
字　　数：270 千字
印　　张：16.25
出版时间：2015 年 1 月第 1 版
印刷时间：2021 年 7 月第 4 次印刷
责任编辑：胡　利
责任校对：张希茹
封面设计：向阳文化　吕智超
版式设计：范思越
ISBN 978-7-5470-3104-9
定　　价：38.00 元
联系电话：024-23284090
传　　真：024-23284448

目　录

第一回

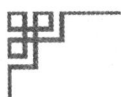

朱泚败死彭原城
李晟诱诛田希鉴

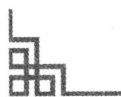

却说王武俊、李抱真两军，闻朱滔遁还，本拟出兵追击，因为夜雾四翳，恐穷追有失，乃按兵不进，但把朱滔所弃的粮械，收取无遗，即行返镇。滔懊怅异常，归咎杨布、蔡雄，斩首泄忿，连夜驰回幽州。又恐范阳留守刘怦，因败图己，未免彷徨，幸刘怦搜兵缮铠，出城二十里迎谒，才敢返入范阳。两下会叙，悲喜交集，还想整顿兵马，出报前耻，谁料乃兄朱泚，亦被李晟逐出长安，败遁泾州去了。李晟与浑瑊，东西并进，瑊檄韩游环、戴休颜等，西攻咸阳，晟檄骆元光、尚可孤等，东略长安，分道进军，各专责成。于是晟召集诸将，商议进取方法，诸将请先取外城，占据坊市，然后北攻宫阙。晟独定计道："坊市狭隘，贼若伏兵格斗，不特扰害居民，亦与我军有碍，不若自苑北进兵，直捣中坚，腹心一溃，贼必奔亡，那时宫阙不残，坊市无扰，才不失为上计。"诸将齐声称善。晟遂引兵至光泰门外，督众筑垒，垒尚未就，突见贼将张庭芝、李希倩等，率众前来，晟顾诸将道："我只恐贼潜匿不出，坐老我师，今乃自来送死，这真是天赞我了。"*数语是安定众心，并非真欲速战。*遂命兵马使吴诜等，纵马奋击，两下鏖斗，统拼个你死我活，不肯少让。晟自率锐骑前往，立将贼骑冲散，追入光泰门，贼众也来策应，再战又却，统向白华门退入，闭关拒守。晟因天色已晚，不便再攻，乃敛军还营。翌日，又下令出兵，诸将请待西师

李晟杀敌

到来，方可夹攻。晟正色道："贼已战败，不乘机扑灭，还欲守待西军，令他缮备，岂非一大失策么？"遂复麾兵至光泰门，贼众又来出战，仍然败退。是夕尚可孤、骆元光依次驰至，晟令休息一宵，到了天明，晟升帐调军，遍嘱诸将道："今日定当破贼，不得却顾，违令立斩。"诸将齐称得令，乃命牙前将李演，及牙前兵马使王佖，带着骑兵，牙前将史万顷，带着步兵，并作为冲锋队，自督大军齐进，杀入光泰门，直抵苑北神麚村，扑毁苑墙二百余步。贼竖起木栅，堵塞缺口，且自栅中刺射官军，前队多被死伤，稍稍退步，晟一声呵叱，万众复振。史万顷左手持盾，右手执刀，劈断木栅数排，步兵继进，冒死攻栅，好容易把栅拔去。王佖李演，引骑兵随入，纵横驰骤，所向无前。贼将段诚谏，尚欲拦截官军，被王佖等斫伤右臂，倒地成擒。诸军分道并入，姚令言、张庭芝、李希倩等，尚拼命力斗，晟命决胜军唐良臣等，步骑四蹙，且战且进，冲荡至好几十合，贼不能支，方才大溃。官军突入白华门，如潮涌入，晟亦趋进，忽有贼众数千骑，在门右伏着，出击官军背后。晟率百余骑还御，令左右大呼道："相公来！"三字甫经出口，贼众都已惊散。**声威夺人，不必力战。**泚闻全城被破，吓得魂不附体，张光晟劝泚出走，乃与姚令言等，率残众西走，尚近万人。光晟送泚出城，还降晟军。

晟令兵马使田子奇，用骑兵追泚，再督兵搜捕余孽，擒住李希倩、敬钉、彭偃等数十人，遂至含元殿前，号令诸军道："晟赖将士功力，得清宫禁，顾念长安士庶，久陷贼庭，若再去骚扰，甚非吊民伐罪的本意。晟与公等室家，相见非晚，五日内不得通家信，违令有刑！"遂出示严申军律，慰谕民居。别将高明曜，私取贼妓一人，尚可孤偏将司马伷，私取贼马一匹，俱由晟察觉，斩首示众，全军股栗，秋毫无犯。**不愧义师。**乃使京西兵马使孟涉屯白华门，尚可孤屯望仙门，骆元光屯章敬寺，再派牙前兵三千人，屯安国寺，分镇京城。当下将逆徒李希倩等，共缚旗下，批验正法。忽有一刑犯呈入衣衫，及判文一纸，由晟仔细检视，不禁惊异。原来是当年给与桑道茂的判词，及与他掉换的衣衫，题痕宛在，字迹不磨。因即召刑犯进来，当面审视，果是桑术士，便问道："你既知未来的事情，为何同流合污？"道茂道："命数注定，自知难逃，所以前恳相公，预求赦宥。"晟半晌才道："晟为国除逆，不便顾私，但念汝虽列伪官，终究是为贼胁从，情有可原，待奏闻皇上，请旨发落便了。"乃将道茂暂系狱中，余犯悉数正法。遂使掌书记于公异，撰一露布，飞报行在，并附入表忠诛逆，及胁从减罪的详文，呈上御览。德宗见露布中，有云："臣已肃清宫禁，祗谒陵园，钟虡不移，庙貌如故。"不由得潸然下泪道："天生李晟，实为社稷，并非为朕呢。"似你这般昏昧，原不该有此忠臣。及览至详表，如表忠请旌一条，第一人乃是吴溆，说是被贼羁留，不屈遇害，德宗且泣且语道："金吾将军吴溆，系章敬皇后兄弟，与吴凑同为懿亲，有功王室，朕在奉天时，拟宣慰朱泚，左右无人敢往，溆独犯难请行，不料竟为所害，痛悼何如？"再看下去，第二人乃是刘迺。迺曾为给事中，权知兵部侍郎，京城失守，迺不及随行，泚屡加胁诱，他却佯作暗疾，始终不答一词，及闻德宗转奔梁州，搏膺呼天，绝食而死。叙吴溆事，从德宗口中演述，叙刘迺事，由作者说明，此系笔法变换处。晟表中载明原委，德宗复为洒泪。此外便如沇等人，或已死，或尚存，当由德宗按官褒录，追赠溆为太子太保，赐谥为忠，迺为礼部尚书，赐谥为贞。此外各有封恤，不必细表。至如诛逆各条，悉如晟拟，所有胁从诸人，多半赦免。桑道茂亦得免罪。

长安捷报，已经察办，咸阳捷报，也即到来。浑瑊与戴休颜、韩游环等，已克复咸阳，由浑瑊一一奏明，免不得叙功论赏，非常忙碌。隔了几日，又接到两处好音者，一道是田希鉴所奏，谓已诛死朱泚，一道是李楚琳所奏，谓已诛死泚党源休、李子平，德宗更加喜慰。原来朱泚自长安败走，奔往泾州，沿途部众尽散，只剩得骑士数百人，既至泾州城下，城门尽闭，泚令骑士大呼开门，但见一将登城与语道："我已为唐天子守城，不愿再见伪皇帝。"泚仰首一望，乃是节度使田希鉴，便与语道："我曾授汝旌节，奈何临危相负？"你欲责人，何不先自责己？希鉴道："汝何故负唐天子？"还语得妙。泚闻言怒甚，便命骑士纵火焚门。希鉴取节投下火中，且道："还汝节！汝再不退，休怪无情。"泚众皆哭。希鉴又语泚众道："汝等多系泾原故卒，为何跟着姚令言，自寻死路？现唐天子不追既往，悉予自新，汝等能去逆效顺，便可起死回生了。"泾卒应声愿降。姚令言尚在泚侧，忙上前喝阻，被泾卒拔刀乱砍，立即倒毙。泚恐被累及，亟与范阳亲卒，及宗族宾客，北向驰去。泾卒遂留降希鉴，任泚自往。泚走至驿马关，为宁州刺史夏侯英所拒，不得前进，转趋彭原，随身不过数十人。泚将梁庭芬，起了歹心，与韩旻密谋诛泚，庭芬在泚背后，暗发一箭，正中泚项，泚坠落马下，滚入坑中。旻上前斩泚，枭取首级，偕庭芬同诣泾州，投降希鉴。源休李子平，转奔凤翔，为李楚琳所杀，先后奏报德宗，且一并传首梁州。

德宗乃命楚琳为凤翔节度使，希鉴为泾原节度使，把他前通朱泚的罪状，概置不问。<u>楚琳希鉴，反复无常，实不应赏他旌节。</u>进封李晟为司徒中书令，浑瑊为侍中，骆元光、尚可孤、韩游环、戴休颜等，各迁官有差，一面下诏回銮，改梁州为兴元府，即自梁州启行。到了凤翔，巧值泚党李忠臣捕获，献至御前，立命斩首。李晟复捕获乔琳、蒋镇、张光晟诸人，并奏称光晟虽为贼臣，但灭贼时亦颇有力，应贷他一死。德宗不许，令将三人一律正法。乃再从凤翔动身，直抵长安。浑瑊、韩游环、戴休颜，自咸阳迎谒，扈从至京。李晟、骆元光、尚可孤，出京十里，恭迓御驾，步骑十余万，旌旗数十里，晟先贺平贼，继谢收复过迟，匍伏请罪。德宗停銮慰抚，为之掩涕，即命左右扶晟上马，入城还宫。每隔日宴飨功臣，李晟居首，浑瑊居次，将相等又递次列座，仍然是壶中日月，袖里乾坤。<u>语中有刺。</u>

唯当时尚有两大叛臣，一个就是李怀光，一个乃是李希烈。希烈既入据汴州，僭称帝号，遂分兵略陈州境，抄掠项城县，县令李侃，不知所为，拟弃城逃生。侃妻杨氏道："寇至当守，不能守当死，奈何逃去？"<u>斩钉截铁之言，不意出自巾帼。</u>侃皱眉道："兵少财乏，如何可守？"杨氏道："此城如不能守，地为贼有，仓廪为贼粮，府库为贼利，百姓为贼民，国家尚得携去么？今发财粟募死士，共守此城，或当有济。"乃召吏民入庭中，由杨氏出庭与语道："县令为一邑主，应保汝吏民，但岁满即迁，与汝等不同。汝等生长此土，田庐在是，坟墓在是，当共同死守，岂忍失身事贼么？"大众凄声许诺。杨氏复下令道："取瓦石击贼，赏千钱！持刀矢杀贼，赏万钱！"众皆踊跃。遂由侃率众登城，杨氏亲为炊爨，遍饷吏民，俄有一贼将鼓噪而至，杨氏即登陴语贼道："项城父老，共知大义，誓守此城，汝等得此城，不足示威，不如他去，免得多费心力。"贼众见是妇人，又听她言语近迂，忍不住大笑起来，待杨氏下城，便即攻扑。侃率众抵御，仓猝间中一流矢，忍痛不住，返身下城，正与杨氏相遇。杨氏道："君奈何下城？试想吏民无主，何人耐守？就使战死城上，也得千古留名，比死在床中，荣耀得多了。"<u>勉夫取义，乃有此语，并非祈夫速死。</u>侃乃裹创登陴，麾众竞射。贼将架上云梯，首先跃上，突被守卒射中面颊，坠死城下，贼众夺气，相率散去，项城得全。刺史列功上闻，诏迁侃为太平令。史称唐武后时，契丹寇平州，刺史邹保英妻高氏，率家童女丁守城，默啜攻飞狐，县令古玄应妻高氏，亦助夫守城，均得却敌。及史思明叛乱，卫州女子侯氏，滑州女子唐氏，青州女子王氏，歃血立盟，共赴行营讨贼，数妇女皆得受封，但慷慨知义，尚不及杨烈妇，独封赏只及乃夫，不及杨氏，这还是朝廷失赏哩。**事见《唐书·杨烈妇传》，本编不肯从略，实为女史扬芬。**

希烈因项城小邑，无暇顾及，别遣将翟崇晖围攻陈州，但也相持不下。嗣闻李希倩伏法，怒不可遏。看官道是何因？希倩是希烈亲弟，他为此动怒，遂遣使至蔡州，令杀颜真卿以泄忿。真卿见了使人，问为何事？使人道："有敕赐死。"真卿道："老臣无状，罪固当死，但不知贵使何日发长安？"使人道："我从大梁至此。"真卿接口道："照你说来，乃是贼使，怎得称为敕使呢？"使人遂将他缢死，年七十六。曹王皋驻守江淮，正遣将拔安州，擒斩希烈甥刘戒虚，且进军厉乡，击走希烈将康叔夜，及闻真卿死难，不禁大恸，全军皆泣，乃表陈真卿大节，请速旌扬。德宗因追赠真卿为司徒，加谥文忠。希烈自督兵攻宁陵，为刘洽将高彦昭所破，遁还汴梁，但日望崇晖攻下陈州，因遣人督促，且派兵帮助崇晖。刘洽遣都虞候刘昌，与陇右节度使曲环等，率兵三万，往救陈州。曲环用埋伏计，与刘昌夹击崇晖，斩首至三万五千级，连崇晖都擒了回来，于是兵威大振，远近惊心。伪节度使李澄，焚去希烈所授旌节，举郑、滑二州归唐，会同刘洽各军，进攻汴州。希烈恐不能守，留大将田怀珍居守，自奔蔡州。田怀珍开门迎纳官军，汴州平复。诏授李澄为汴滑节度使，召河南都统李勉入朝。李勉至长安，素服待罪。时李泌复应召入都，受职左散骑常侍，日直西省，专备咨询。德宗因李勉失守大梁，拟加贬黜，泌独进言道："李勉公忠雅正，不过未娴战略，试看大梁不守，将士愿弃妻孥，从勉至睢阳，约有二万余人，可见他平时抚驭，尚得众心。且刘洽实出勉麾下，今洽克复大梁，亦足为勉补过，还乞陛下鉴原！"德宗乃只罢勉都统，仍令同平章事。

浙江东西节度使韩滉，效顺唐廷，贡献不绝，或谮他聚兵修城，阴蓄异志，德宗又未免起疑，密问李泌。泌愿百口保滉，且言滉性忠直，不附权贵，因致毁谤交加，幸乞详察！德宗尚未肯信，经泌再三剖解，力祛主惑，最后复献议道："滉子韩皋，现为考功员外郎，今因乃父被谤，几至不敢归省，现在关中饥荒，斗米千钱，唯江东尚称丰稔，若陛下遣皋归省，令滉速运粮储，接济关中，这是朝廷大计，幸陛下俯听臣言，决不误事！"德宗乃赐皋绯衣，遣皋南归，且谕皋道："卿父近遭疑谤，朕皆不信，唯关中乏粮，须由卿父赶紧筹给，幸勿延误。"皋欢跃而去，及与父相见，备述上语，滉感激涕零，即日发米百万斛，运送关中。皋但留五日，亦即遣他还朝。陈少游闻滉发粮，也贡米二十万斛，偏刘洽攻克汴州，得李希烈起居注云："某月某日，陈少游上表归顺。"这事一传十，十传百，少游也有所闻，免不得羞惭无地，郁郁病死。<small>犹有耻心，还算天良未曾丧尽。</small>德宗尚追赠太尉，赙赠如仪。<small>于韩滉则疑之，于少游则赠之，主德可知。</small>淮南大将王韶，欲自为留后，滉遣使与语道："汝敢为乱，我即日全师渡江，来诛汝了。"韶惧不敢动。德宗闻知，喜语李泌道："滉不但镇定江东，且并能镇定淮南，真不愧为大臣。但非如卿知人，朕几误疑及滉了。"<small>至此才晓得么？</small>又加滉同平章事，兼江淮转运使。滉运江淮粟帛，西入关中，几无虚月，朝廷始安。越年，复改易年号，称为贞元元年，颁诏大赦。

新州司马卢杞，遇赦得还，转任吉州长史，欣然告人道："我必再得重用。"果然历时无几，德宗令给事中袁高草制，拟任杞为饶州刺史。高不肯下笔，奏称："杞反易无常，卒致乘舆播迁，海内疮痍，奈何复用？"德宗不从，顾令别官草制，补阙陈京、赵需、裴佶、宇文炫、卢景亮等，联名上疏，极言杞罪。袁尚又申词劾奏，德宗乃语李勉道："廷臣多不直卢杞，朕意拟授他小州，何如？"勉答道："陛下君临四海，如欲用杞，就使畀他大州，亦无不可。只惜天下失望，终累圣明呢。"乃只授杞为澧州别驾。杞病死澧州，李泌入见德宗道："外人或议陛下为桓、灵，今观陛下贬死卢杞，恐尧、舜亦有所未及呢。"德宗甚喜，继又皱着眉头道："河中未靖，朕遣孔巢父宣慰，反被李怀光杀死，这却是一件大患哩。"泌答道："当今可患的事件，不止一端。若怀光擅据河中，虐杀使臣，为天下所共弃，将来必被大军枭灭，臣窃谓不足忧呢。"德宗复道："吐蕃助讨朱泚，朕曾许畀安西、北庭等地，今吐蕃求如前约，朕不便食言，看来只好割畀了。"泌谏阻道："安西、北庭，民性骁悍，足以控制西域，捍卫边疆，奈何拱手让人？况吐蕃曾受逆赂，勒兵观望，大掠而去，何足言功，陛下决不宜割地。"<small>孔巢父被杀，及吐蕃求地，俱借德宗口中叙过，以省笔墨。</small>德宗乃拒绝番使，遣李晟为凤翔陇右节度使，进爵西平王，令屯田储粟，控制吐蕃，再命浑瑊、骆元光等，往讨怀光。

晟奉命将行，适李楚琳入朝，即请与同往凤翔，乘便处死，为叛逆戒。德宗以京都新复，反侧宜安，不肯遽许，但留楚琳在京，任为金吾大将军。晟虽未便违敕，心下总不以为然。及驰至凤翔，查出谋杀张镒的将士，共十余人，首恶叫作王斌，剖心祭镒，余俱斩首，众皆股栗。会吐蕃借索地为名，入寇泾州，节度使田希鉴，贻书李晟，乞请济师。晟语亲将史万岁道："李楚琳幸得逃生，田希鉴尚在泾原，我决不使漏网了。"遂命万岁率精兵三千，作为先行，自率五千骑继进。虏兵素惮晟威名，闻他到来，陆续退去。及晟至泾州，已是烽烟静息，塞漠安恬。希鉴出城迎谒，晟与他寒暄数语，并辔入城，下马登堂，开樽话旧，两下里很是投机，并不露一些形迹。希鉴妻李氏，与晟虽是疏族，究系同宗，当由希鉴令她出见，排叙辈分，应呼晟为叔父，晟亦视若侄女，改称希鉴为田郎。嗣是朝夕过从，屡与欢宴。盘桓了好几日，晟拟还师，因语希鉴道："我留此已久，日承款待，未免疚心，今欲归镇，亦应具一杯酒，聊报田郎。且诸将多系故人，俱请邀至敝营，举觞话别。"希鉴唯唯从命。晟营本在城外，返营后暗嘱史万岁，专待明日行事。翌日巳牌，营中已整备酒席，候希鉴等到来，希鉴与诸将鼓兴出城，趋入晟营。晟迎他入座，且语泾原诸将道："诸君到此，请自通姓名爵里，以便序座。"诸将一一报明，依晟派定座席，鞠躬坐下。忽有一将报毕，晟忽勃然道："汝实有罪，不应列座。"遂呼史万岁入帐，指麾军士，将他推出斩首。军士持首还报，希鉴不觉心惊，勉强坐在晟侧。晟笑语希鉴道："田郎！汝亦不得无罪。"希鉴正思答辩，已被史万岁上前拖出，令军士缚住希鉴。晟复正色道："天子蒙尘，汝乃擅杀节度使，受贼伪命，今日尚有面目来见我么？"说得希鉴魂飞天外，不能对答一词。小子有诗咏道：

> 叛臣竟复握兵符，不死何由伏贼辜。
> 杯酒邀来伸国法，泾原才识有天诛。

未知希鉴性命如何，且至下回说明。

朱泚攻奉天累月，卒不能下，及退还长安，得李怀光之相与连结，复不能分兵四出，略夺唐土，李晟一举，长安即破，辗转奔至彭原，仍为部将所杀。泚之无能，可以想见。然亦由去顺效逆，自速其祸，人心去而身首即随之耳。李希烈、李怀光等，逆同朱泚，若乘收复京城以后，即命李晟、浑瑊等，分军进讨，当可立平，乃回都盛宴，苟且偷安，犹且遣使宣慰，令陷死地，颜真卿效节于前，孔巢父遇害于后，人谓德宗好猜，曾宗岂徒蹈好猜之失者？盖亦犹是祖若考之庸柔，而未克自振也。李楚琳、田希鉴等，反复无常，可讨不讨，李晟欲诛楚琳，复不见许，唯希鉴为晟所诛；聊快人意，有靖国之忠臣，无靖国之英主，惜哉！

第二回

窦桂娘密谋除逆
尚结赞狡计劫盟

却说田希鉴既被拿住，无可辩罪，即由史万岁牵入帐后，将他勒死，诸将相顾失色，还有何心饮酒。李晟顾语诸将道："我奉天子命，来此诛逆，诸君无罪，何妨痛饮数杯。"诸将按定了神，勉尽两三觥，便即起座告别。晟即同入城，揭示希鉴罪状，并言除希鉴外，不复过问，将士帖然。乃令右龙武将军李观，代为节度，使嘱希鉴妻李氏扶榇回籍，然后从容还镇，表达朝廷。未免难为侄女。会闻浑瑊等进讨怀光，屡战不利，朝臣议赦怀光罪，遣宦官尹元贞谕慰河中，惹得李晟忠愤填膺，力劾元贞，请即治罪，并自愿率兵讨怀光。德宗因吐蕃屡扰，不便易帅，乃别命马燧为河东行营副元帅，援应浑瑊。燧以晋、慈、隰三州，为河中咽喉，即遣辩士说他反正。于是晋州守将要廷珍，慈州守将郑抗，隰州守将毛朝玼，皆举地归降。有旨令燧兼镇三州，燧曾举荐康日知为晋慈隰节度使，因地失无着，未曾莅任，至是仍让与日知。德宗乃令日知镇守，燧乃拔绛州入宝鼎，与怀光部将徐伯文相值，掩杀一场，射死伯文，斩首万余级，复分兵会合浑瑊，且逼长春宫，连败逆众，进围宫城。怀光诸将，相继出降。吕鸣岳也通款马燧，密约内应，不料为怀光所闻，杀死鸣岳。燧乃与诸将谋道："长春宫不下，怀光必不可获。但长春宫守备甚严，亦非旦夕可拔，我当亲自往谕，令他来降便了。"遂径造城下，呼守将答话。

守将乃是徐庭光，曾与燧相识，登城见燧，便率将士罗拜城上。燧料他意屈，便仰语道："我自朝廷来此，可西向受命。"庭光等复向西下拜。燧复宣谕道："公等皆朔方将士，自禄山以来，为国立功，已四十余年，何忍为灭族计，若肯从我言，非止免祸，富贵也可立致呢。"庭光尚未及答，燧又道："尔等以我为谎语么？尔若不信我言，何妨射我！"遂披襟袒胸，待他射来。与李抱真释憾，也用此计。庭光感泣，守卒无不流涕。燧复语道："怀光负国，于尔等无与，尔等但坚守勿出便了。"庭光等应声许诺，燧乃回营。次日与浑瑊、韩游环进捣河中，留骆元光屯兵城下，行至焦篱堡，守将尉珪，即率七百人迎降，余成望风遁去。燧正欲渡河，忽得元光急报，说是："徐庭光尚然不服，屡加诟詈。"燧乃再返长春宫，问明原委，系庭光只服马燧，不服骆元光，因复带着数骑，呼庭光开城。庭光开门迎入，由燧慰抚大众，众皆欢呼道："我辈复为王人了。"燧即表荐庭光，有诏令试殿中监，兼御史大夫。浑瑊顾语僚佐道："我始谓马公用兵，与我相等，今乃知胜我多了。"浑瑊却也虚心。燧既降服庭光，遂率全军济河。怀光闻官军大集，举烽召兵，无人肯至，就是部下将士，也自相惊扰，忽喧声道："西城攒甲了。"又忽哗噪道："东城捉队了。"又过了半刻，将士都改易章饰，自署太平字样。怀光不知所措，遂自经死。朔方将牛石俊，断怀光首级出降。燧麾众入城，捕杀怀光亲将阎晏等七人，余俱不问。独骆元光为庭光所辱，怀怒未释，竟把他一刀杀死，乃入城见燧，顿首请罪。燧大怒道："庭光已降，汝敢擅杀，还要用什么统帅？"说至此，即顾视左右，欲将他推出斩首。韩游环忙趋入道："元光杀一降将，欲将他处死，公杀一节度使，难道天子不要发怒吗？"燧乃叱退元光，不复加罪。河中兵尚有万六千人，尽归浑瑊统辖，即令浑瑊镇守河中，自是朔方军分守邠蒲，不再北返了。

先是怀光子璀，曾云随父俱尽，德宗很是怜惜，不欲令死，且命他再赴河中，劝父归顺。璀往劝不从，未便复命。适陕虢兵马使达奚抱晖，鸩杀节度使张劝，自掌军务，邀求旌节。德宗召泌入商，泌自请赴陕，相机办理，乃授泌为都防御水陆运使，经理陕事。泌辞行时，德宗与语道："卿至陕州，试为朕招谕李璀，毋使彼死。"泌答道："璀若果贤，必与父俱死，假使畏死偷生，也不足责了。"及泌既至陕，河中平复，怀光已经缢死，璀亦手刃二弟，自刎身亡。事为德宗所闻，很加悲悯，且念怀光旧功，不应无后，特查得怀光外孙燕氏，赐姓为李，名曰承绪，令为左卫率府胄曹

马燧披心示贼

参军，继怀光后，并归怀光身首，命怀光妻王氏收葬，赐钱百万，置田墓侧，用备祭享。加马燧兼侍中，浑瑊检校司空，余将卒各有赏赉。就是进讨淮西的将士，亦调还本镇，各守圻疆，算做与民休息，不再用兵的意思。

是时李泌已邀同马燧，偕赴陕州，陕军不待抱晖命令，出城远迎，抱晖料不能抗，亦只好出来迎谒。泌偕燧入城，毫不问罪，但索簿书，治粮储。有人谒泌告密，泌皆不见，军中镇静如常，乃召抱晖与语道："汝擅杀朝使，罪应加诛，唯今天子以德怀人，泌亦不愿执法相绳，汝且赍着币帛，虔祭前使，此后慎无入关，自择安处，潜来接取家属，我总可保汝无虞了。"抱晖不禁涕泣，唯唯而去，陕州遂定。泌复凿山开渠，自集津至三门，辟一运道，以便转漕，数月告成。会关中仓禀告竭，禁军脱巾索饷，喧扰不休，亏得韩滉运米三万斛，解至陕州，由泌令从新运道转给关中。德宗大喜，语太子诵道："我父子得生了。"随即遣中使遍给神策六军，军士皆呼万岁。*若非信任韩滉，乌能得此。*时关中连岁旱荒，兵民多有菜色，及粮既运至，麦又继熟，市中始见有醉人，相率称瑞，这也可谓剥极才复呢。

朱滔闻河陕皆平，非常恐惧，上表待罪，嗣即忧死。将士奉刘怦知军事，怦奏达朝廷，词极恭逊，乃命怦为幽州节度使。已而怦又病逝，诏令怦子济知节度事，且调曹王皋为荆南节度使，韦皋为西川节席使，曲环为陈许节度使，招抚流亡，安辑四境。唯李希烈尚负固称雄，倔强不服，贞元二年正月，遣将杜文朝寇襄州，为山南东道节度使樊泽所擒，三月复发兵袭郑州，复为义成节度使李澄所破，希烈兵势日衰，到此也积忧成疾，奄卧床中。他有一个宠妾，本姓窦氏，小字桂娘，系汴州户曹参军窦良女儿，貌美能文。希烈入汴，闻桂娘艳名，即遣将士至良家，强劫桂娘以去。桂娘语乃父道："阿父无戚，儿此去必能灭贼，使大人得邀富贵。"*也是一个奇女子。*及见了希烈，却也并不峻拒，竟任希烈搂入帏中，曲尽所欢。希烈日夕相依，爱逾珍宝，即册桂娘为伪妃。桂娘以色相媚，以才相炫，复以小忠小信，笼络希烈，因此希烈有事，无论大小机密，均为桂娘所知。及希烈奔归蔡州，桂娘语希烈道："妾观诸将中非无忠勇，但皆不及陈光奇，闻光奇妻窦氏，甚得光奇欢心，若妾与联络，将来缓急有恃，可保万全。"希烈称善，遂令桂娘结纳窦氏，互相往来。桂娘小窦氏数岁，因呼窦氏为姊，日久情暱，肺腑毕宣。桂娘因乘间语窦氏道："蔡州一隅，怎敌全国？迟晚总不免败亡，姊应早自为计，毋致绝种。"窦氏颇以为然，转告光奇。光奇乃谋诛希烈，常欲伺隙下手。凑巧希烈有疾，遂密嘱医士陈山甫，投毒入药。希烈服药下去，毒性发作，顷刻暴亡。**十载枭雄，一女子即足了之。**希烈子秘不发丧，欲尽诛故将，代以新弁，计尚未决，适有人献入含桃，桂娘复进白道："请先遗光奇妻，且足免人疑虑。"希烈子依她所嘱，即由桂娘遣一女使，赍赠窦氏。窦氏见含桃内，有一格形色相似，却是一颗蜡丸，外涂朱色，心知有异，俟遣还女使后，与光奇剖丸验视，中藏一纸，有细小蝇楷云："前日已死，殡在后堂，欲诛大臣，请自为计。"光奇即转告僚将薛育，薛育道："怪不得希烈牙前，乐曲杂发，昼夜不绝，试想希烈病剧，哪有这般闲暇？这明是有谋未定，佯作此状，倘不先发难，必遭毒手了。"光奇即与育各率部兵，闯入牙门，请见希烈。希烈子仓皇出拜道："愿去帝号，一如李纳故事。"光奇厉声道："尔父悖逆，天子有命，令我诛贼。"遂将希烈子杀死，并及希烈妻，且枭希烈尸首，共得头颅七颗，献入都中，只留桂娘不杀。德宗以光奇诛逆有功，即命为淮西节度使。偏希烈旧将吴少诚，佯与光奇同意，暗中却欲为希烈报仇，不到两月，竟纠众杀死光奇，连两个窦家少妇，一股脑儿迫入冥途。**桂娘已诛希烈，宿愿已偿，可以远去，乃留死蔡州，未免智而不智。**德宗又授少诚为留后，这真是导人椎刃，贻祸无穷了。**伏笔不尽，直注到宪宗时淮蔡之役。**

义成节度使李澄病死，子克宁也秘不发丧，墨缞视事，增兵守城。宣武节度使刘玄佐，就是刘洽改名，他却出师境上，使人告谕克宁道："汝敢不待朝命，擅做节度，我当即日进讨了。"克宁乃不敢袭位，静待诏敕。德宗命工部尚书贾耽，继任义成节度使，出镇郑滑，郑滑自李澄反正后，改称义成军，耽既到任，克宁乃去。玄佐归镇，适韩滉过境，约为兄弟，联袂入朝，曲环亦凑便同行。及至都中，正值西寇告警，李晟受谤，朝右讹言四起，又似有变乱情形。看官道为何因？原来吐蕃因索地不与，屡次寇边，德宗令浑瑊、骆元光移屯咸阳，接应李晟。晟遣部将王佖，率骁勇三千人，往伏汧城，授以密计道："虏过城下，勿遽出击，俟见有五方旗，虎豹衣，必是虏兵中坚，若突起掩杀，必获大胜。"佖领计而去。果然吐蕃统帅尚结赞，盛气前来，麾下亲兵旗饰，一如晟言。佖杀将出去，尚结赞惊走，猝死千余人，退屯数十里。尚结赞语部将道："唐朝良将，只李晟、马燧、浑瑊三人，我当用计除他，方可得志。"乃转入凤翔境，禁止掳掠。至直凤翔城下，大呼道："李令公召我来，何不出来犒师？"**这明是反间计，若非张延赏在内，也是容易瞧破。**守将当然不答，他却经宿退去。晟复遣蕃落使野诗良辅，与王佖合兵追击，又破吐蕃部众，攻入摧沙堡，毁去吐蕃蓄积，然后班师。邠宁节度使韩游环，又邀击虏兵，夺还所掠货物。

尚结赞西窜归国，嗣乘天气严寒，复入陷盐、夏、银、麟四州，尚说是李晟召他进来。晟有两婿：一为工部侍郎张彧，一为幕僚崔枢。彧自恃通显，看枢不在眼中，偏晟却格外优待，彧未免介意。给事中郑云逵，尝为晟行军司马，被晟诃责，亦挟有夙嫌。最与晟有宿怨的，乃是左仆射张延赏。延赏系故相嘉贞子，曾因父荫任参军，累官至西川节度使。德宗初年，吐蕃寇剑南，晟率神策军往征，击退虏兵，班师还朝。延赏正往镇西川，见晟挈一蜀妓随行，竟嘱吏夺还，李晟亦曾渔色耶？晟因是挟恨。至德宗出奔奉天，延赏贡献不绝，转趋梁州，仍然如故，乃召延赏为中书侍郎，同平章事。晟未免不平，竟奏劾延赏，说他不足为相。德宗不得已，罢为尚书左仆射。延赏才度原不足为相，但晟以私意奏劾，究属非是。延赏怀怨益深，偶闻吐蕃闲言，乐得投井下石，诬毁李晟。再经张彧郑云逵等，作为证据，说得这位李西平王，差不多与李希烈李怀光相似，德宗也自然动起疑来。晟得知消息，昼夜悲愤，哭得双目尽肿，乃悉遣子弟入都，表请为僧。有诏不许，复称疾入朝，面请辞职，又不见允。韩滉素与晟善，趁着入朝时候，探知启衅情由，遂面白德宗，愿为调人。德宗亦颇乐允，滉乃与刘玄佐左右劝解，令晟与延赏聚饮释嫌，约为弟昆。晟因复荐延赏为相，前劾后荐，俱可不必。德宗仍拜延赏同平章事，且令两人同宴禁中，各赐彩锦一端，以示和解。晟有少子未娶，愿与延赏女为婚，延赏竟严词谢绝，晟懊怅道："武人性直，既已杯酒释怨，即不复介怀，哪知文士难犯，外虽和解，内仍蓄憾，可不惧么？"

滉陛辞还镇，临行时荐兵部侍郎柳浑入相，德宗即令浑同平章事。浑秉性刚正，夙负重名，时论称为得人，唯与延赏未合。及滉既还镇，未几谢世，德宗欲起用白志贞为浙西观察使，浑谓："志贞佥人，不可复用。"偏延赏逢迎上意，竟怂恿德宗，授志贞官。又密奏李晟权重，不应再令典兵，乃留晟在京，册拜太尉，兼中书令。延赏荐郑云逵出镇凤翔，还是德宗记晟前功，令他择贤自代。晟举都虞候邢君牙，因授君牙为凤翔尹，别命陈许兵马使韩全义，率步骑万二千人，会邠宁军趋盐州。又命马燧领河东军击吐蕃，收降河曲六胡州。吐蕃大相尚结赞，退屯鸣沙，闻马燧、浑瑊等，大举出击，未免惊惶，更因云南王异牟，即阁罗凤孙。为西川节度使韦皋招抚，自己失一臂助，乃遣使至唐廷乞和。德宗尚未允许，尚结赞又卑辞厚礼，通好马燧。燧乃留屯石州，上表陈请。李晟入谏道："戎狄无信，不宜许和。"张延赏独与晟反对，主张和议。德宗遂遣左庶子崔澣，出使吐蕃。澣与尚结赞相见，责他败盟，尚结赞道："我国助讨朱泚，未得厚赏，所以东来质问，乃诸州不肯相容，以致用兵。今公前来修好，实所深愿。但浑侍中忠信过人，名闻远近，应请他前来主盟，互昭信实。"澣返报德宗，德宗召浑瑊入朝，命为会盟正使，兵部尚书崔汉衡为副使，都监郑叔矩为判官。两下共议会盟地点，约在平凉。瑊出发长安，李晟语瑊道："此行甚险，一切戒备，不可不严。"张延赏得闻晟言，即入白德宗道："晟不欲两国联盟，故戒瑊严备，须知我疑人，人亦疑我，盟何由成？"德宗因复召瑊入内，嘱他推诚待虏，勿自猜贰，致阻虏情。瑊遵嘱而去。

既而遣使入报，谓已订定盟期，决于五月辛未日。延赏召集百官，执瑊表示众道："李太尉谓吐蕃难信，必不易和，今浑侍中有表到来，说是盟期已定，谅浑侍中总不欺上呢。"说罢，甚有得色。休欢喜！晟亦在侧，忍不住泪下道："臣生长西陲，备悉虏情，虽已会盟有日，怎保他不临时变卦？窃恐朝廷不戒，终不免为大戎所侮呢。"德宗始命骆元光屯潘原，韩游环屯洛口，遥作瑊援。元光亟往见瑊道："潘原距盟地约七十里，公若有急，元光何从得闻，请与公同行为妥。"瑊答道："皇上嘱我推诚，若用兵自卫，便是违诏了。"元光道："事贵预备，一或遇险，后悔无及，他日论罪，宁坐元光。"遂派千骑至瑊营西面，暗地埋伏，又约韩游环派兵五百骑，相连伏着，且嘱语道："倘或生变，汝等西趋柏泉，作为疑兵，可分虏势。"韩军依计而行。瑊之不死，幸有此耳。

尚结赞使人至瑊营，约各遣甲士三千人，列坛东西，四百人穿着常服，得随至坛下，瑊一一许诺。辛未日辰刻，尚结赞又请各遣游骑数十名，互相觇察，瑊复应允。瑊为名将，奈何全不知防？哪知吐蕃在大营左右，伏兵至数万人。唐游骑往觇虏营，悉数被掳，一个儿没有放还。虏骑却梭织唐营，往来无禁。瑊与崔、宋两人，全不知黠虏诡计，反从容趋至盟坛，入幕易服，准备行礼。幕听得一声鼓响，万马声嘶，仿佛似广陵怒潮，震动幕外。宋奉朝方欲出视，不防虏骑突入，先把他拿来开刀。崔汉衡慌忙失措，急欲觅路逃生，已被虏众追上，把他揿倒，似缚猪般地捆了出去。独浑瑊从幕后逸出，幸得一马，即纵身跃上，扯住马鬣，向前飞驰，背后虏众追赶，箭镞从背上擦过，亏得身伏马上，才免受伤，及奔近营前，望将过去，已剩得一座空营，那追骑尚紧紧不舍，不由得着急道："天亡我了！"道言未绝，营西有一大将呼道："侍中快来！我等在此。"瑊侧身西顾，见有一簇官军，整队列着，才觉得绝处逢生。小子有诗咏浑瑊道：

> 百密如何致一疏，虎臣竟被困群狙。
>
> 若非良将先筹备，受击宁徒丧副车。

欲知何人来救浑瑊，待至下回再表。

  前半回连叙数事，而标目独及窦桂娘，为巾帼中标一异采，不得不略彼言此，补前史之所未详。盖桂娘以一女子身，为李希烈所劫，大加宠信，女子最易移情，畴肯始终如一，勉践前言？柔忍如桂娘，殆亦不可多得之女子，宜乎杜牧之为彼立传也。况怀光困死，而希烈独存，若无桂娘，几似乱臣贼子，可以安享天年，无逆报矣。然则桂娘之密谋诛逆，乌得不大书特书耶？若夫李晟、浑瑊、马燧，为唐德宗时三大名将，晟知吐蕃之难信，不宜与和，而瑊与燧皆未曾料及，是晟之智烛几先，固非二人所可逮者。但以一蜀妓故，怨及延赏，互相报复，误国政，堕虏计，晟亦安得为无咎乎？夫以忠智如李晟，尚为色所误，况如李希烈之骄侈灭义，其能不为桂娘所制哉？

第三回

格君心储君免祸
释主怨公主和番

却说浑瑊奔回故营，营中将士，已皆遁去，幸营西尚列有严阵，迎接浑瑊，统将非别，就是骆元光。元光迎瑊入营，即令军士持械待虏，且促邠宁向西进行，俟虏骑追至，骤见官军阵势严肃，已是惊心，更瞧着西边一带，有官军驰去，恐他绕出背后，阻截归路，乃即收军却还。瑊与元光招集散卒，检点伤亡，已不下二千余人，只好付诸一叹，快快而还。还是天幸。是日德宗视朝，语宰辅道："今日和戎息兵，好算国家幸福。"柳浑接口道："戎狄豺狼，恐非盟誓可结，今日事实足深忧。"李晟亦插入道："诚如浑言。"德宗变色道："柳浑书生，不知边计，大臣亦作此言么？"晟与浑皆顿首谢罪，德宗拂袖退朝。到了傍晚，由韩游环急奏，报称狡虏劫盟，入寇近镇。德宗大惊，即召浑等入议道："卿本书生，乃能料敌如此，朕适才失言了。但虏入近镇，都城可虞，究应如何处置？"浑尚未答。李晟趋进道："臣愿出屯奉天，防御虏兵。"德宗沉吟未决。仍然不忘延赏语。适浑瑊奏报亦至，备详一切，因命瑊屯兵奉天，留晟不遣。

看官听着！那尚结赞的狡计，第一着是离间李晟，已经逞志，第二着是佯和马燧，谋执浑瑊，欲将两人一并致罪，因纵兵直犯长安。这策但行了一半，未得成功，尚结赞还是失望，退至故原州，查得擒住将校，最大的是崔汉衡，次为马燧侄弃，及

18

中使俱文珍。他又想了一策，释三人缚，引他入座道："我欲执浑侍中，不意误致公等，未免抱歉。"又指马弇道："君是马侍中侄儿，前日马侍中至石州，若渡河掩击，我军必覆，幸蒙侍中许和，因得全师而返，待中为我造福，我怎得拘他子侄？今特遣君归国，请烦转谢侍中。"说罢，便纵马弇俱文珍东还，仍将崔汉衡等拘留。

弇还见燧，述及尚结赞语，燧尚不知是计。及文珍入语德宗，德宗竟信为真言，撤燧副元帅节度使职权，只命为司徒兼侍中。张延赏恰也惭惧，尝托病不朝。德宗乃召李泌同平章事。泌入都受职，与李晟马燧等，一同进见。德宗语泌道："朕今与卿约，卿慎勿报仇。如他人有德及卿，朕当为卿代报。"泌答道："臣素奉道教，不愿与人为仇，从前李辅国元载，均欲害臣，今已皆死去了。就是臣的故友，或早显达，或已沦亡，臣亦无德可报，唯臣今日亦愿与陛下立约，未知陛下肯否俯从？"乘便还他一语，长源毕竟慧人。德宗道："有何不可？"泌即道："愿陛下勿害功臣！即如李晟马燧，功高遭忌，若陛下过信谗言，一或加害，恐藩臣卫士，无不愤惋，变乱即从此再生了。陛下诚坦然相待，合保无虞。有事使专征伐，无事入朝奉请，岂不是君臣至乐么？二臣亦不可自恃有功，恪尽臣道，天下可长保太平，臣等均得受庇呢。"德宗道："朕始听卿言，自觉惊疑，及闻卿剖决，实是社稷至计。朕谨当书绅，与二大臣共保安全。"晟与燧俱伏地泣谢。德宗又语泌道："从今日始，军旅储粮事，一概委卿，吏礼委张延赏，刑法委柳浑。"泌答道："陛下录臣菲才，使待罪宰相，宰相职兼内外，天下事咸共平章，若各有所主，便成为有司，不得称为宰相了。"语语中肯。德宗笑道："朕知误了，卿言原不错呢。"嗣是待泌益厚，加封邺侯。泌又请复吏职，汰冗官，停番使廪给，分隶禁军，调边境戍卒，屯田京师，与番贾互市，鬻缯易牛，募边人输粟，救荒济乏，经德宗一一施行，俱足挽救时弊。

德宗喜文雅，恨质直，泌语多文采，尤得主心。唯柳浑素性朴直，常发俚言，为德宗所不悦，且与张延赏屡有龃龉。延赏尝使人通意道："公能寡言，相位可久保了。"浑正色道："为我致谢张公，浑头可断，舌不可禁呢。"确是个硬头子。已而浑竟罢为左散骑常侍，相传为延赏排挤，乃致免相。延赏又与禁卫将军李叔明有隙，且欲设法构害，并连及东宫。叔明本鲜于仲通弟，赐姓为李，有子名昇，与郭子仪子曙，令狐彰子建，同为卫士。德宗西奔时，三人皆扈驾有功，及还銮后，俱得任禁卫将军，甚邀上宠。昇尝出入郜国长公主第，致有蜚言。公主系肃宗幼女，凤具姿首，初嫁裴徽，继适萧升，升殁役，又与彭州司马李万通奸，还有蜀州别驾萧鼎，澧阳令韦恽，亦尝私相往来。李昇不知自检，也去问津，半老徐娘，素饶风韵，恰也无所不容。**可谓多多益善。**公主女为太子妃，延赏欲构成大狱，先将李昇等私侍公主，入白德宗。德宗命李泌探察虚实，泌徐答道："臣想此事关系，必有人摇动东宫，来诉陛下，别人无此能力，大约唯张延赏一人。"德宗道："卿从何处料得？"泌又道："延赏与昇父有嫌，昇现承恩眷，一时无从中伤，郜国长公主，系太子妃生母，从此入手，就可兴一巨案了。"**不愧智囊？**德宗不禁点首道："卿料事甚明，一说便着。"泌复道："昇入居宿卫，既已被嫌，应该罢斥，免得延赏再来生波。"德宗依言罢昇，且渐疏延赏。延赏弄巧反拙，郁郁而死。昇因延赏去世，少了一个冤家对头，乐得与长公主朝夕言欢，亲近艿泽。德宗本欲罢昇示戒，不意脱离禁掖，反做了无拘无束的淫夫，镇日里在长公主第中。或告长公主淫乱如故，且敢为厌祷事，德宗大怒，把长公主幽锢禁中，流昇岭表，杖毙李万，谪戍萧鼎韦恽，并召入太子训责一番。太子恐惧，情愿与妃萧氏离婚。

德宗怒尚未息，即召李泌入商，且语道："舒王近已成立，孝友温仁，足主大器。"泌答道："陛下已经立储，今反欲废子立侄，臣实不解。"德宗道："舒王幼时，朕已取为己子，有何分别？"泌又道："侄终不可为子，陛下原有嫡嗣，反致生疑，难道侄可必信么？且舒王今日尽孝，倘闻有易储情事，恐转未必能孝了。"德宗勃然道："卿强违朕意，难道不顾家族么？"**诋诋拒人。**泌毫不惊惧，反逼进一层道："臣唯欲顾全家族，所以今日尽言，若畏惮天威，曲意阿顺，恐太子废黜，他日陛下生悔，必怨臣道：'我任泌为相，不谏我过，害我嫡子，我亦杀泌子泄恨。'臣唯一子，既遭冤死，即致绝嗣，虽有侄辈，恐臣不便血食了。"说至此，呜咽流涕。**悱恻语不可多得。**德宗不禁动容。泌又道："从古到今，父子相疑，多生惨祸，远事不必论，建宁事非尚在目前么？"德宗道："建宁叔实冤死，所以皇考嗣祚，曾追谥为承天皇帝，至今回忆，我祖考肃宗皇帝，也太觉性急了。"**建宁王俊事，见前文，唯代宗追谥建宁，借此补明。**泌答道："臣曾为此事，所以辞归，誓不近天子左右，不幸今日待罪宰相，又睹此事。且当时代宗皇帝，尝怀畏惧，臣向肃宗辞行时，因诵章怀太子贤《黄台瓜辞》，肃宗亦悔悟泣下，还愿陛下不蹈前愆！"德宗又道："贞观开元，俱易太子，何故不生危乱？"泌答辩道："承乾谋反，事被察觉，由亲舅长孙无忌，及大臣数十人，讯问确实，因命废斥，但言官尚入奏太宗，请太宗不失为慈父，承乾得终享天年。太宗依议，并废魏王泰。今太子无过可指，怎得以承乾为比？况陛下既知建宁蒙冤，肃宗性急，更宜详细审慎，力戒前失。万一太子有过，犹愿陛下依贞观故事，并废舒王，另立皇孙，庶百代以后，仍然是陛下子孙。至若武惠妃谮死太子瑛兄弟，海内冤愤，可为痛戒，何足效尤？愿陛下勿信谗言！即有手书如晋愍怀，衷甲如太子瑛，尚当辩明真伪，难道妻母不法，女夫也宜坐罪么？臣敢以百口保太子。设使臣如杨素、许敬宗、李林甫辈，得承此旨，早已私结舒王，密谋佐命了。"*详哉言之！* 德宗道："这乃是朕家事，于卿何与，必欲如此力争？"*又是呆话。* 泌答道："天子以四海为家，臣今得任宰相，四海以内，一物失所，臣当负责。况坐视太子冤枉，不为力解，臣罪且愈大了。"德宗道："容朕细思，明日再议！"泌又叩首泣谏道："陛下果信臣言，父子必慈孝如初，但陛下还宫，当默自审思，勿露微意，倘与左右言及，恐有宵小，乘隙生风，竟为舒王效力，太子从此危了。"*这一着更是要紧。* 德宗点首道："具晓卿意。"泌乃退归。

太子密遣人谢泌道："若必不可救，当先自仰药。"泌语来使道："为我好语太子，必无此虑。但愿太子起敬起孝，勿存形迹，若泌身不存，此事或未可知呢。"*勉太子以孝，尤是正理。* 来使自去。隔了一日，德宗御延英殿，独召泌入见，流涕与语道："非卿切谏，朕今日就要自悔了。太子仁孝，实无他过，从今以后，所有军国重务，及朕家事，均当与卿熟商了。"泌乃拜贺，且辞职道："臣报国已毕，惊悸余魂，不可复用，乞赐骸骨归里。"德宗极力慰谕，不准辞官。会吐蕃相尚结赞，遣使送还崔汉衡，及同时被虏的孟日华、刘延邕诸人，到了泾原，与节度使李观相见，再请求和。李观恐有诈谋，受汉衡等，拒绝和议。尚结赞因再集羌浑部落，大举入寇，进趋陇州及汧阳间，连营数十里，关中震动，连京城都受影响。所有西陲屯将，多闭壁自守，不敢出战。陇右民居，尽被掳掠，丁壮妇女，悉作俘囚。见有老弱，辄断手凿目，抛弃道旁。邠宁节度使韩游环，及陇州刺史韩清沔，神策副将苏太平等，先后遣发奇兵，击败虏众，尚结赞乃大掠而去。李泌欲结回纥大食云南天竺，共图吐蕃，因恐德宗记念陕州故事，怀恨回纥，故未敢遽请。会回纥合骨咄禄可汗，遣使贡献方物，并乞和亲。德宗不许，且召泌与商道："和亲事待诸子孙，朕若在位，不愿与回纥结婚。"泌即进言道："陛下不愿和亲，莫非为陕州遗憾么？"德宗道："诚如卿言。朕因天下多难，未能雪耻，怎得议和？"泌又道："辱韦少华等，乃牟羽可汗，后复入寇，为今可汗所杀，今可汗实有功陛下，奈何怨他呢？"德宗摇首不答。泌乃趋退。会边将报称乏马，德宗又与泌商议，泌答道："臣有愚策，可使马贱十倍。"德宗喜道："卿有此妙策，何勿亟言？"泌又道："请陛下屈己从人，为社稷计，臣方敢言。"德宗道："果有良策，朕亦不惜屈己，卿且说来！"泌即答道："愿陛下北和回纥，南通云南，西结大食天竺，不但马可易致，就是吐蕃亦为我所困了。"德宗道："除回纥外，可依卿计。"泌答道："臣知陛下怀恨回纥，所以未敢早言，但为今日计，回纥最大，应先与连和，三国却尚可从缓呢。"德宗道："照卿说来，应先和回纥，但朕与回纥连和，便是负少华诸人了。"泌又道："臣谓陛下不负少华，少华实负陛下。"德宗惊问何故？泌答道："从前回纥叶护，率兵助国，臣正为行军司马，受命邀宴，未尝轻入彼营，及大军将发，先帝始与相见，这正为戎狄豺狼，不得不预防一着呢。陛下持节赴陕，春秋未壮，乃渡河轻入番营，身蹈不测，岂非危甚？少华等若不负陛下，应当与回纥可汗，先定会见礼仪，然后相见，奈何贸然轻赴？陛下试想当日危险情形，是少华负陛下，还是陛下负少华呢？且从前叶护入京，助讨逆贼，意欲纵兵大掠，先帝曾亲拜叶护马前，保全京城，当时道旁列观，约十万余人，统称广平王真华夷主。先帝枉尺直寻，且使中外称许，况牟羽身为可汗，举国来援，陛下未曾下拜，实足伸威，倘使牟羽留住陛下，不必论意外事，就使与陛下欢饮十日，天下已共为寒心。幸而天助威神，豺狼驯服，仍送陛下回营，陛下尚只感少华，怨牟羽，臣窃以为未可呢。"这是达权之论。德宗听着，旁顾左右，见李晟马燧，亦适在侧，便与语道："朕素怨回纥，今闻泌言，亦自觉少理，卿等以为何如？"晟与燧同声道："泌言甚是，请陛下采纳！"泌又接说道："臣以为回纥不足怨，向来宰相处事未善，才觉可怨哩。回纥再复京城，今可汗又杀牟羽，尚有何罪？吐蕃陷我河陇数千里，又入京城，使先帝蒙尘陕州，这是百代必报的仇耻，陛下奈何当怨不怨，不当怨反怨哩？"德宗又道："朕与回纥久已结怨，今往与修和，恐反为夷狄所笑，或且拒我，这却如何处置？"泌答道："臣愿作书相遣，约用开元故事，如突厥可汗奉表称臣，来使不得过二百人，市马不得过千匹，不得携中国人，及商胡出塞，这五事若皆如约，请陛下即许和亲，他日威震北荒，旁慑吐蕃，必能如陛下所愿了。"德宗称善，乃由泌遗书回纥。回纥即遣使上表，一一如命。德宗大喜，乃命将第八女咸安公主，遣嫁回纥可汗，先遣中使赍着公主画图，往至回纥，回纥可汗遣使报谢，约定次年礼迎。

德宗复召入李泌，问及招致云南、大食、天竺的计策。泌答道："回纥称臣，吐蕃已不敢入犯了。云南苦吐蕃赋役，前已经韦皋招抚，有意内附。大食在西域为最强，与天竺皆久慕中国，且代与吐蕃为仇，若遣使往抚，当无不输诚听命。"德宗乃分选使臣，前往三国，及得还报，果皆如泌所料，各无异言。

会有妖僧李软奴，私结殿前射生韩钦绪等，潜谋作乱，事发被捕，德宗命内侍省鞫治，李晟闻知此事，大惊倒地，好容易扶将起来，尚流涕不绝道："此次恐要族灭了。"亟命家人往邀李泌。及泌至晟第，晟无暇寒暄，即仓皇与语道："晟新罹谤毁，中外有家人千余，此次妖僧谋逆，倘有家人误入党中，必致全家受累，奈何奈何？"泌劝慰道："不妨！不妨！有泌在朝，断不使公受祸哩。"晟慌忙拜谢。泌即归第，密上一疏，略言："大狱一起，牵引必多，国家甫值承平，不应辗转扳引，致失人情，请将李软奴一案，出付台官鞫治。"德宗当然俯允，即命把全案移交台省，至审讯结果，但罪及李软奴、韩钦绪两人。钦绪系韩游环子，逃至邠州，由游环械送京师，与软奴一并腰斩。游环且入朝待罪，德宗仍令还镇，一场巨案，止死二人，朝臣无一连及，这都是李邺侯暗中挽回，所以迅速了案，争颂清阴。**不略此事，无难记邺侯功德。**

吐蕃闻唐和回纥，却也知惧，敛兵不进。诏令浑瑊回屯河中，赐骆元光姓名为李元谅，回屯华州。兵马使刘昌，分众五千归汴州，此外防秋兵都退守凤翔京兆间。未几为贞元四年，泾原节度使李观入朝，留官京师，任少府监检校工部尚书。李观病逝，改授刘昌为泾原节度使，李元谅为陇右节度使，两将皆督兵屯田，军食渐足，泾陇少安。到了秋季，韩游环因疾卸职，德宗令张献甫往代，献甫尚未莅任，戍卒裴满等作乱，奏请改任前都虞候范希朝。希朝素得众心，因为游环所忌，奔至凤翔。德宗召领神策军，至此得裴满等奏请，颇欲改授希朝。希朝面辞道："臣避游环而来，今往代任，转似臣与逆卒通谋，臣怎敢受职？"**希朝颇知大义。**德宗乃授希朝为宁州刺史，令副献甫。及两人到任，戍卒裴满等，已为都虞候杨朝晟，勒兵诛死，余众大定，不必细表。

且说回纥可汗，因婚期已届，遣妹骨咄禄毗伽公主，及大臣妻五十人，并兵众千人来迎公主。德宗御延喜门，接见番使。番使奉上表章，内云："昔为兄弟，今为子婿，陛下若患西戎，子愿以兵除患，且请改号回鹘，取捷鸷如鹘的意义。"德宗许诺。嗣欲飨骨咄禄公主，召李泌入问礼仪。泌奏道："从前敦煌王承寀，尝妻回纥女，见前文。嗣至彭原谒见肃宗，肃宗与敦煌王，系从祖兄弟，乃呼回纥公主为妇，不称为嫂。公主亦拜谒庭下，彼时国势艰难，借彼为助，尚不失君臣大节，况今日呢。"于是引骨咄禄公主入银台门，由长公主三人延入，谒见德宗，下拜如仪，转入宴所，乃由贤妃降阶相迎。俟骨咄禄公主先拜，然后贤妃答礼。妃与公主邀坐席间，遇帝赐必降拜，非帝赐亦避席才拜，俱由译史传导，免至失礼。盛宴两次，方命设咸安公主官属，制视王府。授嗣滕王湛然为昏礼正使，右仆射关播护送，偕骨咄禄公主等，一同西行。且命湛然赍给册书，封合骨咄禄为长寿天亲可汗，咸安公主为长寿孝顺可敦。公主到了回鹘，合骨咄禄可汗，盛礼恭迎，老夫得了少妻，番酋幸谐帝女，格外欢昵，自不必言。湛然等礼毕东归，俱得厚贶。可惜长寿不长，老夫竟老，不到一年，天亲可汗，竟至病逝，子多逻斯袭位。讣闻朝廷，德宗又命鸿胪卿郭锋，持节册封多逻斯为忠贞可汗，且谕慰咸安公主。哪知胡俗通例，得妻庶母，公主方值盛年，多逻斯亦当壮岁，两人从宜从俗，居然你贪我爱，变做了一对好夫妻了。可为咸安公主贺喜。小子有诗叹道：

> 胡族原来是聚麀，胡为帝女屡相俦？
> 和亲自古称非策，只为华夷俗不侔。

回鹘既已和亲，李泌自陈衰老，上表辞官。究竟德宗是否允准，容至下回续叙。

本回全为李泌演述，泌历事三朝，功业卓著，而其最足多者，莫如调护骨肉，善格君心。自玄武门喋血以来，贻谋未善，故太宗、高宗、玄宗三朝，无不易储，睿宗时幸有宋王之克让，肃宗时且有建宁之蒙冤，代宗为张良娣所忌，幸李泌咏《黄台瓜辞》，隐回上意，顺宗为郜国长公主所累，又幸得泌之一再力谏，始得保全，泌可谓清源正本，不愧为社稷臣矣。唯与回纥和亲一事，虽若为当时至计，然可与言和，不必定婚帝女，咸安遣嫁，历配四汗，隋有义成，唐有咸安，非皆足为中国羞乎？著书人隐示抑扬，而褒贬之义，自可于言外得之。

第四回

陆敬舆斥奸忤旨
韩全义掩败为功

　　却说李泌自陈衰老，上表辞职，德宗不肯照准，泌又入朝面请，乞更除授一相。德宗道："朕亦知卿劳苦，但恨未得贤能，为卿代劳。"泌即说道："天下不患无才，但教陛下留意牧卜，自庆得人。"德宗道："卢杞忠清强介，人多说他奸邪，朕至今尚未觉悟，究竟奸在何处，邪在何处？"**便是真愚。**泌答道："如使陛下知杞奸邪，杞便不成为奸邪了。陛下如能早时觉悟，何至有建中的祸乱呢？杞因私隙杀杨炎，遣李揆害颜真卿，激叛李怀光，幸亏陛下后来窜逐，得慰人心，天亦悔祸，否则祸乱且迭出不穷了。"德宗道："建中祸乱，非尽关人事，卿亦闻桑道茂语否？"泌复道："陛下以为是命数注定么？须知命数二字，只可常人说得，君相却不便挂口，因为君相有造命的职务，与常人不同，若君相言命，是礼乐政刑，统可不用了。古来暴君莫如桀纣，桀尝谓我生不有命在天，武王数纣罪恶，亦云谓己有天命，人君以命自解，恐便同桀纣了。"德宗点首，嗣复说道："卢杞佐治不足，小心有余，他相朕数年，每遇朕言，无不恭顺。"**原来为此，所以时常系念。**泌答道："言莫予违，孔子所谓一言丧邦，据此一端，便可见卢杞的奸邪了。"德宗道："卿原与杞不同，朕言合理，卿尝有喜色，朕言不合理，卿尝有忧色，虽有时卿言逆耳，却也气色和顺，并没有傲慢态度，能使朕为卿所化，自然屈服，不能不从，朕所以深喜得卿哩。"泌乃

26

荐户部侍郎窦参，说他材具通敏，可兼度支盐铁使；尚书左丞董晋，人品方正，可处门下侍郎。德宗虽然面允，意中却不以为然。既而命泌兼集贤殿崇文馆大学士，纂修国史。泌辞去大字，但以学士知院事。是年八月，月蚀东壁，泌自叹道："东壁图书府，今遭月蚀，大臣中未免当灾，我位居宰相，兼学士衔，恐此灾即加在我身上。从前燕国公张说，亦因此逝世，我位置与他相等，应亦难免此祸了。"果然隔了一年，一病不起，竟尔告终。

泌有智略，七岁时即受知玄宗，当召见时，玄宗正与张说观弈，因使说面试泌才，说令赋方圆动静。泌即问及要旨，说随口道："方若棋局，圆若棋子，动若棋生，静若棋死。"泌亦信口答道："方若行义，圆若用智，动若骋材，静若得意。"说也叹服，贺得奇童。张九龄与结为小友，后来历事三朝，数立奇功，唯好谈神仙，颇尚诡诞，未免为世所讥，但也好算是一位贤相了。持论平允。泌卒年六十八，得赠太子太傅，未得美谥，德宗亦不免少恩。遗疏仍荐窦参、董晋二人可用，德宗乃用二人同平章事，并命参兼度支盐铁等使。参为人峭刻，少学术，多权数，每值入朝，诸相皆出，参独居后，但说是详核度支，暗中却曲事逢迎，希邀主宠。又往往援引亲党，分置要地，使为耳目。董晋只备员充位，随声附和，不过硁硁自守，慎重自持，比那窦参的营私挟诈，自然较胜一筹，但总不得为宰相器，未识这位足智多谋的李邺侯，何故荐此二人？这也是令人难解呢。当时朝臣中莫如陆贽，泌独不为荐引，大约是聪明一世，懵懂一时。

是时前邠宁节度使韩游环，与横海节度使程日华，义武节度使张孝忠，宣武节度使刘玄佐，平卢节度使李纳，先后病殁。邠宁早由张献甫接任，余镇均由子承袭。日华子名怀直，孝忠子名升云，玄佐子名士宁，纳子名师古，皆由军士推戴，奏请留后。德宗也得过且过，无不准行；就是回鹘忠贞可汗，为弟与少可敦鸩死，回鹘国俗，可汗妃妾，号为少可敦。国人攻杀乃弟，拥立忠贞子阿啜为可汗，遣将军梅录告丧，听候朝命，德宗也未尝详问，即遣鸿胪少卿庾铤，往册阿啜为奉诚可汗。最可怪的是咸安公主，既配忠贞，复配奉诚，祖父孙同享禁脔，德宗亦听她所为，但视为胡俗常例，不足深怪。及吐蕃转寇北庭，回鹘大相颉干迦斯，为唐往援，与战不利，率兵奔还，北庭陷没，安西遂绝音问，不知存亡。唯西州尚为唐守，德宗也无暇顾及，置诸度外罢了。慷慨得很。

光阴似箭，寒暑迭更，已是贞元七年，窦参为相，约已三载，权势日盛，翰林学士陆贽，屡有弹劾，参视若眼中钉，只因贽尚见宠，急切不能摔去，乃奏调为兵部侍郎，解去内职，省得他多来絮聒。德宗尚未察阴谋，会参奏称福建观察使吴凑，病风不能治事，应即另选，当由德宗召凑入京，见他体健神清，并没有什么疾病，才知参是挟嫌诬奏，有意排挤，随即任凑为陕虢观察使，把原任官李翼解职。翼是参党，一经掉换，中外称快。参仍怙恶不改，引族子申为给事中，招权受赂，绰号喜鹊。德宗颇有所闻，乃召参入诫道："卿族子申，所为不法，将来难免累卿，不如黜之为是。"参恳请道："臣子族无多，申虽疏属，尚无他恶，乞陛下鉴原！"德宗道："朕非不欲为卿保全，奈人言籍籍，不可不防。"参仍然固请，德宗方才罢议。参又恐陆贽进用，阴与谏议大夫吴通元兄弟，造作谤书，构得贽罪。偏被德宗察觉，赐通元死，逐申为道州司马，参亦坐贬为郴州别驾，乃进贽为中书侍郎，与尚书左丞赵憬，同平章事。所有管理度支等事，委户部尚书班宏代理，宏未几亦殁。贽请召用湖南观察使李巽，入判度支。德宗已经允许，忽又变卦，拟用司农少卿裴延龄。贽上言道："度支司须准平万货，吝即生患，宽又容奸，延龄诞妄小人，倘或误用，适伤圣鉴。"德宗不从，竟任延龄为户部侍郎，判度支事。**又是一个奸臣进来了。**

至贞元九年，湖南观察使李巽，奏称宣武留后刘士宁，私遗参绢五千匹，德宗大怒，即欲诛参。贽入谏道："刘晏冤死，罪不明白，至使叛臣借口有词。参性贪纵，天下共知，但必说他私交藩镇，潜蓄异图，未免太甚。若骤加重辟，转骇人情。"**以直报怨，不愧君子。**乃再贬参为驩州司马，没入家赀。内侍尚毁参不已，竟赐参自尽，杖杀窦申，诸窦一并谪戍。董晋因与参同事有年，见参得罪，亦自觉不安，乃请免职。有诏罢晋为礼部尚书，召义成节度使贾耽，为尚书右仆射，与尚书右丞卢迈，同平章事。德宗恐相权过重，仍蹈前辙，乃命四人辅政，分权任事。哪知权任不专，遇事推诿，每值有司关白，辄面面相觑，不肯署判。陆贽乃奏请依至德故事，**至德系肃宗年号见前文。**宰相更迭秉笔，旬日一易，德宗准如所请。寻复逐日一易，虽案牍不至沈滞，终未免互相顾忌，无所责成。贽先后奏陈治道，不下数十万言，至论边防六失，尤中时弊。大略谓："措置乖方，课责亏度，兵众致财匮，将多致力分，怨起自不均，机失于遥制，须酌量裁并，慎简统帅，督垦闲田，自筹兵食"等语。德宗尝优诏褒答，终究不能施行。

会回鹘击破吐蕃于灵州，遣使献俘，云南王异牟，袭击吐蕃，取十六城，擒名王五人，亦遣使献捷，且献地图方物，及吐蕃所给金印，请复号南诏。德宗遣郎中袁滋等，往册异牟为南诏王，赐银窠金印。异牟至大和城受册，很是恭顺，优待唐使。滋等尽欢而还，详报德宗。德宗欣慰得很，遂拟大修神龙寺，报答神麻。户部侍郎裴延龄，奏称："同州谷中，有大木数十株，高约八十丈，可供寺材。"德宗惊喜道："开元天宝年间，在近畿搜求美材，百不得一，今怎得有此嘉木？"延龄即献谀道："天生珍材，必待圣君乃出，开元天宝，何从得此。"德宗甚喜。*对子孙诋毁祖宗，德宗尚视为可喜，非愚而何？*嗣又由延龄上疏，谓："在粪土中得银十三两，缎匹杂货，百万有余，这皆是左藏羡余，应移入杂库，供别敕支用。"太府少卿韦少华，*与死陕州之韦少华姓名相同，别是一人。*劾论："延龄欺君罔上，请令三司查核左藏，何来此粪土中物，无非延龄移正为羡，恣为诡谲等情。"德宗既不罪延龄，亦不罪少华。*延龄所奏，不能欺三尺童子，德宗昏耄已甚，所以麻木不仁。*盐铁转运使张滂，司农卿李铦，京兆尹李充，俱因职任相关，常斥延龄谬妄。陆贽更志切除奸，极陈延龄罪恶，略云：

延龄以聚敛为长策，以诡妄为嘉谋，以掊克敛怨为匪躬，以靖谮服谗为尽节，可谓尧代之共工，鲁邦之少卯，迹其奸蠹，日长月滋，移东就西，便为课绩，取此适彼，遂号羡余。昔赵高指鹿为马，臣谓鹿之与马，物类犹同，岂若延龄掩有为无，指无为有？臣以卑鄙，任当台衡，情激于衷，欲罢难默，务乞陛下明目达聪，亟除奸愿，毋受欺蒙，则不胜幸甚！

这疏上后，德宗非但不罪延龄，反待延龄加厚。贽复约宰相赵憬，面奏延龄奸邪，德宗恨贽多言，面有怒色。憬却一语不发，退朝后反密告延龄，延龄恨贽益深。或谓贽嫉恶太严，恐遭谗害，贽慨然道："我上不负天子，下不负所学，此外非所敢计了。"果然不到数日，有敕颁下，罢贽为太子宾客。越年为贞元十一年，初夏天旱，延龄诬贽怨望，并李充、张滂、李铦，乘旱造谣，摇动众心。德宗竟贬贽为忠州别驾，充为涪州长史，滂为汀州长史，铦为邵州长史。

先是定州人阳城，隐居中条山，以学行著名，李泌荐为谏议大夫，城拜官不辞，未至京师，都人已想望丰采，料他必尽言敢死。及城入哀后，独与二弟及客，日夜痛饮，并无谏章。河南人进士韩愈，作《争臣论》讥城，他人亦啧有烦言，城仍不介意，但以杯中物消遣，恍若无闻。至贽等坐贬，主怒未解，中外惴恐，莫敢营救，城独奋然道："不可令天子信用奸臣，杀无罪人。"乃公也酒醒了。遂与拾遗王仲舒，补阙熊执易、崔镐等，伏阙上书，极陈延龄奸佞，贽等无罪。德宗大怒，欲罪城等，幸太子在旁劝解，乃命宰相出谕，令他退去。金吾将军张万福，大声称贺道："朝廷有直臣，天下从此太平了。"因遍拜城等，已而连呼太平万岁，太平万岁！万福武人，年八十余，自万福称贺后，城乃得重名。会闻德宗欲进相延龄，城泣语廷臣道："果欲用延龄为相，当取白麻撕坏，免他误国。"白麻系宣诏用纸。随即续草奏稿，尽列延龄罪状，使李泌子繁缮写。繁本不端品，城因他是故人子，嘱令缮正，哪知他竟私告延龄。延龄亟入见德宗，一一自解。及城疏呈入，德宗遂视为诬妄，搁置不理，虎父生犬子，可为邺侯一叹。且改城为国子司业，进延龄为户部尚书。延龄年已衰老，尚自恨不得相位，居常牢骚郁愤，谩骂近臣，至遇疾卧第，擅载度支官物至家，人无敢言。越岁竟死，年六十九，中外相贺。唯德宗悼惜不置，追赠太子太傅。延龄尝荐谏议大夫崔损，才可大用，适赵憬病殁，卢迈老疾，中书省虚位十日，德宗即令损同平章事。损委鄙无能，入相后毫无建白，母殡不葬，女兄为尼，殁不临丧。德宗恰喜他唯唯诺诺，倚任了好几年。

是时太尉中书令西平王李晟，司徒侍中北平王马燧，相继去世，晟谥忠武，燧谥庄武。昭义节度使李抱真，也已病终，都虞候王延贵，奉诏继任，赐名虔休。魏博节度使田绪，曾在贞元元年，尚德宗妹嘉诚公主，代宗第十女。有庶子三人，幼名季安，公主抚为己子。绪于贞元十二年殁世，左右推季安为留后，德宗即命为节度使。为后文魏博归朝张本。山南东道节度使曹王皋，亦已病逝，赐谥为成，接任为陕虢观察使于頔，各镇粗报平安。唯宣武军迭经变乱，宣武节度使刘士宁，淫乱残忍，为兵马使李万荣所逐，奔归京师。万荣得受制为留后，用子迺为兵马使，牙将刘沐为行军司马。不到一年，宣武军又复作乱，都虞候邓惟恭，因万荣寝疾，执迺送京师，并杀万荣亲将数人。这次还算德宗有些主意，特授董晋为宣武节度使，令即赴镇。又恐晋太宽柔，未能镇定，更命汝州刺史陆长源为行军司马，随晋东行。既用董晋，不必用陆长源，仍是种一祸苗。晋兼程至宣武军，万荣已经病死，唯恭代领军事，仓猝不及抗命，只好出迎朝使。晋不用兵卫，接见惟恭，辞气甚和，且仍委以军政，暗中却加意防备。等到惟恭谋乱，已是布置绵密，先将乱党捕诛，然后把惟恭拿住，械送京师。陆长源性刚且刻，最喜更张旧事，经晋从容裁抑，军中乃安。**不意董先生却有此经济。**后来过了两年，晋病殁任所。长源知留后，扬言道："将士弛慢已久，我当振饬法纪，方可扫清宿弊。"军士听了此言，不禁恟惧，或劝长源散财劳军，长源道："我岂效河北贼，用钱买将士心么？"未几变起，长源被杀。监军俱文珍，急召宋州刺史刘逸准靖难，逸准曾为宣武将，颇得众心，闻文珍召，引兵入汴州，抚定大众，请命朝廷。诏授逸准为节度使，赐名全谅，不到数旬，全谅复殁，军中推玄佐甥韩弘为留后。韩弘曾为兵马使，至是因宣武军屡次作乱，特查出乱首，及党与三百人，历数罪状，斩首以徇。一面恭请朝命，受敕为节度使，乃整肃号令，抚循军士，汴中才无后忧。

偏淮西节度使吴少诚，密谋抗命，遣人阴约韩弘，为弘所杀。少诚知逆谋已泄，索性举兵发难，掠寿州，袭唐州，杀死镇遏使谢详张嘉瑜。会陈许节度使曲环身故，陈州刺史上官涗，继为留后，少诚乘隙进击，涗遣将往阻，不幸败殁；反致寇逼城下。涗方接奉朝旨，进任节度使，蓦闻寇至近郊，不禁仓皇欲走。营田副使刘昌裔入阻道："朝廷方授公节钺，奈何弃此他去？况城中不乏将士，固守有余，昌裔不才，愿为城守。"涗乃委以军事，集众登埤。兵马使安国宁，谋为内应，被昌裔察出，诱入诛死，然后誓众拒敌。少诚围攻累日，昌裔伺他懈怠，凿城出击，大破敌兵。又经刘弘发兵三千，来援许州，少诚遁去，许城得全。

德宗闻少诚叛乱，褫夺官爵，令诸道会师进讨，于是山南东道节度使于颀，安黄节度使伊慎，知寿州事王宗，与上官涗、韩弘联兵，进讨淮西。起初颇称得利，于颀前驱进行，选拔吴房朗山，嗣因军无统帅，号令不一，各军至小溵水，自相惊骇，纷纷溃散，委弃器械资粮，均为少诚所有，少诚气势益强。西川节度使韦皋，闻诸军失利，表请授浑瑊、贾耽为元帅，统辖诸军，若不愿烦劳元老，臣愿选精锐万人，下巴峡，出荆楚，翦除凶逆，否则谕少诚悔罪，加恩赦宥，罢免两河诸军，休息兵民，尚不失为次策。如少诚罪恶贯盈，为麾下所杀，仍举爵位授他麾下，是去一少诚，复生一少诚，祸且无穷云云。**末数语，最中时弊。**德宗接奏，方在踌躇，忽报中书令咸宁王浑瑊，因病致亡，不由得嗟叹道："国家又失一大将了。"遂予谥忠武，另拟择将讨吴少诚，时宦官窦文场、霍仙鸣，正得上宠，进任护军中尉，势倾朝野，内外官吏，多出门下。夏绥节度使韩全义，尤为文场厚爱，特地荐引，令为蔡州招讨使，统率十七道兵马，出征少诚。全义素无勇略，唯贿托权阉，得邀超擢。既为大帅，即用阉寺数十人，充作监军。每议军事，阉寺高坐帐中，争论哗然，无一成议。并且天时溽暑，士卒病殁，全义亦不加抚慰，以致人人离心。行至溵南，淮西将吴秀吴少阳等，驱军前来，两下未及交锋，诸道军已经溃退。吴秀等乘势掩杀，全义连忙回走，返保五楼。嗣是三战三北，逐节退还，直至陈州各道兵多半还镇，唯陈许将孟元阳，神策将苏光荣，尚留军溵水，并力杀退追兵。少诚乃引军还蔡州，全义尚归罪昭义将夏侯仲宣，义成将时昂，河阳将权文变，河中将郭湘等，诱至帐中，设伏捕戮，夸示权威，军心愈觉不服。幸少诚未悉详情，遣使赍献书币，求监军代为昭雪。监军乐得代奏，有诏赦少诚罪，仍复官爵，召全义班师。全义至长安，文场力为袒护，掩饰败迹。德宗仍然厚待全义。全义托言足疾，但遣司马崔放入对，放为全义引咎，自谢无功。德宗道："全义为招讨使，能招徕少诚，也是功劳，何必定要杀人呢？"全义乃谢归夏州。小子有诗叹道：

> 元戎失律咎难辞，谁料庸君反受欺？
> 功罪不明纲纪隳，晚唐刑赏早违宜。

吴少诚外，还有余镇节度使，互有更替，容至下回再表。

古来计臣，多工心术，裴延龄虚妄无能，尚不足与计臣同列，德宗独深信之，意者其殆由天性好猜，隐相契合欤？不然，得韦少华之讦发，与陆贽等之极陈，宁有不为之感悟耶？阳城之名，实延龄玉成之，延龄死而中外相贺，德宗独追惜不置，好人所恶，恶人所好，其不亡也亦幸矣。夫不能斥裴延龄，无怪其用韩全义，溵南之败，全义实尸其咎，乃复任阉竖播弄，掩败为功，德宗之德，固若是耶？读此回不禁为之三叹焉。

第五回

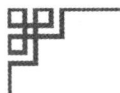

王叔文得君怙宠
韦执谊坐党贬官

却说成德节度使王武俊，于贞元十七年殁世，子士贞受命为留后，此外如滑亳许节度使，即义成节度使。迭经李复、姚南仲、卢群、李元素等，先后交替，幸无变故。徐泗濠节度使张建封病卒，军士推建封子愔为留后，德宗命淮南节度使杜佑兼任，偏经军士抗拒，只好收回成命，令愔为节度使，改名武宁军。大权已经旁落，改名何益？朔方节度使杨朝晟殁后，由兵马使高固接任，军心尚安。昭义节度使，改用卢从史，也是由军士拥立。总之德宗时代，藩镇坐大，已成了上陵下替的局面。德宗又专务姑息，过一日，算一日，但教目前无恙，便自以为天下太平。如见肺肝。就是朝中宰辅，亦多用那庸庸碌碌的人物，崔损为裴延龄所荐，入相九年，无一嘉谟，反始终倚界，直至一病不起，方进太常卿高郢为中书侍郎，吏部侍郎郑珣瑜为门下侍郎，同平章事，其实这两人也没甚用处。还有辅政多年的贾耽，见前回。出将入相，颇负重望，但也遇事模棱，苟全禄位。宰相如此，他官可知。太学生薛约，上书言事，坐徙连州。国子司业阳城，与约有师生谊，出送郊外，被德宗闻知，说他党庇罪人，亦贬为道州刺史，且饬观察使随时考课。城自署道："抚字心劳，催科政绌。"考下，观察使遣判官督收赋税，城自系狱中，判官惊退。又遣他判官往验，他判官载妻孥同行，中道逸去，城名益盛。独朝廷视为废吏，置诸不问。京兆尹李实，为政暴戾，遇旱不准免租，监察御史韩愈，请收征从缓，被黜为山阳令，朝政昏愦，已可见一斑了。

太子诵操心虑患，颇称练达，平居有侍臣二人，最为莫逆，一个是杭州人王伾，一个是山阴人王叔文，俱官翰林待诏，出入东宫。叔文诡谲多谋，自言读书明理，能通治道，太子尝与诸侍读座谈，论及宫市中事，大众刺刺不休，独叔文在侧，不发一词。及侍臣齐退，太子乃留住叔文，问他何故无言？叔文道："殿下身为太子，但当视膳问安，不宜谈及外事。且皇上享国日久，如疑殿下收揽人心，试问将何以自解？"太子不禁感泣道："非先生言，寡人实尚未晓，今始得受教了。"遂大加爱幸，与王伾相依附。伾善书，叔文善棋，两人娱侍太子，日夕不离，免不得有所陈议。或说是某可为相，或说是某可为将。既言太子不宜论外事，奈何复引荐将相。看官听说！他所谈述的将相才，并不是因公论公，其实统是他的死友，无非望太子登台，牵连同进，结成一气，可以长久不败呢。当时翰林学士韦执谊，左司郎中陆淳，左拾遗吕温，进士及第李景俭，侍御史陈谏，监察御史柳宗元、刘禹锡、程异，司封郎中韩晔，户部郎中韩泰，翰林学士凌准等，皆与叔文王伾，结为死友，尝同游处，踪迹诡秘，莫能推测。左补阙张正一上书言事，得蒙召见，叔文恐他上达阴谋，即嗾韦执谊参劾正一，说他与吏部侍郎王仲舒，主客员外郎刘伯刍等，私结朋党，游寓无度，以致正一坐贬，仲舒伯刍，亦皆远谪，于是朝右侧目。就是各道藩臣，亦或阴进资币，与为交通。不料太子忽染风疾，甚至瘖不能言，贞元二十一年元日，德宗御殿受朝，王公大臣等，循例入贺，独太子不能进谒。德宗悲感交乘，且叹且泣，退朝后便即不豫，日甚一日。过了二十多天，并没有视朝消息，太子也未闻病愈，中外不通，宫廷疑惧。

一夕，由内廷宣召，传入翰林学士郑絪卫次公，令草遗诏。两学士才知德宗弥留，握笔匆匆，立即定稿。忽有一内侍出语道："禁中方议及嗣君，尚未定夺。"次公即接口道："太子虽然有疾，地居冢嫡，中外属心，必不得已，也应立广陵王，见后。否则必致大乱。敢问何人能担当此责？"赖有此人。郑絪亦应声道："此言甚是。"内侍方才入报。宦官李忠言等，料难违众，方传言德宗驾崩，立太子诵为嗣皇帝。郑絪卫次公，缮就制书，即刻颁发。太子知人心忧疑，力疾出九仙门，召见诸军使，京师粗安，次日即位太极殿。卫士尚有疑议，及入谒，引颈相望道："果真太子呢。"大众喜甚，反至泣下。即位礼成，九重有主，是谓顺宗，尊谥德宗为神武皇帝。德宗在位二十六年，享寿六十四岁，改元三次。后来奉葬崇陵，以德宗后王氏祔葬。后本顺宗生母，德宗贞元三年，由淑妃进册为后，素来多疾，册礼方讫，即报崩逝。德宗不再册后，只有贤妃韦氏，总摄六宫，性敏行淑，言动有法，为德宗所爱重，至是自请出奉园陵。及德宗既葬，遂在崇陵旁居住，守制终身，这才是不愧贤妃了。历叙德宗后妃，朴前文所未及，至称颂韦贤妃处，尤关名节。

　　顺宗失音未瘥，不能躬亲庶务，每当百官奏事，辄在内殿施帷，由帷中裁决可否，令内侍传宣出来。百官在帷外窥视，常隐隐见顺宗左右，陪着两人，一是顺宗亲信的宦官，就是李忠言，一是顺宗宠爱的妃子，就是牛昭容。外面翰林院中，职掌草诏，主裁是王叔文。出纳帝命，便是王伾。叔文有所奏白，往往令伾入告忠言，忠言转告牛昭容，昭容代达顺宗，往往言听计从，无不照行，因此翰苑大权，几高出中书门下二省。叔文复荐引韦执谊为相，得邀允准，遂进执谊为尚书左丞，同平章事；伾与叔文，同进为翰林学士。韩泰、柳宗元、刘禹锡等，竞相标榜，不曰伊周复出，即曰管葛重生，所有进退百官，悉凭党人评骘，可即进，不可即退。又恐众心不服，也提出几种合法的条件，请旨施行，一是命杜佑摄行冢宰，兼掌度支等使；一是罢进奉宫市五坊小儿；一是追召陆贽阳城；一是贬京兆尹李实为通州长史，数道诏命，蝉联而下，大众争颂新主圣明。唯陆贽阳城，未及接诏，已皆病殁贬所，有诏赠贽为兵部尚书，追谥曰宣，城为左散骑常侍，各令地方有司，派吏护丧归葬，中外俱惋惜不置。唯王叔文党与，共庆弹冠，或为御史，或为中丞。侍御史窦群，素来刚直，独语叔文道："天下事未可逆料，公亦宜稍自引嫌。"叔文惊问何故？群答道："李实尝怙恩挟贵，睥睨一世，当时公逡巡路旁，尚只江南一吏，今李实遭贬，公为后起，怎保路旁无与公相等呢？"恰是忠告。叔文全然不睬。群即退草弹文，劾奏刘禹锡等挟邪乱政，不宜在朝。不明斥叔文，想是尚留情谊。次日呈将进去，禹锡等当然得知，忙与叔文商议，设法逐群。叔文转告韦执谊，执谊道："群以直声闻天下，倘骤加斥逐，我辈必负恶名，还请暂时容忍，待后再议！"叔文面有愠色。执谊终执前说，不欲罢群，群因仍在位。御史中丞武元衡，兼山陵仪仗使，禹锡向元衡前，求为判官，元衡不许。叔文以元衡职操风宪，密遣人诱啖权利，讽使附己，元衡又不从。由是互进谗言，左迁元衡为左庶子。一班干禄市宠诸徒，见他大权见握，不得不昏暮乞怜。

叔文与伾，及党人数十家，都是门庭似市，日夜不绝，且往往不得遽见，多就邻近寓宿，凡饼肆酒垆中，尽寄宦迹，每夕须出旅资千钱，方准容膝。那热心做官的人，还管什么小费，就使要许多贿赂，也不惜东掇西凑，供奉党人。王伾最号贪婪，按官取贿，毫无忌惮，所得金帛，用一大柜收藏，伾夫妇共卧柜上，以防盗窃，好算是爱财如命了。**何不喝荸荠汤？**

顺宗久疾不愈，大臣等罕见颜色，拟请立储备变。独伾与叔文等，欲专大权，多方阻挠。宦官俱文珍、刘光锜、薛盈珍等，阴忌党人，密启顺宗，速建太子。顺宗召入翰林学士郑䌌等，商议立储事宜，䌌并不多言，但书"立嫡以长"四字，进呈御览。顺宗点首示意。䌌遂承制草诏，立广陵王淳为太子，改名为纯。原来顺宗有二十七子，长子纯，系王良娣所出，年已二十有八，夙号英明，德宗时已受封为广陵郡王，至是立为太子，全由郑䌌一人主持，就中唯俱文珍等几个近侍，算是预闻，此外没人参议，连牛昭容都不得知晓。一经诏下，内外惊为特举，相率称贺。**付畀得人，不可谓顺宗非贤，但创议出自阉宦，终贻后患。**唯叔文面带愁容，独吟杜甫题诸葛祠诗道："出师未捷身先死，长使英雄泪满襟。"二语吟毕，旁人多半窃笑，他益加疑惧，日召党人谋议，且常至中书省，与韦执谊密谈。

一日已值午牌，独乘车往见执谊，门吏出阻道："相公方食，不便见客。"叔文怒叱道："你敢不容我进去么？"门吏婉言道："这是向来旧例。"叔文不待说毕，便厉声道："有什么例不例？"门吏乃入白执谊，执谊只好出迎，与叔文同往阁中。杜佑、高郢、郑珣瑜三人，本与执谊会食，见执谊入内，彼此停箸以待，良久方有人出报道："韦相公已与王学士同食阁中，诸相公不必再待了。"佑与郢方敢续食。珣瑜草草食罢，退语左右道："我岂可复居此位，长做一伴食中书么？"遂跨马径归，称疾不出。还有资格最老的贾耽，已有好多时不到省中，一再上表辞职，乞许骸骨归里，唯未见诏书下来。执谊妻父杜黄裳，曾任侍御史，为裴延龄所忌，留滞台阁，十年不迁。及执谊入相，始迁太常卿，因劝执谊率领群臣，请太子监国。执谊惊讶道："丈人甫得一官，奈何即开口议禁中事？"黄裳勃然道："我受恩三朝，怎得因一官相属，遂卖却本来面目？"说罢，拂衣趋出。执谊因受叔文嘱托，特荐陆质为侍读使，潜伺太子意，并得乘间进言。陆质即陆淳，因避太子原名，改名为质。质入讲经义，免不得兼及外事，太子变色道："皇上令先生来此，无非为寡人讲经，奈何旁及他务？寡人实不愿与闻！"质碰了一个钉子，赧颜而退。

叔文又虑宦官作梗，复引右金吾大将军范希朝，为神策京西行营节度使，即用韩泰为行军司马。泰有筹画，为叔文等所倚重。叔文推荐希朝，明明是借他出面，暗中实恃泰为主，令泰号召西北诸军，与为联络，抑制宦官。宦官俱文珍等，窥透机谋，亟遣人密告诸镇，慎勿以兵属人。及希朝与泰，到了奉天，檄令诸镇将入会，诸镇将托词迁延，始终不至，任你韩泰足智多谋，至此也束手无策，只好怏怏回都。叔文得泰还报，正在懊怅，不意制书又下，调他为户部侍郎，仍充度支盐铁转运等副使，这一惊非同小可，便语诸学士道："我逐日来翰院中，商量公事，今把我院职撤销，将来如何到此呢？"说至此，几乎泣下。王伾代为疏请，乃许三五日一入翰院，叔文方解去一半愁肠。

宣化巡官羊士谔，因事入京，公言叔文罪恶。叔文大怒，即商诸韦执谊，欲请旨处斩。执谊不答。叔文道："就使免斩，亦当杖死。"执谊仍然摇首。叔文悻悻出去，执谊乃贬士谔为宁化尉。适剑南度支副使刘辟入京，求领剑南三川，且假韦皋名目，语叔文道："太尉使辟，向公道达诚意，若与辟三川，当效死相助，否则亦当怨公。"叔文怒道："节使岂可自请？韦太尉也太觉糊涂了。"遂将辟拒退。又与执谊面议，欲斩刘辟，韦执谊仍然不允。辟实可杀。叔文忍无可忍，当面诟责，备极挪揄，执谊无词可对，及叔文已归，乃使人谢叔文道："非敢负约，实欲曲成兄事，不得不然。"叔文总说他忘恩负义，与为仇隙。未几叔文母病，将要谢世，叔文却盛设酒馔，邀请诸学士，及宦官李忠言、俱文珍、刘光锜等，一同入座。酒行数巡，叔文语众道："叔文母病，因身任国事，不得亲侍医药，未免子道有亏，今拟乞假归侍。自念在朝数年，任劳任怨，无非为报国计，不避危疑，一旦归去，谤必随至，在座诸公，若肯谅我愚诚，代为洗刷，叔文即不胜衔感了。"如此胆怯，何必植党营私。满座俱未及答，独俱文珍冷笑道："礼义不愆，何恤人言？王公亦未免多心呢。"大众应声附和，说得叔文无可措辞，可见宦官势盛。但斟酒相劝，各尽数杯而散。

越日，叔文母殁，丁忧去位。韦执谊本迫持公议，与叔文常有异同，至此更乏人牵掣，乐得任所欲为，就使叔文密函相托，他亦置诸不理，叔文因此益愤，日谋起复，拟得任原官后，先杀执谊，然后将反对诸人，一律除尽。王伾代为帮忙，常至各宦官处疏通，且与杜佑商议，请起叔文为相，兼总北军，偏偏没人答应，再请起叔文为威远军使，也是不得奥援。他只得自己出名，接连上了三疏，说得叔文如何通文，如何达武，满纸中天花乱坠，始终不见纶音。伾知不能济事，在翰院中卧至夜半，忽失声自叫道："王伾中风了！"遂乘车竟归，不敢再出。

西川节度使韦皋，上表请太子监国，略言："陛下哀毁成疾，请权令太子亲监庶政，俟皇躬痊愈，太子可复归东宫。"又上太子笺云："圣上谅阴不言，委政臣下，王叔文、王伾、李忠言等，谬当重任，树党乱纪，恐误国家，愿殿下即日奏闻，斥逐群小，令政出人主，治安天下"等语。荆南节度使裴均，河东节度使严绶，笺表继至，语与皋同。再经俱文珍等，从中怂恿，不由顺宗不从，遂许令太子监国，即日颁敕。太子纯既揽重权，遂命太常卿杜黄裳为门下侍郎，左金吾大将军袁滋为中书侍郎，并同平章事，罢郑珣瑜为吏部尚书，高郢为刑部尚书。太子出莅东朝堂，引见百官，百官入朝拜贺，太子逡巡避席，掩袖拭泪。大众知太子忧父，交相称颂。过了半月，由顺宗禅位太子，自称太上皇，制敕称诰，改元永贞，循例大赦。越五日，太子纯即位太极殿，是为宪宗，奉太上皇居兴庆宫，尊生母王氏为太上皇后，贬王伾为开州司马，王叔文为渝州司户。升平公主即郭暧妻。入贺，并献入女伎数人，宪宗道："太上皇尚不受献，朕何敢违例？"遂将女伎却还。荆南表献毛龟，宪宗又下诏道："朕所宝唯贤，嘉禾神芝，统是虚美，不足为宝。所以春秋不书祥瑞，从今日始，勿再以瑞兆上闻，所有珍禽奇兽，亦毋得进献！"于是天下向治，共仰清明。

剑南西川节度使韦皋，镇蜀已二十一年，服南诏，摧吐蕃，威德及民，功勋无比，累加官阶，至检校太尉，爵南康郡王。宪宗即位，因他表请监国，有定策功，当然再沛恩纶，厚加宠遇，不意恩诏尚未到蜀，太尉率尔归天，生荣死哀，全蜀悲悼，到处绘像立祠，享祭不绝。皋本是京兆人氏，气宇轩昂，性度豁达，张延赏为女择婚，苦无当意，延赏妻苗氏，系故相苗晋卿女，凤善风鉴，既见韦皋，即语延赏道："此人后必大贵，可选作东床。"延赏尚未允许，经苗氏再三怂恿，乃赘皋为婿。皋时尚微贱，随延赏出镇剑南，倜傥不羁，傲睨一切。延赏渐加白眼，连婢仆也瞧他不起，他也不以为意，唯苗氏待遇如常。张女泣语皋道："韦郎！韦郎！七尺好男儿，学兼文武，乃常沈滞儿家，贻人笑骂么？"勖夫上达，却也是个奇女。皋投袂而起，即向延赏处辞行。张女摒挡妆奁，尽作赆仪。延赏喜皋他往，亦赠以七驮物。皋出门东去，每过一驿，即遣还一驮，行经七驿，七驮物悉数璧还，唯挈妻所赠，及布囊书策，径至京师，投入帅府幕中；辗转推荐，得擢监察御史，出知陇州行营留事。德宗奔奉天，皋斩牛云光，诛朱泚使，遣使上闻，因超迁奉义节度，镇守西陲。贞元初年，加任金吾大将军，持节西行，往代张延赏职。他却改易姓名，以韦作韩，以皋作翱，疾驰至天回驿，去西川城仅三十里。延赏闻韩翱到来，正因他素不相识，未免滋疑，忽有属吏入报道："今日来代相公，系是韦皋将军，并不是韩翱呢。"苗夫人在旁道："若是韦皋，必系韦郎。"延赏笑道："天下岂没有同姓同名的官吏？似韦生不通音问，已越数年，我料他早填沟壑，怎得来代我位呢？可笑你妇人家，太没见识，致误女儿。"苗夫人道："韦郎前虽贫贱，妾观他气凌霄汉，每与相公接谈，从未尝一言献媚，因致见尤，今日立功任重，舍彼为谁？相公莫笑妾无目哩。"延赏仍然不信，到了次日，新使入府，果然是张门快婿韦皋，延赏无颜出迎，但自叹道："我不识人。"遂从西门窃出，扬长自去。皋入谒外姑苗夫人，下拜甚恭，与张女相见，欢然道故，自不消说。唯见了张家婢仆，免不得惹起前嫌，立即提出数人，痛加杖责，有一两个暴死杖下，竟将遗尸投弃蜀江。小人何足深责，皋后来亦致暴死，恐是冤魂为厉。乃大开盛宴，替苗夫人饯行，随派兵吏护送出境。自是抚御将士，整饬边防，迭破吐蕃骁帅，威震西南；南诏称臣，群蛮内附。年六十一暴卒，由宪宗追赠太师，予谥忠武。

支度副使刘辟，竟自称西川剑南留后，表求旄节。宪宗派袁滋为安抚大使，考察全蜀情形，另任尚书左丞郑余庆同平章事。既而贾耽复殁，再进中书舍人郑絪同平章事。一面追究王叔文余党，连贬韩泰、韩晔、柳宗元、刘禹锡等为远州刺史，嗣又因议罚太轻，再贬韩泰为虔州司马，韩晔为饶州司马，柳宗元为永州司马，刘禹锡为朗州司马，陈谏为台州司马，凌准为连州司马，程异为郴州司马。唯陆质已死，李景俭适居母丧，得免严谴。着末一诏，乃是将同平章事韦执谊，迭降了好几级，黜为崖州司马；越年且赐王叔文自尽。王伾韦执谊凌准，相继忧死。小子有诗叹道：

　　漫夸管葛与伊周，朝值槐堂暮远流。
　　试看八人同坐贬，才知富贵等云浮。

叔文余党，贬黜无遗，天时已值残冬，朝廷又要改元了。欲知宪宗元年时事，容待下回表明。

　　王叔文非真无赖子，观其引进诸人，多一时知名士，虽非将相才，要皆文学选也。王伾与叔文比肩，较为贪鄙，招权纳贿，容或有之，乱政误国，尚未敢为，观其贬李实，召陆贽阳城，罢进奉宫市五坊小儿，举前朝之弊政，次第廓清，是亦足慰人望，即欲夺宦官之柄，委诸大臣，亦未始非当时要着，阉寺祸唐，已成积习，果能一举扫除，宁非大幸？误在材力未足，夸诞有余，宦官早已预防，彼尚自鸣得意，及叔文请宴自陈，王伾卧床长叹，徒令若辈增笑，不待宪宗即位，已早知其无能为矣。韦执谊始附叔文，终摈叔文，卒之同归于尽。八司马相继贬窜，数腐竖益长权威，加以韦皋、裴均、严绶等，上表请诛伾文，复开外重内轻之祸，自是宦官方镇，迭争权力，相合相离，以迄于亡，可胜慨哉！故史称顺、宪二宗，俱英明主，读此回而未敢尽信云。

第六回

擒刘辟戡定西川
执李锜荡平镇海

却说顺宗改元永贞，因关系一代正朔，所以就贞元二十一年间，即已改行。至宪宗禅位，应复改元，当下将永贞二年，改为元和元年。正月朔日，宪宗带领百官，至兴庆宫朝贺顺宗，奉上尊号，称为应乾圣寿太上皇，礼毕还朝，方受群臣庆贺。过了数日，太上皇病体增剧，医药罔效，竟尔升遐，享年四十六岁，在位仅阅半年，总算作为一年。宪宗侍疾治丧，连日无暇，偏刘辟不肯用命，居然造起反来。辟欲继韦皋后任，因宪宗不许，特阻兵自守。宪宗已遣袁滋为安抚使，寻又命充西川节度使，征辟为给事中。辟仍不肯奉诏，滋畏辟不进，为宪宗所闻，贬滋为吉州刺史，本拟发兵讨辟，但念履位方新，力未能讨，只好再事羁縻，授辟为西川节度副使，知节度事。右谏议大夫韦丹上疏，谓："释辟不诛，外此无不效尤，恐将来朝廷命令，不能出两京以外。"宪宗颇以为然，因命丹为东川节度使，防制西川。哪知辟气焰益骄，又表请兼领三川。宪宗不允，辟竟发兵攻梓州。推官林蕴极力谏阻，惹动辟怒，将蕴械系起来，且屡嘱军士持刀威吓，刃拟蕴颈，已非一次。蕴怒叱道："竖子！要斩便斩，我颈岂汝砺石么？"辟不禁旁顾道："此人真忠烈士，饶他去罢！"<small>公道自在人心，即叛贼犹知忠义。</small>乃黜为唐昌尉，复益兵东向，将梓州围住。

东川节度使韦丹，尚未到任，前节度使李康，督众拒守，一面飞章告急。宪宗召

41

集群臣，会议讨逆事宜，大众谓蜀地险固，不易进兵。独杜黄裳奋然道："辟一狂妄书生，得良将往取，譬如拾芥，有什么难事？"原来辟曾举进士，参入戎幕，累经韦皋信任，厚自储藏，因潜谋不轨，致遭此变。韦皋亦大不识人。黄裳知辟无能，决计主讨，特荐神策军使高崇文，勇略可用，并请宪宗勿置监军，以专责成。翰林学士李吉甫，亦劝宪宗从黄裳言，宪宗乃命高崇文，率步骑五千，作为前军，神策行营兵马使李元奕，率步骑二千，作为次军，并会同山南西道节度使严砺，同讨刘辟。当时宿将尚多，各自命为征蜀统帅。哪知诏命一下，偏用了一个高崇文，顿令他惊异不置。崇文方屯长武城，练兵五千，常如寇至，一经受诏，即日启行，器械糇粮，均无所阙，在途严申军律，秋毫无犯。有一兵士就食逆旅，折人已箸，被崇文察觉，立斩以徇。将吏相率股栗，奉命唯谨。崇文出斜谷，李元奕出骆谷，同趋梓州，途次接得警报，梓州已经失守，李康被擒，崇文引兵亟进，从阆中入剑门，正值辟将邢泚，乘胜前来，崇文也不与答话，立即擂鼓，驱军猛击。邢泚慌忙对仗，战不数合，已杀得旗靡辙乱，无力抵敌，没奈何返奔梓州。崇文追至城下，悬赏攻城，自己亲冒矢石，限期登陴。泚已经过第一次厉害，自知非崇文敌手，不如趁早逃生，遂引众夜出后门，一溜烟地去了。崇文入屯梓州，休息一日，拟再行进兵，可巧辟送归李康，为辟代求昭雪。崇文叱道："汝败军失守，已负死罪，尚敢替逆贼求免么？"康尚欲乞情，怎奈崇文铁面无私，立命左右推出，把康斩首。嗣接严砺军报，也已攻克剑州，斩贼吏文德昭，当下覆告严砺，联名奏捷，宪宗得报甚喜。又接韦丹自汉中递奏，请命崇文知蜀中事，乃即以崇文为东川节度副使。

不意西川尚未告靖，夏绥又复称戈，几乎有铜山西崩，洛钟东应的状态。亏得河东节度使严绶，表请讨贼，不待朝廷发兵，已遣牙将阿跌光进，阿跌系复姓。及弟光颜，率兵戡乱。两将勇冠河东，联镳并进，足令逆军丧胆。夏州兵马使张承金，斩了首逆，传首京师，夏绥复安。究竟首逆为谁？原来是韩全义甥杨惠琳。倒戟而出，笔墨一新。全义自溵水败还，不朝而去，宪宗时在藩邸，即斥他不尽臣节，至宪宗嗣位，全义颇自戒惧，拜表入朝。杜黄裳勒令致仕，全义只好归休，独全义甥杨惠琳，乘全义入朝，权知留后。宪宗简将军李演为夏绥节度使，反为惠琳所拒，因此严绶遣将往讨，不匝月而乱平。高崇文闻光颜名，调令至蜀，自督兵攻鹿头关，关距成都百五十里，倚山带川，非常雄险。辟连筑八栅，分兵屯守，严拒官军，辟将仇良辅，与辟子方叔，婿苏强，统领屯兵，出战崇文，大败而还。崇文督兵攻栅，也不能下，复因天雨连绵，未便猛扑，他却想了一计，令骁将高霞寓，专攻关左的万胜堆。堆在鹿头山上，高出关城数仞，原有贼将驻守，霞寓招募死士，扳缘而上，任他矢石如雨，只管冒死上去，前队仆，后队继，且纵火焚栅，烟焰薰天，贼众无处逃遁，不是焚死，就是杀死。既夺得万胜堆，俯瞰鹿头关，一一可数，了如指掌。屯兵先后出战，官军无不预晓，八战八捷，贼心始摇。崇文复分兵破贼于德阳，又败贼于汉州，严砺亦遣将严泰，进拔绵州石牌谷，会河东将阿跌光颜，与崇文约期会师，途中为天雨所阻，迟了一日。光颜闻崇文军律，很是严厉，自恐误期得罪，乃深入鹿头关西面，断贼粮道，贼众大惧。鹿头守将仇良辅，与绵江栅将李文悦，依次请降。崇文遂收鹿头关，擒住辟子与婿，长驱指成都，所向崩溃，军不留行。辟恃鹿头关为屏蔽，蓦闻关城失守，吓得魂不附身，即与亲将卢文若，率数十骑西走，拟奔吐蕃。崇文令高霞寓领兵追捕，到了羊灌田，见前面踽踽西行，正是刘辟、文若等人，便鼓噪直进。辟仓猝投江，尚未得死，霞寓偏将郦定进，亟下马泅水，把辟擒住。文若先杀妻子，自系石缒入江心，徒落得葬身鱼腹，尸骨无存，霞寓囚辟还报，崇文即槛辟送京师，自入成都安民，市肆不扰，鸡犬无惊，所有投降诸将，一律优待。唯辟将邢泚，馆驿巡官沈衍，已降复贰，乃饬令枭首。军府事无巨细，命一遵韦南康故事，韦南康即韦皋。从容指挥，全境皆平。

　　辟有二妾，皆具国色，监军请献入朝廷，崇文道："天子命我讨平凶竖，安抚百姓，并未嘱我采访妇女，我怎得献女求媚呢？"遂查得军中鳏夫，给为配偶。不知哪两个鳏夫，得消受此艳福。知邛州崔从，曾贻书谏辟，辟发兵往攻，从婴城固守，卒全邛州。崇文上表推荐，并及唐昌尉林蕴，还有韦皋旧吏，房式、韦乾度、独孤密、符载、郗士美、段文昌等，陷入城中，俱素服麻屦，衔土请罪，经崇文一律释免，优礼相待，且具录入荐书，唯语段文昌道："君他日必为将相，未敢奉荐。"乃特具厚赆，遣送京师。刘辟被俘至都，尚冀不死，途次饮食如常。及既近都门，神策兵出系辟首，牵曳而入。辟始惊惧道："奈何至此？"呆鸟。宪宗御兴安楼受俘，诘问反状。辟答辩道："臣不敢反，五院子弟作乱，不能制服，因此被逼为非。"宪宗又诘他："遣使赐诏，如何不受？"辟不能答。乃献诸庙社，徇诸市曹，诛死城西南独柳树下，子婿等一并伏诛。卢文若族党，亦皆夷灭。韦皋子行式，尝娶文若女弟，按例当没入掖庭，宪宗以皋有大功，悉命赦宥，随即叙功论赏，宰相以下入贺。宪宗瞧着黄裳道："这统是卿的功劳呢。"遂进高崇文为西川节度使，严砺为东川节度使，另授将作监柳晟，为山南西道节度使。晟至汉中，适府兵平蜀还镇，有诏仍遣戍梓州，军士怨怒，共谋作乱。晟疾驱入城，好言抚慰，并问道："汝辈为何事得功？"军士答道："为诛反贼刘辟，因得成功。"晟接入道："辟不受诏命，因致汝辈立功，岂可复令他人诛汝，转为彼功呢？"众皆拜谢，愿奉诏共诣戍所，军府遂定。

杜佑以年老乞休，先举李巽为度支盐铁转运等使，自解兼任各职，然后表辞相位。宪宗因佑年高望重，拜为司徒，封岐国公，令他每月一再入朝，三五日入中书省，商议大政。佑不得已应命，后来复上表固辞，乃准令致仕，仍饬入朝朔望，累遣中人顾问，锡予甚隆。佑京兆人，生平好学，虽贵犹读书不辍，尝搜补刘秩政典，参益新礼，成二百篇，号为《通典》，奏行于世。为人平易逊顺，与物无忤，人皆乐与亲近，故得以功名终身。至元和七年乃殁，年七十八，追赠太傅，予谥安简。佑虽无甚功绩，然学术甚优，故详叙始末。杜黄裳与佑同里，具有经济大略，平蜀定夏，实出彼力，但不修小节，未能久安相位。元和二年，即出为河中节度使，封邠国公，越年病殁任所，年七十岁，追赠司徒，谥曰宣献。

宪宗特擢武元衡为门下侍郎，李吉甫为中书侍郎，同平章事。吉甫即赞皇公李栖筠子，曾为太常博士，故相陆贽，疑他有党，出为明州长史，及贽贬忠州，裴延龄与贽有嫌，独起吉甫为忠州刺史，令得报复。吉甫却与贽结欢，毫不提及前事，人已服他雅量，特揭此事，以风世人。及宪宗召为翰林学士，参议平蜀，因得邀结主知，升任宰辅。

先是浙西观察使李锜，厚赂权幸，得领盐铁转运等使，吉甫尝入谏道："韦皋蓄财甚多，刘辟因是构乱，李锜已有叛萌，若再得征榷盐铁，凭倚长江，岂不是促令速反么？"宪宗乃调锜为镇海节度使，撤去盐铁转运等差委，令归李巽统辖。锜虽失利权，尚得节钺，所以逆谋未发。嗣因夏蜀迭平，藩镇多畏威入朝，李锜亦内不自安，表请入觐。宪宗授锜左仆射，即遣使至京口慰抚，讯问行期。锜佯署判官王澹为留后，表示行状，但只是逐日延挨，今日不行，明日又不行，拖延了好几日，仍然不行。澹与敕使再三催促，他反动起怒来，托词有疾，请至岁暮入朝。相臣武元衡入白宪宗道："锜求朝得朝，求止得止，可否在锜，如何号令四海？"宪宗乃征锜入朝。

锜无词可说，即欲兴兵造反，且因王澹通同敕使，制置军务，心下很是不平，乃遣心腹将五人，分镇部属五州。苏州属姚志安，常州属李深，湖州属赵惟忠，杭州属邱自昌，睦州属高肃，伺察刺史动静，作为预备，一面选练兵士，募集丁壮，有力善射的士卒，叫作挽强，胡奚杂类，叫作藩落，给赐十倍他卒，留充帐下亲兵。

会岁晚天寒，例须给发衣服，锜与亲兵定就密计，高坐帐中，森列甲仗。王澹与敕使入谒，锜尚作欢语状，及澹等出帐，忽有军士数百名，露刃大哗道："王澹何人，擅主军务？"澹尚未及答，已由军士砍翻，脔割而食。牙将赵琦，未与密谋，尚冒冒失失地出去谕止，又被军士脔食，且用刀拟敕使颈，谩骂不休。锜佯作惊惶，自出救解，乃将敕使囚系室中，于是令李钧主挽强兵，薛颉主藩落兵，再派公孙玼、韩运等，分统各军，出戍险要，并密饬五州镇将，各杀刺史，反抗朝廷，表面上还想掩饰，奏称兵变启衅，致杀留后大将。*一味欺饰，难道常瞒得过去？*哪知常州刺史颜防，早瞧破机关，用门下客李云计，矫制称招讨副使，诱斩李深，且传檄苏杭湖睦，请同进讨。湖州刺史辛秘，也潜募民兵数百人，夜袭赵惟忠营，将惟忠拖出杀死，严守州境。唯苏州刺史李素，为姚志安所执，械送李锜，锜把素悬系船舷，示众声威。当下派兵马使张子良李奉仙田少卿等，率精兵三千，往袭宣州。

是时诏命已下，因李锜为宗室子孙，削去属籍及官爵，遣淮南节度使王锷为招讨处置使，统率诸道行营兵马，征调宣武、义宁、武昌、淮南、宣歙及浙东西各军，由宣杭信三州进讨。宣州向称富饶，锜欲先行占据，因特遣张子良等袭击。偏子良等知锜必败，潜与牙将裴行立商议，谋执锜送京师。行立本系锜甥，锜有谋划，无不预闻，此次见官军四逼，也欲为免祸计，乃与子良等订定密约，里应外合，讨逆图功。子良等领兵出发，才至数十里外，即召士卒宣谕道："仆射造反，官军四集，常湖二镇将，已悬首通衢，大势日蹙，必至败亡，今乃使我辈远取宣城，我辈何为随他族灭？计不如去逆效顺，还可转祸为福，汝等以为何如？"大众应声道："愿听将令。"子良便命大众乘夜趋还，潜至城下。裴行立已在城上探望，见子良等领兵回来，即举火为应，内外合噪，响震全城。行立且引兵攻牙门，锜从睡梦中惊醒，骇问左右。左右据实通报，锜复问道："城外兵马，是何人统带？"左右答是张中丞。锜又问门外兵马，是何人主使？左右答是裴侍御。锜惊堕床下，并抚膺大恸道："行立尚且叛我，我还有何望呢？"*汝要叛君，何怪甥儿叛汝！*遂跌足而起，走匿楼下。亲将李钧，引挽强兵三百名，趋出庭院，与行立格斗。行立伏兵邀击，俟李钧出来，四面兜截，把钧手下三百人，冲得七零八落。钧不及遮拦，被行立一槊刺倒，枭了首级，传示城下。锜举家皆哭。子良晓谕城中，说明顺逆祸福，且呼锜束身归朝。兵士遂趋入执锜，用幕裹住，绁出城外，系送京都。

神策兵自长乐驿接着，押送至阙，宪宗仍御兴安门问罪。锜答道："臣初无反意，张子良等教臣为此。"**至此还想诬赖，可恨可笑！**宪宗道："汝为元帅，子良等谋反，何不将他斩首，然后入朝？"锜理屈词穷，遂并锜子师回，腰斩伏罪。群臣联翩入贺，宪宗愀然道："朕实不德，以致海内多事，叛乱迭起，自问不免怀惭，何足言贺？"**数语颇得大体。**宰相武元衡等，议诛锜大功以上亲族，兵部郎中蒋义道："锜大功以上宗亲，均系淮安靖王后裔，**淮安靖王名神通，见前文。锜系神通六世孙。**淮安王曾有佐命功，陪陵享庙，怎得因末孙为恶，累及同宗？"宰相等又欲诛锜兄弟。义又道："锜兄弟皆故都统国贞子，国贞殉难绛州，忠烈卓著，亦不应令他绝祀。"**事见前肃宗时代。**乃一律贷死，但将锜从弟宋州刺史李铦等，贬谪有差。有司籍锜家产，输送京师。翰林学士裴洎李绛，上言："李锜僭侈，剥削六州人民，敛财致富，陛下痛民无告，所以兴师问罪，申明国法，今乃辇取金帛，输入京中，恐远近失望，转滋疑议，臣请将逆人资财，分赐浙西百姓，俾代今年租赋，庶几圣德及人，万民悦服。"云云。宪宗览疏嘉叹，依言施行。擢张子良为左金吾将军，封南阳郡王，赐名奉国，田少卿为左羽林将军，封代国公，李奉仙为右羽林将军，封邠国公，裴行立为泌州刺史，追赠王澹给事中，赵锜和州刺史，李素从贼中救出，仍还原官。镇海军帖然就范，无庸琐叙。

唯高崇文镇蜀期年，屡次上表，谓："西川为宰相回翔地，臣未敢自安，且川中安逸，无所陈力，情愿移戍边陲，报恩效死"等语。宪宗乃出武元衡为西川节度使，调崇文为邠宁节度使。崇文寻卒，予谥威武。宪宗有意求才，策试制举，得元稹独孤郁白居易萧俛沈传师等人，各授拾遗校书郎等职。居易字乐天，尤有才名，尝作乐府百余篇，规讽时事，流传禁中，宪宗特擢为翰林学士。寻又策试贤良方正，直言极谏举人，牛僧孺、皇甫湜、李宗闵等，直陈时政得失，毫不避讳。考官杨于陵、韦贯之，署为上第，独李吉甫恨他切直，泣诉宪宗，并言："湜为翰林学士王涯甥，涯与学士裴垍，覆阅策文，不自引嫌，实属有心舞弊"云云。宪宗不得已罢垍，贬涯为虢州司马，于陵为岭南节度使，贯之为巴州刺史。既而吉甫遇疾，留医士夜宿诊治，御史中丞窦群，劾吉甫交通术士，宪宗查讯不确，贬窦群官。吉甫亦上书求免，乃出吉甫为淮南节度使，再起裴垍同平章事。垍绛州人，器局严峻，人不敢以私相干。尝有故人自远方来，与垍相见，垍款待甚优，及故人求为京兆判官，垍恰正色道："公才不称此官，垍何敢因私害公，他日有盲相当道，若肯怜公，公或可得此任。今垍在相位，愿公勿言！"故人才赧然别去。人人如垍，何至情弊百出。嗣是内外僚吏，益自戒慎。宪宗尝问垍治要，垍举大学先正其心一语，引为箴规。凡谏官敢言阙政，尤为垍所称赏。给事中李藩，抗正不阿，垍入白宪宗，谓藩有宰相器。宪宗正因郑絪太尚循默，有易相意，*郑絪前颇敢言，岂阅官已久，亦学作琉璃蛋耶？*既闻垍言，因即罢絪相藩。元和四年春季大旱，李绛白居易上陈数事，第一条是减轻租税，第二条是简放宫人，第三条禁诸道横敛，免他进奉，第四条是饬南方各道，不得掠卖良人，充作奴婢。垍与藩极力赞成。宪宗乃一一准行。制敕甫下，即日大雨。会因成德节度使王士贞病死，子承宗自为留后，承宗叔父士则，与幕客李栖楚，恐延祸及己，均归京师。宪宗令士则为神策大将军，另拟简人往代，若承宗抗命，当兴师往讨，好把河北诸镇世袭的积弊，乘此廓清。偏同平章事裴垍，及翰林学士李绛，先后奏阻。右军中尉吐突承璀，独自请将兵往讨承宗，两下里各执一说，免不得龃龉起来。正是：

老成持重谋休战，腐竖怀私欲弄兵。

究竟如何处置承宗，且看下回续叙。

肃代以后，节度使由军士擅立，已成积弊，至刘辟李锜，自恃多财，相继生变，微杜黄裳之定策于先，武元衡之赞谋于后，则狂妄书生，尚思构逆，贪婪计吏，且得称戈，彼拥强兵，娴武略者，几何而不欲坐明堂，朝诸侯乎？高崇文一出而刘辟丧胆，虽有鹿头之险，不能阻堂堂正正之师，弃城投水，卒就擒诛。取慧书生如拾芥，黄裳之言验矣。李锜无能，视辟尤甚，张子良等倒戈相向，如缚犬豕，此而欲盗弄潢池，何其不知自量欤？杨惠琳一起即灭，更不足道，本回依次叙述，有详有略，笔下固自斟酌也。

第七回

讨成德中使无功
策魏博名相定议

却说王承宗自为留后，无非是积习相沿，看人榜样。最近的就是平卢节度使李师道，师道即李纳庶子，李纳死，长子师古袭职，师古死，判官高沐等，奉师古异母弟师道为节度副使，杜黄裳时尚为相，请设官分治，免致后虑。宪宗因夏蜀迭乱，不宜再激他变，乃命师道为节度使。至是承宗擅立，宪宗反欲进讨，裴垍乃面奏道："师道父李纳，跋扈不恭，承宗祖王武俊，有功国家，陛下前许师道，今夺承宗，教他如何心服？不如待衅而动为是。"宪宗又转问李绛，绛答道："河北不遵声教，莫不愤叹，但欲今日削平，恐尚未能。成德军自武俊以来，父子相承，已四十余年，今承宗又总军务，军士看成习惯，不以为非，今若遣人往代，恐彼未必奉诏。况范阳魏博易定淄青，人地相传，与成德同例，成德摇动，诸镇寒心，势必结连拒命，朝廷不能坐视，须遣将调兵，四面攻讨，彼将吏各给官爵，士卒各给衣粮，按兵玩敌，坐观胜负，国家转因此劳敝了。且关中旱荒未靖，江淮又报大水，公私交困，兵事不应轻试，且待他日。"*按情度势，言之甚明，并非姑息之谈。*宪宗颇也心许。偏左军中尉吐突承璀，由宦官入为黄门，尝侍宪宗潜邸，以机警得幸，至此欲阴夺相权，力请统兵往讨，宪宗又未免狐疑。还有昭义军节度使卢从史，因父丧守制军中，未曾起复，他却附会承璀，愿率本军讨承宗。有诏起复从史为金吾大将军，统兵如故。承宗闻朝廷有意加讨，恰也惊惧，因累表自诉，格外恭顺。宪宗乃遣京兆尹裴武，诣真定宣慰。承宗下拜庭前，跪接诏命，起语裴武道："承宗何敢擅为留后？只因三军见迫，不暇恭俟朝命，今愿献德、棣二州，聊表微诚。"说罢，即盛宴裴武，挽他善达宪宗。裴武一力担承，欢宴数日，才辞归覆命。宪宗乃命承宗为成德节度使，兼恒冀深赵州观察使，即授德州刺史薛昌朝为保信军节度使，兼德、棣二州观察使。

昌朝为故节度使薛嵩子，又系王氏门婿，与承宗亲戚相关，所以特加任命。哪知魏博节度使田季安，独遣人语承宗道："昌朝阴结朝廷，故得骤受节钺，足下奈何不察！"承宗被他一激，立遣数百骑驰入德州，把昌朝拘至真定，囚系狱中。反复若此，却也应讨。宪宗以裴武欺罔，欲加严谴，亏得李绛替他救解，方得免罪。乃再遣中使往谕承宗，令释昌朝还镇。承宗不肯受命，于是宪宗削夺承宗官爵，命吐突承璀为神策河中东道行营兵马使，兼诸军招讨处置等使，北伐承宗。翰林学士白居易上疏极谏，略云：

国家征伐，当责成将帅，近岁始以中使为监军，自古及今，未有征天下之兵，专令中使统领者也。今神策军既不置行营节度使，则承璀乃制将也，又充诸道招讨处置使，则承璀为都统也。臣恐四方闻之，必轻朝廷，四夷闻之，必笑中国，陛下忍令后代相传，谓以中官为制将都统，自陛下始乎？臣恐刘济即卢龙节度使。张茂昭张孝忠子，任易定节度使，亦称义武军节度使。范希朝时调任河东节度使。卢从史等，以及诸道将校，皆耻受承璀指挥。心既不齐，功何由立？此是资承宗之计，而挫诸将之势也。陛下念承璀勤劳，贵之可也；怜其忠诚，富之可也。至于军国权柄，动关理乱，朝廷制度，出自祖宗，陛下宁忍徇下之情，而自隳法制，从人之欲，而自损圣明，何不审慎于一时之间，而取笑于万代之后乎？臣愿陛下另简良将，毋任近臣，中国威，肃军纪，则立法无阙，而成效可期矣。

疏入不省。度支使李元素，盐铁使李鄘，京兆尹许孟容，御史中丞李夷简，谏议大夫孟简，给事中吕元膺孟质，右补阙独孤郁等，更伏阙奏对，大旨如居易言。宪宗不得已改承璀为宣慰使，削去诸道兵马使职权，仍令会同诸镇，即日进讨。

承璀才出都门，田季安先已闻知，便聚众计议道："王师不越大河，已是二十五年，今一旦越魏伐赵，赵若受擒，魏亦被虏，如何是好？"有一将超伍出言道："愿假骑兵五千，为公除忧？"季安大呼道："壮哉勇士！愿如所言。"忽旁座又闪出一人道："不可不可。"季安正欲叱责，因见他是幽州来使谭忠，只好暂时耐气，问明情由。谭忠说道："王师伐赵，公出兵相阻，是先为赵受祸，恐赵未被兵，魏已糜烂了。忠有一计，令彼为鹬蚌，公为渔人。"季安问是何计？忠抵掌道："往年王师讨平蜀吴，算不一失，是皆相臣谋画，与天子无关。今天子专任中使，不用老臣宿将，是明明欲夸服臣下，自显威武，倘一入魏境，即遭挫衄，且必任智士，画长策，仗猛将，练精兵，毕力再举，与魏从事，公不是为赵受祸么？为今日计，王师入境，公且厚给犒赏，整顿甲兵，阳称伐赵，一面阴遗赵书，但说伐赵是卖友，不伐赵是叛君，两名都不愿受，执事若能赂魏一城，俾魏有词奏捷，不必再入赵境，庶西得对君，北得对友，如此说法，赵若果不拒我，是魏得两利，并可借此图霸了。"<small>仿佛战国策士</small>季安不禁大喜道："好计好计！先生此来，实是天助魏博哩。"遂一面欢迎承璀，一面致书承宗。承宗覆书照允，竟将当阳县赠魏。谭忠以魏策已成，乃辞行还镇，季安厚赠而别。

及忠还幽州，正值刘济会议军情，济宣言道："天子命我伐赵，赵亦必防我往伐，究竟伐赵好呢，不伐赵好呢？"忠入内应声道："天子未必使公伐赵，赵亦未必防公往伐，忠谓公可缓日出师。"济怒道："我岂可与承宗同反么？"遂不待忠再说，便将忠下狱系住。已而使人探视赵境，果不增防，唐廷有诏旨到来，亦止令济护北边，毋庸伐赵。济不觉惊讶，遂释忠出狱，问他何故先知？忠答道："卢从史外虽亲我，内实联赵，他必为赵画策，故意弛防，一示赵不欲抗我，二使我获疑天子，暗中必遣告朝廷，只说是燕赵相联，忠所以知赵不备燕，天子亦不愿燕伐赵呢。"<small>料事如神</small>济复问道："前事被君料着，我究应若何处置？"忠又道："天子伐赵，君据全燕地，拥兵坐粮，若一人未渡易水，适堕从史诡计，公怀忠受谤，天子以为不忠，赵人又不见德，徒落得恶声嘈杂，请公自思便了。"<small>遣将不如激将，忠两次进言，统用此术。</small>济奋袂起座道："我知道了！"遂下令军中道："五日毕出，落后者斩！"乃自统兵七万，出攻赵境，连拔饶阳束鹿。

各道兵会集定州，承璀亦至行营，军无统帅，号令不专，只有张茂昭一军，还算纪律严明。卢从史虽派兵与会，暗地里恰与承宗通谋，因此人各一心，威令不振。

左神策大将军郦定进，颇称骁勇，率部兵轻进，被承宗设伏截击，竟致败死，全军夺气，大家观望不前。会淮西节度使吴少诚，宠任大将吴少阳，呼为从弟，出入如至亲。少诚有疾，少阳杀死少诚子元庆，竟将少诚软禁起来。少诚忧病交迫，遂致死去，少阳自为留后。宪宗方用兵河北，不能顾及淮西，没奈何加以任命，且待河北平定，再作计较。怎奈河北败多胜少，日久无功。白居易又复疏请罢兵，谏陈利害，宪宗仍然不许。适卢从史遣牙将王翊元入都奏事，宰相裴垍与言君臣大义，激动翊元。翊元遂将从史阴谋，一一告知，并言有计可取，当为国除患。垍乃嘱使还镇，联络将士，俟谋定后，再来京师。翊元往而复返，报称兵马使乌重胤等，均愿归诚，但教王师一到，即可下手。裴垍乃入白宪宗道：“从史必将为乱，今闻他与承璀对营，视承璀似婴儿，毫不设备，幸有乌重胤王翊元等，愿归朝廷，失今不取，后虽兴师动众，恐非岁月可平呢。”恰是机会。宪宗熟思良久，方才允行，亟遣使密告承璀。承璀与行营兵马使李听定议，先日邀从史过宴，盛陈珍玩，问他所欲，立即移赠。从史大喜，常相往来。一日，复由承璀邀与同博，俟从史入帐，掷局为号，有数十壮士突出，把从史擒住，牵至帐后，打入囚车，飞送京师。从史营中，士卒争出，欲与承璀拼命。乌重胤挡住军门，拔刀指叱道：“天子有诏，命承璀执送从史，我已早闻密旨，从命有赏，不从命有诛。”士卒方敛兵归伍，不敢逆命。及从史解到京师，入谒宪宗，惶恐谢罪，宪宗从轻发落，贬为欢州司马，且因重胤有功，拟即令为昭义节度使。承璀亦驰奏入都，谓已牒知重胤，使权充留后。独翰林学士李绛抗疏道：

　　昭义五州，据山东要害，向为从史所据，使朝廷旰食，今幸而得之，承璀复以与重胤，臣闻之实为惊心。昨国家诱执从史，虽为长策，已失大体，今承璀又擅移文牒令为留后，并敢代求旌节，无君之心，孰甚于此？陛下昨日得昭义，人神同庆，威令再立，今日忽以授本军牙将，物情顿沮，纲纪大紊。校计利害，更不若从史为之。何则？从史虽蓄奸谋，已是朝廷牧伯，重胤出于列校，以承璀一牒代之，窃恐河南北诸侯闻之，无不愤怒，耻与为伍。且谓承璀诱重胤，使逐从史而代其位，彼人人麾下，各有将校，能毋自危乎？倘刘济、张茂昭、田季安、韩弘、李师道等，继有章表，陈其情状，并指承璀专命之罪，不知陛下何以处之？若皆不服，则众怨益甚，若为之改除，则朝廷之威重去矣。臣意谓重胤有功，可移镇河阳，即令河阳节度使孟元阳，调镇昭义，如此则任人之权，仍在朝廷，重胤得镇河阳，已为望外之福，岂敢更为抗拒？况重胤所以能执从史，本以仗顺成功，一旦自逆诏命，安知同列不袭其迹而动乎？重胤军中等夷甚多，必不愿重胤独为主帅，移之他镇，乃惬众心，何忧其致乱乎？幸陛下采择焉！

　　宪宗览奏，不觉称善，乃调孟元阳为昭义节度使，乌重胤为河阳节度使。唯王承宗失一臂助，不免焦急，更因范希朝、张茂昭两军，进逼木刀沟，累战失利，不得不上表谢罪，把从前过失，都推到卢从史身上。但说是误信间言，今始觉悟，乞许自新等语。李师道又代为申请，宪宗亦因师久无功，决计罢兵，仍令承宗为成德节度使，给还德、棣二州，令诸道兵各归原镇，分赐布帛二十八万匹，加刘济为中书令。济有数子，长子绲为副大使，次子总为瀛州刺史，济出军瀛州，适患重疾，不能遽归，总与判官张玘等，密谋弑父，伪使人从京师来，入白济道："朝廷责相公逗留无功，已除副大使为节度使了。"济已有怒意。次日，又使人报济道："使节已至太原了。"旋又使人走呼道："副大使已过代了。"全军皆惊，即欲溃归。济愤不可遏，竟杀主兵大将数十人，且召绲诣行营，令玘兄皋代领军事。济自朝至日昃，未得饮食，乃召总使吏唐弘实入室，向索酳浆。弘实阴受总嘱，置毒浆中，济一饮而尽，毒发暴死。及绲至涿州，总矫传济命，逼绲自尽。可怜刘济父子，统死得不明不白，那弑父杀兄的刘总，为父发丧，但说是有病身亡，表奏朝廷。宪宗不知是诈，即命他承袭父职，寻且加封楚国公。*弑父杀兄之逆贼，反得加官封爵，朝廷岂尚有纪纲耶？*

　　吐突承璀自行营还朝，有旨仍令为左卫上将军，充左军中尉。裴垍入谏道："承璀首倡用兵，疲敝天下，卒无成功，陛下即顾念旧恩，不加显戮，怎得全不贬黜以谢天下？"给事中段平仲、吕元膺，且请诛承璀。李绛亦奏言："不责承璀，他日将帅失律，如何处置？"宪宗撤去承璀中尉，令充军器使，中外始相率称贺。张茂昭奉诏班师，得加官检校太尉，兼太子太傅。茂昭愿举族还朝，乞另简后任，表至数上，乃诏从所请，令左庶子任迪简为行军司马，乘驿往代。茂昭悉举簿书管钥，授与迪简，立挈妻子就道，且嘱语道："人人贪恋旌节，试看节使子孙，有几家能保全过去？我使汝等还朝，正不欲子孙习染污俗，同归沦亡。汝等毋谓我迂拘呢。"*见机而作，不俟终日者，君子之谓乎？*都虞候杨伯玉、张佐元，相继作乱，为将士所诛，共奉迪简主持军务。迪简与士卒同尝甘苦，军心感附，易定皆安。宪宗命颁绫绢十万匹，犒赐二州将士，即授迪简为节度使。至茂昭入觐，面加慰谕，晋拜中书令，复授河中节度使。茂昭奉命往镇，越年首上生疽，竟至暴殁，年止五十，册赠太师，谥曰献武。**茂昭公忠卓著，乃享年不永，反致病疽暴亡，天道岂真无知么？**茂昭弟茂宗，曾尚德宗女义章公主，茂宗出任兖海节度使，官至左龙武统军，茂和亦仕至诸卫将军，茂昭子克勤，后亦官左武卫大将军，子弟世贻令名，如茂昭言。

河东节度使范希朝，出屯河北。宪宗命王锷为河东节度使，锷有吏才，颇善完聚，进奉甚优，且尝纳赂中官，求加相衔，中人竞为揄扬，宪宗亦颇心动，密诏中书门下道："锷可兼宰相。"同平章事李藩，遽取笔濡墨，抹去宰相二字，再从左方写着不可二字，呈还宪宗。时太常卿权德舆，正入任同平章事，见藩所为，不禁失色道："诏书如不可行，亦当另疏谏阻，奈何用笔涂诏呢？"藩从容道："势已迫了，一出今日，便不可止，我不能不破例上陈。"德舆因亦入奏道："向来方镇得兼相职，必有大忠大功，否则为羁縻计，不得已权给兼衔。今锷无忠勋，朝廷又非不得已，何为遽假此名？"宪宗乃止。裴垍适患风痹，乞假养疴，三月不愈，乃罢为兵部尚书，再召李吉甫为相。吉甫自淮南入都，常欲修怨，因裴垍与史官蒋武等，上德宗实录，遂上言垍已引疾，不宜冒奏，乃徙垍为太子宾客，罢蒋武等史官。垍竟病殁，不得追赠。给事中刘伯刍，表称垍忠，始追封太子太保。李藩由垍引进，吉甫既已倾垍，复欲去藩，密白宪宗道："臣还都时，道逢中使，持印节与吴少阳，臣窃为陛下深恨哩。"宪宗不觉变色，退朝自忖：少阳前为留后，今加任节度使，藩曾赞议，彼不容王锷，独请任少阳，恐未免有私弊等情，遂竟下手诏，罢藩为太子詹事。**吉甫可谓善谮。**

李绛尝面奏吐突承璀专横，语极恳切，宪宗尚未肯信，已而弓箭库使刘希光，受羽林大将军孙璹钱二万缗，为求方镇，事觉赐死。承璀亦与有干连，出为淮南监军。**承璀坐贪赇重案，仅出为监军，宪宗之宠幸寺宦，于此可见。**因进李绛同平章事。京兆尹元义方，为承璀心腹，李吉甫欲自托承璀，因擢为京兆尹。**吉甫初次入相，德望已损，及再相时，更倒行逆施，令人不解。**绛入相，奏请外谪义方，宪宗但调义方为鄜坊观察使，吉甫已是不悦。绛又素与吉甫争论殿前，益为吉甫所忌。幸宪宗尚有微明，尝语左右道："吉甫专为谀悦，不及李绛忠直，如绛才算真宰相呢。"**既已辨明直枉，何不**

罢去吉甫？吉甫乃稍稍敛束。会魏博事起，吉甫与绛，又有一番争议，吉甫主讨，绛独奏阻，究竟孰是孰非，待小子叙述出来，魏博节度使田季安，袭父遗职，差不多将二十年。他尝娶洺州刺史元谊女，生子怀谏，为节度副使，用族人田兴为兵马使。兴父庭玠，当田悦抗命时，曾为节度副使，劝悦谨守臣节，悦不肯从，庭玠忧死。**事见前文。**兴幼通兵法，夙娴骑射，承嗣尝目为奇童，语庭玠道："他日必兴吾宗。"因名为兴。及为兵马使，操行循谨，与人无争，季安淫虐好杀，兴屡次进规，季安非但不从，反疑他笼络众心，出为临清镇守，意欲伺罪加戮。兴佯为风痹，灼艾满身，卧家不出，才得免祸。未几，季安病死，怀谏年只十一，母元氏，以兴得众心，召还旧职。唐廷闻季安已殁，欲乘势收取魏博，特遣左龙武大将军薛平，为郑滑节度使，伺察动静。李吉甫请即兴兵往讨，李绛独谓魏博不必用兵，自能归顺朝廷。两下里争执多时，尚未决议。过了数日，吉甫又极言用兵利便，且谓刍粮金帛，均已有备，宪宗乃复问绛。绛答道："兵不可轻动，他事不必论，即如上年北讨承宗，四面发兵，近二十万，又发左右神策军，自京师出发，天下骚动，费用约七百余万缗，迄无成功，徒为人笑。今疮痍未复，人皆惮战，田怀谏一乳臭小儿，何能统军？将来必有别将崛起，代为主帅，那时妥为处置，自可不战屈人。今即欲以诏敕驱迫，恐非徒无功，反生他变，愿陛下勿疑。"宪宗至此方悟，便奋身抚案道："朕决计不用兵了。"绛又道："陛下虽有是言，恐退朝后，尚未免有淆乱圣听，幸陛下勿再为所惑？"宪宗正色道："朕志已决，谁敢惑朕？"绛乃拜贺道："这乃是社稷幸福呢。"于是按兵不发，专候魏博消息。过了月余，即得魏博监军奏报，魏博军士，推田兴为留后，把怀谏徙出牙门，兴坐待诏命，听候处置，果然不出李绛所料。小子有诗赞绛道：

> 谈兵容易用兵难，功效虚悬兵力单。
> 幸有宰臣能料事，顿教内外尽熙安。

宪宗接了此奏，又召宰相等入商，欲知后来如何解决，俟至下回表明。

宪宗之待藩镇，忽宽忽严，忽抚忽讨，毫无定见，殊为可笑。李师道之自为留后，与王承宗相等，绳以祖父功罪，则师道可以先讨，而承宗次之，乃师道加封，承宗受讨，已非情理之正，又任中官为统帅，徒劳动数十万众，无功而还，威令果安在乎？卢从史之执，功出裴垍，与承璀无与，且诱而执之，亦失大体。李绛之论，实为明允，何宪宗之漠不加察，始终为奄人所荧惑也？吴少阳逼死主帅，擅杀元庆，其罪已甚，刘总弑父杀兄，其罪尤大，不声罪而致讨，反概加任命，且进总公爵，非特劝人不臣，抑且教人不孝不友，而于魏博田氏，独欲从李吉甫言，兴师致讨，匪李绛之一再辩白，几何而不蹈承璀之覆辙也。文中陆续叙述，而宪宗之喜怒无常，显然若揭，褒贬不在多言，善读者自能体会得之。

第八回

贤公主出闺循妇道
良宰辅免祸见阴功

　　却说宪宗得魏博消息，即召李吉甫、李绛等，入商大计，且顾李绛道："卿料魏博事，若合符契，可谓先见，但此事将如何办法？"说至此，便将原奏递示二李。二李瞧罢，才悉魏博详情。原来田怀谏幼弱，军政皆委家童蒋士则主持。士则不问贤否，但凭私爱私憎，调易诸将，众皆愤怒，朝命又久未颁到，愈觉人心不安。田兴凌晨入府，将士数千人，环拜兴前，请为留后。兴惊惶仆地，徐起语众道："汝等能勿犯副大使，谨守朝廷法令，申版籍，清官吏，然后可暂任军务。"大众唯唯听命。兴乃率军士驰入牙门，诛蒋士则等十余人，迁怀谏母子，出外安居，即托监军表闻，静候朝命。吉甫请遣中使宣慰，再行观变。绛力言不可，且白宪宗道："田兴奉土地，辑兵众，坐待诏命，不乘此时推心招抚，结以大恩，必待魏博将士，表请节钺，然后给与，是恩出自下，非出自上，将士为重，朝廷为轻，恐他未必诚心感戴呢。"宪宗意尚未决，转问枢密使梁守谦。守谦本吉甫旧交，当然如吉甫言。且谓中使宣劳，乃是故例，今不能无故翻新。宪宗遂遣中使张忠顺，为魏博宣慰使。忠顺已行，绛复入谏宪宗道："朝廷恩威得失，在此一举，奈何自失机会？臣计忠顺行期，今日才得过陕，乞明旦即除白麻，除兴为节度使，尚或可及哩。"宪宗且欲命为留后，绛复道："兴恭顺如此，非恩出不次，无以示感，愿陛下勿再迟疑！"宪宗乃复遣使持节，授

56

兴为魏博节度使。忠顺未还，制命已至魏州，兴感激涕零，士众无不鼓舞。至中使还报情状，绛又上言："魏博五十余年，不沾皇化，一旦举六州版籍，守听朝命，不有重赏，如何能慰服人心，使邻镇劝慕？请发内帑钱百五十万缗，赐给魏博将士。"宪宗亦将从绛，偏中官以为赏给过多，后难为继，于是宪宗复欲酌减。绛因申谏道："田兴不贪地利，不顾邻患，即毅然归命圣朝，陛下奈何爱小费，失大计，俾彼觖望？试想钱财用尽，他日再来，机会一失，不能复追。设如国家发十五万众，往取六州，逾年始克，宁止费百五十万缗？"宪宗点首道："卿言甚是。朕平时恶衣菲食，蓄聚货财，正为平定四方起见，否则徒贮库中，亦有何用？"*既知此道，何尚为宦官所蔽？*乃遣司封郎中知制诰裴度，持钱百五十万缗，宣慰魏博，颁赏军士，六州百姓，免赋一年。军士受赐，欢声如雷。适有成德兖郓各使，均在魏州，见将士均得厚赏，也相顾惊叹道："倔强无益，究不如恭顺为宜哩。"裴度为兴陈君臣大义，兴久听不倦，并请度遍行所部，宣布朝命。又奏所部缺官九十员，请有司简任；奉法令，输赋税，旧有正寝，僭侈无度，避不敢居，另就采访使厅署治事。河北各镇，屡遣游客多方间说，兴终不为动。李师道传语宣武节度韩弘道："我世与田氏约，互相保援，今兴非田氏本支，又首变两河旧约，想亦公所恶闻，我当与成德合军往攻，公肯出援一臂否？"弘复答道："我不知利害，但知奉诏行事，若汝军朝出渡河，我当暮取曹州。"师道乃不敢动，魏博大定。田兴既葬田季安，送怀谏至京师，宪宗命怀谏为右监门卫将军，进兴检校工部尚书，兼魏博节度使，赐名弘正。

转瞬间已是元和八年，宪宗以权德舆简默不言，有亏相职，出德舆为东都留守，召西川节度使武元衡还朝，入知政事。既而李绛因疾辞相，罢为礼部尚书，别用河中节度使张弘靖同平章事。弘靖系故相张延赏子，少有令名，至是入相。张氏自嘉贞延赏弘靖，三世秉政，当时称他里第，为三相张家。但自李绛罢职，此后无论何人，都不及李绛忠直。独叹宪宗既已知绛，乃仍令罢相，不能久用，且相绛时曾出吐突承璀，绛罢相，即召承璀为神策中尉，这可见宪宗任相，反不如待遇宦官，较为信用，怪不得阉人横肆，好好一代大皇帝，后来反死在阉寺手中呢！*直注下文。*

翰林学士独孤郁，为权德舆女婿，貌秀才长，宪宗长叹道："德舆选婿得人，难道朕反不及么？"原来宪宗颇多子女，长子名宁，为纪美人所出，曾封邓王，元和四年，由李绛奏请立储，因立宁为皇太子，越二年病殁，继立三子遂王恒为太子。恒母为郭贵妃，贵妃是郭子仪孙女，父暖尚升平公主，有女慧美，因纳入宪宗潜邸。宪宗嗣位，册为贵妃，群臣请立为后，并不见报。当时后宫多宠，美不胜收。宪宗恐妃得尊位，致受钳掣，所以终不立后。**后主阴教，如何不立？这也是一大误。借选婿事，补叙帝眷，是行文连缀法。**郭贵妃颇循礼法，也未尝觊觎中宫，他既生太子恒，后生岐阳公主，公主秉性贤淑，女道淑娴，**母女皆贤，不愧郭氏家风。**宪宗乃历命宰相，拣择公卿子弟，视有才貌清秀，即选为快婿。诸家多不合式，或得了一二人，恰恐帝女非耦，不愿尚主，但托疾告辞，唯太子司议郎杜悰应选。悰祖杜佑，以门荫得官，宪宗召见麟德殿，视悰彬彬有文，遂许尚岐阳公主，择吉成婚。届期这一日，宪宗亲御正殿，遣主下嫁，由西朝堂出发，再由宪宗御延喜门，顾送主舆，大赐宾从金钱，开第昌化里，疏凿龙首池为沼，且命辟公主外祖家，就尚父大通里亭，作为别馆。杜氏向系贵阀，复遇尚主隆仪，当然竭力张皇，备极丰腆。独公主不挟尊贵，一入杜门，毫无骄倨状态，孝事舅姑，敬事尊长，杜家老少长幼，不下数百人，公主俱以礼相待，肃雍和顺。人无闲言，成婚才数日，即语悰道："主上所赐奴婢，恐未肯从命，倘有偃蹇，转难驾驭，不如奏请纳还，另市寒贱，入供驱使，较为易制。"悰依计而行。自是闺门静寂，喧噪无闻。悰升任殿中少监驸马都尉，旋出为澧州刺史，公主随悰莅任，仆从止十余人，奴婢悉令乘驴，不准肉食。州县所具供张，悉拒不受。悰亦廉洁自持，未敢骄侈。既而悰母寝疾，公主日夕侍奉，夜不解衣，所有药糜，非亲尝不进。及遇舅姑丧，哭泣尽哀。总计在杜家二十余年，无一事不循法度，无一人不乐称扬，唐朝宫壶，生此贤女，真足令彤史生光，得未曾有呢。**大书特书，垂作女箴。**这且按下慢表。

且说淮西节度使吴少阳，驻节蔡州，尝阴聚亡命，牧养马骡，又随时抄掠寿州茶山，劫夺商旅，以济军需。子名元济，摄蔡州刺史，元和九年，少阳病死，元济秘不发丧，自领军务。少诚有婿董重质，勇悍知兵，为元济所倚重，重质代为筹画，劝元济乘间兴兵，联李师道，逐严绶，规取中原。元济尚费踌躇，独判官苏兆杨元卿，大将侯惟清，素主效顺。元济杀兆，囚惟清，幸元卿先时入都，奏事未归，才得免祸。至是闻元济抗命，遂将淮西虚实，及平蔡计策，详告宰相李吉甫。吉甫乃奏调河阳节度使乌重胤，徙治汝州，兼充怀汝节度使，阴防元济。宁州刺史曹华，为重胤副，且入白宪宗道："淮西跋扈多年，久失臣节，国家常屯数十万大兵，控御淮西，劳费已不可胜计，今日有机可图，正应声罪致讨，一举荡平，过此恐无好机会呢。"创议平蔡，实由吉甫，故笔下不没其功。同平章事张弘靖，谓不如遣使吊赠，乘便伺察，果有逆迹，然后加兵。宪宗因遣工部员外郎李君何吊祭，赠少阳为右仆射，元济不迎敕使，反驱兵四出，屠舞阳，焚叶县，掠鲁山襄城，关东震骇。君何不得入蔡州，驰还京师。李吉甫正详绘淮西地图，预备进讨，适遇疾暴卒，未及献图。宪宗敕吉甫子呈览，追赠吉甫为司空，赐谥忠懿，进授韦贯之同平章事。贯之自巴州召还，入为中书舍人，迁授礼部侍郎，取士务先实行，不尚浮华，寻进尚书右丞，至此复得入相，亦请讨伐淮西，乃任李光颜为忠武军节度使，严绶兼申光蔡等州招抚使，会集诸道兵马，讨吴元济。

　　魏博节度使田弘正，遣子布率兵三千，隶严绶军，宣武节度使韩弘，亦遣子率兵三万，隶李光颜军。严绶进至蔡州西鄙，稍得胜仗，夜不设备，为淮西兵所袭，溃败磁邱，退还五十余里，保守唐州。寿州刺史令狐通，方受任防御使，出与淮西兵接仗，亦被杀败，还保州城。境上诸栅，一概失陷。有诏贬通为昭州司户，令左金吾大将军李文通代任，并饬鄂岳观察使柳公绰，发兵五千，授安州刺史李听，使讨元济。公绰奋然道："朝廷以我为白面书生，不知军旅么？"遂自请督兵效力，复旨准行。公绰驰至安州，署李听为都知兵马使，选卒六千，归听节制，且嘱部校道："行营事尽属都将，尔等休得违令！"听感恩畏威，如出麾下。公绰号令严肃，威爱兼施，所乘马忽蹴杀围人，他竟杀马以祭，不少宽假。因此人人自奋，每战皆捷。李光颜即阿跌光颜，因积功赐姓，得授节钺，部下将士，无不精炼，到了临颍，一鼓即克，再战南颍，又败蔡军。元济颇惮光颜，因遣使向恒郓告急。恒州为王承宗所驻，郓州乃李师道所居，两人见了蔡使，愿为营救，各上表请赦元济。宪宗不从，且促诸道兵会攻蔡州。师道发兵二千人，往屯寿春，阳言协助官军，暗实援应元济，且收养刺客奸人，商就狡计，遣攻河阴转运院，毁去钱帛三十余万，谷二万余斛。河阴为接济官军要区，骤遭此劫，遂致人情惶惶，不胜恟惧。当下在廷诸臣，多请罢兵。宪宗不从，但遣御史中丞裴度，宣慰淮西行营，并察用兵形势。度往返甚速，极言淮西可取，且陈李光颜有勇知义，为诸将冠，必能立功。果然不到数日，光颜捷书到来，大破蔡军。原来光颜进军溵水，列营时曲，淮西兵凌晨压阵，光颜毁栅突出，自率数骑冲入敌中，往来数次，身上集矢如蝟，有子揽辔劝阻，被光颜举刀叱去。部将见主帅效死，自然争奋，杀死叛众数千人，余皆遁去。光颜乃派使报捷，宪宗览表，称度知人，遂大有用度意。

度字中立，籍隶闻喜，形体眇小，不入贵格，少年时每屈名场。洛中相士，说他形神独异，恐致饿死，度亦坦然不校。一日，出游香山寺，见一素衣妇人，拜佛甚虔，匆匆出去，遗落包裹一件。度初时不甚留意，及拾得包裹，知为妇人遗失，自料追付不及，乃留待来取，日暮不至，方才携归。翌晨复往寺守候，寺门甫辟，即有妇人踉跄奔来，且寻且泣。度问为何事？妇人道："老父无罪被系，昨向贵人处假得玉带二条，犀带一条，值千余缗，往赂要津，替父求免，不幸到此祷佛，竟致遗忘，可怜我父亲从此难免了。"此妇人太不小心，但非入寺祷佛，当不至遗失，可见迷信神佛，多损少益。说至此，泪下如雨，痛不欲生。度出包裹启视，果如妇言，乃悉数缴还。妇人拜谢，愿留一赠度，度笑道："我若贪此，何容今日再来守候呢？"妇人再拜而去。后来相士复见度面，大惊道："君必有阴德及人，所以神色迥殊，前程万里，不可限量了。"度因将前事略告，相士叹道："修心可以补相，此语果不诬呢。"度即于是年登进士，累官显要。百忙中叙入此事，劝醒世人不少。及淮蔡事起，遂邀大用。

同平章事武元衡，由宪宗嘱使专握兵权，师道门客定计道："天子锐意讨蔡，想是元衡一力赞成，若刺死元衡，他相不敢主张，必争劝天子罢兵，是即救蔡的良策呢。"师道因给发厚资，遣令入都。适平卢牙将尹少卿，奉王承宗密命，为元济游说都中，入见武元衡，辞多不逊，被元衡叱出，返报承宗。承宗又上书讦元衡，朝廷不答。会当盛暑，元衡格外早朝，出所居靖安坊东门，天色未明，不能远视，忽有一箭射来，正中元衡颊上，元衡忍不住痛，正在惊呼，突遇数盗扑至，击灭火炬，持刀乱砍，仆从奔散，元衡无处躲避，竟被杀死，取一颅骨而去。裴度家住通化坊，亦于是时入朝，被贼击伤头颅，坠入沟中。侍从王义，抱贼大呼，贼刃断义臂，尚欲上前杀度，忽度首上现出金光，似有金甲神护着，方才惊遁。度虽受伤，幸帽中裹毡，不致损脑，得免大害。非有阴佑，恐亦难免。京城大骇，宪宗命金吾将军及京兆尹以下，严索凶犯，一面诏宰相出入，各加卫士，张弦露刃，作为护从，所过坊门，呵索甚严。朝士未经天晓，不敢出门。那金吾署中及府县各处，都经刺客遗纸，内书二语，有"毋急捕我，我先杀汝"二语，所以有司不敢急捕。兵部侍郎许孟客，面奏宪宗道："从古以来，未有宰相横尸道旁，尚不能获一盗，这是朝廷大辱，应该若何加严？"

宪宗点首。孟客复诣中书省，请亟进裴中丞为相，大索贼党，乃诏内外搜捕，悬赏获盗，如有庇匿，罪至族诛。有司不敢玩旨，随处搜索。查有复壁重垣，无不入寻，就使阀阅名家，亦不得免。神策将军王士则等，捕得恒州张晏等数人，由京兆尹裴武，监察御史陈中师，严刑鞫问，未得正凶。诏令出王承宗前后三表，颁示百寮，证明张晏等入京，定由承宗主使，于是裴、陈二人，阴承意旨，奏称："张晏等已经具服，应按律伏诛。"张弘靖疑非真犯，劝宪宗慎刑，宪宗不以为然，批令置诸重辟，一时李代桃僵，竟将晏等十数人，一并杀死，不留一个，那刺客实已遁去。应为张晏等呼冤。

裴度病创，卧养兼旬，宪宗命卫兵值宿裴第，且屡遣中使讯问安否。或请罢度官以安恒郓，宪宗怒道："若罢度官，正中奸计，朝廷还有什么纲纪？我用度一人，足破二贼。"遂授度同平章事。度力疾入朝，面奏宪宗道："淮西如腹心大病，不得不除。况朝廷已经命讨，怎得中止？两河诸镇，视淮西为从违，一或因循，各镇均要离心了。"宪宗道："诚如卿言，此后军事，委卿调度，朕誓平此贼，方准班师。"度奉命而出，即传旨促诸道进兵。李师道闻元衡虽死，命讨愈急，乃变计进袭东都。他尝在东都置留后院，兵役往来不绝，吏不敢诘，及淮西兵犯东畿，防兵悉屯伊阙，守御益疏。师道潜遣贼众数百，混入东都院中，为焚掠计。留守吕元膺，尚未察悉，幸有一小卒驰入告变，元膺亟追还伊阙屯兵，围攻留后院，贼众突出，向长夏门遁去。东都人士，相率惶骇，经元膺坐镇皇城门，从容指使，不露声色，民赖以安。都城西南，统是高山深林，民不耕种，专以射猎为业，彼此团聚，叫作山棚。元膺特出赏格，购令捕贼，山棚民鬻鹿遇盗，致为所夺，乃急召侪类，并引官军共同追捕，获住数人。盗魁是一个老僧，尝住持中狱寺，名叫圆净，年已八十有余，从前本是史思明部将，史氏败灭，亡命为僧，至是复为师道罗致，阳治佛光寺，结党定谋，拟入城为乱，此次由兵民围捕，刺击多时，方得擒获，尚恐他中途脱走，用锤击胫，竟不能折。圆净睁目叱道："汝等鼠子，欲断人胫，尚且不能，还敢自称健儿么？"汝虽是健，难逃一死，亦岂遂足称健儿？乃置胫石上，教使击断。至由元膺审验，立命处斩，圆净却自叹道："误我大事，不能使洛城流血，真是可惜。"百姓与汝何仇？元膺复穷治盗党，共得数千人，连自己部下防御二将，及驿卒八人，亦已受师道伪职，阴作耳目，迭经捕讯，才知刺死武元衡，实师道门下的暗杀党，并不是承宗所为，乃把二

部将槛送京师，且拜表请讨师道，外此俱就地正法，无一漏网，东都才得平安。小子
有诗叹道：

> 罪人已得伏奸谋，才悉当时误录囚。
> 看到郓州函首日，误人自误向谁尤。

欲知宪宗曾否东征，且至下回叙明。

　　本回叙魏博淮西事一顺一逆，前后相对，就中插入岐阳下嫁，及裴度还物二条，
本是随笔带叙，无关大体，而标目偏以此命题，似觉略大计小，不知个人私德，实为
公德之造端，唐室之公主多矣，问如岐阳之循妇道者有几人乎？唐朝之宰辅亦多矣，
问如裴度之著阴功者有几人乎？是书为通俗教育起见，故于史事之足以风世者，特别
表明，垂为榜样，即以本回之大端论之，魏博事是承上回，淮西事是启下回，本为过
脉文字，不必定成片段，非真略大计小也。

第九回

却美妓渡水薄郾城
用降将冒雪擒元济

却说吕元膺表请东征，宪宗亦欲加讨，但当时已将元衡被刺，列入王承宗罪案中，严诏谴责，拒绝恒州朝贡，此次既不便改词，且因讨元济，绝承宗，南北并营，不暇东顾，乃将师道事暂行搁置。裴度以淮西各军，日久无功，屡上书归咎严绶，乃特命宣武节度使韩弘，为淮西诸军都统，兼同平章事职衔，俾专责成。不料弘竟变易初志，亦欲倚贼自重，不愿淮西速平。李光颜勇冠一时，威震淮、蔡，弘欲结他欢心，特向大梁城中，觅一美妓，遣使赠送，使人先致书光颜。光颜开筵宴使，并大犒将士，置酒高会，正欢饮间，那美妓已轻移莲步，姗姗而来，先至光颜前屈膝叩见，再向各座中道了万福，阖座都刮目相看，恍疑是西施复出，洛女重生，而且珠围翠绕，玉质金相，除美人价值不计外，就是满身妆饰，也值数百万缗。来使复令她歌舞，继进丝竹管弦，无一不中腔合拍，应节入神，座中多目眩神迷，啧啧称羡。光颜独顾语来使道："相公悯光颜羁旅，赐以美妓，感德诚深。但战士数万，俱弃家远来，冒犯白刃，光颜忝为统将，宁忍自娱声色么？"说至此，涕泪满颐，四座不禁骇服，也忍不住流下泪来。推诚动人，竟忘色相。光颜即命左右取出金帛，厚赠来使，且命将美妓带还，俟来使谢别，复申嘱道："为光颜致谢相公，光颜以身许国，誓不与逆贼同戴日月，虽死无贰心了。"好德胜于好色，不意于光颜得之。韩弘接使人还报，也颇起敬，表请增兵益械，合攻淮西。

　　宪宗再命户部侍郎李逊为襄复郢均房节度使，右羽林大将军高霞寓为随邓节度使。霞寓专任攻讨，逊专任饷输。会田弘正为王承宗所攻，屡战不胜，累表请讨承宗。宪宗乃命出军贝州，兼发振武义武各军，会同助击。承宗尚纵兵四掠，幽、沧、定三镇，均为所苦，亦各请出征，宪宗拟从所请。张弘靖谓："两役并兴，恐国力不支，请先平淮西，后征恒冀。"宪宗不从。弘靖乃自请免相，出为河东节度使。越年正月，幽州节度使刘总，奏称攻克武疆，俘斩成德兵数千。宪宗遂削承宗官爵，命河东、幽州、义武、横海、魏博、昭义六道进讨。韦贯之进谏道："陛下不闻建中遗事么？初不过讨魏及齐，乃蔡燕赵发兵抗命，卒致朱泚内乱，糜烂都城，前鉴不远，愿陛下勿求速效，毋事兼营。"宪宗仍然不省，但促六道进兵。昭义节度使郗士美，义武节度使浑镐，横海节度使程执恭，与田弘正、刘总等，陆续出师，虽屡次告捷，总未免夸张声势，所报多虚。还有淮西各军，也是遇胜张皇，遇败掩饰，迁延到了六月，高霞寓到了铁城，为淮西兵所乘，全军尽覆，仅以身免，一时无从掩盖，只好据实奏闻，但仍推在李逊身上，说他应接不至，因致大溃。宪宗贬霞寓为归州刺史，逊亦坐谪，另调荆南节度使袁滋，为申光蔡唐随邓观察使，驻节唐州。滋抵镇后，比高霞寓还要懦弱，反将斥候撤去，禁兵入淮西境。元济分众围新兴栅，滋卑辞厚币，求他缓攻，元济因不以为意。唯李光颜与乌重胤，屡败淮西兵士，力拔溵水西南的陵云栅。这栅据陈、蔡要道，元济恃为险阻，屯置重兵，此次被光颜、重胤，两次夹攻，好容易占据了来，淮西兵大为夺气，李师道也闻风丧胆，表请输款。宪宗因力未能讨，暂事笼络，特加师道检校司空。师道阳为拜命，其实仍通好淮西，作壁上观。上下都是姑息，师道亦非真枭雄。

　　时诸军进讨淮西，数近九万，只柳公绰入为京兆尹，他将俱在军前，旷日持久，未见成功，乃再命中使梁守谦监军，授给空名告身五百通，并金帛数万，劝励将士。始终不离中官。更置淮颖水运使，饷馈各军，贬袁滋为抚州刺史，改任太子詹事李愬，为左散骑常侍，出任唐随邓节度使。愬系西平王李晟子，即安州刺史李听兄，表字元直，少有孝行，晟殁时，庐墓终丧，服阕入官，历任晋、坊二州刺史，治绩课最，加官金紫光禄大夫，进任太子詹事。淮西事未有起色，愬疏请自效，宪宗尚未识愬才，不敢轻用。会韦贯之请罢北讨，隐忤上旨，致左迁吏部侍郎。知贡举李逢吉，晋授同平章事。逢吉知愬具将略，特为保荐，乃授他旌节，出讨淮西。愬至唐州，闻士卒惮战，因下令军中道："天子知愬柔弱，故使愬拊循尔曹，若战胜攻取，非愬所能，但教尔曹静守疆场，愬也便足报命了。"将士等以为真言，安心听令。愬巡阅士卒，厚加抚恤，不尚严威。或以军政未肃为戒，愬微笑道："袁尚书专以恩惠怀贼，贼不复注意，今闻我来代任，必然戒备，我守袁公故辙，令他仍不加防，然后可出奇制胜了。"元济果轻视李愬，依然弛防。愬却推诚待士，日勤搜练，并暗察淮西地势，尽知虚实。贼或来降，问有父母妻孥，辄给与粟帛，遣使还省，面加慰谕道："汝亦皇帝子民，毋弃亲戚！"降众闻言，亦皆感泣。

居镇半年，知士卒可用，遂于元和十二年仲春，谋袭蔡州，表请益兵。诏益河中鄜坊兵二千骑，乃缮铠厉兵，出攻淮西，步步进逼。贼将丁士良前来侦探，被愬将马少良，设伏擒住，押至军门。营将都大喜道："士良系元济骁将，屡扰我境，今为我擒，好剖心泄忿了。请节帅俯顺众心。"愬点首许诺。及见了士良，诘责数语。士良毫无惧色，愬不禁叹道："好一个大丈夫，可惜汝不明顺逆，死且污名，汝若肯诚心归降，为国立功，不但可盖前愆，并足流芳千古。"士良乃跪伏请降，自言"贞元中为安州属将，被吴氏擒去，释置不杀，反得重用，因为吴氏父子效力。今复受擒，又沐重生，愿尽死报德。"愬即命释缚，给他衣服器械，署为帐下亲将。*自古名将克敌，必先使敌为我用，然后可以制胜，愬素得家传，故独能用敌。*愬欲进攻文城栅，士良入帐献计道："文城栅为贼左臂，贼将吴秀琳拥兵三千，据栅自固，秀琳才具寻常，全仗陈光洽为谋主，光洽轻佻好战，士良当为公擒此贼。秀琳失助，不降何待？"愬闻言大喜，便拨锐骑千人，令士良率领，往攻文城栅，自己静坐以待。不到半日，士良果将光洽擒归，献诸帐下。愬亦不加诛，劝光洽降。光洽愿致书秀琳，邀令投诚。秀琳复报如约，愬即遣唐州刺史李进诚，率甲士八千，至文城栅下，径召秀琳。不意守兵迭发矢石，把官军前队，伤毙了好几十名。进诚忙即退回，报称秀琳诈降。愬怡然道："彼待我招抚，我至自降。"遂盛气前行。将到栅前，秀琳果率众出迎，匍伏马下。愬下马扶起秀琳，好言抚慰，即由秀琳导愬入城。愬检阅守兵，三千兵不少一个，仍令留守文城，但将兵士妻女，迁居唐州，嗣见秀琳副将李宪，具有材勇，独赐名忠义，令隶麾下。于是士气复振，各有斗志。*变弱为强，确是名将作用。*

会各道官军，陆续渡过溵水，进逼郾城。李光颜率部军先进，遇贼将张伯良，驱杀过去。伯良不能抵敌，大败而逃。郾城令董昌龄，系蔡州人，由元济令守郾城。留他母杨氏为质，杨氏曾嘱昌龄道："从逆得生，不如从顺致死，汝肯去逆效顺，我亦虽死无恨，否则生何足恋呢？"不愧贤母。昌龄受教而出。至光颜围攻郾城，李愬又进捣青陵，截断郾城后路。守将邓怀金谋诸昌龄，昌龄劝他归国，怀金乃通使光颜道："城中将士，俱已愿降，但父母妻子，统在蔡州，计唯请公攻城，由城中举烽求救，蔡兵来援，由公兜头痛击，俾他败去，然后举城归降，庶父母妻子，或可保全了。"光颜允诺。待蔡兵到来，早已布置妥当，杀得蔡兵纷纷败北。昌龄怀金乃出降光颜，光颜仍命昌龄为郾城令，昌龄母幸得不死，后来受封北平郡太君。有善心者有善报。李愬亦得拔青陵城，又分派部将破西平，袭朗山，据青喜城，乃谋取蔡州。吴秀琳语愬道："公欲取蔡，非得李祐不可。"愬答道："李祐守兴桥栅，我亦闻他骁悍，当设计擒他便了。"忽有侦骑入报，贼兵至张柴村割麦。愬问贼首为谁？侦骑说是李祐。愬大喜道："我正要擒他，他却自来上钩么？"遂召厢虞候史用诚入帐，嘱他如此如此。用诚依计出发，先就村旁丛林中，伏骑兵三百，乃摇旗入村，径击贼众。贼众已将麦割完，正要捆载而归，突见官军到来，即由李祐当先跃出，持刀相迎。用诚略与交锋，佯作力怯，曳兵而走。祐拨马追来，渐渐地到了林间，见前面林荫蓊蔚，也疑有伏，竟停住不追。恰也乖刁。用诚恐他瞧破兵谋，却故意的回马叫道："李祐狡贼！我有精兵数千，伏住林中，汝敢来么？"激之使来，用计尤妙。祐素轻官军，又被他一激，索性策马复追，才入林中，已被绊马索绊倒。部众急来相救，已是不及，早由官军捆缚了去。用诚回杀一阵，贼众四逸，因将祐执送军营，推前。愬佯叱用诚道："我教汝往请李将军，如何把他拘来？快替他解缚罢！"全是智谋。用诚不好违慢，将祐松去了绑，便延祐上座，待以客礼。祐感愬厚意，也竭诚愿效。愬遂用为谋士，与李忠义同作幕宾，时常召入密商，甚至夜半方休。他人不得预闻，往往恐祐为变，屡次谏愬。愬待祐益厚，将士越加疑忌，毁谤甚多，甚至别军亦移牒至愬，谓不应用祐。愬恐谤语上闻，反受朝廷诘责，因握祐手泣语道："天岂不欲平淮蔡么？何为我二人相知甚深，独不能掩众口呢？"乃与祐附耳数语，然后出语大众道："汝等既以祐为疑，请令归死朝廷。"因出祐械送京师，先遣使密奏，谓杀祐不能成功。宪宗时方向愬，释令归还。愬遂置祐为散兵马使，令佩刀巡警，出入帐中。有时留祐同宿，密语不寐，帐外有人窃听，但闻祐感泣声。诸将渐释嫌疑，乃遵令如初。

愬派将再攻朗山，淮西兵数万来援，击退官军。败将奔回请罪，愬独欣然道："我亦知朗山难下哩。胜负兵家常事，何足介意？"语语有意。大众闻败，统觉怅恨，偏见愬谈笑自若，又不知他有什么高见。他唯募敢死士三千人，亲自教练，号为突将，一时娴习未熟，更因天雨连绵，到处积水，暂且按兵不动。吴元济闻兵势日蹙，未免焦灼，乃上表谢罪，情愿束身归朝。宪宗命中使赐诏，待他不死。元济便欲入觐，怎奈左右相率劝阻，大将董重质愿出守洄曲，力任捍护，决保无虞。元济乃悉发亲兵，及守城锐卒，尽归重质带去。重质夙负勇名，官军颇带三分畏怯，相戒不敢近前。

总计自元和九年冬季，饬诸道兵进讨淮西，到了十二年秋月，尚无成效，馈运疲敝，兵民困苦。宪宗宵旰焦劳，亦颇厌兵，乃召问宰辅诸臣。李逢吉等俱言师老力竭，不如罢兵为是。独裴度不发一言，宪宗因向度问计。度答道："臣知进不知退，若虑诸军无功，臣愿自往督战。"成算在胸。宪宗道："卿肯为朕一行，足见忠忱，但淮西究能平定否？"度又道："臣近观元济表文，势实穷蹙，只因军心不一，未肯并力进攻，所以至今乏效。若臣自诣行营，诸将恐臣分功，必争往破贼了。"宪宗大悦，遂命度以平章事兼节度使，仍充淮西宣慰处置招讨使。度因韩弘已为都统，不愿更为招讨，面辞招讨二字，奏调刑部侍郎马总为宣慰副使，韩愈为行军司马，指日启程。临行时，陛见宪宗，慨然道："臣若灭贼，庶朝天有期，否则归阙无日，臣誓不与此贼俱生。"宪宗不禁流涕，亲御通化门送行。度既出发，进授户部侍郎崔群同平章事，出李逢吉为东川节度使，专意用度，督促进兵。

度至郾城，适李愬进攻吴房，斩淮西骁将孙献忠，是日据阴阳家言，乃是往亡日，诸将劝愬勿出。愬笑道："正因今日为往亡日，彼不备我，我乃往击，彼亡我不亡，何必多虑？"遂乘锐攻克吴房外城，即日收军折回。孙献忠率骁将五百，奋勇追来，当由愬返旆力战，枭献忠首，仍徐徐还营。诸将请乘胜取城，愬却以为城未可取，不从众言。又伏一层疑团。到了冬季，愬决计袭蔡，遣书记郑澥至郾城，密白裴度。度语澥道："兵非出奇不胜，常侍良谋，度很赞成，请常侍便宜行事！"澥辞归报愬，愬与李祐、李忠义二人，又密商了好几次。一日，天气甚寒，阴霾四合，愬独升帐调兵，命李祐、李忠义率突骑三千为前驱，自与监军率三千人为中军，李进诚即唐州刺史。率三千人断后，留都虞候史旻等守文城，既出城门，乃下令东向，疾行约六十里，至张柴村。村中有淮西兵居守，统因天寒入帐，毫不备防，被突骑杀将进去，好似切瓜削菜一般。有几个逃出帐外，外面又似天罗地网，围得水泄不通，没奈何只好自尽。连守住烽堠的贼吏，也杀得干干净净，一个不留。

愬据住村栅，命士卒少休，食干粮，整鞯鞍，留五百人屯守，截住朗山来兵，复派兵堵塞洄曲，及诸道桥梁。布置已毕，时已天晚，风声猎猎，雪片飘飘，四面都是寒气笼住，大众瑟缩得很，偏帐内传出号令，乘夜进兵，诸将入请所向。愬正色道："入蔡州去擒吴元济。"大众面面相觑，但又不敢违令，只好硬着头皮，持械起行。监军泣下道："果堕李祐奸计，奈何奈何？"愬又传令衔枚疾走，不得声张，可怜各军冒寒前进，两旁被雪所蒙，融成一片白光，途次不辨高低，就是手中火炬，也为冷风所吹，十有九灭。军中旗帜，亦多吹裂，人马偶然失足，便致僵仆。夜半风雪愈大，吃了无数苦楚，才走得六七十里，远远地望见岩城。愬又下令道："蔡州城就在前面，须格外寂静，喧噪者斩！"军士相率钳口，只满肚中怀着怨苦。又行里许，见有一个方池，中伏鹅鸭。愬远远望见，恰令军士用槊搅击，那鹅鸭喋喋喋喋的声音，顿时纷起，大众又不免惊惶。处处为下文返照。城内守卒，统畏寒睡着，拥絮熟寐，就是有几个更夫，微闻声浪，也以为鹅鸭苦冷，因此喧扰，哪个愿巡城了望，到了四鼓，愬军尽集城下，李祐、李忠义，令突骑凿墙为坎，逐节攀援，猱升而上，直达城楼。守兵兀自睡着，被官军一一杀死，但把更夫留着，仍命照旧击柝，遂下城开门，招纳众军。到了内城，也是这般做法，两城俱拔。

愬入居元济外宅，元济尚高卧未起。美哉睡乎！有人入告元济道："官军到了。"元济蒙眬开眼，不禁大笑道："何事慌张，大约是俘囚为盗啰，天明当尽杀了罢。"不到一刻，又有人入报道："官军已入内城了。"元济披衣方起，呵叱道："城外不到官兵，已三十多年，哪能无端飞至？想是洄曲子弟，向我求寒衣呢。"仿佛做梦。乃徐徐出室，但听外面传官军口号，一呼百应，接续不休，方惊问左右，探知是李常侍号令，始大骇道："何等常侍，能神速至此？"乃率左右登牙城拒战。时已天晓，俯视城下，已由官军围住，忍不住觳觫起来，唯尚望董重质来援，勉力拒守。愬督攻半日，城上矢石如雨，急切不能得手，因按兵罢攻，召语众将道："董重质家属何在？快去查明，好好抚慰。"将士领命而去，一查便获，且将重质子传道，带了前来。传道入见，向愬下拜，愬面谕道："汝父也是好汉，汝去传报，教他不得再误，速即投诚，我决不亏待，否则幸勿后悔。"语至此，即给与手书，令往谕重质。传道去不多时，即与重质同至，入帐乞降。愬欢颜相待，遂令重质招降元济。元济见重质已降，半晌说不出话，只有泪下似丝，唯尚不肯遽降。愬因令李进诚等再攻牙城，接连射箭，矢集城垣，几似猬毛。复纵火焚南门，百姓争负薪刍，帮助官军，霎时间火势炎炎，南门已经焦灼，任你吴元济猖狂跋扈，到此也智术两穷，不得不束手成擒了。小子有诗赞李愬道：

> 兵法留言攻不备，将臣制胜在多谋。
> 试看雪夜行军日，大好岩城一旦休。

毕竟元济如何被擒，容至下回说明。

是回以李愬为主，李光颜为辅。光颜却还美妓，为将帅中所仅见，观其对韩弘使语，寥寥数言，能令四座感泣。人孰无情，有良将以激厉之，自能收有勇知方之效，见色不动，见利不趋，此其所以可用也。郾城一役，董昌龄举城请降，虽平时得诸母教，然亦安知非闻风畏慕，始稽首投诚乎？若李愬之忠勇，不亚光颜，而智术尤过之。当其笼络降将，驾驭将士，处处不脱智谋，至雪夜往取蔡州，尤能为人所不能为。出奇方能制胜，但非平日拊循有道，纪律素严，则当风雪交下，宵深奇冷之时，孰肯冒死急进？恐文城未出，乱几已先发矣。智者沈机观变，养之有素，故能好谋而成，非侈谈谋略者，所可同日语也。

第十回

谏佛骨韩愈遭贬
缚逆首刘悟倒戈

　　却说吴元济见南门被毁，吓得心胆俱裂，慌忙跪在城上，向官军叩头请罪。威风扫尽。李进诚令军士布梯，呼他下来。元济不得已下城，由进诚押见李愬。愬将元济羁入囚车，槛送京师，一面遣使驰告裴度。愬率军入城，守兵俱伏地迎降，不戮一人，就是元济所置官吏，及帐下厨厩厮役，概令仍旧，使他不疑；乃屯兵鞠场，静待裴度。是日申、光二州，及诸镇兵二万余人，一律请降。李光颜亦驰入洄曲，所有董重质遗下部众，均归光颜接收。裴度接愬捷报，先遣副使马总，驰入蔡州，然后建旌杖节，趋至城下。李愬具橐鞬出迎，拜谒道旁。度揽辔欲避，愬急说道："蔡人顽悖，不识尊卑上下，已有好几十年，愿公本身作则，使知朝廷尊严，不敢玩视。"度乃直受不辞。愬引度入城，交卸蔡事，仍还至文城驻守。诸将始向愬请教道："公前败朗山，并未加忧，战胜吴房，仍令退兵。遇大风雪，偏欲进行，孤军深入，毫不畏惧，后来终得成功；事后追思，还是莫明其妙，敢请指教！"愬微笑道："朗山失利，贼恃胜而骄，不甚加防了。吴房本容易攻取，但我取吴房，贼众必奔往蔡州，并力固守，如何可下？风雪阴霾，贼必不备，孤军深入，人皆死战，我岂欲诸军毕命？但视远不能顾近，虑大不能计细，所以终得成功。若小胜即喜，小败即忧，自己且不能镇定，还想什么功劳呢？"*前回逐层疑团，至此始一一揭出。*诸将乃相率敬服。

李愬橐鞬谒道

愬自奉甚俭，待士独丰，知贤不疑，见可即进，卒能荡平淮蔡，称为功首。裴度在蔡州城，亦推诚待下，且用蔡卒为亲兵。或劝度不应轻信，度轘然道："元恶既擒，胁从罔治。蔡人莫非王臣，疑他什么？"蔡人听了，感泣交并。先是吴氏父子，苛禁甚严，蔡人不准偶语，夜间又不准燃烛，遇有酒食馈遗，以军法论。度一并除去，唯盗贼斗死抵法，蔡人始知有生人乐趣。

元济由官军押解京师，宪宗御兴安门受俘，命将元济献诸庙社，枭首市曹，妻沈氏没入掖庭，二弟三男，流戍江陵，寻皆骈诛。又封尚方剑二口，赐给监军梁守谦，令悉诛贼将。度最恨中官，从前诸镇兵由中官统辖，牵制甚多，经度上表奏罢，使诸将专制号令，因得平贼。至是守谦复奉诏到蔡，拟依旨骈戮贼将。度坚持不可，但诛元济亲将刘协庶、赵晔、王仁清等十余人，余悉上书申解，多庆更生。乃奏留副使马总为留后，自己启节还朝。宪宗进度为金紫光禄大夫，赐爵晋国公，复知政事。李愬为山南东道节度使，赐爵凉国公，加韩弘兼侍中，李光颜、乌重胤等，悉行还镇，赏赉有差。李祐以功授神武将军，唯董重质虽已归降，宪宗因他为元济谋主，决欲加诛。李愬已许重质不死，竭力疏救，乃贬为春州司户，即命韩愈撰《淮西碑》文，表扬战功。宪宗已有忮心。愈承制撰辞略云：

唐承天命，遂臣万方，孰居近土？袭盗以狂。往在玄宗，崇极而圮，河北悍骄，河南附起，四圣不宥，屡兴师征。有不能克，益戍以兵。夫耕不食，妇织不裳，输之以车，为卒赐粮，外多失朝，旷不岳狩，百隶怠官，事亡其旧。帝时继位，顾瞻咨嗟，唯汝文武，孰恤予家？既斩吴蜀，旋取山东。魏将首义，六州降从。淮蔡不顺，自以为强，提兵叫欢，欲事故常。始命讨之，遂连奸邻。阴遣刺客，来贼相臣，方战未利，内惊京师。群公上言，莫若惠来，帝为不闻，与神为谋，及相同德，以讫天诛。及敕颜李光颜。胤，乌重胤。愬李愬。武韩弘子公武。古李道古即曹王皋子，时代柳公绰为鄂岳观察使。通，寿州刺史李文通。咸统于弘，韩弘。各奏汝功。三方分攻，五万其师。大兵北乘，厥数倍之。尝兵时曲，军士蠢蠢。既翦凌云，蔡卒大窘。胜之邵陵，郾城来降。自夏及秋，复屯相望。兵顿不利，告功不时。帝哀征夫，命相往厘。士饱而歌，马腾于槽。试之新城，贼遇败逃。尽抽其有，聚以防我。西师跃入，道无留者。顽顽蔡城，其疆千里，既入而有，莫不顺俟。帝有恩言，相度来宣。诛止其魁，释其下人。蔡之卒夫，投甲呼舞，蔡之妇女，迎门笑语。蔡人告饥，船粟往哺，蔡人告寒，赐以缯布。始时蔡人，禁不往来，今相从戏，里门夜开。始时蔡人，进战退戮，今眠而起，左飧右粥，为之择人。以收余惫，选吏赐牛，教而不税。蔡人有言，始迷不知，今乃大觉，羞前之为。蔡人有言，天子明圣，不顺族诛，顺保性命。汝不吾信，视此蔡方。孰为不顺？往斧其吭。凡叛有数，声势相倚，吾强不支，汝弱奚恃？其告而长，而父而兄，奔走偕来，同我太平！淮蔡为乱，天子伐之，既伐而饥，天子活之。始议伐蔡，卿士莫随，既伐四年，小大并疑。不赦不疑，由天子明，凡此蔡功，唯断乃成。四语扼要。既定淮蔡，四夷毕来，遂开明堂，坐以治之。原文有一序，因限于篇幅，故从略。

　　碑文大意，是归功君相，少述将功。李愬以功居第一，未免不惬。愬妻系唐安公主女，唐安公主系德宗长女。出入禁中，为诉愬文不实。宪宗将愬文磨去，更命段文昌另撰。文昌已入都为翰林学士，隐承上意，归美李愬，愬乃无言。有功不伐，原是难能。当裴度在淮西时，布衣柏耆，入谒韩愈，谓：“元济就擒，王承宗定然胆落，愿得丞相书，劝令悔过投诚。”愈转达裴度，度作书给耆，遣谕承宗。承宗颇有惧意，乃向田弘正乞怜，请送二子入质，及献德、棣二州。弘正代为奏请，宪宗尚未肯许，继思六道兵马，往讨成德，迄无功效；更因义武节度使浑镐，吃一败仗，丧失无算。昭义横海两军，亦多退归，刘总又屯兵不进，应前回。眼见得不易讨平，乃从弘正言，赦承宗罪。承宗送子知感知信，及德、棣二州图印至京师，于是复承宗官爵，仍令镇成德军。

　　李师道闻淮西告平，也觉惊心。判官李公度，牙将李英昙等，劝师道遣子入侍，献沂密海三州以自赎。师道勉强允诺，依言上表。宪宗因遣左散骑常侍李逊，至郓州宣慰，不意师道竟盛兵相见，语多倨傲。逊正辞驳诘，愿得要言奏天子。师道含糊相答，口中虽说是遵约，实不过敷衍目前，并无诚意。逊返奏宪宗，宪宗调李光颜为义成节度使，会同武宁节度使李愿，宣武节度使韩弘，魏博节度使田弘正，横海节度使程权，同讨师道。程权即程执恭，赐名为权，权不欲再膺节钺，表请举族入朝。宪宗乃命华州刺史郑权代任。程权卸职入都，诏授检校司空，嗣复出为邠宁节度使，卒得考终。宪宗自淮西平后，侈心渐起，修麟德殿，浚龙首池，筑承晖殿，大兴土木。

判度支皇甫镈，盐铁使程异，迎合上意，屡进羡余。宪宗很是宠幸，竟令两人同平章事，诏敕传宣，中外骇愕。裴度崔群，连疏进谏，终不见从。皇甫镈用李道古言，荐入方士柳泌，浮屠大通，谓能合长生药。宪宗召泌入见，泌奏称天台山多灵草，可以采服延年。宪宗即命泌权知台州刺史。言官纷纷进谏，略言："历代君主，或喜用方士，从未有使他临民。"宪宗不悦，且面谕谏臣道："只烦一州民力，能令人主致长生，臣子亦何爱呢？"群臣知无可挽回，乐得闭口不宣，虚縻禄位。至元和十四年正月，凤翔法门寺塔，谣传有佛指骨留存，宪宗遣僧徒往迎佛骨，奉入禁中，供养三日，乃送入佛寺。王公大臣，瞻仰布施，唯恐不及。韩愈已迁任刑部侍郎，独慨切上谏道：

佛者夷狄之一法耳，自后汉时始入中国，上古未尝有也。昔黄帝在位百年，年百一十岁，少皞在位八十年，年百岁，颛顼在位七十九年，年九十岁，帝喾在位七十年，年百五岁，尧在位九十八年，年百一十八岁，帝舜及禹，年皆百岁，其后汤亦年百岁，汤孙太戊在位七十五年，武丁在位五十年，史不言其寿，推其年数，当不减百岁。周文王年九十七，武王年九十三，穆王在位百年，当其时佛法未至中国，非因事佛使然也。汉明帝时，始有佛法，明帝在位才十八年，其后乱亡相继，运祚不长。宋齐梁陈元魏以下，事佛渐谨，年代尤促。唯梁武帝在位四十八年，前后三舍身施佛，宗庙祭不用牲牢，尽日一食，止于菜果，后为侯景所逼，饿死台城，国亦浸灭。事佛求福，乃更得祸，由此观之，佛不足信，亦可知矣。高祖始受隋禅，则议除之，当时群臣识见不远，不能深究先王之道，古今之宜，推阐圣明，以救斯弊，其事遂止，臣常恨焉。今陛下令群僧迎佛骨于凤翔，御楼以观，舁入大内，又令诸寺递加供养，臣虽至愚，必知陛下不惑于佛，作此崇奉以祈福祥也。但以丰年之乐，徇人之心，为京都士庶设诡异之观，戏玩之具耳，安有圣明如陛下，而肯信此等事哉？然百姓愚冥，易惑难晓，苟见陛下如此，将谓真心信佛，皆云天子大圣，犹一心信向，百姓微贱，岂宜更惜身命？遂至灼顶燔指，十百为群，解衣散钱，自朝至暮，转相仿效，唯恐后时，老幼奔波，弃其生业，若不即加禁遏，更历诸寺，必有断臂脔身，以为供养者。伤风败俗，传笑四方，非细事也。佛本夷狄，与中国言语不通，衣服殊制，口不道先王之法言，身不服先王之法服，不知君臣之义，父子之情，假使其身尚在，来朝京师，陛下容而接之，不过宣政一见，礼宾一设，赐衣一袭，卫而出之于境，不令惑众也。况其身死已久，枯朽之骨，岂宜以入宫禁？乞付有司，投诸水火，断天下之疑，绝前代之惑，使天下之人，知大圣人之所作为，固出于寻常万万也。佛如有灵，能作祸祟，凡有殃咎，悉加臣身，上天鉴临，臣不怨悔。

宪宗览到此奏，不禁大怒，持示宰相，欲加愈死罪。裴度、崔群竝上言道："愈语虽近狂，心实忠恳，宜宽容以开言路。"宪宗道："愈言我奉佛太过，尚或可容，至谓东汉以后诸天子，年皆夭促，这岂非妄加谤刺么？愈为人臣，如此狂妄，罪实难恕。"群与度又再三乞免，乃贬愈为潮州刺史。愈至潮州，问民疾苦，皆言恶溪有鳄鱼，屡食畜产，大为民害。愈即往巡视，且命属吏秦济，用一羊一豚，投入溪水，自撰祭文数百言，向溪宣读，备极感慨，限期督徙。果然夜间疾风震电，起自溪中，溪水逐渐干涸，鳄竟西徙，潮州遂无鳄鱼患。信及豚鱼，奈不能感格君心，殊为可叹。愈又上表吁诚，宪宗颇自感悔，意欲召还。皇甫镈素忌愈直，奏言愈终疏狂，只可酌量内移，因命愈改刺袁州。袁人多质押男女，过期不赎，便没为奴仆，愈令计佣赎身，得归还七百余人，且与立禁约，此后不准鬻良为贱。袁人歌颂不衰，不没政绩。后文再表。

且说李师道本欲归命，遣子入质，因为妻魏氏所阻，遂有悔意。魏氏更连接婢妾蒲氏、袁氏，家奴胡惟堪、杨自温，及孔目官王再升，进语师道，略谓："先司徒抚有十二州，如何无端割献？现计境内兵士，约数十万，不献三州，不过以兵相加，若力战不胜，献地未迟。"力战不胜，恐要汝等首级，岂献地所能免么？师道遂决计抗命。至朝旨已调兵进讨，他尚推在军士身上。谓众情不愿纳质割地，臣亦不便专主等语。宪宗越觉气忿，下诏宣布师道罪状。又以李愿多病，郑权新任，未便战阵，特调李愬为武宁节度使。愿系愬兄，召入为刑部尚书，再徙乌重胤为横海节度使，令郑权移镇邠宁。愬既代兄任，与魏博节度使田弘正，进逼平卢，累战皆捷，获得平卢兵马使李澄等四十七人，悉送入都。宪宗概令免诛，各发遣行营，效力赎罪。且遥命行营诸将道："所遣诸徒，如家有父母，意欲归省，仅可给赀遣回，朕唯诛师道，余皆不问。"此诏一下，平卢士卒，相继来降。

师道素信判官李文会及孔目官林英，所有旧吏高沐、郭旷、李存等，俱为文会等所谮，沐被杀，昈、存被囚。又有幕僚贾直言，冒刃谏师道二次，与椂谏师道一次，并绘槛车囚系妻孥图上献，也被师道囚住，连前时劝他归命的李公度，并羁入狱中。牙将李英昙，且遭勒毙。及官军四临平卢，兵势日蹙，将士哗然。师道不得已释放囚犯，令还幕府，出李文会摄登州刺史。但势已无及，屡战屡败。李愬进拔金乡，韩弘进克考城，楚州刺史李听，又由淮南节度使李夷简差遣，趋海州，下沭阳朐山，进戍东海；田弘正进战东阿阳谷，连破戍卒；李光颜攻濮阳，进收斗门杜庄二屯，仿佛四面楚歌，同时趋集，吓得师道脚忙手乱，忧悸成疾。至李愬破鱼台，入丞县，郓州益危。师道募民夫修治城堑，整缮守备，男子不足，役及妇人，郓城恟恟，怨言蜂起。都知兵马使刘悟，曾由师道遣守阳谷，拒田弘正。悟务为宽惠，颇得上心，军中号为刘父，但与魏博军接仗，往往败绩。有人入白师道，谓："悟不修军法，专收众心，后必为患，亟应除去。"师道乃潜遣二使，赍帖授行营副使张暹，令乘便杀悟。暹与悟善，怀帖相示，悟即使人潜执二使，立刻杀死。悟召诸将与语道："悟与公等不顾死亡，出抗官军，自思原不负司空，今司空过信谗言，来取悟首，悟死，诸公恐亦不免了。今官军奉天子命，只诛司空一人，我辈何为随他族灭？不若卷旆束甲，同还郓城，奉行朝命，铲除逆首，非但可免危亡，富贵且可立致呢。"兵马副使赵垂棘，当先立着，半晌才答道："事果济否？"悟应声叱道："汝与司空合谋为逆么？"便即拔出佩刀，将赵剁毙，且复宣言道："今当赴郓，违令立斩！"将士尚未敢遽应，又被悟杀死三十余人。余众股栗，乃皆战声道："唯都头命！"军中称都将为都头。悟又下令道："入郓城后，每人赏钱百缗，唯不得擅取军帑，逆党与仇家，任令掠取。"军皆允诺，遂令士卒饱食执兵，夜半即行。人衔枚，马缚口，悄悄地进薄郓城。及至城下，天尚未明，先遣十人叩门，但说刘都头接奉密帖，连夜驰归，门吏尚未知有变，开城出见，请俟入报师道，然后迎入。十人拔刀相向，门吏窜去。悟引军趋至，直入外城，内城守卒，亦开门纳悟，只有牙城还是键闭，不肯遽启。悟督军纵火，劈开城门，牙兵不满五百，起初尚发矢相拒，嗣见悟军如潮涌至，料知不支，俱执弓投地，一哄而散。悟勒兵升厅，使捕索师道，师道方才起床，惊悉巨变，忙入白师古妻裴氏道："嫂！……刘悟已反，奈何奈何？"何不求教床头人，乃与嫂言何益？裴氏是个女流，有什么方法，但以泪珠儿相报。师道越加惶急，即退出嫂室，闻外面已汹汹搜捕，急觅得二子弘方，走匿厕所。不意厕旁有隙，竟被悟兵瞧着，大踏步走了进来，七手八脚，把师道父子抓去，牵至厅前。悟不欲见师道，但使人传语道："悟奉密诏，送司空归阙，但司空尚有何颜，往见天子？"师道尚流涕乞怜。弘方二子，却慨然道："事已至此，速死为幸。"虽是与父同尽，却还有些气节。当下由悟传令，推出师道父子，至牙门外隙地，一并斩首。悟再命两都虞候巡行城市，禁止掳掠，自卯至午，全城安定。又经悟大集兵民，亲自慰谕，但将逆党二十余人，按罪伏诛，余皆令照旧办事。文武将史，且惧且喜，联翩入贺。悟见李公度、贾直言两人，下座与语，握手唏嘘，遂引入幕府，令为参佐。一面函师道父子三首，遣使送魏博军田弘正营，一面搜得师道妻魏氏，及奴妾蒲氏、袁氏等，一一审讯。魏氏本有三分姿色，更兼伶牙俐齿，宛转动人，就是蒲袁二氏，也是郓城尤物，已经牵到案前，匍伏乞哀，个个是颦眉泪眼，楚楚可怜，那倒戈逞志的刘悟，本也是个屠狗英雄，偏遇了这几个长舌妇人，不由得易威为爱，化刚成柔。小子有诗叹道：

> 到底蛾眉善蛊人，未经洞口已迷津。
> 任他铁石心肠似，不及红颜一笑鞶。

欲知刘悟如何处置，且至下回分解。

韩退之一生学术，以《谏佛骨》一疏，为最著名之条件，其次莫如《淮西碑》文。《淮西碑》归美君相，并非虚谀，乃以妇人一诉，遂令刬灭，宪宗已不能无失，佛骨何物？不必论其真伪，试问其有何用处，乃欲虔诚奉迎乎？疏中结末一段，最为削切，而宪宗不悟，反欲置诸死地，是何蒙昧，一至于此？其能平淮西，下淄青，实属一时之幸事，宪宗固非真中兴主也。吴元济本非枭雄，李师道尤为懦怯，良言不用，反受教于妻妾臧获，谋及妇人，宜其死也，何足怪乎？刘悟一入而全州瓦解，父子授首，左右之芒刃，严于朝廷之斧钺，徒致身亡家没，贻秽千秋。师道之愚，固较元济为尤甚欤？然宪宗亦志满意骄，因是速死矣。

第十一回

平叛逆因骄致祸
好盘游拒谏饰非

却说刘悟见魏氏等楚楚可怜，不忍加诛，仍令返入内室，复遣妻李氏入慰。原来悟是前平卢节度使刘正臣孙，正臣为国殉难，叔父全谅，节度宣武，置悟为牙将，悟得罪他去，辗转奔徙，仍入平卢。李师古见悟状貌，尝语左右道："此人必贵，但恐败坏吾家。"既有此识，何故重用？乃令统领后军，并妻以从妹，欲令他诚心归附，谁知他倒戈入郓，果如师古所料。悟遣妻抚慰魏氏，姑嫂间自然欢洽。至夜间悟入休息，魏氏复来道谢，悟很是怜爱，竟与魏氏小宴叙情，还有蒲袁二氏，一同旁侍。蒲氏向称蒲大姊，袁氏向号袁七娘，两人本为李家婢，师道见姿色可人，遂与有私，列为小星，至是入侍刘悟，做了魏氏的红娘，从旁兜揽，竟劝魏氏伴悟同榻。魏氏也没有什么廉耻，乐得撑篙近舵，与悟成了好事。蒲大姊袁七娘，也沾染余润，挨次轮流，女三成娶，悟乐可知。不怕李氏吃醋么？且因朝廷初下诏令，曾有赏格，谓能杀师道，率众来降，即畀师道官爵，悟以为坐得十二州，遂补署文武将佐，更易州县长吏，且面语僚属道："军府政事，一切仍旧，我但与诸君抱子弄孙，尚复何忧？"想是得了三美，遂思多育子孙。

过了三日，魏博行营，遣使修好，悟接待来使，开庭设宴，席间命壮士手搏，娱骋心目。悟本多力，也摇肩攘臂，离座助势，且顾语来使，自夸勇武。来使面诋数语，引得悟心花怒开，连尽数大觥。宴毕，来使辞行，乃厚赆遣归。看官道魏博使人，果当真修好么？他是受了田弘正密命，来觇刘悟举动。弘正自得师道父子首级，即露布告捷，因恐师道首级非真，特召夏侯澄辨认。澄系师道麾下，受擒后归弘正差遣，至是见师道首，长号晕绝，良久方苏，复抱首舐面，恸哭不置。弘正也为改容，目为义士。但已见得逆首非虚，立遣人传送京师。宪宗大喜，命户部侍郎杨于陵为淄青宣抚使，分十二州为三道，郓曹濮为一道，淄青齐登莱为一道，兖海沂密为一道。自李正己据有淄青，历李纳及师古师道，凡四世，共计五十四年，名为唐属，实是独霸一方，自除官吏，不供贡赋。即如淮西成德各军，亦皆与平卢相似，经宪宗依次略定，河南北三十余州，乃尽遵唐廷约束，不再跋扈了。这是宪宗得人之效。

宪宗惩前毖后，欲徙刘悟至他镇，因恐悟不受代，复须用兵，乃密诏田弘正侦察。弘正遂阳称修好，阴使窥伺。及得使人还报，不禁冷笑道："匹夫小勇，有何能为？若闻改徙，必行无疑。"一语道破。当即密报宪宗。宪宗遂徙悟为义成节度使，且令弘正带兵入郓，迫令交代。刘悟正耽情酒色，乐以忘忧，忽接到移镇诏敕，顿吃了一大惊，又闻田弘正引兵到来，更急得形神沮丧，手脚慌忙，夜间草草整装，也不及与魏氏等欢叙，俟到天明，已有人入报道："魏博军无数到来，距此只数里了。"悟仓皇出迎，李公度、贾直言、郭旷、李存等随着，离城二里，即与田弘正遇着，客亭相见，寒暄数语，弘正便欲入城。悟尚拟同入，想总为了三姑。弘正道："天子命不可违。郓城事由弘正料理，倘如公以下，尚有眷属等人，未曾挈领，自当护送前来，请勿多虑！"悟懊怅自去。唯郭旷、李存谋除李文会，先已遣使至登州，诈传悟命，召他入郓，途次将他刺死，及携首回来，旷存等已随往滑州，无从复命，只好报知田弘正。弘正以文会助逆，理当处死，不必再议。此外悉除苛禁，听民安居，所有赴滑诸将吏家属，统遣吏护送入境。唯师道家属，照例应当连坐，特表请诏敕施行。旋得诏旨下来，师道妻魏氏以下，应没入掖庭，师古子明安，令为郎州司户参军，明安母裴氏，得随子赴任，其余宗属，流徙远方。看官道宪宗此诏，何故重罪轻罚？这也是刘悟有情魏氏，特地上表陈请，诈称魏氏是魏徵后裔，应该援议贤议功两例，免她死罪。明安母子，与师道本不同谋，理难连坐等语，悟为明安母子营救，当是受教妻室。所以宪宗从轻处置。弘正依诏办理，复查得师道簿书，有赏王士元等十六人，系为刺杀武元衡案件，遂按名索捕，尽行搜获，解送京师，讯实正法。其实王士元等，尚非真正凶手，他是冒功受赏，被捕后亦知难免，索性供认了案。京兆尹崔元略，颇探知隐情，宪宗以为罪恶从同，也无暇辨正了。

田弘正得加授检校司徒，兼同平章事，仍令还镇；调义成节度使薛平，为平卢节度使，兼淄青齐登莱等州观察使；任淄青行营供军使王遂，为沂海兖密等州观察使；徙淮西留后马总，为郓曹濮等州节度使，分镇而治，总道是力弱易制，永远相安，哪知王遂残酷不仁，激成怨谤，不到半年，便被役卒王弁等拘住，责他盛暑兴工，用刑刻暴等罪，乱刀砍死，弁自称留后。嗣经棣州刺史曹华，受命赴沂，拘送王弁，腰斩东市，余党尽歼。华继任沂海兖密观察使，祸乱才算敉平。宰相裴度，曾为宪宗讨平元济，至师道授首，亦由度在朝密议，始得成功。度又极言中官专恣，祸甚藩镇，并与皇甫镈、程异不协。镈异遂潜引中人，百端构度，度竟被出为河东节度使，不过同平章事职衔，尚未撤销。既而程异病死，镈荐河阳节度使令狐楚入相，楚与镈为同年进士，所以引入。河东节度使张弘靖，卸职还朝，适宣武节度使韩弘入朝，请留京师，乃命弘靖往代，进韩弘为司徒，兼中书令。魏博节度使田弘正，也入都朝觐，情愿留京，三表不许，命他兼职侍中，优诏遣归。弘正虽奉命还镇，但兄弟子侄，多留官京中，宪宗皆擢居显列，朱紫满朝，人以为荣。

唯宪宗以两河平定，群藩帖服，愈觉得太平无忌，功德巍巍。皇甫镈等献媚贡谀，奉宪宗尊号，称为元和圣文神武法天应道皇帝，一班度支盐铁等使，随时进奉，多多益善。从前藩镇未平时，进奉的名目，叫作助军，及藩镇已平，易助军为助赏，至进上尊号，又改称为贺礼，就是左右军中尉，亦各献钱万缗。无非导君以侈。看官试想！天下有几个毁家纾难的大忠臣，所有进奉诸官吏，哪个不是刻剥百姓，吸了民间的膏血，移作媚上的资本？库部员外郎李渤，出使陈许，还言："渭南诸县，民多流亡，弊由计臣聚敛，剥下媚上，以致如此。"皇甫镈等恨他多言，伺隙图渤。渤却见机谢病，辞职告归，他本号为少室山人，前因朝廷迭召，无奈就征，此次见忌当道，他当然不应恋栈，一官敝屣，还我本来，才不愧为高士呢。阐表清操。

台州刺史柳泌，奉旨莅任，日驱吏民采药，岁余不得一仙草，自恐得罪，逃匿山中。浙东观察使捕泌送京，皇甫镈、李道古等，代为庇护，泌竟免罪，反得待诏翰林。又令他合药进供，宪宗取服以后，日加燥渴。起居舍人裴璘上言："药止疗疾，不应常服。况金石酷热有毒，益以火气，更非脏腑所能胜受。古语有云：'君饮药，臣先尝。'请令泌先饵一年，试验利害，然后再服不迟。"宪宗不但不从，反贬璘为江陵令。

同平章事崔群，为皇甫镈所排挤，出为湖南观察使。知制诰武儒衡，系故相元衡从弟，抗直敢言，又为令狐楚所嫉忌，特想出一法，荐用狄兼谟为左拾遗。兼谟为狄仁杰族曾孙，尝登进士第，辟襄阳府使，刚正有祖风，举为言官，本是材足称职，但观令狐楚荐牍，内言："天后窃位，诸武专横，赖狄仁杰保佑中宗，克复明辟，兼谟为功臣后裔，更且才行优长，亟宜录用"云云。看他文字，似与武儒衡没甚关系，其实指斥武氏，便是影射儒衡。儒衡知他言外有意，忙泣诉宪宗道："臣祖平一，当天后朝，遁迹嵩山，并未在位……"宪宗不待说完，便点首道："朕知道了。"武平一不见前文，便是高隐之故。儒衡乃退。未几，迁中书舍人，左军中尉。

吐突承璀自淮南还都后，仍然得宠，辗转援引，党类甚繁。后来党派分裂，内侍王守澄陈弘志等，与承璀势力相当，互为倾轧，萧墙里面，早已隐伏戈矛。宪宗误服金石，致多暴躁，左右宦官，往往获罪致死，因此人人自危，时虞不测。承璀尝与宪宗次子澧王恽友善，从前太子宁病殁时，劝宪宗立恽为储，宪宗因恽母微贱，特立遂王恒为太子，至是宪宗有疾，承璀复谋立恽，太子恒得知消息，密遣人问诸司农卿郭钊，钊系太子母舅，嘱使传语道："殿下但应孝谨，静俟天命，幸勿他谋。"郭氏子弟，始终尽礼。太子才耐心静待。到了元和十五年元日，宪宗因寝疾罢朝，群臣惶恐，会义成节度使刘悟来朝，赐对麟德殿，及悟趋出，语群臣道："主体平安，保毋他虑。"群臣听了悟言，总道是易危为安，放心归第，不料过了一宵，宫中竟传出骇闻，说是圣驾宾天，宰相以下，仓猝入临，趋至中和殿，就是御寝所在，但见殿门外面，已由中尉梁守谦，带兵环卫，里面寝室，为王守澄、陈弘志及诸宦官马进潭、刘承、韦元素等把守，不准群臣趋进龙床。陈弘志且扬言道："皇上误服金丹，毒发暴崩，真是出人意料，幸留有遗诏，命太子嗣位，授司空兼中书令韩弘，摄行冢宰，太子现在寝室，应即日正位，然后治丧便了。"别人不言，独让陈弘志出头，明明是贼胆心虚，自欲洗清逆案。皇甫镈、令狐楚等，本来是没甚气节，且见寝殿内外，已被一班阉竖，占了先着，盘踞牢固，料知不便抗争，只好唯唯从命。陈弘志手段甚辣，密遣心腹伺诸道旁，俟吐突承璀及澧王恽奔丧，竟出其不意，将他杀死，外人亦不知为谁氏所遣，宫廷中且未悉两人死耗，专办太子即位礼仪，及料理丧具等事。太子恒即位太极殿东序，是谓穆宗，赐左右神策军钱，每人五十缗。

皇甫镈已毕朝贺，退回私第，翌晨复拟入朝，忽由中使颁到诏敕，数责罪状，谪窜崖州，令为司户参军。镈不觉泪下，待中使出去，与家人叙别，免不得相对悽惶，继且自叹道："王守澄、陈弘志等谋逆，我身为宰相，不能讨叛，罪固当死，若说我荐引方士，药死皇上，这却未免冤枉哩。"*自知颇明，然已迟了。* 乃出都南行，后来竟死崖州，中外称贺。左金吾将军李道古，亦坐贬循州司马，杖死方士柳泌，及浮屠大通。中尉梁守谦以下，都进官有差。*弑君逆党，反得蒙赏，唐事可知。* 进任御史中丞萧俛，及翰林学士段文昌同平章事，尊生母郭贵妃为皇太后，追赠太后父暖为太尉，母为齐国大长公主，兄钊晋授刑部尚书，钛为金吾大将军。太后移居兴庆宫，朔望三朝，穆宗每率百官诣宫门上寿，或岁时庆问燕飨，后宫戚里，暨内外命妇，联袂入宫，车骑杂沓，环珮铿锵，豪华烜赫，备极一时。

穆宗务为奢侈，尤好嬉游，即位未几，御丹凤门，宣诏大赦，召入教坊倡优，令演杂戏，纵观恣乐。越数日，又至左神策军，观角抵戏，*即手搏戏。* 监察御史杨虞卿等，上疏谏阻，穆宗阳为优答，仍然未改。柳公绰弟公权，书法遒劲，得邀主赏，召入为翰林侍书学士。穆宗尝问道："卿书何这般佳妙？"公权答道："用笔在心，心正笔自正。"穆宗亦悚然动容，知他借笔作谏；但江山可改，本性难移，更兼左右宵小，逢君为恶，日加从臾，单靠着两三直臣，几句正话，哪能挽回主听，骤改前非？*一薛居州其如宋王何？* 江陵士曹元稹，具有文才，善作歌曲，尝与监军崔潭峻交游。潭峻录稹旧作，归白宫中，宫人多喜歌诵，宛转悠扬，曲尽妙趣。穆宗问为何人所制？当由潭峻报明姓氏，并盛称稹才可用，遂召他入都，命为知制诰。中书舍人武儒衡，瞧他不起，会当溽暑，与同僚食瓜阁下，稹亦在座，儒衡见瓜上有蝇，用扇挥去，且语道："适从何来？遽集于此。"同僚大半失色，儒衡意气自如，稹怀惭而退。稹字微之，宪宗时曾为左拾遗，奏议颇多，寻为监察御史，辄出外按狱。少年喜事，日遭诟病，遂被当道参劾，贬为江陵士曹参军。武儒衡因他交通中官，复得干进，所以格外奚落。若论他文才诗思，与白居易实相伯仲，所传歌词，天下称颂，时号为"元和体"，往往播诸乐府，宫中呼为元才子。不过出处未慎，身名两败，可见才德两字，是缺一不可呢。*为有才者作一棒喝。*

是年六月，葬宪宗于景陵。宪宗在位十四年，享年四十二岁，史称宪宗志平僭

唐穆宗论字知谏

叛，所向有功，好算一中兴主，可惜晚节不终，致为宦官王守澄、陈弘志等所弑，这正是一代公评。唯穆宗既葬宪宗，益事游畋，趁着秋凉天气，带了后宫佳丽，游鱼澡宫，浚池竞渡，赐与无节。且欲开重阳大宴，拾遗李珏，与同僚上疏道："元朔未改，山陵尚新，虽陛下俯从人欲，以月易年，究竟三年心丧，礼不可紊，合宴内廷，究应从缓为宜。"穆宗不听。到了九月九日，宴集百官，格外丰腆，足足畅饮了一天，既而群臣入阁，谏议大夫郑覃、崔郾等五人进言，略谓："陛下宴乐过多，游幸无度，日夕与近习倡优，互相狎昵，究非正理。就是一切赏赐，亦当从节。金帛皆百姓膏血，非有功不可与，虽然内藏有余，总望陛下爱惜，留备急需！"穆宗自践位后，久不闻阁中论事，此次忽闻阁议，便问宰相道："此辈何人？"宰相等答是谏官。穆宗乃令宰相传语道："当如卿言。"宰相传谕毕，相率称贺。哪知穆宗口是心非，不过表面敷衍，何曾肯实心改过？尝语给事中丁公著道："闻外间人多宴乐，想是民和年丰，所以得此佳象，良慰朕怀。"公著道："这非佳事，恐渐劳圣虑。"穆宗惊问何因？公著道："自天宝以来，公卿大夫，竞为游宴，沈酣昼夜，猱杂子女，照此过去，百职皆废，陛下能无忧劳么？愿少加禁止，庶足为朝廷致福。"穆宗似信非信，迁延了事。

　　未几，已是仲冬，又拟出幸华清宫。此时韩弘已罢，令狐楚亦因掊克免相，累贬至衡州刺史，另用御史中丞崔植同平章事。植与萧段文昌，率两省供奉官，诣延英门，三上表切谏，且言御驾出巡，臣等应设扈从，乞赐面对。穆宗并不御殿，也无复音。谏官等又俯伏门下，自午至暮，仍然没有音响，不得已陆续散归，约俟翌晨再谏。不料次日进谒，探得宫中消息，车驾已从复道出城，往华清宫，只公主驸马及中尉神策六军使，率禁兵千余人，扈从而去，群臣统皆叹息。好容易待到日暮，方闻车驾已经还宫，大众才安心退回。小子有诗叹道：

　　　　为臣不易为君难，勤政从虞国未安。
　　　　宁有庙堂新嗣统，遨游终日乐盘桓？

　　内政丛脞，外事亦不免相因，欲悉详情，请看下回续叙。

　　古人有言："外宁必有内忧。"夫外既宁矣；内忧胡自而至？盖自来好大喜功之主，当其从事外攘，非不刚且果也，一经得志，骄侈必萌，奸臣媚子，毕集宫廷，近则不逊，远之则怨，未有不酿成祸乱者。如宪宗之信方士，任宦官，好进奉，都自削平外患而来，卒之身陷大祸，死于非命，史官犹第书暴崩，不明言遭弑，本编依史演述，虽未直书弑逆，而首恶有归，情事已跃然纸上，岂必待显揭乎哉？况穆宗为宦官所立，已为晚唐开一大弊，即位后又不讨贼，专事嬉游，甚且举乱臣贼子而封赏之，然则弑父与君穆宗应为首逆，许世子不尝药，《春秋》犹书弑君，况如穆宗之狎暱乱贼乎？故王守澄、陈弘志之弑君，可书而不书，穆宗之无父无君，虽不书与直书等，皮里阳秋，明眼人自能瞧破，此即所谓微而显也。

第十二回

河朔再乱节使遭戕
深州撤围侍郎申命

　　却说成德节度使王承宗，自遣质献地后，还算安分守己，至元和十五年十月病殁。子知感知信，尚留质京师，秘不发丧。军中推立承宗弟承元，承元年方二十，语军士道："诸公未忘先德，不因承元年少，欲令暂摄军务；承元愿尽节天子，勉成忠烈王遗志，诸公肯相从否？"忠烈王即王武俊。大众许诺。承元乃视事旁厅，不称留后，密表请朝廷除帅。朝廷始知承宗已殁，特调魏博节度使田弘正，为成德节度使，徙承元为义成节度使，且遣谏议大夫郑覃宣慰成德军，赍钱百万缗，分赏将士。将士闻承元移镇义成，但涕泣挽留。承元亦涕泣与语道："诸公厚爱，不欲承元他去，盛情可感，但使承元违诏，适增承元罪戾。从前李师道未败时，朝廷尝下诏赦罪，召他入朝，师道欲行，诸将攀辕固留，后来杀死师道，就是这等将士，愿诸公勿使承元为师道，便是承元的幸事了。"言毕，且遍拜将士，将士统已无言，独大将李寂等十余人，尚然强谏，不肯令往。承元忍不住变色道："承元不敢违诏，你却敢抗命么？"呼左右缚住李寂等，推出斩首。有胆有识，不意于少年得之。军心乃定，承元遂移赴滑州去了。成德自李宝臣始，至王承元终，共易二姓，传五世，凡五十九年。

　　越年改元长庆，卢龙节度使刘总，奏请弃官为僧，乞另简大员继任。看官阅过上文，应知刘总弑父杀兄，窃据节钺，为何此次不愿做官，反愿为僧呢？原来总虽得位，心中未免危惧，当夜深人静时，屡见父兄在旁，怒目相视，他不得已延僧忏醮，朝诵经，夕礼佛，几乎无日空闲，偏是佛法无灵，冤魂屡扰，甚至青天白日，也觉父兄随着，因此越加惊惶。天下事最怕心虚，心越虚，胆越小，自悔前事做错，将来难免受祸，不如趁早出山，省得吃苦。又见河南北皆已归他，遂决计弃官为僧，奏分所属为三道，幽涿营为一道，平蓟妫檀为一道，请除张弘靖、薛平为节度使；瀛莫为一道，请除卢士玫为观察使。并又择麾下宿将，如朱克融即朱滔孙。等送京师，乞量才内用，为燕人劝。并献征马万五千匹，然后削发待命。好几日不见诏下，他将印节交代留后张玘，静悄悄地遁去。倒也清脱。

穆宗接刘总表文，尚不在意，专务酣宴冶游。过了数日，方令宰臣等会议，时萧俛段文昌相继罢职，改用户部侍郎杜元颖同平章事。元颖为杜如晦五世孙，与崔植先后入相，植尚有操守，未达世务，元颖实庸碌无能，较植尤为暗昧。两人拟定办法，乃是许总为僧，唯分道一说，不尽相从，但调河东节度使张弘靖继任，就原镇内止割瀛、莫二州，归卢士玫管领。士玫曾权知京兆尹，为总妻族亲戚，总特别举荐，却有些假公济私的意思。两相不便却情，曲从所请，所有兵马使朱克融等，留京待选。穆宗当然准奏，只待遇刘总，恰有两条敕旨，一是准他为僧，赐给僧服，一是晋任侍中，移镇天平军。即前回郓、曹、濮三州，赐号天平军。两事令他自择，即遣中使赍诏赴镇。哪知到了幽州，刘总早已他去，当由留后张玘，四处找寻，及寻至定州境内，才见刘总遗骸，暴露山下。岂真放下屠刀，立地成佛耶？乃购棺具殓，通报刘氏子弟，扶榇归里。刘氏建节幽州，自怦至总凡三世，共三十六年。

先是河北诸帅，皆亲冒寒暑，与士卒同甘苦，及张弘靖移镇，雍容骄贵，深居简出，政事多委诸幕僚，所用判官韦雍等，又皆年少浮躁，专尚豪纵，出入传呼甚盛，或朝出夜归，烛炬满街，燕人惊为罕见。朝廷赏给卢龙军百万缗，由弘靖截留二十万，充军府杂用。韦、雍等复克扣军士衣粮，且屡诟军士道："今天下太平，汝等能挽两石弓，不若识一丁字。"军中闻诟，各有怨言。祸在此矣。会朱克融等被当道勒还，仍令归本镇驱使。克融求官不遂，恰耗了许多旅资，及回见弘靖，弘靖亦没甚礼貌，不过淡漠相遭。克融积忿不平，暗生异志，可巧韦雍出游，遇小校纵辔前来，冲撞马头，雍命导役把小校曳下，即欲在街中杖责，小校不服。雍将小校带回，入白弘靖，弘靖命拘系定罪。是夕即生变乱，士卒呼噪入府，扭住弘靖，劫掠货财妇女，杀死幕僚韦雍、张宗元、崔仲卿、郑塤，及都虞候刘操、押牙张抱元。唯判官张彻，素性长厚，大众不忍加刃，与他商议后事。彻骂道："汝等如何造反？将来恐要族灭哩。"道言未绝，已被士卒杀毙。士卒拥弘靖至蓟门馆，将他囚禁，另议推立留后，商量一夜，未曾就绪。次日众有悔心，统至蓟门馆谢罪，请改心服事弘靖。待至半日，未见弘靖回答。*真是饭桶*。大众乃相语道："相公不发一言，是不肯赦宥我等，我等不应待死，只好另立镇帅罢。"遂往迎旧将朱洄为留后。洄即克融父，时方因废疾卧家，自辞老病，愿举子自代。*亦欲效晋阳故事么？*众乃奉朱克融为留后。穆宗闻变，贬弘靖为吉州刺史，调昭义节度使刘悟为卢龙节度使。悟不愿移节，表称克融方强，不如且授节钺，待作后图，乃仍令悟镇昭义军，另议对付克融，不欲遽授旌节。

偏偏一波未平，一波又起，成德兵马使王庭凑，竟勾结牙兵，戕杀节度使田弘正，自称留后，累得唐廷应接不暇，愈觉惊惶。原来田弘正徙镇成德，自思前时与镇军交战，积有宿嫌，恐军士尚思报复，特带魏博兵二千人，留作自卫，且表请度支使另给粮赐。户部侍郎判度支崔俊，刚褊无远虑，不肯照给，弘正四上表不报，没奈何遣魏博兵归镇。果然不到半年，都知兵马使王庭凑，纠众作乱，攻入府署，杀死弘正，并家属二百余人。所有弘正僚属，亦多遭害。庭凑竟自称留后。是时李愬正调镇魏博，闻弘正遇害，特素服令将士道："魏人所以得通圣化，至今富乐安宁，究系何人所赐？"大众齐声道："幸有田公弘正。"愬又道："诸君既受田公厚惠，今田公为成德军所害，将若何报怨？"众又道："愿从公令。"愬又搜阅兵马，自请往讨成德，一面出宝剑玉带，遣使持赠深州刺史牛元翼，且传语道："昔我先人用此剑立功，我又奉此剑平蔡州，今特赠公，请努力剪除庭凑。"元翼本成德良将，深州属成德管辖，至是感愬知遇，即捧剑执带，晓示军中，且令魏使返报李愬，誓尽死力。愬遂表荐元翼忠诚可用，有诏授元翼为深冀节度使。元翼受命，作书谢愬，并约愬为援，即日发兵。愬整军将发，忽尔染疾，卧不能起，乃亟诸简贤代任。廷议以魏人素服弘正，拟起复弘正子布，继任魏博，当无后虑。穆宗准议，拜布检校工部尚书，兼魏博节度使，召愬归东都养疴。布曾任河阳节度使，转徙泾原，因弘正遇害，丁忧解职，至是奉诏起复，固辞不获，始涕泣受命，且与妻子及宾客诀别道："我此行恐不能生还了。"*隐伏死谶*。遂屏去旌节，襆被即行。距魏州三十里，披发徒跣，号哭而入。李愬见布已莅镇，即日交卸，还至东都，不久即殁。年四十九，朝廷追赠太尉，予谥曰武。想当服官之年，即行病逝，殊足深惜；否则将才如愬，必能平定成德，何至河朔再失耶？

布虽受任，身居垩室，月俸千缗，一无所取，且卖去旧产，得钱十余万缗，尽给将士，誓众复仇。那时朱克融却日益猖獗，诱降莫州都虞候张良佐，逐去刺史吴晖，再煽动瀛州军士，执住观察使卢士玫，送至幽州，囚住客馆。一面又与王庭凑联络，合攻深州。诏令殿中侍御史温造为起居舍人，充镇州即恒州，属成德军。四面诸军宣慰使，遍历泽潞、河东、魏博、横海、深冀、易定等道，预戒军期。各道多观望不前，再调裴度为镇州四面行营都招讨使。度受命即发，偏翰林学士元稹，与知枢密魏弘简，潜相勾结，求为宰相，恐度为先达重望，一或有功，必当大用，有碍自己进取，因此从中阻挠，凡遇度所陈军事，多不使行。元才子之丧名败节，莫此为甚。度乃上疏极谏，略云：

陛下欲扫荡幽镇，先宜肃清朝廷，河朔逆贼，只乱山东，禁闱奸臣，必乱天下。是则河朔患小，禁闱患大。小者臣与诸将必能剪灭，大者非陛下觉悟制断，无自驱除。臣自兵兴以来，所陈章疏，事皆切要，所奉诏书，多有参差，蒙陛下委付之意不轻，遭奸臣抑损之事不少。臣素与佞幸，无甚仇隙，不过恐臣或有成功，曲加阻抑，进退皆受羁率，意见悉遭蔽塞，但欲令臣失所，使臣无成，则天下理乱，山东胜负，悉不顾矣。为臣事君，一至于此。若朝中奸臣尽去，则河朔逆贼，不讨自平，若朝中奸臣尚存，则逆贼虽平无益。陛下倘未信臣言，乞出臣表，使百官集议，彼不受责，臣当伏辜。臣不胜翘首待命之至！

疏入不省。接连又是两疏，明斥魏弘简元稹，乃罢弘简为弓箭库使，稹为工部侍郎，暗中仍宠遇如故。横海节度使乌重胤，率全军往救深州，独当幽镇东南诸军，倚以为重。重胤老成持重，见贼势方盛，未易剿除，因深沟高垒，按兵观衅。左领军大将军杜叔良，以善事权幸得宠，中官遂交口称扬，谓重胤逗留误事，不若令叔良往代。穆宗信为真言，遂徙重胤为山南西道节度使，令叔良代统横海军，兼深州行营节度使。叔良驰至深州，与成德军接仗，屡战屡败，至博野一战，丧亡七千余人。叔良狼狈奔还，连旌节都至失去。穆宗始知误用，另调凤翔节度使李光颜为忠武军节度使，德宗时称陈许为忠武军。兼深州行营节度使，代杜叔良。已是迟了。自宪宗征讨四方，国用已空，穆宗即位，侈奢无度，府藏尤匮。更兼幽镇用兵，日需军饷，左支右绌，拮据异常，宰臣为节费起见，特上呈奏议，大略谓："庭凑杀弘正，克融囚弘靖，罪有轻重，不应同讨，请赦克融罪，专讨庭凑。"无非姑息。穆宗乃命克融为平卢节度使，克融虽得旌节，仍然遣兵四出，陷弓高，围下博。前翰林学士白居易，素有直声，屡遭时忌，累贬至江州司马，唐时有《浔阳曲》，便为此时所作。寻迁忠州刺史，长庆初复入任中书舍人，目击时艰，忍无可忍，乃复上书言事道：

自幽镇逆命，朝廷讨诸道兵计十七八万，四面攻围，已逾半年。王师无功，贼势犹盛。弓高既陷，粮道不通，下博深州，饥穷日蹙。盖由节将太众，其心不齐，朝廷赏罚，又复误用，未立功者或已拜官，已败衄者不闻得罪，既无惩劝，以至迁延，若不改张，必无所望。请令李光颜将诸道劲兵，约三四万人，从东速进。开弓高粮路，令下博诸军解深州重围，与元翼合势，令裴度将太原全军，兼招讨旧职，四面压境，观衅而动，若乘虚得便，即令同力剪除，若战胜贼穷，亦许受降纳款，如此则夹攻以分其势，招谕以动其心，必未及诛夷，自生变故，仍诏光颜选留诸道精兵，余悉遣归本道，自守土疆。盖兵多而不精，岂唯虚费资粮？兼恐挠败军陈故也。诸道监军，请皆停罢，众齐令一，必有成功。又朝廷本用田布令报父仇，令领全师出界，供给度支，数月以来，都不进讨，非田布固欲如此，实由魏博一军，累经优赏，兵骄将富，莫肯为用。况其军一月之费，约需钱二十八万缗，若更迁延，将何供给？此尤宜早令退军者也。若两道止共留兵六万，所费无多，既易支持，自然丰足。否则兵数不抽，军费不减，食既不足，众何以安？不安之中，何事不有？况有司迫于供军，百端搜括，不许则用度交缺，尽许则人心无餍，自古安危，皆系于此，伏乞圣虑察而念之！

穆宗得奏，毫不在意。崔植、杜元颖，也逐日延宕，未尝过问，还有西川节度使王播，以赂结宦官进幸，入为盐铁使，寻且为相，专事逢迎，不谈政治。至长庆二年，魏博又复作乱，遂致河朔三镇，相继沦胥。魏博节度使田布，素与牙将史宪诚相善，及出师复仇，命为先锋兵马使，军中精锐，悉归调度。宪诚前驱出发，布为继进，出至南宫，适值大雪缤纷，军不得进，度支馈运，又复不至。布令发六州租赋，供给军糈，将士不悦，入白布道："我军出境，向例由朝廷供给，今尚书刮六州膏血以奉军，虽尚书瘠己肥国，六州人民，究系何罪？"布默然不答。将士退出，转语宪诚。宪诚已蓄异图，非但不加劝慰，并且从旁煽动，于是军心益离。会有诏分魏博军与李光颜，使救深州，布军遂溃，多归宪诚。布独与中军八千人归魏，复召诸将会议，再行出兵。诸将益哗噪道："尚书能行河朔旧事，<u>指田承嗣</u>。愿与共死生，若使复战，恐无能为力了。"布再欲与语，诸将尽拂袖而出。布不禁泪下道："功不成了。"便自作遗表，具陈情状。略谓："臣观众意，终负国恩。臣既无功，敢忘即死，伏愿陛下速救光颜、元翼，勿使义士忠臣，尽为河朔屠害，臣虽死亦瞑目了。"表既写就，号哭下拜，当将表文授与幕僚李石，乃入启父灵，抽刀自言道："上以谢君父，下以示三军。"言毕，刺心自尽，年止三十八岁。<u>徒死无补，亦愚忠愚孝之流。</u>宪诚闻布已死，即宣告大众，仍遵河北故事。众皆欢跃，愿拥宪诚为留后，乃将布死状奏闻，但说布愤功难成，因致短见，且叙及众情归向，愿拥宪诚等事。唐廷亦不遑细察，但赠布右仆射，予谥曰孝，竟授宪诚节度使。

宪诚阳奉朝廷，阴实与幽镇连结，于是王庭凑气焰尤盛。幽镇军围攻深州，官军三面往援，均因衣粮缺乏，冻馁兴嗟，还有何心恋战？就是庸中佼佼的李光颜，亦只能闭壁自守。招讨使裴度，贻书幽镇，以大义相责，朱克融撤围退去，王庭凑虽引兵少退，尚有余兵留着。度拟专讨庭凑，怎奈朝内有一个元才子，是裴晋公的对头，始终忌他成功，屡劝穆宗赦庭凑罪，罢兵息民，穆宗竟命度入朝，加拜司空，令为东都留守。一面授克融庭凑检校工部尚书，各兼节度使。克融释出张弘靖、卢士玫，上表称谢。庭凑虽然受命，镇军尚留深州城下。诏令兵部侍郎韩愈，宣慰庭凑，盈廷大臣，均为愈危，诏中亦有"可行则行，可止则止"二语。愈喟然道："君止仁，臣死义，怎得不往？"<u>韩公大名，在此数语。</u>遂持敕启行，直抵镇州。庭凑令军士拔刀张弓，迎愈入馆。愈见甲仗罗列，毫无惧容。庭凑乃语愈道："频年不解兵事，实皆军士所为，庭凑本心，不愿出此。"愈厉声道："天子以尚书有将帅才，故特赐节钺，难道尚书不能与健儿语么？"庭凑语塞。甲士却向前道："先太师<u>指王武俊。</u>为国击走朱滔，血衣犹在，我军何负朝廷，乃视同盗贼呢？"愈答语道："汝等尚能记先太师，甚善甚善。试想从前叛逆，自禄山思明，以及元济师道，所遗子孙，今尚有在朝为官么？田令公以魏博归朝廷，子孙孩提，日为美官，王承元以此军归朝廷，弱冠为节度使，刘悟李祐，今皆为节度使，汝等曾亦闻知否？"气盛言宜，胜读昌黎文集。大众皆不能对。庭凑恐众心摇动，麾众令出，徐语愈道："侍郎来此，欲使庭凑何为？"愈说道："神策六军诸将，如牛元翼才具，却也不少，但朝廷顾全大体，不忍弃置，敢问尚书既受朝命，如何围攻不退？"庭凑道：'我便当放他出去了。'"随即设宴待愈，厚礼遣归，深州围解。牛元翼率十骑出城，奔往襄阳，家属尚陷没城中。为下文伏线。深州守将臧平等，举众出降。庭凑责他坚守不下，杀平等百八十余人，自是成德军六州，恒定易赵深冀。卢龙军九州，幽蓟营平涿莫檀妫瀛。魏博军六州，贝博魏相卫洺。皆跋扈不臣，不奉朝命，河朔复非唐有了。后人推原祸始，无非因君相昏庸，坐致此失。小子有诗叹道：

强藩方幸免喧呶，谁料前功一旦抛。
主既淫荒臣亦昧，野心狼子复咆哮。

三镇已失，昭义军又复不靖，欲知如何启衅，且待下回说明。

王承元徙镇而成德安，刘总弃官而卢龙安，合以魏博田弘正，谨守朝旨，河朔之乱，庶乎息矣，唐廷乃激之使变，果胡为耶？田弘正与成德有隙，不应轻徙，张弘靖有文无武，更不应轻调，一变骤起，一变复乘，至起复田布，再令遘祸，既害其父，又害其子，弘正与布，虽未尝无失，要之皆唐廷处置失宜之弊也。当时相臣如裴度，将臣如李光颜，皆一时名流，乃为奸臣腐竖所牵制，不能成功，集天下之兵，不能讨平二贼，反以节钺委之，乱臣贼子，岂尚知有天子耶？韩愈宣慰庭凑，理直词壮，稍折贼焰，然仅救一牛元翼，不得大伸国权，愈固忠矣，其如国威之已替何也。唐至此盖已陵夷衰微矣。

第十三回

裂制书郭太后叱奸
信卜士张工头构乱

却说昭义节度使刘悟，因不肯移节，仍守原镇。监军刘承偕，在宫时得宠太后，视为养子，既为昭义监军，恃恩傲物，尝在大众前窘辱刘悟，且阴与磁州刺史张汶，谋缚悟送阙下。悟窥破阴谋，讽军士杀汶，并执住承偕，举刀拟颈。幕僚贾直言责悟道："公欲为李司空么？安知军中无人如公。"*名足副实。*悟乃不杀承偕，拘系以闻。时裴度正奉诏入朝，穆宗问处置昭义，应如何办法？度顿首道："臣现充外藩，不敢与闻内政。"穆宗道："卿职兼内外，何妨直陈所见。"度答道："臣素知承偕怙宠，悟不能堪，尝贻书诉臣，谓曾托中人赵弘亮，奏闻陛下，陛下可亦闻知否？"穆宗道："朕未及闻知，但承偕为恶，悟何不早日奏闻？"度又道："臣入觐天颜，相距咫尺，有所陈请，陛下尚未肯俯从，况千里单言，能遽邀圣听么？"穆宗道："前事且不必再提，但论今处置方法。"度答道："必欲使帅臣归心，为陛下效力，应该敕使至昭义军，把承偕枭示。"*度素嫉监军故有此请。*穆宗道："朕亦何爱承偕，但太后曾视如养子，当更思及次。"度请投诸荒裔，穆宗许可，乃诏流承偕至远州。悟遂释出承偕，上表谢恩。

既而武宁副使王智兴，复逐去节度使崔群，朝廷以力未能讨，即命智兴继任节度使。当时崔植、杜元颖，又陆续免相。元稹得入任同平章事，劝穆宗远调裴度，令他出镇淮南，制敕一下，言路大哗，交章请留度辅政。穆宗乃留度为相，命王播代镇淮南，兼盐铁转运使。度与积同居相位，当然似冰炭难容。积屡欲害度，但苦无隙，宦寺多与度未协，特讽穆宗召用李逢吉。逢吉曾为东宫侍读，出任山南东道节度使，阴谲多谋，密结近幸，至是荐入为兵部尚书，明明是挤排裴度。哪知逢吉心肠尤狠，甫经受职，便欲将裴度、元积，一并挫去，自己好夺取钧席。凑巧有一个善讲谣言的李赏，为逢吉所赏识，即令他至左神策军营，讦告元积阴谋，说他与裴度有嫌，密结私党于方，募客刺度。神策中尉入奏穆宗，穆宗即命尚书左仆射韩皋，给事中郑覃，与逢吉会同鞫讯，并无实证，当即复奏上去，大约是："查无实据，事出有因。裴、元二相，同职不同心，所以群疑纷起，有此谣言，请求圣明察夺。"看官试想！这数句奏语，真是妙不可阶，既好把二相同时坐免，复好把李赏轻轻脱罪，一举三得，若非李尚书足智多谋，怎能有此巧计？*冷隽有味。* 果然穆宗览奏，堕入彀中，罢度为尚书右仆射，出积为同州刺史。有几个謇謇谔谔的言官，未免代抱不平，上疏言："裴度无罪，不宜免相，积蓄邪谋，虽未成事，不为无因，应从重谴罚。"穆宗不得已，再贬积为长春宫使，唯不复相度，竟令李逢吉同平章事。*相位到手，究竟长厚者吃亏，刁狡者生色。但读李逢吉死后无子，冥冥中卒有报应，诈谋亦何益乎？*

时李愿出任宣武节度使，宠任妻弟窦瑗，骄贪不法，贻怨军中。牙将李臣则作乱，杀瑗逐愿，推押牙李齐为留后。监军据实奏闻，有诏令宰相及三省官会议，或谓当如河北故事，授齐节钺。逢吉力驳道："河北事出自无奈，今若并汴州弃置。恐江淮以南，均非国家有了。"*此语确是。* 适宋亳颍州，亦各奏请命帅，逢吉入白穆宗，请征齐入朝，令韩弘弟韩充出镇宣武。穆宗从逢吉言，遣使召齐，齐不受命，诏令忠武节度使李光颜，充海节度使曹华，出兵讨齐，屡败齐军。韩充入汴境，又败齐兵于郭桥。齐尝与兵马使李质友善，质屡次劝谏，齐不肯从。会齐因郁愤，疽发卧家，质乘间突入，斩齐示众，众皆骇服，遂出城迎充。充既视事，人心粗定，乃密籍军中党恶千余人，尽行逐出，且下令道："敢少留境内者斩！"于是军政大治。李质得加授金吾大将军。

穆宗因南北粗平，内外无事，奉郭太后游幸华清宫，自率神策军围猎骊山，车马仪仗，夹道如林。及返入宫中，屡与内侍击球，忽有一人坠马，马奔御前，险些儿撞倒穆宗，幸经左右揽住马辔，用力扯转，穆宗方得免伤，但已惊成风疾，两足抽搐，不能履地，好几日不见临朝。李逢吉等屡乞入见，终不见答。裴度三上疏请立太子，且屡入内殿求见，穆宗不得已御紫宸殿，度请速下诏立储，副天下望。逢吉亦请立景王湛为太子。原来穆宗在位二年，尚未立后，有子五人，长名湛，封景王，系后宫王氏所出，逢吉所请，却是立嫡以长的正理。穆宗意尚未决，复经中书门下两省，及翰林学士等，接连陈请，乃立景王湛为太子，册湛母王氏为妃，既而疾瘳。

　　越年仲春，进户部侍郎牛僧孺同平章事。御史中丞李德裕，即故相李吉甫子，声望本高出僧孺，不意僧孺为相，自己反被黜为浙西观察使，料知李逢吉私祖僧孺，特为僧孺报复私仇，将己排出，*牛僧孺等对策不讳，为李吉甫所恨。*因此怏怏失望。*牛李党隙，实始于此。*逢吉又密结中官王守澄，倾轧裴度，出为山南西道节度使，削去同平章事职衔。韩愈转任吏部侍郎，复徙为京兆尹，六军不敢犯法，尝私相语道："是人欲烧佛骨，怎得冒犯呢？"偏逢吉亦忌他刚直，又想出一箭双雕的法儿，既倾韩愈，复陷御史中丞李绅。绅尝排沮王守澄，守澄托逢吉图绅，逢吉遂声东击西，就韩愈身上设法。故例京兆新除，必诣台参，逢吉请加愈兼御史大夫，可免行台参故例。穆宗准奏，绅不知逢吉诈谋，竟与愈相争，往来辞气，各执一是。逢吉即奏二人不协，徙愈为兵部侍郎，绅为江西观察使。及二人入谢，穆宗令各自叙明，方知为逢吉所播弄，乃仍令愈为吏部侍郎，绅为户部侍郎，再拟易人为相。不意三年将满，病根复发，过了残腊，竟尔卧床不起，连元旦都不能受贺。看官听着！穆宗甫及壮年，如何一再抱病？他是效尤乃父，专饵金石，以致燥烈不解，灼损真阴。处士张皋，尝上谏穆宗，毋循宪宗覆辙，穆宗亦颇称善，奈始终饵药，不肯少辍，*得毋为壮阳计乎？*真阴日涸，元气益枵，遂成了一个不起的症候。当下命太子湛监国，湛时年止十六，内侍请郭太后临朝，太后怒叱道："尔等欲我效武氏么？武氏称制，几倾社稷，我家世代忠贞，岂屑与武氏比例？就使太子年少，亦可选贤相为辅，尔等勿预朝政，国家自致太平。试想从古到今，女子为天下主，果能治国安邦么？"说至此，即将内侍所上制书，随手撕裂，掷置败字簏中。*足为汾阳增色。*太后兄郭钊正任太常卿，闻宫中有临朝密议，即向太后上笺道："母后临朝，系历代弊政，若太后果循众请，臣愿先率诸子纳还官爵，辞归田里。"太后泣道："祖考遗德，钟毓吾兄，我虽女流，亦岂肯自背祖训？"乃手书复钊，决不预闻外事。是夕，穆宗崩逝，年三十岁，在位只四年。太子湛即位太极殿东序，是谓敬宗。令李逢吉摄冢宰事，尊郭太后为太皇太后，母妃王氏为皇太后，次弟涵仍江王，三弟凑仍漳王，四弟溶仍安王，幼弟瀍仍颍王，涵母萧氏以下，皆尊为妃。为后回文、武二宗伏笔。还有尚宫宋若昭，素有才望，为穆宗所敬爱，宫中呼为先生，相率师事。

若昭贝州人，父廷芬，以文学著名，子多愚蠢，不可教训，女有五人，长名若莘，次即若昭，又次为若伦、若宪、若荀，若莘、若昭，才艺尤优，性皆高洁，屏除铅华炫饰，且不愿适人，欲以学问名家。若莘尝著《女论语》十篇，以汉朝韦宣文君代孔子，曹大家等代颜冉，推明妇道，羽翼壶教。若昭又为传申释，阐发余义。贞元中，昭义节度使李抱真，表扬五女才能，德宗悉召入禁中，面试文章，并问经史大义，应对如流，无不称旨。德宗很为褒美，均留侍宫中，号为女学士，凡秘禁图籍，统命若莘总领。宪宗时宠遇如旧。元和末年，若莘病逝，赠河内郡君。穆宗即位，拜若昭为尚宫，嗣若莘职。及敬宗改元，若昭亦殁，赠梁国夫人，若伦、若荀，亦皆早世，若宪代若昭主宫中秘书，文宗时被诬赐死，后文再表。叙宋若昭事，不没贤女。

且说敬宗嗣位，童心未化，才阅数日，即率领内侍，往中和殿击球。越日，又至飞龙院蹴鞠。又越日，召集乐工，令在鞠场奏乐。嗣是习以为常，比乃父更进一层，无怪后来不得其死。赏赐宦官乐人，不可胜计，往往今日赐绿，明日赐绯，昼与内侍戏游，夜与后宫宴狎。第一个专宠的嫔嫱，乃是右威卫将军郭义的女儿，敬宗为太子时，以姿容选入东宫，及将即位，得生一男，取名为普，敬宗越加宠幸。此外复选了好几个美人，充作媵侍。春宵苦短，日高未兴，百官每日入朝，辄在紫宸门外，鹄立待着，少约一二时，多约三四时，年老龙钟的官吏，足力不胜，几至僵踣。一日，视朝愈晚，群臣望眼将穿，均至金吾仗待罪。好容易才见敬宗升殿，方联翩入朝，朝毕欲退，左拾遗刘栖楚进谏道："陛下春秋方盛，今当嗣位，应该宵旰求治，为何嗜寝恋色，日宴方起？梓宫在殡，鼓吹日喧，令闻未彰，恶声已布，臣恐如此过去，福祚未必灵长，愿碎首玉阶，聊报陛下知遇。"说至此，用额叩地，见血未已。敬宗闻言，顾视李逢吉，意欲令他谕止。逢吉乃宣言道："刘栖楚不必叩头，静俟进止！"栖楚乃捧首而起，复论及宦官情事，才说数语，敬宗双手乱挥，令他出去。确是狂童情状。栖楚道："不用臣言，愿继以死。"栖楚何人，亦欲效朱云折槛么？牛僧孺恐敬宗动怒，亦代为宣言道："所奏已知，可至门外静俟。"栖楚乃出，待罪金吾仗。逢吉、僧孺俱称栖楚忠直，敬宗乃命中使宣谕令归，自己退朝入内，仍旧寻欢纵乐去

便殿击毬

劉克明

唐敬宗

唐敬宗便殿击球

了。翌日下诏，擢栖楚为起居舍人，栖楚辞疾不拜。看官阅到此文，总道刘栖楚直声义胆，冠绝一时，哪知他是李逢吉心腹，有恃无恐。特借此讪上沽直，立言可采，居心殆不可问呢。揭破隐情。

逢吉内结中官，外联党与，当时有八关十六子的传闻，八关是张又新、李续、张权舆、李虞、李仲言、姜洽、程昔范等，连刘栖楚在内，共计八人。又有八人从旁附会，所以叫作八关十六子。中外有所陈请，必先贿通关子，后达逢吉，然后可得如愿，逢吉素恨李绅，密嘱李虞、李仲言，伺求绅短。虞系逢吉族子，仲言乃逢吉侄儿，两人寻不出李绅短处，乘着敬宗即位，便与逢吉密商，贿托权阉王守澄，令他入白敬宗，诬称："李绅等欲立深王悰，即穆宗弟。亏得逢吉力为挽回，陛下始得践阼。"敬宗虽然童昏，听到此言，恰也未曾深信。逢吉又自进谗言，请即黜李绅，乃贬绅为端州司马。张又新为补阙官，讨好逢吉，复上言："贬绅太轻，非正法不足伏罪。"敬宗几为所惑，幸翰林侍读学士韦处厚，极力营救，为绅辨诬，方得少沃君心。奸党心尚未餍，日上谤书，敬宗查阅遗牍，得裴度、杜元颖等，请立自己为储贰一疏，李绅名亦列在内，于是绅冤得白，把所有诬绅奏章，一并毁去，仍如迁擢，后文再见。何不加罪诬告？乃仅以一毁了事，敬宗终属不明。

韩愈亦为逢吉所忌，他到敬宗嗣统，已经抱病，数月而殁，还算死得其时，蒙赠礼部尚书，赐谥曰文。愈字退之，南阳昌黎人氏，父仲卿曾为武昌令，政绩卓著，仕至秘书郎。愈三岁丧父，随兄会贬官岭表，会病殁贬所，赖嫂郑氏鞠养成人，童年颖悟，能日记数千百言，及长，尽通六经百家学，下笔有奇气，以进士知名。既登显要，所得俸给，尝赡恤亲朋。居嫂郑氏丧，服期报德；立朝抗直有声，及门弟子甚众，如李翱、皇甫湜、贾岛、刘义等，皆以诗文见称。愈尝言历代文章，自汉司马相如、太史公迁、刘向、杨雄后，久失真传，因特为探本钩元，吐弃一切，卓然自成一家言。同时与愈齐名，莫若柳宗元。宗元坐王叔文党，被贬永州，寻迁柳州刺史，终死任所。生平流离抑郁，多借文词抒写，顿挫沈雄，人不易及，世号柳柳州。韩愈尝谓柳子厚文，子厚即宗元字。雄深雅健似司马子长，所以也加器重。柳子厚墓志铭，实出韩愈手笔，韩柳文名，几不相让。惜柳党叔文，贻讥身后，不及韩愈闻望，后世且封愈为昌黎伯。韩文公扬名后世，故特为详叙，且随笔补述柳宗元事。这且休表。

　　单说敬宗游戏无恒，少理朝事，内由王守澄、梁守谦等揽权，外由李逢吉、牛僧孺专政，堂廉暌隔，上下不通，遂致变起萧墙，出人意料。这肇祸的魁首，说将起来，尤属可笑，一个是卖卜术士苏玄明，一个是染坊工人张韶，两个不伦不类的人物，也想做起皇帝来了。确是奇怪。玄明与韶，素相往来，韶问终身祸福，玄明替他占课，掷过金钱，沉吟半晌，忽离座揖韶道："可喜可贺，日内得升坐御殿，南面称孤，我恰亦得伴食，这真是意外洪福呢。"韶不禁大噱道："你是卜人，我是染工，如何走得入朝门，坐得上龙廷，真正梦话，可发一笑！"玄明反正色道："我的卜课，很是灵验，你不闻姜子牙钓鱼，汉沛公斩蛇，后来拜相称帝，名闻古今，难道我等定不及古人么？"援引古人，宛肖术士口吻。韶尚大笑不止。玄明又道："目下正是发迹的日子，你想皇帝昼夜游猎，时常不在宫中，不乘此图谋大事，尚待何时？"韶被他激说，却也有些心热起来，便道："宫禁森严，岂凭空可得飞入？"玄明道："我自有妙计，包管你得升御座，你若不信，也随你罢了，只错过这等好机缘，实是可惜。"韶问有什么妙计，玄明即与他附耳数语，顿令一个染坊工匠，眉飞色舞，喜极欲狂，便语玄明道："我做皇帝你拜相，一刻也是好的。"癞蝦蟆想吃天鹅肉。于是两人联作一气，密结染工、无赖百余人，匿入柴草车内，混进银台门。韶与玄明充做车夫，门役见车载过重，前来盘诘，被韶抽刀杀死，遂令徒党下车，彼此易服，持刀大呼，直趋殿廷。敬宗方在清思殿击球，诸宦官同侍上侧，突闻殿外有喧噪声，急出外探望，正值乱党持刀奔来，慌忙返殿闭门，走白敬宗。敬宗也觉着急，仓猝欲逃，便语内侍道："快……快往右神策军营！"内侍道："右军距此太远，不若亟幸左军，较为近便。"敬宗本宠任右神策中尉梁守谦，所以欲奔右军，至闻内侍奏请，不得已向左角门逃出，径诣左军。左神策中尉马存亮，猝闻敬宗到来，急出迎驾，捧足涕泣，自负敬宗入营，立遣大将康艺全，带领骑卒，入宫讨贼。敬宗语存亮道："两宫隔绝，未知安否，如何是好？"存亮复令兵马使尚国忠，率五百骑往迎太皇、太后，及太后同入营中，再令尚国忠往助艺全。时张韶等已斩关直入，升清思殿，径登御榻，与苏玄明同食道："果如汝言。汝的卜课，真正灵验，我已做过皇帝，汝亦做过宰相，我等好同出去了。"还算知足，但既容你入，恐不容你出去。玄明惊道："事止此么，奈何出去？"韶起座道："这宝位岂可长据，倘禁兵到来，如何对敌？"言未已，康艺全已领军杀入，韶与玄明等忙出来抵挡，夺路奔逃。哪经得禁军甚多，杀透一层，又是一层，手下百余人，已倒毙了一大半。更兼尚国忠前来拦阻，眼见得有死无生，乱刀齐下，韶与玄明，同时就戮。尚有几个余党，逃匿苑中，搜查了一昼夜，悉数擒斩，宫禁乃定。是夕，宫门皆闭，敬宗留宿左军，中外不知所在，人情惶骇。翌日，敬宗还宫，宰相李逢吉等入贺，尚不过数十人，当下查问守门宦官，纵盗进来，共得三十五人，法当处死。敬宗只令杖责，仍供旧职，且厚赏两军立功将士。小子有诗叹道：

> 里闬犹应管鐍严，况居帝后隔堂廉。
> 如何纵贼斩关入，尚事姑容未尽歼。

敬宗惊魂已定，仍然游宴，当由内外直臣，一再讽谏，欲知如何说法，且待下回再叙。

穆敬二朝，藩镇之乱未消，朋党之祸又起。内外交讧，唐室益危。加以穆宗荒耽，敬宗尤甚，万几丛脞，唐之不亡亦仅矣。郭太后怒叱中宫，不愿预政，惩武韦之覆辙，守祖考之遗规，为唐室宫闱中呈一异彩，未始非挽回国脉之一端。惜乎敬宗童昏，游畋无度，宰相李逢吉，复树党擅权，不知匡正，以百余人之无赖工匠，乃能斩关升殿，如入无人之境，朝廷岂尚有君相耶？若张韶、苏玄明之愚妄，何足道焉？

第十四回

蛊敬宗逆阉肆逆

屈刘蒉名士埋名

却说翰林学士韦处厚，素抱公忠，见敬宗仍不知戒，乃入朝面奏道："先帝耽恋酒色，致疾损寿，臣当时未曾死谏，只因陛下年已十五，主器有归，今皇上才及周年，臣怎敢怕死不谏呢？"敬宗颇加奖许，赐他锦彩百匹，银器四具。未几，送穆宗归葬光陵。是时吏部侍郎李程，户部侍郎窦易直，均入为同平章事。两人任职月余，适成德节度使王庭凑，因牛元翼病死襄阳，竟将他留寓深州的家族，尽行屠戮。敬宗闻耗，自叹任相非才，使凶贼纵暴至此。韦处厚乃力荐裴度，说他勋高中夏，声播外夷，不应处诸闲地。李程亦劝敬宗礼待裴度，敬宗乃加度同平章事，仍未召还。既而中官李文德，潜谋作乱，事泄伏诛，敬宗尚宠信宦寺，不以为意。**一再示儆，仍然不悟，怎得令终？**

越年，改元宝历，敬宗亲祀南郊，还御丹凤楼，大赦天下。唐制，遇着赦令，必由卫尉建置金鸡，使囚犯立金鸡下，然后击鼓宣诏，释放诸囚。是日正在击鼓，忽有中官数十人，执梃而出，乱捶一囚，竟将囚犯殴伤，僵毙数刻，方得复苏。看官道囚犯为谁？原来是鄠令崔发。先是发为邑令，闻五坊人殴辱百姓，命役捕入曳入庭中，细诘姓氏，乃是中使，发已知惹祸，慰遣使去。次日即由台官接奉御敕，收发下狱，一系数旬，得逢恩赦。发亦随各犯立金鸡下，仰望鸿恩，哪知中人正恐他赦宥，所以出来乱殴，御驾当前，胆敢出此，若使敬宗稍有刚德，应该立惩中人，偏敬宗倒行逆施，只赦各犯，不赦崔发，仍令还系狱中。**呆极昏极。**谏议大夫张仲方等，上书规谏，均不见从。李逢吉从容白道："崔发敢曳中使，诚大不敬，但发母年垂八十，自发下狱，积忧成疾，陛下方以孝治天下，还望格外矜全？"敬宗乃愍然道："谏官但言发冤，未尝说他不敬，亦不叙及老母，果如卿言，朕奈何不赦哩？"即命中使释发送归，并慰劳发母。母对中使，杖发四十，中使欢颜辞去。**究竟崔发有罪，还是中官有罪，请看官自行辨明。**牛僧孺看不过去，又畏罪不敢进言，但累表求出，乃升鄂岳为武昌军，出僧孺为节度使。

浙西观察使李德裕，闻敬宗昵比群小，屡不视朝，特献丹扆六箴，一曰宵衣，二曰正服，三曰罢献，四曰纳诲，五曰辨邪，六曰防微，语皆切直可诵。敬宗虽优诏相待，终不能用，荒淫如故。到了五月五日，往鱼藻宫观竞渡船，因嫌龙舟太少，特命盐铁转运使王播，督造龙舟二十艘，预估价值，约需半年转运费。张仲方等力谏，乃始减半。裴度出任山南西道节度使，已阅二年，言官屡称度忠，敬宗亦尝遣使慰问。度因敬宗失政，自求入觐，拟面伸忠悃。李逢吉百计阻挠，私党张权舆特造伪谣云："绯衣小儿坦其腹，天上有口被驱逐。"绯衣寓裴字，坦腹寓度字，天上有口寓吴字，指吴元济被擒事。又因都城西南，横亘六冈，堪舆家谓应乾象六数，度宅正居第五冈，权舆遂借此诬度，说他名应图谶，宅占冈原，无故求朝，隐情可见。**十六字很是厉害。**敬宗似信非信，又经韦处厚从旁力辩，奸计卒不得行。

会昭义节度使刘悟病终，子从谏匿丧不发，捏造刘悟遗表，求知留后。司马贾直言诃责道："尔父提十二州地，归献朝廷，功劳不小，只因张汶煽祸，自谓不洁淋头，竟至羞死，尔孺子何敢如此？况父死不哭，如何为人？"从谏方才丧发，唯遗表已经入都。宰相李程等，均说是不应轻许，独李逢吉与王守澄，谓不如径从所请，竟令从谏为留后，寻且命为节度使。程与逢吉，因是不协。程族人水部郎中仍叔，与袁王绅顺宗子。长史武昭往来，尝同小饮，当酒酣耳热时，昭语带牢骚，仍叔应声道："我族中相公，也欲畀君显阶，奈为李逢吉所持，不能如愿。"昭不禁攘臂道："我前随裴相公麾下，往讨淮西，裴相遣我谕示吴元济，元济用兵胁我，我誓死不挠，及还营后，复随大军平贼，裴相因我有功，累表举荐，始终不得大用，想都是这班狐群狗党，从中阻挠，似我尚不足惜，试想忠勋如裴相公，尚被他排挤出去，国家有此奸蠹，怎得治安？我当为国家扑杀此贼！"借昭口中，自述履历。言毕，愤愤欲出。仍叔恐他闯祸，连忙挽住，偏禁不住武昭勇力，脱手便去。昭行至途中，遇着金吾兵曹茅汇，复与谈及逢吉事，汇听他语不加检，料知酒醉，急忙挽至别室，婉言劝解。昭亦酒意渐醒，辞归寓中。不意侦密多人，属垣有耳，那昭汇叙谈的一席话儿，已有人通报张权舆，权舆即转告逢吉，逢吉笑道："两大鱼当入我网中了。"故态复萌。遂嘱人告发，捕昭汇入狱。李仲言且传语告汇道："汝但说李程主使武昭，便可无罪，否则且死。"汇慨然道："诬人求免，汇不敢为。"及对簿时，汇竟将仲言嘱语，和盘说出，于是仲言亦难免罪，狱成定谳。昭杖死，汇流崖州，仍叔流道州，仲言亦流至象州。诬人自坐，何苦乃尔？李逢吉一番巧计，此次却全成画饼。裴度、李程，丝毫无损。

适前尚书李绛，奉召为左仆射，绛素有直声，眼见得是不肯缄默，逢吉又多了一个对头，一时没法摆布，只好虚与周旋。时当仲冬，敬宗欲幸骊山，至温泉洗澡，李绛即率同张仲方等，伏阙谏阻，不见俞允。张权舆为左拾遗，也想借端买直，至紫宸殿下，叩首上陈道："昔周幽王幸骊山，为犬戎所杀，秦始皇幸骊山，即至亡国，玄宗作宫骊山，安禄山作乱，先帝亦尝幸骊山，享年不长，陛下不应再蹈覆辙。"敬宗道："骊山有这般凶险么？朕越要一往，试看有应验否？"翌日，即启跸至骊山，就浴温汤，日暮乃返，顾语左右道："若辈叩头进言，有何应验？可见是不足信哩。"骊山亦未必果凶，但好事游幸，不亡亦危，后来敬宗遇弑，实是狎游之咎。李绛闻言叹息，又遇着足疾，遂自请免职。敬宗令为太子少师，出守东都。李逢吉稍稍放怀，偏偏李绛方去，裴度又来，正是防不胜防，暗暗叫苦。

度入朝时，已是残冬。越年仲春，复有诏进度为司空，兼同平章事，急得逢吉心慌意乱，连日与八关十六子，构造蜚言，诬蔑裴老。怎奈上意倾向裴公，反将逢吉渐渐疏淡，逢吉智尽能竭，徒唤奈何。也有此日。一日，度在中书省饮酒，左右忽报称失印，满座失色，度宴饮自若，少顷，复有人入报，印已觅着了，度亦不应。或问度何若是从容？度答道："此必由吏人窃去，偶印书券，若急欲搜查，彼且投诸水火，灭迹图免，不若从容镇定，自然复还故处。"确是相度，但亦安知非由奸党播弄。时人俱服他识量。会敬宗欲幸东都，谏牍日有数起，并不见报。度入奏道："国家本设两都，预备巡幸，但自国家多难，东都宫廨，半多荒圮，陛下果欲行幸，应命有司徐加修葺，然后可往。"敬宗道："百官多说不当往，如卿所言，不往亦可。"乃暂罢东幸，只遣使按修宫阙。卢龙节度使朱克融，执住赐衣使者杨文端，诡言文端无礼，且所赐滥恶，愿假美锦三十万匹犒军，如果得赐，当遣工五千，助治东都，静候车驾东巡。敬宗恨他跋扈，欲遣重臣宣慰。度献议道："克融多行不义，必且自毙，陛下何庸另派重使，但颁一诏书，说是中使倨骄，可还我自责，春服不谨，已诘有司，东都宫阙，营缮将竣，不烦远路劳工，朝廷未尝靳惜布帛，唯独与范阳，<small>即幽州</small>未免厚汝薄人。如此说法，狡谋自阻了。"敬宗依言下诏，果然克融送归文端。既而幽州军乱，杀死克融及长子延龄，拥立少子延嗣为留后。延嗣暴虐，又为都知兵马使李载义所屠，载义自称恒山王承乾后裔，拜表陈朱氏父子罪。敬宗不遑查究，即授载义为节度使。嗣是待度益厚，遣李程出镇河东，令李逢吉出镇山南东道，统皆免相。

度屡劝敬宗早朝，且节劳少游，敬宗临朝较早，游戏如故，素嗜击球手搏诸戏，宦官乏力角逐，往往断臂碎首，于是出钱万缗，招募力士，禁军及诸道多采力士上献。敬宗俱令侍侧，尝引与游畋，又好深夜自捕狐狸，叫作夜打猎。力士或恃恩不逊，辄配流籍没。宦寺小有过失，动遭棰挞，流血方休。因此侍从诸人，且怨且惧。十二月辛丑日，敬宗夜猎还宫，与宦官刘克明、田务澄、许文端，及击球军将苏佐明、王嘉宪、石从宽、王惟直等，共二十八人饮酒。酒已将酣，敬宗入室更衣，忽然殿上烛灭，大众毫不惊哗，唯闻室中一声狂呼，确是敬宗声音，刘克明方命左右蓺烛，烛方半明，苏佐明从室内出来，语克明道："大事已了，速筹善后方法。"<small>弑敬宗事，用虚写笔法，高人一层。</small>克明道："不若迎立绛王罢。"遂诈传诏敕，宣翰林学士路隋入内，与语主上暴崩，留有遗命，令绛王悟权领军国事。路隋知他有异，不敢穷诘，只好遵草遗制，一面由田务澄、苏佐明等，迎绛王悟入宫。

绛王悟系宪宗子，乃敬宗叔祖行，他见中使来迎，好似喜从天降，冒冒失失地趋入宫中。天已黎明，宰相以下皆入朝，但见刘克明、苏佐明等，先宣遗诏，继拥绛王悟出紫宸殿，就外庑引见百官，百官俱面面相觑，不发一言，独裴度怡然道："度等只知遵奉诏旨，皇上猝崩，遗言犹在，应该遵行。"克明插入道："裴公已三朝元老，一切政策，全仗主裁。"度又道："度已衰朽，但凭公等裁酌，可行即行便了。"<small>裴公可与言权。</small>同平章事窦易直，本来是没有人格，当然随声附和。度即退归私第，决意讨逆，百忙中想不出什么良法，可巧中尉梁守谦来见，度即延入，便语道："我正要来邀中尉，今日事情，中尉以为何如？"守谦道："弑君逆贼，可杀可恨。"度又道："度等在外，君等在内，究竟弑逆与否，亦当查明。"守谦道："何必多查，闻逆贼刘克明且要将我辈驱逐，我所以来见司空，同靖大难。"度即道："中尉手握禁兵，一呼百诺，何勿速入讨贼，稍纵即逝了。"守谦道："果得除贼，绛王亦不应继立。"度答道："这个自然，名不正，言不顺。"守谦道："是否立皇子普。"度半晌才道："皇子年幼，不如立江王涵。"守谦即行，遂与枢密使王守澄、杨从和，右神策中尉魏从简，时马存亮已出监淮南军。用牙兵迎江王涵入宫，发左右神策飞龙兵，进讨贼党，一体骈诛，连绛王悟亦死乱军中。忠勇如裴晋公，犹必借宦官诛逆，国事可知。

守澄等欲号令中外，苦无成例可援，特商诸翰林学士韦处厚。处厚道："正名讨逆，何嫌何疑？"守澄又问江王如何践阼？处厚道："先用王教布告中外，说是内难已平。然后有群臣三表劝进，即以太皇太后令，册命即位，便无可指摘了。"守澄等统皆欢洽，也不暇再问有司，凡百仪制，都付处厚裁决。当令裴度摄冢宰，率百官谒见江王。江王素服出见，涕泣陈辞。度与百官奉笺劝进，继以太皇太后命令，遂即位宣政殿，改名为昂，是为文宗。乃为敬宗发丧，奉葬庄陵。可怜十八岁的嗣皇帝，在位仅及两年，只因淫荒过度，乐极生悲，徒落得烛残身殒，授命家奴，甚至遗骸暴露，好几日才得棺殓，这岂非咎由自取么？评断精严。

文宗年才十七，颇知孝谨，尊生母萧氏为皇太后，奉居大内，太皇太后郭氏居兴庆宫，称王太后为宝历太后，居义安殿，当时号为三宫太后。文宗每五日问安，凡羞果鲜珍，及四方供奉，必先荐宗庙，次奉三宫，然后进御。就是敬宗妃郭氏，已封贵妃，敬宗子普，已封晋王，文宗一体优待，礼嫂抚侄，始终不衰。并且去佞幸，出宫人，放鹰犬，裁冗官，省教坊乐工，停贡纂组雕镂，及金筐宝床等类，去奢从俭，励精图治，擢韦处厚为同平章事，每遇奇日视朝。奇读如期。对宰相群臣，延访政事，历久方罢。待制官旧虽设置，未尝召对，文宗独屡加延问，中外想望太平，翕然称庆。无非善善从长之意。但也有一大弊处，军国重事，不能果决，往往与宰相等已经定议，后辄中变，所以宽柔有余，明强不足。众善不胜一弊。

越年，改元太和，韦处厚因文宗过柔，乞请避位。文宗再三慰劳，不令辞职。淮南节度使兼盐铁转运使王播，力求复相，所献银器以千计，绫绢以十万计，经权幸再四揄扬，乃召他入朝，仍命同平章事。于是小人复进，正士日疏。横海、魏博、成德诸镇，且有不靖消息，免不得又动兵戈。事见后文。勉强过了一年，至太和二年三月，诏举贤良方正，及直言极谏诸士，由文宗临轩亲策，命题发问，大旨在如何端化，如何明教，如何察吏，如何阜财等条目。昌平进士刘蕡，独痛心阉祸，条陈万言，小子录不胜录，但摘要叙述如下：

臣闻不宜忧而忧者国必衰，宜忧而不忧者国必危。陛下不以国家存亡，社稷安危之策，降于清问，岂以布衣之臣，不足与定大计耶？或万几之勤有所未至也。臣以为陛下所先忧者，宫闱将变，社稷将危，天下将倾，四海将乱，此四者国家已然之兆，故臣谓圣虑宜先及之。夫帝业不易成，亦不易守，本朝开国二百余年，其间圣明相因，未有不用贤士近正人而能兴者。伏愿陛下思开国之艰，杜篡弑之渐，居正位，近正人，远刀锯之残，亲骨鲠之直，辅相得以专其任，庶寮得以守其官，则朝政自理。奈何以亵近五六人，总揽国务，臣恐祸稔萧墙，奸生帷幄，曹节侯览，汉中常侍。复生于今日，此宫闱将变也。伏后来甘露之变。臣按春秋定公元年春王不言正月者，以先君不得正其终，则后君不得正其始，故曰定无正也。今忠贤无腹心之寄，阉寺专废立之权，陷先帝不得正其终，致陛下不得正其始，况太子未立，郊祀未修，将相之职未归，名器之宜不定，此社稷将危也。天之所授者命，君之所存者令，操其令而失之者，是不君也，侵其命而专之者，是不臣也。君不君，臣不臣，此天下所以将倾也。晋赵鞅以晋阳之兵叛，入于晋，书其归者，能逐君侧之恶以安其君，故春秋善之。今威柄陵夷，藩镇跋扈，有不达人臣大节而首乱者。将以安君为名，不究春秋之微而称兵者，且以逐恶为义，政刑不由于天子，征伐必出自诸侯，此海内之将乱也。眼光直注唐末。今公卿大臣，非不欲为陛下言之，虑陛下不能用也。臣下既言而不行，言泄而祸且随之，是以欲尽其言，则有失身之惧，欲尽其意，则有害成之忧，徘徊郁塞以须陛下感悟，然后得尽其启沃，陛下何不于听朝之余，时御便殿，召当时贤相老臣，访持变扶危之谋，求定倾救乱之术，塞阴邪之路，屏狎亵之臣，制侵陵迫胁之心，复门户扫除之役，戒其所宜戒，忧其所宜忧，既不得治其前，当治其后，既不能正其始，当正其终，则可以虔奉典谟，克成丕构矣。昔秦之亡也，失于强暴，汉之亡也，失于微弱，强暴则奸臣畏死而害上，微弱则强臣窃权而震主，伏见敬宗不虞亡秦之祸，不翦其萌，还愿陛下深轸亡汉之忧，以杜其渐，诚能揭国柄以归于相，持兵柄以归于将，去贪臣聚敛之政，除奸吏因缘之害，唯忠贤是进，唯正直是用，内宠便僻，无所听焉，如此而有不万国欢康，兆庶苏息者，臣不信也。夫制度立则财用省，财用省则赋敛轻，赋敛轻，则人富矣。教化修则争竞息，争竞息则刑罚清，刑罚清则人安矣。尤有进者，古时因井田以制军赋，闲农事以修武备，提封约卒乘之数，命将在公卿之列，故兵农一致，而文武同方，用以保义邦家，式遏乱略。太宗置府兵台省军卫，文武参掌，闲岁则櫜弓力穑，有事则释耒荷戈，所以修复古制，不废旧物。今则不然，夏官不知兵籍，止于奉朝请，六军不主武事，止于养阶勋，军容合中官之政，戎律附内臣之职，首一戴武弁，疾文吏如仇雠，足一蹈军门，视农夫如草芥，谋不足以翦除奸凶，而诈足以抑扬威福，勇不足以镇卫社稷，而暴足以侵害闾里，羁绁藩臣，干陵宰辅，骚裂王度，泪乱朝经，张武夫之威，上以制君父，假天子之命，下以御英豪，有藏奸观衅之心，无伏节死难之谊，岂先王经文纬武之旨耶？昔龙逢死而启商，比干死而启周，韩非死而启韩，陈蕃死而启魏，今岂之来也，有司或不敢荐臣之言，陛下又无察臣之心，退必戮于权臣之手，臣幸得从四子游于地下，固臣之愿也，岂忍姑息时忌，窃陛下一命之宠乎哉？

是时考官左散骑常侍冯宿，太常少卿贾餗等，阅读蕡策，相率叹服。只因王守澄、梁守谦等，盘踞官禁，势焰逼人，一或取录，必且遭祸，不得已将他割爱。当时有二十二人中第，统皆除官。道州人李郃，亦在选列，得除河南府参军。他独奋然道："刘蕡下第，我辈登科，能勿厚颜么？"遂邀集同科裴休、杜牧、崔慎由等，联名上疏，愿将自己科名，让与刘蕡，以旌蕡直。文宗也怕中官为难，不好批答，但将原疏搁置不提。后来蕡终不得仕，仅由牛僧孺等，召为幕僚，后来且为阉宦所诬，贬为柳州司户参军，抑郁以终。小子有诗叹道：

制举由来待有才，如何名士屈尘埃？
雷鸣瓦釜黄钟毁，无怪灵均泽畔哀。

刘蕡被斥，朝廷又失了一位贤相，看官道是何人，且至下回表明。

敬宗在位二年，未尝行一虐政，且于裴度、李绛、韦处厚诸臣，亦知其忠直可用，非直淫昏无道者比，而卒为逆阉所弑者，好游宴，暱佞幸故也。裴度系三朝元老，不能亲自讨贼，乃委权于王守澄、梁守谦等人，何唐室季年，阉人权力，一至于此？文宗有心图治，终受制于家奴，有一刘蕡而不敢用，黜直言之士，增中官之焰，是而欲治安也得乎？读刘蕡疏，令人三叹不置云。

第十五回

诛叛帅朝使争功
诬相臣天潢坐罪

　　却说同平章事韦处厚，表字德载，原籍京兆，以进士第入官，素性介直，穆宗时入为翰林学士，文宗绥靖内难，擢居宰辅。太和二年冬季，因横海留后李同捷叛命，屡入朝会议军情，不意早起遇寒，入殿白事，竟晕仆案前。文宗亟命中人掖出登舆，送归私第，越宿即殁，追赠司空。窦易直同时罢职，改任兵部侍郎翰林学士路隋同平章事。看官欲知李同捷如何叛命，待小子约略叙明。横海军属州有四，便是沧、景、德、棣四州，从前是乌重胤任职，最号恭顺。重胤徙镇山南西道，由杜叔良接任，叔良免职，用德州刺史王日简为横海节度使，赐姓名为李全略。已而授李光颜兼镇横海军，另授全略为德棣节度使。光颜任事未几，仍乞还镇忠武军。敬宗末年，光颜病卒，追赠太尉，予谥曰忠。<small>随笔带叙李光颜，不没功臣。</small>忠武军由王沛高瑀，依次递任，不劳细叙。唯李全略与李光颜同逝，子同捷擅领留后，敬宗毫不过问。至文宗元年，仍命乌重胤复任，调李同捷为兖海节度使。同捷不愿移镇，托言为将士所留，拒命不纳。一面出珍玩女妓，遍赂河北诸镇，要结党援。卢龙节度使李载义，<small>见前回。</small>执住同捷来使，及所有馈遗，并献朝廷。魏博节度使史宪诚，与李同捷世为婚姻，潜助同捷，当时韦处厚尚未去世，颇疑宪诚，裴度独谓宪诚无二心。<small>裴度公料事颇明，至此几失之宪诚，可见知人之难。</small>可巧宪诚遣亲吏入朝，隐侦朝事，处厚与语道："晋公百口保汝主帅，我却不以为然。若使汝主帅暗助同捷，国法具在，怎得轻恕？只晋公未免为难，汝去归语主帅，负朝廷不可，负晋公愈不可呢。"宪诚亲吏，如言归报，宪诚颇有惧意，不敢与同捷往来。成德节度使王庭凑，替宪诚代求节钺，文宗不许，遂发兵械盐粮，接济同捷。

武宁节度使王智兴，愿率本军三万人，自备五阅月粮饷，讨同捷罪。平卢节度使康志睦，**康日知子**，继薛平后任，亦愿先驱往讨。奏章陆续入都，文宗乃命乌重胤、康志睦、李载义、史宪诚四帅，会同义成节度使李听，义武节度使张璠，各率本镇军，进讨同捷。重胤素得士心，受命即行，屡战皆捷，偏是天不假年，中道谢世。文宗因他累积忠勋，赙遗加厚，追赠太尉，予谥懿穆。重胤字保君，系河东将乌承泚子，屡任重镇，始终守礼，幕僚如温造石洪，皆知名士，入为谏官。至重胤殁时，门下士二十余人，刲股以祭，可见他惠爱及人，所以有此食报呢。**旌扬美德。**王智兴奏荐保义节度使李寰，可继重胤，有诏允准。李寰自晋州赴军，所过残暴，部下多无纪律，既至行营，拥兵不进，但坐索饷糈。唯智兴还算出力，拔棣州，破无棣，康志睦亦下蒲台，相继奏捷。史宪诚首鼠两端，阴怀观望，独长子副大使唐，泣谏宪诚，自督军二万五千趋德州，得拔平原，余军多徘徊不进。

王庭凑出助同捷，屯兵境上，牵制史唐，一面往赂沙陀酋长朱邪执宜，拟与连兵。沙陀本西突厥别部，自唐太宗时入修朝贡，累代不绝，至德宗贞元年间，中国多故，北庭不通，沙陀酋长尽忠，乃降附吐蕃。既而回鹘取吐蕃凉州，吐蕃疑尽忠为导，命徙河外。尽忠惶惧，因与子执宜率三万人，仍来归唐，途次为吐蕃兵追袭，尽忠战死，执宜领残众至灵州，叩关请降。节度使范希朝据实奏闻，诏令就盐州置阴山府，令执宜为府兵马使，率众居住。**为后文李国昌父子张本。**至是拒绝王庭凑，遣归使人，却还原赂。庭凑没法，又嗾使魏博兵马使元志绍，引部兵还逼魏州。史宪诚上表告急，唐廷派金吾大将军李祐，为横海节度使，专讨庭凑。又令义成节度使李听，调沧州行营诸军，往救魏博。李听与史唐合兵击败志绍，志绍走降昭义军，安置洺州，既而缢死。于是李祐会同李载义各军，攻克德州，进薄沧州，直入外城。

沧州为李同捷住所，见外城被破，当然惶急，乃致书李祐，悔罪乞降。祐遣部将万洪入城抚众，趁便留守，并将详情奏闻，静候朝旨。文宗遣谏议大夫柏耆，驰往宣慰。耆至祐营，大言不逊，威协诸将，诸将已愤懑不平。耆又疑同捷有诈，自率数百骑入沧州城，诱令同捷入朝，并使挈同眷属，即日启行。万洪谓宜转告李祐，耆怒叱道："我奉天子命来取同捷，就是汝主帅李祐，也不能违命，汝有什么权力，敢来拦阻？"万洪不肯伏气，便抗声道："同捷叛命，已是三年，幸我主帅努力破贼，才得使叛臣畏服，献地归朝，否则公虽远来，三寸舌能说降一贼么？奈何借天子威，藐视功臣，不一告知呢。"道言未已，那柏耆已拔刀砍去，洪不及防备，竟被斫倒，接连又是一刀，结果性命。洪语虽未免唐突，但亦非尽无理，奈何擅加残戮？当下即押同捷等出城，也不再入祐营，即取道将陵，向西进发。途次闻王庭凑发兵将至，来劫同捷，因将同捷枭首，传入京师。看官试想！诸道劳师三载，好容易得平同捷，偏经一无拳无勇的柏耆，篡取渠魁，前去献功，几把诸道将帅，一概抹煞，那诸将帅肯甘心忍受么？自是彼上一表，此陈一疏，均言柏耆载宝而归，恐同捷面陈阙下，因把他杀死灭口。文宗不得已，贬耆为循州司户参军，贪人之功，以为己力，终究不妙。流同捷母妻子弟等至湖南。

李祐因柏耆返京，乃整军入城。是时祐已抱病，入城后闻万洪惨死，愈觉悲忿，病遂加剧，乃驰奏乞代，并述耆擅杀万洪，有功被戮，愧无以对将士等语。文宗得奏，不禁愤慨道："祐前平淮蔡，今平沧景，为国立功，不为不巨。今为柏耆加疾，脱或致死，岂非是柏耆杀他么？"谁叫你遣使非人。遂再流耆至爱州。既而祐讣又至，复赐耆死；特简卫卿殷侑，为横海节度使。侑至沧州，招辑流亡，劝民农桑，与士卒同甘苦，百姓大悦，文宗更拨齐州隶横海军，一年足兵，二年足食，三年后户口蕃殖，仓廪充盈，又是一东海雄镇了。

史宪诚闻沧景告平，令子唐奉表请朝，情愿纳地听命。唐附表改名孝章，有诏进宪诚兼官侍中，调任河中节度使，命李听兼镇魏博，分相、卫、澶三州，归史孝章管辖，即授为节度使。李听屯兵馆陶，迁延未进，宪诚搜括府库，整治行装。将士忿怒，私相告语道："主帅无故求代，卖地邀恩，今又欲席卷以去，难道我等军人，应该饿死么？"嗣是辗转煽乱，激成变衅，遂乘夜阒入军府，杀死宪诚，并监军史良佐，另推都知兵马使何进滔为留后。进滔下令道："诸君既迫我上台，须听我号令，方可任事。"大众唯唯从命。进滔遂查捕乱首，责他擅杀军使及监军，斩首示众，乃为宪诚发丧，自己素服临哭，将吏统令入吊，一面拜表奏陈详情。李听闻魏州有变，方才趋往，已是迟了。进滔率领魏博将士，出阻李听。听尚未戒备，被进滔杀入营中，一阵冲突，顿时骇散，慌得听昼夜逃奔，到了浅口，人马丧亡过半，辎重器械，尽行抛弃。还亏昭义军出来救听，才将追兵截回。听还至滑台，报称败状，御史中丞温造，劾听奉诏逗留，致有魏博乱事，奏请论罪如律。文宗好事优容，但召听入朝，令为太子太师，又因河北用兵日久，饷运不继，未能再讨进滔，乃授进滔为魏博节度使。史孝章自请守制，因将相、卫、澶三州，仍归进滔管领。进滔抚治兵民，颇有权术，人皆听命，他却安枕无忧了。王庭凑始助同捷，已有诏削夺官爵，令邻镇严兵防守，休与往来。庭凑因同捷伏辜，不免忧惧，因上表谢罪，愿纳景州自赎。文宗得过且过，返还景州，赐复官爵，于是河朔一带，勉强弭兵。**写尽文宗优柔。**

裴度因年高多疾，屡乞辞职，文宗不许。度又荐称李德裕才可大用，乃召入为兵部侍郎，欲令为相。偏吏部侍郎李宗闵，与德裕有隙，暗地里贿托宦官，求为援助。玉守澄等内揽大权，力荐宗闵为相，文宗恐他内逼，没奈何擢居相位。宗闵喜出望外，遂设法排挤德裕。适值李听入朝，因奏派德裕出镇义成军，又引入牛僧孺为兵部尚书，做一帮手。**牛僧孺出为武昌军节度使，见前文。**可巧王播病死，**王播为相，亦见前文。**僧孺坐继相职，与宗闵交嫉德裕。德裕甫抵滑州，接受义成军节度使旌节，朝旨又复颁下，令他调镇西川，防御南诏。南诏由韦皋收服后，本无贰心，自国王异牟寻病殁，再传至劝龙晟。为藩酋嵯巅所弑，拥立劝龙晟弟劝利，劝利隐感嵯巅，赐姓蒙氏，号为大容，蛮人称兄为容，表明尊敬的意思。劝利传弟丰祐，丰祐勇敢过人，具有大志，会故相杜元颖，出任西川节度使，元颖本没甚材具，自诩文雅，玩视军人，往往减扣衣粮，西南戍卒，转至蛮境劫掠，丰祐与嵯巅，趁势引诱戍卒，给他衣食，令为向导，即由嵯巅率众随入，袭陷巂、戎二州。元颖发兵与战，大败而还。嵯巅复进据邛州，并逼成都。文宗贬元颖为邵州刺史，另调东川节度使郭钊为西川节度使，兼权东川节度事。又令右领军大将军董重质，发太原凤翔各道兵，往救西川。钊贻书嵯巅，责他无故败盟，嵯巅复书道："杜元颖侵扰我境，所以兴兵报怨，今既易帅，自当退兵修好。"钊复遣使与订和约，嵯巅遂大掠子女玉帛，引众南去。嗣复遣使上表，谓："蛮人近修职贡，怎敢犯边？只因杜元颖不知恤下，以致军士怨苦，竟为向导，求我转诛虐帅。今元颖尚未受诛，如何安慰蜀士？愿陛下速奋天威，惩罪安民，勿负众望！"文宗乃再贬元颖为循州司马，令董重质及诸道兵士，一概引还。

　　郭钊至成都，因疾求代，牛、李两相，遂又请将德裕远调。文宗未悉私衷，即诏令德裕西行。德裕至镇，作筹边楼，每日登楼眺览，窥察山川形势，又日召老吏走卒，咨问道路远近，地方险易，一一绘图立说，详尽无遗。自是南至南诏，西至吐蕃，所有城郭堡寨，无不周知。乃练士卒，葺堡障，置斥堠，积粮储，慎固边防，全蜀大定。**确是有才。**唯南诏寇成都时，曾调东都留守李绛为山南西道节度使，令募兵进援成都，绛招兵千人赴援，及南诏修和，罢兵还镇。既而绛接奉朝旨，遣散新军，每人各给廪麦数斗，新军多怏怏失望。监军杨叔元，因绛莅镇后，绝无馈遗，暗暗怀恨，遂激动新军，说是恩饷太薄，众情已是不平。更经监军煽惑，索性鼓噪起来，入掠库储，狂奔使署。绛方与僚佐宴饮，闻变登城。或劝绛缒城逃走，绛慨然道："我为统帅，怎得逃去？尔等只管听便。"僚佐多半散去。只牙将王景延，及推官赵存约在侧，绛亦麾手令去。景延下城与战，为乱军所杀。存约尚随绛未行，绛急语道："乱军将至，何不速行？"存约道："存约受明公知遇，要死同死，何可苟免。"言甫毕，乱兵已一拥上城，可怜绛与存约，先后遇害。**绛一生忠直，不意竟遭此难。**杨叔元奏报军变，尚诬称绛克扣新军募值，因致肇乱。谏官崔戎等，共论绛冤，及叔元激怒乱军罪状。文宗乃赠绛司徒，予谥曰贞，立派御史中丞温造，继任山南西道节度使，往平乱事。

　　造行至褒城，正值兴元都将卫志忠，征蛮归来，两下相遇，密与定谋，即分志忠兵八百人为牙队，五百人为前军，趋入兴元，守住府门。造声色不动，但说是飨犒士卒，那乱军靠着杨叔元势力，仍然入受犒赏，不意驰入府门，已由志忠指麾牙兵，把他围住。见一个，杀一个，诛死了八百名，单剩百余名逸去。叔元正与造叙谈，造得志忠复报，便语叔元道："监军是朝廷命官，奈何嗾使乱军，戕杀主帅？"叔元无可抵赖，跪伏造前，捧着造靴，哀求饶命。造乃答道："待我表闻朝廷，恐朝廷未必赦汝哩。"当下命将叔元系狱，奏请朝命发落。嗣接文宗诏书，流叔元至康州，乃将叔元释去。**绛在地下，恐难瞑目。**

　　越年为太和五年，卢刘副兵马使杨志诚，煽动徒众，逐去节度使李载义，又杀死莫州刺史张庆初，事闻于朝。时元老裴度，屡次乞休，文宗尚不忍令去，加官司徒，限三五日一入中书，平章军国重事。继由牛、李两人，妒功忌能，再进谗言，度亦申请辞职，乃出为山南东道节度使，擢任尚书右丞宋申锡同平章事。当下由李宗闵、牛僧孺、路隋、宋申锡四相，同至殿前，会议卢龙善后事宜。牛僧孺进议道："范阳自安史以来，久非国有，刘总暂献土地，朝廷费钱八十万缗，丝毫无获，今日为志诚所得，与前日载义无异，若就此抚慰，使捍北狄，也是一策，不必计较顺逆了。"**真是好计。**李宗闵本是牛党，路隋系好好先生，申锡乃是新进，当然不加异议。文宗乃命志诚为留后，召载义入京，拜为太保。载义自易州至京师，不到数旬，受诏为山南西道节度使，调温造镇河阳，进志诚为卢龙节度使。唯宋申锡由文宗特擢，因他沈厚忠谨，不附中官，所以拔充宰辅，时常召入内廷，谋除阉党。申锡引用吏部侍郎王璠为京兆尹，谕以密旨，璠竟转告郑注。看官道郑注是何等人物？他本是翼城人，形体眇小，两目短视，尝挟医术游江湖间，元和末至襄阳，为节度使李愬疗疾，愬署为推官，从愬至徐州，渐参军政，妄作威福，军士多半侧目。中官王守澄，方为监军，密将众情白愬，请即逐注。愬笑道："注虽不逊，却是奇才，将军试为叙谈，果无可取，斥逐未迟。"守澄默然退去，愬即令注往谒守澄，守澄颇有难色，不得已与注相见，座谈数语，机辩横生，守澄惊喜交集，延入中堂，促膝与语，说得守澄非常佩服，相见恨晚。次日即语愬道："郑生才具，确如公言。"**守澄不足道，李愬未免失人。**及守澄入典枢密，注亦随行，日夜为守澄计事，益见宠任，所有关通纳贿等情，多由注一手经营。守澄更为注营宅西邻，达官贵人，陆续趋往，门前如市。王璠与注，素通声气，闻得这番机密，便去通报郑注。看官！你想注为王守澄心腹，怎得不闻风相告呢？守澄忙与计议，当由注想出一法，只说宋申锡谋立漳王，嗾令神策都虞候豆卢著，先行讦发，然后由守澄密白文宗。漳王凑为文宗弟，向有令望，文宗得守澄言，免不得疑惧交并，立命守澄查讯。**文宗既引申锡为心腹，谋除中官，奈何复信守澄？**守澄即召集党羽，拟遣二百骑屠申锡家。飞龙厩使马存亮，虽也是个宦竖，倒也有些天良，便挺身出争道："宋相罪状未明，遽加屠戮，岂不要激成众怒，万一京中生乱，如何抵制？不如召问他相，再定进止。"守澄乃遣中使悉召宰相，至中书省东门，牛、李等鱼贯而入，独申锡为中使所阻，且与语道："奉命传召，无宋公名。"申锡自知得罪，望着延英门持笏叩头而退。牛、李诸相，入延英殿，文宗与语申锡阴谋，牛、李等相顾惊愕，良久方同答道："请确实讯明，方可定罪。"文宗乃命王守澄往捕漳王内史晏敬则、朱训，及申锡亲吏王师文等，鞫问虚实。师文逸去，敬则与训，系神策狱，叠经搒掠，屈打成招。谳词既定，一王二相，几蹈不测。还亏左常侍崔玄亮，给事中李固言，谏议大夫王质，补阙卢钧、舒元褒、蒋系、裴休、韦温等，伏阙力谏，请将全案人犯，移交外廷复讯。文宗道："朕已与大臣议定了。"玄亮叩头流涕道："杀一匹夫，尚应慎重，况宰相呢！"文宗乃复召相臣入商，牛僧孺谏道："人臣极品，不过宰相，今申锡已为相臣，尚有何求？臣料申锡不至出此。"文宗略略点首。郑注恐复讯有变，劝守澄入奏文宗，止加贬黜，乃贬漳王凑为巢县公，宋申锡为开州司马，晏敬则、朱训坐死。马存亮倍加愤懑，即日乞休，挂冠而去。**莫谓中官无人。**申锡竟病殁贬所，漳王凑亦未几告终。及王守澄郑注，相继伏法，乃追复申锡官爵，封漳王凑为齐王。小子有诗叹道：

> 甘将心腹作仇雠，庸主何堪与密谋？
> 更有贤王冤莫白，无端受贬死遐陬。

申锡案已经了结，维州事争案又起，欲知详情，请看官且阅下回。

　　河朔三镇，叛服靡常，不谓又增一横海军。李同捷袭父遗业，竟尔抗命，成德魏博，又从而阴助之，微李祐之努力进讨，不亦如王庭凑、史宪诚等，逍遥法外，坐拥旄节耶？柏耆奉使至沧州，擅杀万洪，并诛同捷，诛同捷犹可，杀万洪实属不情。苟李祐稍有变志，恐横海亦非唐有矣。甚矣哉，文宗之所使非人也！此后如成德卢龙，以乱易乱，无一非姑息养奸，兴元兵变，祸起监军，杨叔元死有余辜，犹得幸生，不特李绛沉冤，即被诛之新军八百人，恐亦未能瞑目，是何凶竖？独沐天恩，无怪王守澄等之久踞宫禁，势倾朝野也。宋申锡不密害成，咎尚自取，漳王何辜，乃亦遭贬。况文宗固欲除阉人，而反信阉人之诬构，庸昧至此，可胜慨哉！周赧汉献，原不是过矣。

第十六回

嫉强藩杜牧作罪言
除逆阉李训施诡计

却说维州在西川边境，地当岷山西北，一面倚山，三面濒江，本是唐朝故壤，为吐蕃所夺，号为无忧城，遣将悉怛谋居守。悉怛谋闻蜀帅得人，有志内附，即率众投奔成都。西川节度使李德裕，喜得悉怛谋，欣然迎纳，即遣兵据维州城，奏称："维州为西川保障，自维州陷没，川境随在可虞，今幸故土重归，内足屏藩全蜀，外足抵制吐蕃，就使吐蕃来争，维州可战可守，亦足控御"云云。文宗览奏，即召百官集议，大众皆请从德裕言，独牛僧孺发言道："吐蕃全境，四面各万里，失一维州，亦无大损，近来与我修好，约罢戍兵，我国对待外夷，总以守信为上，若纳彼叛人，彼必责我失信，驱马蔚茹川，直上平凉阪，万骑遥来，怒气直达，不三日可到咸阳桥，京城且守备不暇，就令得百维州，亦远在西南数千里外，有何用处？"

文宗本来懦弱，被僧孺说得如此危险，禁不住胆怯起来，便应声道："如卿言，不如遣还悉怛谋罢！"僧孺道："陛下圣明，臣很敬佩。"维州一案，后儒聚讼甚多，实则僧孺欲倾轧德裕，是非且不必计，居心已不可问。文宗乃饬德裕归还维州，并执悉怛谋畀吐蕃。德裕大为不忍，因恐僧孺再加谗构，没奈何依旨施行。吐蕃得悉怛谋，立刻诛夷，备极惨酷，事为德裕所闻，不胜叹息。西川监军王践言，亦谓朝廷失计，代为扼腕。可巧践言奉召入京，令知枢密，乘便与文宗谈及，谓缚送悉怛谋，既快虏心，尤绝外望。文宗闻言知悔，亦咎僧孺失策。僧孺内不自安，累表请罢，乃出为淮南节度使，另征德裕入朝，授同平章事。

德裕一入，李宗闵与他有隙，当然不安。工部侍郎郑覃，与德裕亲厚，素为牛、李所忌，德裕引为御史大夫，从中宣诏。宗闵语枢密使崔潭峻道："黜陟俱由内旨，何用中书？"潭峻微哂道："八年天子，听令自行，亦属何妨。"宗闵愀然而止。给事中杨虞卿等，均由牛、李进阶，德裕复请出为刺史。文宗尝与德裕、宗闵等，论朋党通弊，宗闵道："臣素恨朋党，所以杨虞卿等具有美才，臣不给他美官。"德裕笑语道："给事中尚不算美官吗？"宗闵不禁失色，自请卸职，遂罢为山南西道节度使。调李载义移镇河东，另任盐铁转运使王涯，兼同平章事。卢龙节度使杨志诚，既逐去李载义，骄恣不法，屡遣使求兼仆射，朝廷但授吏部尚书兼衔。志诚愤怒，竟留住朝使魏宝义。文宗不得已命为右仆射，别遣使臣慰谕。殿中侍御史杜牧，见朝廷专事姑息，慨然论河朔大势，名为罪言，略云：

天宝末，燕盗起，出入成皋函潼间，若涉无人地。郭李辈兵五十万，不能过邺，人望之若回鹘吐蕃，无敢窥者。国家因之，畦河修漳，戍塞其街躞。齐鲁梁蔡，传染余风，因以为寇。以里拓表，以表撑里，浑顷回转，颠倒横邪，天子因之幸陕幸汉中，焦焦然七十余年。宪宗皇帝浣衣一肉，不畋不乐，自卑冗中拔取将相，凡十三年，乃能尽得河南山西地。唯山东未服。今天子圣明，超出古昔，志于平治，若欲悉使生人无事，应先去兵。不得山东，兵不可去，窃谓上策莫如自治，何者？当贞元时，山东有燕赵魏叛，河南有齐蔡叛，梁徐陈汝白马津盟津襄邓安黄寿春，皆成厚兵十余所，才足自护，不能他顾，遂使我力解势弛，熟视不轨者无可如何，因此蜀亦叛，吴亦叛，其他未叛者，迎时上下，不可保信。自元和初，至今二十九年间，得蜀得吴，得蔡得齐，收郡县二百余城，所未能得者，唯山东百城耳。土地人户，财物甲兵，较之往年，岂不绰绰乎？亦足自以为治也。法令制度，品式条章，果自治乎？贤才奸恶，搜选置舍，果自治乎？障戍镇守，干戈车马，果自治乎？井间阡陌，仓廪财赋，果自治乎？如不果自治，是助房为房，环土三千里，植根七十年，复有天下阴为之助，则安可以取？故曰上策莫如自治。中策莫如取魏，魏于山东最重，于河南亦最重。魏在山东，以其能遮赵也，既不可越魏以取赵，尤不可越赵以取燕，是燕赵常

117

取重于魏。魏常操燕赵之命，故魏在山东最重。黎阳距白马津三十里，新郑距盟津一百五十里，障垒相望，朝驾暮战，是二津防能溃一，则驰入成皋，不数日间耳。故魏于河南亦最重。元和中举天下兵诛蔡诛齐，顿之五年，无山东忧者，以能得魏也。昨日诛沧，顿之三年，无山东忧，亦以能得魏也。长庆初诛赵，一日五诸侯兵，四出溃解，以失魏也。昨日诛赵，罢敝如长庆时，亦以失魏也。故河南山东之轻重在魏，非魏强大，地形使然也。故曰取魏为中策。最下策为浪战，不计形势，不审攻守是也。兵多粟多，驱人使战者便于守，兵少粟少，人不驱自战者便于战，故我尝失于战，防常困于守。自十余年来，凡三收赵，食尽且下，郗士美败，赵复振，杜叔良败，赵复振，李听败，赵复振，故曰不计地势，不审攻守，为浪战，最下策也。

此外如伤府兵废坏，作原十六卫，更作战论守论，亦颇中肯綮。李德裕素奇牧才，很为赏鉴，牧因得累迁左补阙，及史馆修撰，并改膳部员外郎，唯素性好游，更兼渔色。牛僧孺出镇淮南时，牧尝随为书记，供职以外，专以游宴为事。扬州为烟花渊薮，六朝金粉，传播古今，十里歌楼，名娼似鲫，牧出入往来，殆无虚夕，留诗裙带，成为常事。及入居台省，议论风生，压倒四座，所陈利病，切实不虚。嗣复出守外郡，历任黄州、池州、睦州、湖州各刺史，豪游畅咏，不减少年，时人以材同杜甫，号为小杜。后仕至中书舍人，感怀迟暮，不获大用，竟抑郁而终。其实是才不胜德，非必果胜大任，晚唐诗才，除元稹、白居易外，如孟浩然、卢纶、李益、司空曙、韩翃、钱起、李端、李商隐等，均负盛名。宗人李贺，字长吉，七岁能诗，韩愈、皇甫湜疑为讹传，亲往贺家，面加试验，果然援笔立就，一鸣惊人，愈与湜叹为奇才。后著乐府数十篇，被入管弦，音韵悉合，因入为协律郎，年二十七岁，自言见绯衣使者，召他作《白玉楼记》，因即去世。总之才气有余，德量未足，或自悲落魄，致促天年，或不顾细行，终累大德，这也是文人缺憾，可叹可叹。总括一段，得将晚唐文人，约略叙过。

唯白居易自入谏穆宗，不见信用，求出为杭州刺史，每当公暇，辄至西湖游赏，因筑堤湖中，蓄水溉田，可润千顷，世称白堤。又复浚李泌所开六井，民得汲饮，均沾惠泽。旋受命为左庶子，分司东都，更调为苏州刺史。文宗即位，召为刑部侍郎，封晋阳县男。嗣见二李党争，不愿留京，乞病仍还东都，除太子宾客分司。自思随俗浮沉，忽进忽退，所蕴终不能施，乃与弟行简，及从祖弟敏中，流连诗酒，乐叙天伦，且就东都所居，疏沼种树，凿八节滩，傍香山麓构一石楼，暇辄游览，自号醉吟先生，亦称香山居士。尝与胡杲、吉旼、郑据、刘真、卢真、张浑、狄兼谟、卢贞宴集，年皆七十左右，时称香山九老，至绘图传真，播为韵事。<u>却是一朝特色。</u>居易初生，才七月，即识'之无'两字，九岁能识声律，善属文，尤工诗歌。初与元稹酬咏，故号元白，继与刘禹锡齐名，又号刘白，每出一诗，时人争诵。<u>鸡林朝鲜地名。</u>行贾，录居易诗售与国相，每篇得一金，国相尚以未窥全豹，引为深恨。至开成初年，<u>开成亦文宗年号，见后文。</u>起为同州刺史，固辞不拜，乃改授太子太傅，进冯翊县侯。武宗初年乃殁，年七十五，得谥曰文。刘禹锡亦于是时病终，禹锡自贬所起复，迭任诸州刺史，进为集贤殿学士，寻加检校礼部尚书，凡连坐王叔文党案，还算禹锡得全晚节，但也因阅历已多，诗酒韬晦，所以得终享天年。<u>刘、白生平，借此毕叙，亦寓爱才深意。</u>

话休烦叙，且说卢龙节度使杨志诚，既得右仆射兼衔，踌躇满志，密制天子衮冕，被服皆拟乘舆，居然有帝制自为的思想，渐渐地骄侈淫暴，酿成众怒，致为军士所逐，另推部将史元忠主持军务。元忠将志诚僭物，悉数取献，乃由朝廷遣使按治，授元忠为留后，并传旨再逐志诚，令戍岭南。志诚带领家属，及亲卒数十人，狼狈奔太原。李载义正镇守河东，出兵报怨，把志诚妻子，及从行士卒，尽行捕戮，及欲并杀志诚，幕僚因未奉朝旨，劝令释放，志诚乃得脱去，孑身至商州，又是一道正法的诏令，传与商州刺史，送他归阴。<u>拥兵者其鉴之！</u>进史元忠为卢龙节度使。成德节度使王庭凑，凶横专恣，幸得善终，军士愿拥庭凑次子元逵为留后。元逵却循守礼法，岁时贡献如仪。文宗嘉他恭顺，特遣绛王悟女寿安公主，下嫁元逵。元逵遣人纳币，备具六礼，迎主而归，自是益加逊慎。

外患幸得少纾，内讧又复继起。王守澄与郑注，狼狈为奸，经侍御史李款，连章弹劾，得旨查究，守澄匿注不出，令潜伏右军中。左军中尉韦元素，枢密使杨承和王践言，亦颇恨注，左军将李弘楚，因密白元素道："郑注奸滑无双，卵翼不除，使成羽翼，必为国患。今因御史劾奏，伏匿军中，请中尉诈称有疾，召注诊治，弘楚愿侍中尉左右，俟中尉举目，擒出杖毙，然后中尉向上请罪，陈注奸伪，窃料杨王诸使，定必替中尉解说，中尉决可无祸，不必迟疑。"元素允诺。当由弘楚召注，注见元素毫无疾病，自知有变，他却从容跪伏，叩首贡谀，但说了几句媚词，已把元素一片杀心，销化净尽。当下亲自扶起，延他入座，殷勤导问，听言忘倦。弘楚屡顾元素，元素却目不转瞬，一意与郑注接谈。语已终席，注即起辞，元素又厚赠金帛，遣还右军。贡谀献媚，足以起死回生，无怪拍马风气，终古不改。弘楚不便下手，郁怒非常，便辞职自去。未几，疽发背上，便即毕命。此人亦太气急。

　　王守澄入白文宗，言注无罪，且荐为侍御史，充神策判官。文宗内惮守澄，只好允诺，诏敕一下，朝野惊叹。既而文宗忽得风疾，瘖不能言，守澄遂引入郑注，为上疗治。文宗饵服下去，果然灵验，渐能出声，欢颜谢注。注自是更得上宠。会值李仲言遇赦还家，见李逢吉，逢吉正调守东都，意欲复相，即遣仲言入赂郑注，令作内助。仲言素与注相识，旧雨重逢，握手道故，便由注引见守澄，仲言口才，不亚郑注，既说动守澄欢心，复得守澄推荐，入谒文宗。文宗见他仪状秀伟，应对敏捷，也道是个旷世英才，面许内用。越日视朝，李德裕入谏道："仲言前事，谅陛下应亦闻悉，奈何引居近侍？"文宗道："人孰无过，但教改过便好了。"德裕道："仲言心术已坏，怎能改过？"文宗道："就使仲言不能内用，亦当别除一官。"德裕又道："不可不可。"文宗回目右顾，见宰相王涯，亦适在旁，便问道："卿意以为何如？"涯正欲奏答，忽见德裕向他摇手，未免词色支吾。文宗察知有异，转从左顾，见德裕手尚高举，已是瞧透隐情，便即怏怏退朝；寻命仲言为四门助教。仲言及注，皆嫉德裕，仍引李宗闵入相，请出德裕镇兴元军。文宗已心疑德裕，依言下诏。德裕入见文宗，愿仍留阙下，因复拜兵部尚书，但免相职。至宗闵入相，谓德裕已奉节钺，奈何中止？乃更命德裕出镇浙西。尚书左丞王璠，曾泄宋申锡密谋，赞成漳王冤狱。至是复与郑注等进谗，谓德裕尝阴结漳王，谋为不轨。文宗大怒，召王涯、路隋等入商，将下严谴。路隋道："德裕身为大臣，不宜有此，果如所言，臣亦应得罪。"六七年宰相，未闻进一嘉谟，至此始为德裕辨诬，大约是相运已满了。文宗意虽少解，但不免迁怒路隋，竟令他代德裕职任，罢德裕为宾客分司，擢李仲言为翰林侍讲学士。仲言改名为训，隐然有训诲的寓意。太觉厚颜。御史贾𫗧，褊躁轻急，与李宗闵郑注友善，夤缘为相，得继路隋后任。𫗧喜出望外，忽夜梦见亡友沈传师，瞋目与语道："君可休了！奈何尚贪恋相位？"说着，复兜胸一掌，将𫗧击醒，吓得𫗧浑身冷汗，起坐待旦，特备看私祭传师。亡友好意示梦，岂为渠一餐耶？越数日，复梦见传师道："君尚不悟，祸至无悔。"一面说，一面摇手自去。铼尚欲追问，被传师一推而寤，默思亡友垂诚，少吉多凶，意欲辞职归里，晨起与妻妾等谈及梦兆，女流有何见识，都贪恋目前富贵，争说梦兆无凭，何足深信？铼亦辗转寻思，自以为有恃无恐，不至罹祸，遂安心任职。居高官，食厚禄，拥着娇妻美妾，坐享太平。怎晓得祸福无常，一念因循，竟至后来灭族呢？**凡身婴夷戮诸徒，往往为贪心所误。**

忽京城大起谣言，谓郑注供奉金丹，是由小儿心肝，采合成药，慌得全城士庶，统将小儿藏匿家中，不令外出。注也觉奇异，拟将此事架陷仇人杨虞卿，奏称由虞卿家人捏造出来。虞卿正为京兆尹，凭空受诬，被逮下狱。李宗闵亟为救解，由文宗当面叱退。注与李训，又交谮宗闵，竟贬宗闵为明州刺史，虞卿亦受谪为虔州司马。训欲自取相位，因恐廷臣不服，先引御史李固言，同平章事。郑注亦得受命为翰林侍读学士。注与训更迭入侍，均为文宗规画太平，首除宦官，次复河湟，又次平河北，开陈方略，如指诸掌。**语非不是，奈不能力行何？**文宗本隐嫉宦官，只因无力驱逐，不得已含忍过去。又尝虑二李朋党，互相倾轧，每与左右谈及，去河北贼易，去朝中朋党难，至是得训注两人，奏对称旨，又非二李党羽，遂大加宠任，倚为腹心。训注无仇不报，凡有纤芥微嫌，不是说他贿通中官，就是说他党同二李，非贬即逐，殆无虚日。又恐王守澄权焰熏天，一时摇他不动，特设一以毒攻毒的计策，劝文宗引用五坊使仇士良，令为神策中尉，隐分守澄权势。**引虎逐狼，祸且益甚。**士良本与守澄有隙，乃与训注合谋，提出一个大题目来，削除凶孽。看官阅过前文，应知宪宗崩逝，实是不明不白，宫廷内外，已俱疑是王守澄、陈弘志等所为，一经仇士良证实，便拟追究前凶，借伸义愤。**题目恰是正大。**陈弘志方出为兴元监军，当由李训计嘱士良，令他潜遣心腹，诱令入京，且特授封杖，叫他半途了结弘志。好几日得去使返报，已引弘志至青泥驿，杖毙了事。李训大喜，再与郑注入劝文宗，授王守澄为左右神策军观容使，出就外第。**阳示尊礼，阴撤内权。**更劾二李阴赂宦官韦元素王践言等，求再执政，就是宫人宋若宪，亦曾得贿，于是贬德裕为袁州长史，宗闵为处州长史，韦元素王践言等俱流岭南，连宋若宪亦遣归赐死。权阉已去了一半，乃即遗守澄鸩酒，逼令自尽，表面上却不明宣逆案，但说他暴病身亡，追赠扬州大都督，更将元和逆党梁守谦、杨承和等，诛斥略尽。**极大义举，反以隐秘出之，便见邪奸伎俩，好为鬼祟。**文宗以李训有功，擢任同平章事。注亦欲入相，偏李训又阴怀忮忌，托称除阉未尽，须由内外协势，方可成功。注遂愿出镇凤翔。同平章事李固言，未知李训计划，独入争殿前，谓注不宜出镇。文宗以固言不能顺旨，免他相职，派为山南西道节度使，令镇兴元军，即授注为凤翔节度使，命即赴镇。训复荐御史中丞舒元舆，入为同平章事，引王涯兼榷茶使，又欲羁縻人望，请加裴度兼中书令，令狐楚、郑覃加左右仆射，并密结河东节度使李载义。昭义节度使刘从谏，拟尽诛宦官，独揽朝纲，当时王涯、贾𫗧、舒元舆三相，俱承顺风指，不敢有违。他如中尉枢密禁卫诸将，亦皆趋承颜色，迎拜马前。看官！你想李训是一个流人，幸得赦还，因郑注、王守澄等，辗转推荐，骤得致身通显，乃始杀守澄，继并忌注，已是以怨报德，公义上或尚可原，私德上实说不过去。而且排去数相，屡斥廷臣，刁狡得了不得，似此行为，难道能富贵寿考么？小子有诗叹道：

天道喜谦且恶盈，倾人还使自家倾。
半年宰相骄横甚，专欲由来事不成。

果然历时未几，竟闯出一场大祸祟来了。欲知如何闯祸，待至下回再说。

杜牧作罪言，以自治为上策，诚哉其为上策也！但未知其所谓自治者，究指何事？观牧之不谨小节，沉湎酒色，十年一觉扬州梦，赢得青楼薄幸名，是牧且未能自治，遑问国家之自治乎？假使一时得志，骤登台辅，恐亦似训注一流人物，训起自流人，注起自方伎，不数年间，秉钧轴，侍讲筵，诛积年未除之逆党，进累朝久屈之耆臣，谁得谓其非是？然异己者必排去之，厚己者亦芟锄之，暴横太甚，识者早料其不终。乃知君子可大受不可小知，小人可小知不可大受，圣言固不我欺也。杜牧不得逞志，自怨沉沦，吾则犹为牧幸，否则不为训注者，亦几希矣。

第十七回

甘露败谋党人流血
钧垣坐镇都市弭兵

却说李训欲尽除宦官，起初本与郑注定议，俟注至镇后，选壮士数百为亲兵，奏请入护王守澄丧葬，俟内臣送丧，乘便由壮士下手，一并杀毙，使无噍类。彼此订下密约，注乃启行往凤翔。不料训又变计，因恐事成后注得大功，自己反落注后，乃与舒元舆等密谋，另遣大理卿郭行余为邠宁节度使，户部尚书王璠为河东节度使，令多募壮士，作为部曲；又命刑部郎中李孝本，为御史中丞，京兆少尹罗立言，权知府事，进京兆尹李石为户部侍郎，太府卿韩约为左金吾卫大将军。数人除李石外，统是李训私党，分置要地，指日起事，一俟大功告成，不但尽杀宦官，就是始终合谋的郑注，也拟一并摔去。*用心太险，无怪不成。*太和九年十一月间，文宗御紫宸殿视朝，百官鱼贯而入，依班序立。韩约匆匆入奏，谓："左金吾听事后，石榴上夜有甘露，为上天降祥征兆，非圣明感格，不能得此。"说罢，即蹈舞再拜。李训、舒元舆，亦率百官拜贺，且请文宗亲自往视，仰承天麻。*天降甘露，岂独在金吾厅后？这已足令人滋疑，怎得称为善策？*文宗许诺，乃乘舆出紫宸门，升含元殿。先命李训等往视，良久乃还，报称甘露非真，未可遽行宣布。文宗道："有这般事么？"遂顾左右中尉仇士良、鱼弘志等，率宦官再往复验。士良等已去，训即召郭行余、王璠两人，入殿受敕。璠战栗不敢前，独行余拜受殿下。时两人所募部曲，已有数百，皆持刀立丹凤门外，训亦召令受敕。河东兵陆续进来，邠宁兵却观望不至。*济什么事?* 仇士良等至金吾厅，遇着韩约，见他行色仓皇，额有微汗，*又是一个没用家伙。* 士良不觉惊讶道："将军何为如是?"道言未绝，忽见风吹幕起，里面伏着兵甲，慌忙返奔，走还含元殿，报称祸事。*既伏兵甲，何不突出追击，也好杀死数人。*

训见士良等还殿，亟呼金吾卫士道："快上殿保护乘舆，每人赏钱百缗。"金吾兵将要登殿，那士良眼明手快，先已指麾阉党，扶文宗上了软舆，从殿后毁藩突出。训上前攀舆道："臣奏事未毕，陛下不可入宫。"士良瞋目呼道："李训反了!"文宗尚说训未敢反，士良不听，竟来殴训，为训所仆。训从靴中拔刃，拟诛士良，不意为阉党救去，于是罗立言率京兆逻卒三百余名，自东趋至，李孝本率御史台从人二百余名，自西奔来，并会同金吾卫士，登殿纵击宦官，杀伤十余人。士良令群阉挡住外面，自导乘舆北进，迤逦至宣政门，训尚追蹑舆后，攀呼益急。*天子已被人挟去，追呼何益?* 宦官郗志荣，颇有勇力，奋拳殴训，训竟仆地，乘舆便驰入门内，将门阖着。至训从地上扒起，已是双镮重闭，无隙可钻，但听门内一派喧呼，统是万岁二字，自思所谋不遂，只好觅一脱身的方法，急忙脱从吏绿衫，穿在身上，乘马跃出，口中却扬言道："我有何罪?乃被窜谪。"且呼且走，竟得逸出。郭行余王璠两人，早已奔退，罗立言李孝本等，见训已远逸，料已无成，也即窜去。含元殿中，寂静无人，那时李家的天下，又变成了阉宦的天下。

宰相王涯、贾𫗧，本不与谋，见殿中忽起变端，究不知为着何事?仓猝间驰还中书省，静候消息。舒元舆也即趋至，也佯作不知，语王涯、贾𫗧道："究竟是何人谋变?想皇上总要开延英门，召我等议事。"*两省官即中书门下两省。* 入问三相，俱说我等尚未查明，请诸公自便。少顷，已近午餐，将要会食，忽有吏人入报道："左神策军副使刘泰伦，右神策军副使魏仲卿，带领禁兵千余人，从阁门杀出来了。"舒元舆闻报先逃，*毕竟心虚。* 王涯贾𫗧，也狼狈步走，两省及金吾吏卒千余人，填门争出，甫及半数，那禁兵已经杀到，好似刈草割麦一般，砍死了六百余人。士良等又分兵掩闭宫门，横加屠戮，所有诸司吏卒，及贩卖小民，都冤冤枉枉的饮了白刃，血流狼藉，满地朱红。又遣骑兵千余，追捕逃人，舒元舆易服单骑，出安化门，被禁兵追至，擒捉而去。王涯徒步至永昌里茶肆，也被禁兵擒入左军，各加桎梏，兼施棰楚。涯年已七十有余，哪里忍受得起，只好依言诬服，自书供状，谓与李训谋行大逆，尊立郑注。王璠归长兴坊私第，闭门自固，用兵防卫，神策将到了门前，叩门不应，却佯呼道："王涯等谋反，主上拟召尚书入相，我等奉鱼护军令，请尚书立即入阁，快快出来，幸勿自误！"璠信以为真，忙开门出见，神策将尚是道贺，请他上马速行，及与左军相近，才将他一把抓下，加上铁链，牵入左军。璠始知受绐，涕泣而入，见王涯等局居一旁，便与语道："王公自反，何为见引？"涯答道："老弟前为京兆尹，不向王守澄漏言，何至有今日呢？"驳诘得妙。璠乃俯首无词。又搜捕罗立言、郭行余，及涯等亲属奴婢，均至两军中系住，户部员外郎李元皋，系李训再从弟，训与他未协，亦遭捕戮。王涯有再从弟沐，年老且贫，闻涯为相，跨驴入都，留居岁余，方得一见。涯白眼相待，经沐嘱托涯家嬖奴，求他关说，涯始许一微官，自是日造涯门，专候涯命，偏小官尚未到手，大祸先已临头，无辜株连，同时毕命。前岭南节度使胡证，家称巨富，禁兵利他多财，托言搜捕贾悚，闯入胡家，任情掠夺。证子溵忍耐不住，免不得反抗数语，那禁兵仗势行凶，用刀砍去，可怜溵立时倒毙，无从诉冤。又转入左常侍罗让，詹事浑镈，翰林学士黎植等家，劫掠货财，扫地无遗。坊中恶少年，乘势哗扰，伪托禁兵，杀人越货，互相攻劫，尘埃蔽天。

攘乱了一昼夜，百官入朝，日出始开建福门，禁兵露刃夹道，只准各官随着一人。各官屏息徐行，至宣政门，尚未启户，四顾无宰相御史，亦无押班官长，乱次站立，无复秩序，好容易待至启扉，才得进去。文宗已御紫宸殿，顾问宰相王涯等，如何不来？仇士良应声道："王涯等谋反，已收系狱中。"说至此，即将涯供状呈上。文宗略略一览，即命召左仆射令狐楚，及右仆射郑覃等入殿，将供状递示，并泪眦荧荧道："这是王涯手笔么？"楚覃同答道："笔迹果是王涯，涯果谋反，罪不容诛。"文宗乃留他两人值宿中书，参决机务，并使楚草制，宣告中外。楚叙、李训、王涯谋反事，语涉模棱。总是怕死。仇士良尚然不悦，因不欲楚为相，只命覃同平章事。已而添任户部侍郎李石，与覃并相。内事略定，外面恶少年，还剽掠不止，神策将杨镇、靳遂良等，各率五百人，分屯通衢，击鼓警众，不准再扰，且杀死恶少年十余人，余众方才骇散，吏民粗安。已吃苦得够了。

贾悚易服逃匿，避居民间，住宿一夜，探闻各处都有禁兵把守，料不能逃，乃素服乘驴，诣兴安门，途中适遇禁兵，便自言道："我宰相贾𬇕，也不幸为奸人所污，可送我诣左右两军。禁兵遂将他执送右军。李孝本改服绿衣，用帽障面，单骑奔凤翔，至咸阳西境，为追骑所擒，也解送京师。李训自殿中逸出，直往终南山，投奔寺僧宗密处，宗密素与训相善，欲将他剃度为僧，以便藏匿，偏徒侣谓私藏罪犯，祸且不测，乃纵令出山。训转奔凤翔，为盩厔镇遏使所擒，械送京师；至昆明池，训自分一死，因恐至都中多受酷辱，便语解差道："得我可致富贵，但汝等不过数人，一入都城，必为禁兵所夺，不若取我首去。"到死尚且逞刁，但始终不免一死，刁狡何益？解差遂枭了训首，携送入都。仇士良即命左神策军三百人，持李训首，并王涯、王璠、罗立言、郭行余四人，绑缚出来。右神策军三百人，也绑住贾𬇕、舒元舆、李孝本，依次献入庙社，兼徇市曹，且饬百官临视，推各犯至独柳树下，一一斩首，悬示兴安门外。各犯亲属，不论亲疏，悉数处死，孩稚无遗。或有妻女免死，亦均没为官婢。冤血模糊，惨不忍睹。唯王涯因榷茶苛刻，暗丛众怨，百姓见他处刑，无不称快，死后尚被人乱投瓦砾，且掷且詈，聊雪宿愤。

复有诏授令狐楚为盐铁转运使，左散骑常侍张仲方，权知京兆尹，且使人赍密敕至凤翔，令监军张仲清，速斩郑注。注本率亲兵五百人，出至扶风。途次闻李训事败，折回凤翔。仲清用押牙李叔和计，邀注过饮。注自恃兵卫，贸然赴约。想是死期已到，所以转智为愚。仲清迎注入厅，格外殷勤。叔和又引注护兵，出外就宴，再藏刀入厅，见注正与仲清茗谈，便抢步近注，出刀猛挥，飕的一声，注首落地。妙语。厅后突出伏兵，用着大刀阔斧，跑出厅外，专杀随注兵士。门吏又将外门关住，立将郑注护兵，杀得一个不留，再开门收捕副使钱可复，节度判官卢简能，观察判官萧杰，掌书记卢弘茂等，一并处斩。可复有女，年止十四，抱父求免，仲清不从，但令免女。女凄然道："我父被杀，我尚何面目求生？"遂亦被杀。不没孝女。余如郑注及钱可复等家属，屠戮净尽。唯弘茂妻萧氏，临刑时带哭带骂道："我系太后妹子，奴辈敢来杀我，尽管从便。"此语一出，兵皆敛手，才得免死。唐廷尚未接诛注消息，有诏褫注官爵，改任神策大将军陈君奕为凤翔节度使。君奕尚未出都，仲清已遣李叔和传送注首，又悬示兴安门。还有一个韩约，走避了好几日，夜半潜出崇义坊，被神策军瞧见，一把抓住，当即拥至左军中，眼见得是束手就戮了。于是全案人犯，一网打尽，仇士良、鱼弘志以下，各进阶迁官有差。

总计自甘露变后，生杀除拜，皆由两中尉主持，文宗已是木偶一般，得能保全生命，还是大幸，哪敢再与阉党呕气？柱为人主，可怜可叹。仇士良、鱼弘志等，气焰益盛，上胁天子，下陵宰相，每至延英殿议事，士良傲然自若。郑覃、李石，有所陈请，往往被士良面斥，或引李训郑注事折驳。覃与石齐声道："训注原为乱首，但不知训注因何人得进，闹出这般大祸。"解铃仍须系铃人。士良听到此言，也觉怀惭，嗒然退去。唯宦官深怨训注等人，牵藤摘蔓，诛贬不休，朝吏尚日夕不安。一日，文宗视朝，问宰辅道："坊市已平安否？"李石道："坊市渐安，但近日天气甚寒，恐由刑杀太过所致。"郑覃亦接入道："罪人亲属，前已皆死，余人可不必问了。"文宗点首退朝。接连过了数日，并不见有赦文，忽京城谣言又起，宣传寇至，士民骇走，尘埃四起，两省诸司，也没命的乱跑，甚至不及束带，乘马便奔。突如其来，笔法不测。郑覃、李石，正在中书省中，旁顾吏卒，已逃去一半。覃亦不觉惊惶，顾语李石道："耳目颇异，不如出避为是。"石怡然道："宰相位尊望重，人心所属，不宜轻动。况事情虚实，尚未可知，全仗我等镇定，或可弭患，若宰相一走，中外都大乱了。且使果有大乱，避将何往？"覃始勉强坐着。石坐阅文案，安静如常。嗣又有敕使传呼，令闭皇城及诸司各门，左金吾大将军陈君赏，率众立望仙门下，语敕使道："门外未见有贼，就使贼至，闭门未迟，请少安毋躁，待衅乃动，不宜预先示弱。"敕使乃退。坊市恶少年，俱着皂衣，执弓刀，眼巴巴地望着皇城，但俟皇城闭门，即思动手捪掠，幸内有李石，外有陈君赏，从容坐镇，才得无虞。到了日暮，毫无变动，人心方才平定，统还家安枕去了。天下本无事，庸人自扰之。

看官听说！谣言虽不足准，未必无因而起。究竟当日惊扰，为着何事？原来王守澄未死时，曾与宦官田全操等未协，训注乘间献计，遣他分巡盐灵等州，密饬边帅就地捕诛，总计遣发六人，分巡六道。会守澄已死，训注又诛，六道镇帅，不敢下手。仇士良等既得权势，便将六人召还。全操等余恨未息，在途中扬言道："我等还都，见有儒冠儒服，不论贵贱，均当杀死。"这语传达都下，遂致人人惊恐，以讹传讹，好似有强寇来攻的情状。及全操等乘驿入城，究竟人少势孤，未便惹祸，更兼仇士良等杀死多人，也恐激成众怒，乐得下台休息，暂享荣华，所以乱事不至再起。赦书亦即下颁，凡罪人亲党，除前已就戮，及指名收捕外，概置不问。诸司官吏，惧罪避匿，亦勿复追捕，各听自归本司。自此诏一下，天日少开，阴霾渐散，唯禁军仍然横暴，京兆尹张仲方，素来懦弱，不敢过问。李石因他才不胜任，奏出为华州刺史，改派司农卿薛元赏继任。元赏刚正不阿，饶有气节，偶至李石第中，闻石方坐厅事，与一神策军将，争辩甚喧，遂大踏步趋入厅中，正色语石道："相公辅佐天子，纲纪四海，今近不能制一军将，使他无礼至此，哪里还能制服四夷呢？"说毕，即呼侍从入厅，擒住军将，令至下马桥候审。侍从拥军将先行，元赏上马趋出，至下马桥，那军将已被褫军衣，长跪道旁，元赏即命动刑，忽有一宦官前来，说是奉仇中尉命，请大尹过谈。元赏道："适有公事，一了即来。"当下杖杀军将，始改服白衣，往见士良。士良冷笑道："痴书生乃具大胆，敢杖杀禁军大将么？"元赏道："中尉是国家大臣，宰相亦国家大臣，宰相属吏，若失礼中尉，中尉将若何处置？中尉属将，今失礼宰相，难道可轻恕么？中尉与国同体，当为国惜法，元赏已囚服而来，任凭中尉裁断，生死唯命！"士良见他理直气壮，反温颜道谢，呼酒与饮，尽欢乃散。不怕死者偏不至死。

越年元旦，文宗御宣政殿，受百官朝贺，大赦天下，改元开成。昭义节度使刘从谏，独上表诘问王涯等罪名，中有"内臣擅领甲兵，妄杀非辜，流血千门，僵尸万计，臣当缮由练兵，入清君侧"云云。仇士良等得知此奏，也颇畏沮，因劝文宗加从谏官，进爵司徒，从谏复申表辞让，有"死未申冤，生难荷禄"语。且直陈仇士良等罪恶，请正典刑。士良虽说从谏借端谋逆，心下恰很是惊惶，因此稍稍敛迹。郑覃李石，还好略伸意见。就是文宗也借此活命，苟延岁月。令狐楚乃得奏称王涯等身死族灭，遗骸暴露，请有司收瘞，上顺阳和天气。文宗也惨然欲泣，因命京兆尹收葬涯等十一人，各赐衣一袭。仇士良尚存余恨，私令人发掘瘞坟，弃骨渭水。小子有诗叹道：

> 阉竖穷凶极恶时，杀人未足且漂尸。
> 堂堂天子昏庸甚，国柄甘心付倒持。

文宗再召李固言入相，又擢左拾遗魏谟为补阙，谟为魏徵五世孙，欲知他蒙擢情由，待看下回便知。

李训郑注，皆小人耳，小人安能成大事？观本回甘露之变，训注志在诛阉，似属名正言顺，但须先肃纲纪，正赏罚，调护维持，俾天子得操威令，然后执元恶以伸国法，一举可成，训注非其比也。注欲兴甲于送葬之日，已非上计，然天子未尝临丧，内官无从挟胁，尚无投鼠忌器之忧，成固万幸，不成亦不致起大狱。何物李训，萦私变计，蛮触穴中，危及乘舆，譬诸持刀刺人，反先授人以柄，亦曷怪其自致夷灭也。王涯、贾餗、舒元舆辈，不知进退，徒蹈危机，死何足惜？但亲属连坐，老幼悉诛，毋乃惨甚。郑覃令狐楚，不能为涯、餗辨冤，但知依阿取容，状亦可鄙。至于讹言再起，覃且欲趋而避之，幸李石从容坐镇，始得无事，铁中铮铮，唯石一人，其次则为薛元赏，正人寥落，邪焰熏迷，唐之为唐，已可知矣。

第十八回

奉皇弟权阉矫旨
迎公主猛将建功

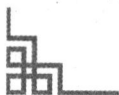

却说前御史中丞李孝本，本来是唐朝疏远的宗室，孝本被杀，家属籍没，有二女刺配右军，统是豆蔻年华，芙蓉脸面，文宗闻她有色，召令入宫。自己方得幸生，又想拥抱美人，非昏庸而何？拾遗魏谟上书谏阻，略言："数月以来，教坊选女，不下百数，又召入李孝本女，不避宗姓，大兴物议，臣窃为陛下痛惜"云云。文宗乃遣出二女，且擢谟为补阙。谟入谢时，由文宗面谕道："朕采选女子，无非欲分赐诸王，因怜孝本女孤露无依，所以收育宫中，卿遇事敢言，虽与朕意尚有隔膜，究竟为爱朕起见，可谓无忝厥祖了。"谟拜谢而出。嗣复进谟为起居舍人，文宗向取《注记》，谟对道："《注记》兼书善恶，所以儆戒人君，陛下但力行善政，何必取阅。若必经御览，史官有所避讳，如何取信后世？"文宗乃止。又尝命谟献祖遗笏，宰相郑覃道："在人不在笏。"文宗道："笏虽无益，也是甘棠遗爱哩。赞魏徵处，便是赞魏谟处。既而在便殿召见群臣，文宗举衫袖相示道："此衣已三浣了。"群臣俱称扬俭德。独中书舍人柳公权谏道："陛下贵为天子，富有四海，当进贤退不肖，纳谏诤，明赏罚，方可渐致雍熙。徒服浣衣，尚是末节哩。"文宗温颜道："卿却是个诤臣，唯为中书舍人，似属未当，不若改任谏议大夫罢。"公权便即受命。看似文宗虚心纳谏，然未能刚断，终患庸柔。无如内讧未已，朋党复兴，李固言入相未几，又出为西川节度使，别任工部侍郎陈夷行，同平章事。到了开成三年正月，李石入朝议事，忽闻前面有箭镞声，石连忙闪避，已受微伤。左右奔散，马惊驰归第，又有一人邀击坊门，亏得石伏住马上，那马疾驰而过，尾被剁断，石尚无恙。乃上表奏闻文宗，文宗急命神策六军，遣兵防卫，且饬中外索捕暴客，竟无所获。石自思忘身徇国，反遭此变，辗转寻思，定是阉人主使，倘再或恋栈，必为所戕！不若趁早辞职，免得受祸，于是累表称疾，固辞相位。文宗亦知石忠诚，实因不便强留，只好令他仍挂相衔，出充荆南节度使。另简户部尚书杨嗣复，及户部侍郎李珏，同平章事。嗣复与珏，又与郑覃、陈夷行未协，屡有龃龉，文宗尝面谕道："朕读圣贤书，也不愿为庸主，怎奈势不得行，无可奈何，愿卿等和衷共济，朕只能醇酒求醉，聊写殷忧。"但知求人，不知求己，如何自治？四宰相虽然应命，但彼此私见，总难消融。嗣复与珏，且力排郑覃，更欲召李宗闵入相，先浼宦官进言。文宗转语宰相，覃即进言道："陛下若怜宗闵，只可酌量移调，若召入内用，臣愿避位。"夷行亦言："宗闵贪鄙，前尝聚党乱政，如何再行？"嗣复强与争辩，珏亦旁助嗣复，断断力争。还是文宗代作调人，徙宗闵为杭州刺史，总算暂时解决，得免争端。越年，郑覃陈夷行，终为杨嗣复、李珏所排，辞职退位。又丧了一位四朝元老，讣达朝廷。元老为谁？就是司徒中书令晋公裴度。

太和末年，李逢吉因病致仕，旋即身死。度移守东都，目击时艰，自悲衰老，不愿再问国事，就是朝廷令兼中书令，表辞不获，亦只一笺报谢，未曾入朝。至甘露变后，更以文酒自娱，葛冠野服，徜徉终身。不意开成二年，又奉诏令移镇河东，且由吏部郎中传达旨意，令他卧护北门，不得已启行赴镇。适易定节度张璠病死，子元益欲自为留后，经度遣使晓谕祸福，乃束身归朝。莅镇一年，因老病乞还东都，越年去世，寿七十六岁。文宗震悼辍朝，追赠太傅，予谥文忠，时人比诸郭汾阳。度身后无遗表，由文宗遣使往问，寻得半稿，以储嗣未定为忧，语不及私。去使赍表归献，文宗益加叹惜。了过裴晋公，引起下文事实。原来唐自宪宗以降，历穆宗、敬宗、文宗三朝，均不立后。文宗生有二子，长子名永，为后宫王德妃所出，次子名宗俭，十岁即殇，永初封鲁王，廷臣多请立为太子。文宗欲立敬宗子普，因迁延未定，太和二年，普竟夭逝，文宗很是悲恻，追赠普为悼怀太子，余痛未忘。复将储嗣问题，搁起了好几年。至太和六年，始立永为皇太子。太子永母王德妃，姿貌不过中人，素来失宠，更兼后宫有个杨贤妃，生得花容玉貌，俐齿伶牙，文宗爱若掌珍，唯言是用，王德妃意被谮死。永年及成童，颇好游宴，狎近小人，杨贤妃又日夕进谗，屡言永短。杨贤妃未闻产子，何为屡谮储君？可见妇人阴险，妒母及子，无非为斩草除根起见，独怪唐室宫闱，遇有宠妃姓杨，往往生事，岂杨李果不相容耶？文宗逐渐入耳，免不得怒气积胸。开成三年九月，召见群臣，谓："太子行多过失，不堪承统，应废立为是。"群臣俱顿首谏道："太子年少，近虽有过，将来自能知改。且储君关系国本，不可轻动，还望陛下矜全！"中丞狄兼谟伏阙固争，甚至流涕，给事中韦温道："陛下只有一子，不善教导，乃至陷入犴邪，这岂尽太子的过失吗？"文宗才不便决议，怏怏退朝。群臣又连章论救，因召太子还少阳院，敕侍读窦宗直、周敬复二人，诣院授经，申明大义。太子终未能尽改前非，那杨贤妃又密嘱坊工刘楚才等，及禁中女优十人，诋毁太子。文宗每有所闻，辄召太子面责，唯废立事始终不行。过了月余，太子留居院中，未尝得疾，不料夜间猝毙，甚至五官流血，四肢发青，文宗亲自验视，见他死状甚惨，也不觉悲从中来，默思暴毙原因，好似中毒，但无从觅证，只好殡葬了事，谥曰庄恪。写尽庸柔。

又越一年，群臣请立东宫，屡陈章奏。杨贤妃又乘间进言，请立穆宗子安王溶为皇太弟。杀子立弟，究为何意？文宗商诸宰相，李珏谓立弟不如立侄，较为合宜。乃立敬宗少子陈王成美为皇太子，饬有司谨具册仪。越日车驾幸会宁殿，召入徘优，演剧作乐，有童子缘竿而上，一中年男子，在下走视，状甚惊惶。文宗怪问左右，左右答是童子的父亲。文宗忽增怅触，泫然流涕道："朕贵为天子，尚不能保全一儿，岂不可叹？"谁叫你宠爱杨妃？遂命驾返宫，即召刘楚材等四人，及女优张十十等数人，面加叱责道："构害太子，统出尔曹，今太子已死，须尔曹偿命！"刘楚材等伏地乞免。文宗不许，命左右执付京兆尹，即日杖毙。怨首犯而毙从犯，毕竟不公。嗣是感伤成疾，寝馈不安，卧床数日，勉起至赐政殿，召当直学士周墀入问道："朕可比前代何主？"墀答道："陛下系当代贤君，可比古时尧舜。"文宗道："朕岂敢上比尧、舜？但拟诸周赧、汉献，究属何如？"墀惊对道："彼乃亡国主子，怎得上拟圣德？"文宗道："周赧、汉献，不过受制强藩，今朕却为家奴所制，恐尚不如赧献呢。"墀伏地流涕。文宗亦潸潸泪下，俟墀告退，复还宫睡下。自是御膳日减，瘠弱不支，到了开成五年元日，病不能起，饬百官免行朝贺礼。越宿，命枢密使刘弘逸、薛季棱，引杨嗣复、李珏至禁中，嘱奉太子监国。中尉仇士良、鱼弘志得知消息，即闯入御寝，并谓："太子年幼，且尝有疾，须另议所立。"李珏道："储位已定，怎得中变？"士良、弘志，愤愤而出。嗣复与珏，也知他不好轻惹，只好敷衍数语，退了出去。不意到了夜间，竟由士良、弘志，颁发伪诏，立穆宗第五子颖王瀍为皇太弟，权勾当军国事。且言："太子成美，年尚冲幼，未便入嗣，仍复封为陈王。"翌晨，百官入朝思政殿，那颖王瀍已伫立殿庑，与百官相见。杨嗣复、李珏等，料知由权阉矫旨，只是不敢发言，彼此虚与周旋，便即散去。越二日，文宗驾崩，年只三十二岁，共计享国十四年，改元二次。颖王瀍即位枢前，是为武宗皇帝，命杨嗣复摄冢宰事。

　　士良即劝武宗除去杨贤妃，及安王溶、陈王成美三人，武宗也乐得应允，一道诏命，赐三人自尽，可怜安、陈二王，平白地死于非命，就是这个倾国倾城的杨贤妃，无术求生，没奈何仰药自尽，渺渺芳魂，同归地下，仍陪伴文宗去了。^{杨氏该死。}士良等尚追怨文宗，凡从前得邀亲幸的内臣，尽加诛逐。他人不敢多口，唯谏议大夫裴夷直，上疏谏阻，也似石沉大海一般，济什么事？武宗改名为炎，追尊生母韦氏为皇太后，徙萧太后居积庆殿，号积庆太后。^{即文宗生母}尚有太皇太后郭氏，宝历太后王氏，居处照旧。过了数月，罢杨嗣复授刑部尚书，崔珙同平章事。又过数月，罢李珏，召入李德裕，令他同平章事。葬文宗于章陵，别号生母韦太后葬园为福陵。魏博节度使何进滔病殁，子重顺自称留后，上表请授诏命。武宗以履位方新，不欲遽加声讨，乃令袭节度使遗缺，赐名弘敬。^{为后文饬讨泽潞事伏案。}越年改元会昌，枢密使刘弘逸、薛季棱，谋举兵攻杀仇士良，事泄被捕，下诏赐死，并出杨嗣复为湖南观察使，李珏为桂管观察使。士良又屡进邪谋，谓："杨、李二人，不愿陛下登基，今既外调，恐有异图，应早除为是。"武宗性颇残忍，闻士良言，即遣中官往诛杨、李二使。户部尚书杜悰，亟奔马往见德裕，入门也不及寒暄，便扬声道："天子新即位，便欲杀二故相，此事不可不谏，幸勿手滑。"时太常卿崔郸，及御史大夫陈夷行，先后入相，德裕即邀同崔珙、崔郸、陈夷行，联袂入奏，请开延英殿赐对。待至日晡，始开门召入，德裕等涕泣极言，请赦杨、李二人，免致后悔。武宗连说"不悔"二字，一面却令四相旁坐。德裕道："臣等愿陛下免二人死罪，勿使已死难生，徒贻冤恨。今未奉圣旨，臣等何敢侍坐？"语至此，又叩首请命。武宗方徐徐道："朕为卿等免此二人。"德裕等起身下阶，舞蹈颂德。武宗复召令升座，喟然长叹道："朕嗣位时，宰相等何尝心服？李珏、季棱，志在陈王，嗣复、弘逸，志在安王，陈王尚是文宗遗意，安王专附杨妃，觊觎神器，且嗣复与杨妃同宗，曾致妃书，谓姑何不效则天临朝。倘使安王得志，朕何得有今日？全是私意，即如嗣复致杨妃书，亦安知非阉人捏造？德裕道："兹事暧昧，虚实难知。"武宗道："杨妃尝有疾，文宗令妃弟玄思入侍月余，因此得通意旨。朕细询内人，确系实迹，但免死二字，已出朕口，朕不食言，卿等可退听后命。"四人乃出。武宗即令追还二使，更贬嗣复为潮州刺史，李珏为昭州刺史。

会回鹘可汗兄弟嗢没斯，与宰相赤心那颉啜，各率众抵天德城外，求买粮食，且乞内附。天德军使田牟，田布弟。欲出兵迎击，借端邀功，当时表闻朝廷，谓："回鹘叛将嗢没斯等，侵逼塞下，愿督兵驱逐，安静边境"等语。武宗览表踌躇，免不得召集群臣，会议可否。小子于回鹘事，久未叙及，正应乘此补叙，方好前后贯通。看官听着！自咸安公主和番后，回鹘主天亲可汗，当即病死，天亲子多逻斯嗣立，受唐封为忠贞可汗，才阅一年，为弟所弑。国人复杀忠贞弟，立忠贞子阿啜，得受册为奉诚可汗。在位五年，即遭病殁，无子可传，当由国人拥立宰相骨咄禄为主。骨咄禄也得唐封册，号为怀信可汗，阅十年去世。怀信子亦得受封，称腾里可汗。宪宗初年，腾里可汗屡遣使入朝，始与摩尼偕来。摩尼系回鹘僧名，立有戒法，每至日晏乃食，不问荤素，唯不食湩酪。回鹘使归，摩尼留居中国。从前唐廷借援回鹘，回鹘人多入内地，尝请在京城内外，建摩尼寺，至摩尼入国，复就河南太原各处，分置摩尼寺。摩尼往来都市，未免为奸，后来遣归回鹘，唯咸安公主，居回鹘几二十一年，历配天亲、忠贞、怀信、腾里四可汗，至元和三年始死，由回鹘遣人告丧。未几，腾里可汗亦殁，嗣主为保义可汗，保义求婚，宪宗不许。保义死后，崇德可汗继立，复表请和亲，是时唐廷已立穆宗，乃遣宪宗女太和长公主，下嫁回鹘。至敬宗即位，崇德可汗又死，弟曷萨特勒嗣封，号昭礼可汗。文宗六年，昭礼为下所杀，从子胡特勒入嗣，受封彰信可汗。至文宗末年，国相掘罗勿发难，引沙陀共攻彰信，彰信自杀，国人立厖驳特勒为可汗。厖驳特勒方遣使请封，不意部将勾录莫贺，潜结邻部黠戛斯，合兵十万，掩击回鹘。厖驳特勒仓猝迎敌，竟为所杀。掘罗勿亦战死，余众溃散。自天亲可汗后，多是一班短命鬼，安得不衰？嗢没斯赤心那颉啜等，穷无所归，乃来款塞。廷臣多请如田牟言，独李德裕进议道："穷鸟入怀，尚思庇护，况回鹘屡建大功，今为邻国所破，远依天子，奈何欲乘他困敝，发兵出击呢？臣意应遣使慰抚，赐给粮食，令他感恩知报，愿为我用。从前汉宣帝收服呼韩邪，便是此法，愿陛下勿疑！"武宗道："太和公主，不知生死何如？"德裕道："这正好发使赍诏，问明嗢没斯等，借知公主下落。"武宗乃遣使至天德城，告戒田牟，毋得操切生事，且令牟乘便探问公主。

朝使方行，忽由太和公主遣人入朝，报称回鹘牙部十三姓，已立乌介特勒为可汗，请朝廷即赐册命。看官道太和公主，如何替乌介求封？原来回鹘被破，公主亦为黠戛斯所虏，黠戛斯系汉李陵后裔，自谓与唐同宗，因令使臣达干，奉主归唐，乘势结好。那时回鹘余部，推立乌介，引兵邀击达干，把他杀死，遂劫公主南下，进窥天德城。振武军节度使刘沔，出兵屯云伽关，严行拒守，乌介知不可犯，因胁公主上表请封，嗣又由乌介通使，乞借振武一城，寓居公主及可汗，来使叫作颉干伽斯，当由武宗宣令入见，问他何故推立乌介。颉干伽斯道："乌介可汗，系昭礼可汗亲弟，所以众情爱戴。"武宗道："城不便借，朕当颁给粮米，令汝汗规复旧疆便了。"乃即派右金吾大将军王会，赍着宣慰敕书，偕颉干伽斯北往。书中大略，谕："乌介率领部众，渐复旧疆，借城向无此例，如欲别迁善地，求上国声援，亦只应暂驻漠南，朕当俟公主入觐，亲问事宜。倘须接应，亦无所吝"云云。复令王会发边粟二万斛，赐给乌介部众。哪知乌介可汗，阳受朝命，待王会南归，仍然屯兵边境，不肯退归，且反纵兵四扰。非我族类，其心必异。还有赤心那颉啜等，亦潜谋犯塞，经嗢没斯先告田牟，因诱赤心至帐下，设伏击毙。那颉啜收集赤心遗众，东走大同，联结室韦黑沙诸番众，南窥幽州。卢龙节度使史元忠，时已为牙将陈行泰所杀，行泰又为张绛所诛，雄武军使张仲武，起兵逐绛，平定幽州。由武宗特授旌节，命为卢龙留后。仲武闻那颉啜入境，突出痛击，杀得那颉啜孤身穷奔，往投乌介，乌介把他杀死，复入云朔，剽横水，屠掠甚众，有众十万，驻牙大同，抗表求粮食牛羊，并索交嗢没斯。

武宗已授嗢没斯为金吾大将军，爵怀化郡王，即以所部军为归义军，拜他为归义军使，赐姓为李，赐名思忠，当下责令乌介北迁，不得无理要索。乌介不肯奉诏，武宗因调刘沔为河东节度使，兼招抚回鹘使，张仲武为东面招抚回鹘使，李思忠为回鹘西南面招讨使，会军太原，共讨乌介。沔有武略，出营雁门关，与乌介相持。起初与乌介接仗，未见得利，乃按兵不动，故示羸弱，令李思忠、张仲武两军，先戢乌介羽翼。乌介见浊军不出，总道他是畏怯无能，不以为意，便移军侵逼振武，营帐如林。浊遣麟州刺史石雄，及都知兵马使王逢，带领沙陀、朱邪、赤心部众，袭击乌介牙帐，浊自率大军接应。石雄到了振武，登城望回鹘营帐，见毡车数十乘，侍从多着朱碧，状类华人，遂使侦骑探问，返报是太和公主牙帐。雄复使侦骑往告道："公主至此，应求归路，今将出兵掩击可汗，请公主潜与侍从相保，驻车勿动，静候来迎。"公主允诺，侦骑复还报石雄，雄凿城为十余穴，引兵夜出，直攻乌介可汗牙帐。乌介本未预防，突闻官军杀入，吓得手足失措，忙从帐后逸出，连辎重尽行弃去。雄追乌介至杀虎山，大破乌介部众，乌介身受数创，与数百骑北遁。雄斩首万级，降番众二万余人，遂回迎太和公主，送还京师。正是：

逐寇功臣逢大捷，和番帝女幸重归。

欲知公主还京后事，待至下回分解。

唐至文宗之世，威柄已为宦官所握，文宗叹息流涕，自恨受制家奴，不如周赧汉献，情殊可悯，但亦未免自贻伊戚耳。一误于宋申锡，再误于李训郑注，用人不明，已司其咎，乃复暱幸宠妃，不善教子，骨肉且未能保全，遑问他事？至于权阉矫诏，擅立颍王，不能正始者，复不能正终，何莫非优柔寡断之所致也？回鹘雄长北方，虽屡扰唐室，而一再败盟，数犯边境，为唐患者亦非浅鲜。帝女和亲，甘出下策，唐之不能驭夷，亦可见矣。迨回鹘残破，嗢没斯诚心内附，而乌介复劫主横行，忽服忽叛，幸李德裕建以夷攻夷之策，于是强虏退，帝女归，朔方仍得安定，乃知为政在人之固非虚语也。文宗有一德裕而不能用，此其所以赍恨终身欤。

石雄穴城出击

第十九回

兴大军老成定议
堕狡计逆竖丧元

却说太和公主，还至京师，有诏令宰相等出迎章敬寺前，又命神策军四百名，备具卤薄，迎主入都。群臣当然奉命，肃班出迎。公主进谒宪穆二庙，欷歔呜咽，退诣光顺门，去盛服，脱簪珥，自陈和亲无状，有负国恩。武宗遣中使慰问，仍令服饰如恒，乃入谒太皇太后。母女重逢，悲喜交集。越日进封为安定大长公主，使居兴庆宫左近，得叙母子欢情。一面令太仆卿赵蕃，为安抚黠戛斯使。黠戛斯为古坚昆国，唐初号为结骨，地在西突厥西面，贞观年间，曾修朝贡，历太宗、高宗、中宗、玄宗四朝，通使不绝，至回鹘强盛，始被隔绝，不得往来。酋长号为阿热，屡受回鹘侵掠，回鹘渐衰，阿热乃自称可汗，与回鹘构兵不解，约二十年，卒破回鹘，送太和公主归唐。会闻乌介杀死国使，料知诚意未达，因复遣注吾合素东来，再申情状。注吾系是夷姓，夷人称猛为合，左为素，合素是猛力左射的意义，就是所称黠戛斯，也就是结骨的转音，注吾合素，在途历一两年，始达唐廷，献上名马二匹，并上书请求册命。*补叙数语，尤见详明。* 武宗乃命赵蕃往慰，并使李德裕手草敕书。德裕谓须俟黠戛斯称臣，且叙同姓执子孙礼，乃行册命。武宗亦以为然，德裕遂草制道：

考贞观二十一年，黠戛斯先君，身自入朝，授左屯卫将军兼坚昆都督，迄于天

138

宝，朝贡不绝。比为回鹘所隔，回鹘陵虐诸蕃，可汗能复仇雪耻，茂功壮节，近古无俦。今回鹘残兵不满千人，散投山谷，可汗既与为怨，须尽歼夷，倘留余烬，必生后患。又闻可汗受氏之原，与我同族，国家承北京太守即汉李广。之后，可汗乃都尉指李陵。苗裔，以此合族，尊卑可知。今欲册命可汗，特加美号，缘未知可汗之意，姑遣太仆卿赵蕃谕意，待赵蕃回日，当别命使展礼，以慰可汗之望。先此谕知，毋负朕意！

是时武宗方专任德裕，凡与回鹘黠戛斯交涉事件，必与德裕熟商，所有诏敕，亦多命德裕属草。德裕请委诸翰林学士，武宗道："学士不能尽如人意，劳卿属稿，方免贻误。"因此慰谕黠戛斯敕书，亦由德裕下笔。赵蕃赍敕与注吾合素偕行，到了黠戛斯，黠戛斯可汗，愿为藩属，再遣将军温仵合，随藩入贡，且上言："得乌介可汗，走保黑车子族，应会同王师，合力进讨。"武宗谕以速平回鹘黑车子，乃遣使册封，温仵合应命而去。既而黠戛斯又遣使入贡，请示师期，武宗遂饬幽州太原振武天德四镇，出兵会同黠戛斯，兜剿乌介，且令给事中刘濛为巡边使，拟复河湟四镇十八州。河湟自安史乱后，陷没吐蕃，已历多年，至是因回鹘已衰，吐蕃复有内乱，乃倡此议。刘濛系刘晏孙，武宗悯晏冤死，特擢濛出巡，令预备器械糗粮，俟回鹘告平，进图吐蕃。

会值昭义军节度使刘从谏病死，子积秘不发丧，胁监军崔士康，奏称从谏病剧，请命积为留后。武宗览奏即召李德裕崔珙等入议，还有新任宰相二人，一是淮南节度使李绅，是代崔郸后任，一是尚书右丞李让夷，是代陈夷行后任。夷行已出镇河中，郸出镇西川，所以改相二李。与德裕合成三李。绅与让夷，均上言："回鹘余烬，未尽扑灭，边鄙尚须警备。若再讨泽潞，昭义军统辖泽、潞、邢、洺、滋五州。恐国力不支，不如令刘积权知军事。"李德裕独献议道："泽潞事体，与河朔三镇不同，河朔习乱已久，人心难化，所以累朝置诸度外。泽潞近处腹心，一军素称忠义，如李抱真成立此军，德宗且不许承袭，敬宗不恤国务，相臣又无远略，刘悟死后，遂授从谏，今从谏垂死，复欲将兵权私付竖子，若又令他承袭，诸镇将群起效尤，那时天子尚有威令么？"说得甚是。武宗道："朕意亦作是想。"乃遣供奉官薛士幹，往谕从谏，使就东都疗疾，且遣积入朝，另加官爵。士幹行至潞州，积已为从谏发丧，抗不受诏，因亟还朝报命。武宗也怒从心起，便召德裕入问道："卿前谓刘氏跋扈，不宜承袭，今刘稹公然抗命，朕欲声讨，拟用何法？"德裕道："稹心中所恃，不过河朔三镇，但得镇魏两处，不相援助，稹便无能为了。今请速遣重臣，往谕王元逵、何弘敬，令他助讨刘稹，委以山东三州，邢洺磁。成功以后，将士并加厚赏，果使两镇听命，不复沮挠官军，刘稹竖子，还有什么难擒呢？"武宗大喜，立命德裕草诏，颁赐成德节度使王元逵，魏博节度使何弘敬，中有数语云："泽潞一镇，与卿事体不同，勿为子孙之谋，欲存辅车之势，但能显立后效，自然福及后昆。"武宗览此数语，大加称许，且语德裕道："应该如此直告，省得他疑议呢。"当下遣发两使，分头去讫。又赐卢龙节度使张仲武诏书，令他专御回鹘，并调忠武节度使王茂元，为河阳节度使，邠宁节度使王宰，为忠武节度使，专待镇魏两处报命，便即出兵。

未几，得两镇奏报，并皆听命，于是削夺从谏及稹官爵，授王元逵为泽潞北面招讨使，何弘敬为泽潞南面招讨使，与河东节度使刘沔，河中节度使陈夷行，河阳节度使王茂元，合力攻讨，再调武宁节度使李彦佐，为晋绛行营招讨使，会合诸军，五道齐进。王元逵既受朝旨，即日出屯赵州，进次临洺，渐逼尧山。刘沔守昂车关，分兵屯榆社，何弘敬立栅肥乡，进略平恩，陈夷行驻营冀城，入侵冀氏。王茂元出驻万善，别遣兵马使马继等至天井关，营科斗寨。唯李彦佐自徐州启行，很是迂缓，又表请休兵绛州，兼求济师。李德裕入白武宗道："彦佐逗留观望，无讨贼意，所请皆不可许，宜下诏切责，令即进军冀城。"武宗依言颁诏，德裕又荐天德军防御使石雄，为彦佐副，因调雄为晋绛行营节度副使，复令王元逵取邢州，何弘敬取铭州，王茂元取泽州，李彦佐、刘沔取潞州，各专责成，毋得取县，这也是德裕所献的计议。武宗得平潞泽，全是德裕一人主持，故处处归功德裕。

先是刘从谏未殁时，累表言仇士良罪恶，士良亦言从谏窥伺朝廷，至刘稹逆命，士良益借口有资，每扬言宫中，自诩不出所料。武宗以士良有拥立功，曾命为观军容使，外示尊宠，内实疑忌，故命讨泽潞，全然不用禁军。士良又阴嫉德裕，多方进谗。偏武宗委任甚专，毫不见信，同平章事崔珙，伴食无能，武宗将他罢去，特召学士韦琮入内草制，擢中书舍人崔铉入相，内外官吏，全未与闻。仇士良自知失权，乃告老致仕，得旨允准，因出居私第。阉党统送他出宫，士良密嘱道："天子不可令闲，须常举奢靡华丽，取悦心志，令他日积月累，无暇顾及他事，然后我辈可以得志。若使读书礼士，得知前代兴亡，他必心存忧惕，疏斥我辈，这是事上要诀，幸勿忘怀。"阉党谢教而去。士良以为要诀，实是愚谋，须知人主蛊惑心志，必致危亡，难道若辈尚得安荣么？且此策亦只能惑庸主，不能欺英辟，试问士良何故告退呢？士良既去，李德裕少一牵制，越好殚精竭虑，与武宗规划平贼。

王元逵拔宣务栅，进击尧山，击败刘稹救兵，上书奏捷。德裕请加元逵同平章事，激厉他镇。至元逵前锋，早入邢州境内，何弘敬尚未出师。元逵密表弘敬阴怀两端，德裕上言："忠武军累有战功，声威颇震，王宰年力方壮，谋略可称，请诏宰率忠武全军，取道魏博，直抵磁州，以分贼势，弘敬必惧，这便是攻心伐谋的良策。"武宗即命王宰悉选步骑精兵，自相魏趋磁州。果然弘敬闻知，恐忠武军一入魏境，或致兵变，急督军进渡漳水，先赴磁州。独河阳兵马使马继等，驻兵科斗寨，为刘稹牙将薛茂卿所袭，全军溃散，马继被擒。王茂元忧惧成疾，奏达败状，于是朝议又复纷起，争说："刘悟有功，不应绝他后嗣。且从谏练兵十万，储粟十年，甚不易取，何如趁早班师。"武宗听了群议，也不免心动起来，复召问李德裕。德裕道："小小胜负，兵家常事，愿陛下勿听外议，定可成功。"武宗乃语群臣道："此后如有朝士沮挠军情，朕必将他驱入贼境，斩首示众。"自是异议乃止。唯断乃成。

德裕复乞调王宰全军，移援河阳，即以宰兼行营攻讨使，武宗也悉从所请。会何弘敬奏拔肥乡平恩，杀贼甚众，武宗因召语相臣道："弘敬已拔两县，可释前疑，既有杀伤，虽欲阴持两端，也无可如何了。"乃加弘敬检校左仆射。嗣闻王茂元病殁军中，复诏擢河南尹敬昕为河阳节度使，专主饷运，接济行营，把战事悉付王宰。宰治军严整，颇为昭义军所惮。昭义军将薛茂卿，因科斗寨一役，独建奇功，未获重赏，心下很是怏怏，闻王宰屯兵万善，遂密使通问，愿为内应。宰遂引兵趋天井关，茂卿略略接仗，便即退走，把关相让。宰得据关隘，进毁大小箕村。茂卿更召宰攻泽州，宰疑不敢进，竟至失期。刘稹探知茂卿隐情，诱至潞州，将他杀死，屠及家族，如此残忍，宜其速亡。改用兵马使刘公直，来拒王宰。宰攻泽州，不利而退。公直复乘胜据天井关，嗣经宰整兵再进，大破公直，得拔陵川。刘沔亦攻克石会关，唯卢龙节度使张仲武，因刘沔破回鹘时，独得太和公主归朝，功为所夺，不免怨沔。朝廷恐他挟嫌掣肘，徙沔为义成节度使，另起前荆南节度使李石，驻节河东。

河东兵多派守要隘，所有府库余蓄，又被沔运往义成军。至李石莅镇，兵少饷绌，已是万分为难。河东行营兵马使王逢，且请添兵至榆社，以资战守，石不得已调回横水戍卒千五百人，令都将杨弁带领，驰诣行营。向来军士出征，每人给绢二疋，石因军用缺乏，益以自己绢帛，尚止人得一疋。时已为会昌三年残腊，军士请过了岁朝，方才登程。偏监军吕义忠，定要他年内就道，军士俱有怨言。杨弁趁势煽动，拟除夕倡乱，佯于是日启行，到了晚间，仍混入城中，夜漏方阑，哗声忽起，兵众随处剽掠，横行城市。都头梁季叶出来弹压，被乱军持刀砍死。李石正起床整衣，遥谒北阙，庆贺岁旦，不意府门外面，人喊马嘶，巡吏即入报兵变。石左右并无将士，如何出御？只好挈领亲属数人，从后门出奔，还幸城尚未阖，一溜烟似地奔往汾州。杨弁入据军府，居然自称留后，且遣从子至潞州，愿与刘稹约为兄弟。刘稹大喜，报书如约。监军吕义忠亦逃出城外，遣人飞奏河东乱状，朝议复为之大哗。或说应招抚杨弁，令讨刘稹，或说两地俱应罢兵，唯坚强不屈的李文饶文饶系德裕字。独上言："太原人心，太原即河东。素来忠顺，不过因赏犒未足，乃致变乱，并非别怀觊觎，况乱兵止千五百人，亦何能为？应令李石、吕义忠还赴河东行营，召兵讨乱，一面令王逢留太原兵守榆社，另调易定汴兖兵，共讨杨弁。"武宗一一照允。更遣中使马元实，往太原晓谕乱军，并觇强弱。杨弁欢迎元实，盛筵相待，酣饮三日，且厚贿送归。元实还都复命，极言军心附弁，不如议抚。金钱之效力如此。武宗令与宰相商议，元实乃往见德裕，开口便道："相公今日，须早授杨弁旌节。"德裕问为何因？元实道："自牙门至柳子营，约十五里，遍地统是光明甲仗，如何可取？"德裕道："李相李石为相，见前。正因太原无兵，乃发横水兵赴榆社，此外库中留甲，尽给行营，弁何从得此甲士？"元实道："太原民俗强悍，经弁召募，即可成军。"德裕道："召募须有赏财，李相止欠军士一疋绢，因致此乱，弁岂能点石成金，立集巨款，可以广募徒众么？"元实语塞，不能再对。德裕道："就使他有十五里光明甲，亦必须杀此贼。"诚然诚然。遂叱退元实，自草数语奏陈，略言："杨弁微贼，决不可恕！如虑国力不及，宁舍刘稹。"过了两旬，吕义忠捷报已至，擒杨弁，诛乱兵，平定太原。看官！你道吕义忠能讨平乱贼么？原来榆社戍兵，闻朝廷令客军取太原，恐妻孥亦遭屠戮，乃情愿还兵平乱。可巧吕义忠奔至行营，遂拥回太原，攻入军府，立将杨弁擒住，所有乱卒，悉数诛夷。弁被槛送京师，当然处斩。

河东既定，召还李石，降为太子少傅分司，河中节度使陈夷行，已因疾乞休，改任崔元式继任，至此复调元式镇河东，令石雄为河中节度使。雄与王宰有宿嫌，宰忌雄立功，故意缓攻，令刘稹得专力御雄。李德裕侦得隐情，即入奏武宗道："行军全仗锐气，不经激发，难望成功。陛下命王宰趋磁州，何弘敬乃先出师，遣客军讨太原，戍卒乃先取杨弁，今王宰久不进军，请徙刘沔镇河阳，仍令率义成军二千，直抵万善，蹑宰后尘，宰恐沔前来争功，必不愿逗留。宰果进军，沔为后应，亦未始非一大声援呢。"武宗乃令刘沔为河阳节度使，令出军万善。宰果如德裕所料，进攻泽州，刘稹拒战经年，军心渐怠，更兼都神牙郭谊、王协，宅内兵马使李士贵等，揽权用事，专知聚财，见功不赏，将士愈觉离心。刘从谏妻裴氏，系故相裴冕孙女，有弟裴问，典守邢州，裴氏素劝从谏归命，至从谏死后，又虑稹叛命致亡，令他召归裴问，执掌军政。李士贵恐问到来，大权被夺，亟语稹道："山东三州，唯恃五舅，若五舅召还，将靠何人守住山东三州呢？"稹年少寡识，信为真言，遂不愿召问。问尝募兵五百，号为夜飞，就中多富商子弟，王协令军将刘溪，往邢州征税，大肆婪索，往往拘禁富商。夜飞军闻父兄被拘，当然向问呼吁。问转白刘溪，溪复语不逊，激成众忿。问即与刺史崔瑕，杀溪归唐，举州投顺王元逵。洺州守将郭钊，磁州守将安玉，闻邢州降唐，亦并降何弘敬，山东三州，均已效顺，当由王何二镇帅奏闻。德裕请即令给事中卢弘止为三州留后，且敕山南东道节度使卢钧，调任昭义节度使，乘驿赴镇。武宗尚在踌躇，德裕道："今不另简镇帅，若王何二人，欲占三州，朝廷将如何对付呢？"一语破的。武宗大悟，立即下诏。德裕又道："昭义根本，尽在山东，三州既降，潞州必将生变了。"武宗道："朕料郭谊等人，必诛稹自赎。"德裕道："诚如圣料，不日即有好音。"已而得王宰军报，刘稹已诛，郭谊乞降。原来谊本为刘稹心腹，稹阻兵抗命，皆谊主谋，至山东三州，一并失去，谊不免惶急，遂与王协密谋，拟杀稹赎罪，乃令私党董可武说稹道："山东叛去，事由五舅，城中人莫敢相保，敢问留后如何主张？"稹答道："今城中尚有五万人，且当闭门自守，再图良策。"可武道："五万人何足久持？为留后计，不如束身归朝，令郭谊为留后，自奉太夫人及室家金帛，归还东都，这还是保身良策呢。"稹又道："谊果不负我么？"可武道："可武已与谊定约，誓不相负。"稹乃引谊入室，再与面约，复入告从谏妻裴氏。裴氏道："归朝诚为佳事，可惜已晚。我有弟尚不能保，怎能保郭谊？汝自去酌夺便了。"裴氏非无见识，患在太懦。稹沉吟半晌，自思余无善策，没奈何素服出门，以母命署谊都知兵马使。谊谢積毕，出见诸将。積治装内厅，李士贵闻得此事，知積为谊所赚，率后院兵数千攻谊。谊叱众道："何不自取赏物，乃欲与士贵同死么？"军士遂退，共杀士贵。谊易置将吏，部署士卒，一夕俱定。次日，使董可武入邀刘積，出议公事。積随可武出牙门，至北宅，与谊等相见，置酒作乐。饮至半酣，可武遽前执積手，别将崔玄度自后杀積，刀光一闪，垂首座前，遂乘势收積宗族，及亲属故旧，无论老幼，骈戮无遗，只留裴氏不杀，囚诸别室。当下函積首献与王宰，并奉降表。宰露布奏闻，唐廷称贺。小子有诗叹道：

> 竖子无知欲逞雄，三州坐失智谋穷。
>
> 须知授首归朝日，早在良臣擘划中。

究竟唐廷如何处置郭谊，待至下回再详。

观武宗之讨泽潞，全由李德裕主谋，故本回于德裕规划，叙述较详，当时前敌诸将，非真公忠无二，经德裕操纵有方，能令悍夫怯将，并效驰驱，决机庙堂之上，转移俄顷之间，中使不得关说，武人乐为尽死，即裴度、杜黄裳诸相臣，恐亦未之逮也。山东三州，相继归朝，郭谊王协等，即定谋杀積，始则导積为乱，继则杀積求封，而无知狂竖，适堕狡谋，徒唯是身死族灭已耳！天下本无事，庸人自扰之，于積乎何惜；于郭谊、王协等何诛？

第二十回

信方士药死唐武宗
立太叔审毙李首相

却说武宗闻泽潞已降，刘稹授首，即与李德裕等，商酌善后事宜。德裕面奏道："泽潞已平，邢、洺、磁三州，无须再置留后，但遣卢弘止宣慰三州，及成德、魏博两镇，便可了事。"武宗道："郭谊应若何处置？"德裕道："刘稹竖子，胆敢拒命，统由郭谊等主谋，到了势孤力竭，又卖稹求赏，如此不诛，何以惩恶？"武宗点首道："卿言甚是。朕当令石雄入潞，借应谣言便了。"原来潞州曾有妄男子，在市喧叫道："石雄七千人到了。"是时刘从谏尚在，目为妖言，把他捕戮。及刘稹逆命，德裕曾将此事奏闻，且言欲破潞州，必用石雄，所以武宗特遣石雄入潞，令带七千人随行。郭谊既献入刘稹首级，满望朝廷封赏，即授旌节，好几日不见命下，乃语部众道："大约朝廷将徙我别镇，所以这般迟滞。"遂阅鞍马，治行装，专待朝使到来，约定行止。你亦想作刘悟么？奈福命不及何！忽由巡卒入报道："河中节度使石雄，带兵来了。"谊颇有惧色，但此时不能再拒，只好率众出迎。

雄与敕使张仲清，联辔入城，谊参贺已毕，张仲清宣言道："郭都知告身，来日当至，此外将吏告身，俱已带到，请晚间来牙交代。"谊等唯唯而出。雄即命河中七千人，环集毬场，至晚召谊等受命，一一唱名引入。谊先进去，即由雄喝声动手，将他拿下。余如王协、董可武、安全庆、李道德、李佐尧、刘武德等，一并拘住，悉送京师。还有刘稹部将刘公直，已将泽州降与王宰，亦由宰槛送入京。唐廷已得稹首，悬示都门，复令石雄发从谏尸，暴露潞州市三日。雄剖棺验视，面色如生，一目尚开，经雄手刃三次，血流如注。想是命数中应该斩首。陈尸三日，仇人各用刀剔骨，几无遗骸。文士张谷、张沿、陈扬庭，尝屡言古今成败，规戒从谏。雄颇闻文名，饬吏查访，已被郭谊杀死，未免嗟悼。张谷尝纳邯郸女为侍妾，名叫新声，曾劝谷挈族西去，且语谷道："天子以从谏为节度，并非有攻城野战的功劳，足以褒录，不过因乃父挈齐十二州，归还朝廷，方不忍夺他嗣袭。自从谏据有泽潞，未尝具一缕一蹄，为天子寿，左右又皆无赖徒，试想宪宗朝数镇颠覆，大都雄才杰器，尚不能固天子恩，况从谏擢自儿女手中，以不法始，必以不法终。大丈夫当见机而作，毋得顾一饭恩，以骨肉畀健儿啖食呢。"言讫，悲泣呜咽，几不自胜。谷终不能决，迁延至三月有余，反恐新声语泄，竟将她用帛缢死。有此慧女子，却不得令终，所遇非人，特志之以存感慨。后来谷竟遭难，家属骈诛。宜哉。从谏妻裴氏，由雄送入都中，候旨发落。武宗因裴氏系出名门，弟裴问首先效顺，不忍诛及裴氏，拟下诏免死。偏刑部侍郎刘三复，固言不可，乃将裴氏赐死，以尸还问，令他殓葬。所有郭谊、王协、董可武等，尽行正法。加李德裕太尉，爵卫国公。德裕入朝固辞，武宗道："朕只恨无官赏卿，卿若不应得此，朕也不愿授卿了。"德裕乃拜谢而退。昭义节度使卢钧，驰入潞州，慰抚兵民。钧素宽厚爱人，当镇守襄阳时，已是众志咸孚，一入天井关，昭义散卒，闻风趋附，俱蒙厚待。至入潞城后，人情悉洽，昭义遂安。武宗从德裕议，割泽州归隶河阳，减铄昭义军势力，免生后乱；且饬各道兵一律归镇，封赏有差。

德裕复追论维州悉怛谋事，归咎牛僧孺。武宗但赠悉怛谋为右卫将军，不加僧孺罪责。德裕乃申奏道："刘从谏据泽潞十年，太和中入朝，牛僧孺李宗闵执政，不留从谏在京，纵令还镇，致酿成今日大祸。且闻昭义孔目官郑庆，曾言从谏每得二人书牍，皆自焚毁，可见二人阴庇从谏，实为乱阶，今幸陛下威灵，得平叛逆。唯欲清源正本，还应谴及牛李二人。"报复太甚，私憾何深？武宗徐徐道："且俟再议？"德裕意终未释。过了数日，复呈入河南少尹李述书，略言：僧孺闻刘稹败死，有失声叹恨等情。安知非德裕架诬？当下恼动武宗，再贬僧孺为循州长史，流宗闵至封州。德裕因率同百官，请上尊号，称武宗为仁圣文武章天成功神德明道大孝皇帝，武宗不受。经德裕等固请，表至五上，方才允准。于是郊天祭庙，下诏大赦，赐文武官阶勋爵，遍宴群巨，庆贺了好几日。皇太后王氏_{即敬宗母。}得病身亡，变喜为哀，易贺为吊，免不得又有一番忙碌。礼官上太后尊谥，乃是"恭僖"二字，祔葬光陵东园。_{光陵即穆宗陵。}

是时同平章事李绅，以足疾辞职，复出为淮南节度使，召淮南节度使杜悰入朝，拜右仆射，兼同平章。悰本岐阳公主夫婿，文宗季年，公主已殁，悰由澧州刺史，升任凤翔节度使，复自凤翔徙镇淮南。武宗尝闻扬州倡女，善为酒令，因饬淮南监军，选贡数人。监军转告杜悰，请他同选，悰摇首道："我不奉诏，怎得妄进倡女？"监军即奏悰不肯选旨，武宗叹道："杜悰得大臣体，朕知愧了。"遂召悰入相。悰既受职，独好宴饮，不甚理事，乃复出为西川节度使。既而李绅病殁任所，悰移镇淮南。唯杜悰罢相时，崔铉亦同时免职，改任户部侍郎李回同平章事。回系唐室宗族，颇有胆识，泽潞事起，曾奉诏宣慰河北三镇，并促进师，三镇无不畏服，以此为武宗所器重，特加拔擢。但军国重事，仍专任李德裕评议。李回李让夷，不过奉令承教，署名画诺，便算尽职。

德裕以西域军事，尚未告竣，因上言："回鹘衰微，乌介穷蹙，应乘此荡平回鹘，规复河湟，望遣使赐张仲武诏书，谕以成、魏两镇，已平昭义，只回鹘未灭，仲武尚兼北面招讨使，应早思立功，毋落人后。"武宗依言颁诏，促仲武进逼乌介，仲武出兵数次，收降回鹘散卒，约数万人。巡边使刘濛，亦报称吐蕃内乱，可乘机收复河湟。武宗拟大举平西，偏偏志未毕偿，病已缠体，遂令一位英明果断的主子，渐渐地形神瘦弱，力不从心。看官可知武宗即位时，年只二十七龄，改元后仅历五年，还只三十二岁，春秋方盛，大可有为，如何疾病加身，害得支撑不住？_{虚设问答，较便梳栉。}小子查考唐史，才知有一大病源，不得不从头叙来。

唐自高祖立老子庙，尊为太上玄元皇帝，后世子孙，奉为成例，待遇方士，无不加厚，所以道教尝盛行一时。此外又有佛教、祆教、摩尼教、景教、回教五种，佛教自汉迄唐，愈沿愈盛，唐太宗时，僧玄奘至西域取经，携归佛典六百五十余部，译成华文，辗转流传，徒侣日众。武宗以前，全国佛寺，多至四万余所，僧尼达四十万人。祆教由波斯国传入，敬火以表天神，亦称拜火教，唐初已盛行中国，朝廷为立祆正祓祝等官，管辖教徒。摩尼教就从祆教脱胎，参入佛教景教等旨，别成一派，相传为波斯人摩尼所创。其实摩尼二字，就是中国高僧的意义，由波斯传入回纥，更由回纥传入唐朝，京都内外，多建摩尼寺，凡回纥人留居中国，常借寺中栖宿。景教实耶稣教的一派，唐太宗时，波斯人阿罗本，赍经至长安，自称为景教徒，取教旨光华的意义。太宗为建波斯寺，至玄宗时，波斯为大食国所并，因改波斯寺为大秦寺，大秦即罗马国的变称，景教实发源罗马，所以易名存实。德宗时，长安大秦寺僧京静，曾建大秦景教流行中国碑，穷溯原委，颇称详明。至回教为摩罕默德创行，摩罕默德系阿剌比亚人，阿剌比亚即今之阿剌伯。参酌耶稣教及犹太教等，别成一教，广集教徒，征服异域，创成一大食国。大食即阿剌比亚，波斯人有此称呼，所以唐廷亦呼为大食。莫非因他蚕食四方么？大食人来华互市，请诸唐廷，得在广东一带，建造会堂，广传教旨。这四种宗教，统是西洋输入，唐廷准他传布，不加禁止。元元本本，禅见洽闻。独武宗专信道教，不准异教流行，凡国中所有大秦寺、摩尼寺，一并撤毁，斥逐回纥教徒，多半道死。京城女摩尼七十人，无从栖身，统皆自尽。景僧、祆僧二千余人，并放还俗。又令京都及东都，只准留佛寺二所，每寺留僧三十人，各道只留一寺，余皆毁去。僧尼勒令归俗，田产归官，寺材改葺公廨驿舍，铜像钟磬，熔作制钱，共计毁寺四千六百余区，及招提有常住之寺。兰若佛徒静室。四万余间，还俗僧尼二十六万五百人，收良田数千万顷，奴婢十五万人。阅至此，应为称快。

　　古来帝王排佛，共有三人，魏太武帝、周武帝及唐武宗，释家称为三武之祸。武宗排斥异教，不遗余力，专心致志地迷信道教。即位初年，即召入方士赵归真，向受法箓，称归真为道门教授先生，即至禁中筑一望仙观，令他居住。政躬稍暇，常至观中听讲法典，信奉甚度。归真引入徒侣，为武宗修合金丹，说是长生不老的仙药，武宗服药下去，自觉精神陡长，阳兴甚酣，一夜能御数女，畅快无比。哪知情欲日浓，元气日耗，各种兴阳的药饵，多半是催命的毒物。武宗年甫逾壮，日服此药，渐渐地容颜憔悴，形色枯羸。当时专宠的嫔御，第一位要算王才人。才人系邯郸人氏，家世失传，穆宗时选入宫中，年仅十三，已善歌舞，后来赐与颍邸，一及笄年，性情儿很是机警，模样儿愈觉苗条，亭亭似玉，袅袅如花。武宗本是顾晰，王女亦颇纤长，一对璧人，天作之合，当然情投意合，我我卿卿。及武宗即位，封王氏为才人，宠擅专房，武宗每畋苑中，王才人必跨马相随，袍服雍容，几与武宗相似。道旁人士，远远窥视，还疑有两位至尊，相与出入。有时也能握轻弓，发一二矢，射倒几个小禽小兽，色艺俱工，确是难得。武宗越加宠爱，拟立她为皇后。偏李德裕谓才人无子，家世又未曾通显，恐贻天下讥议，武宗乃止。但因后宫佳丽，无过王才人，宁将正宫位置，虚悬以待，不愿滥竽充数。自宪宗以降，已五代不立皇后。及武宗有疾，王才人每谏武宗道："陛下日服丹药，无非希望长生，妾见陛下近日肤泽枯槁，深抱杞忧，还望陛下审慎，少服丹药。"武宗尚说无妨，且言赵归真说是换骨，应该瘦损，所以愈服愈病，愈病愈服。又召入衡山道士刘玄静，令为崇玄馆学士，还是玄静有些见识，固辞还山。**好算明哲保身。**武宗尚是未悟，阴精日铄，性加躁急，往往喜怒无常，尝问德裕道："近来外事如何？"德裕道："陛下威断不测，外人颇加惊惧，现在四境承平，愿陛下宽待吏民，务使为善不惊，得罪无怨，然后中外咸安？"武宗默然不答，返入内寝。德裕自退。原来德裕专政有年，才高量浅，所有恩怨，无不报复。方士赵归真得宠，德裕再三指斥，引为深恨。泽潞一役，又由德裕奏明武宗，不准宦官预事。内如中尉枢密，外如各道监军，无从掣肘，因得成功。但内外阉竖，视德裕如眼中钉，常欲把他撵逐，因此勾结方士，日夕进谗。武宗也滋不悦，唯表面上仍敷衍过去。德裕虽上疏乞休，也不见许。给事中韦弘质，上言宰相权重，为德裕所驳斥，贬令出外。德裕又尝言省事不如省官，省官不如省吏，因请罢郡县吏约二千余员。在德裕的意思，原是为国除弊，顾不得什么仇怨，无如内外怨声，已是丛集，只因主眷未衰，一时动弹他不得。至会昌五年残腊，武宗抱病已剧，诏罢来年正旦朝会，到了六年正月，并不见武宗视朝，德裕除叩阍问安外，专理朝廷政务，无暇顾及宫禁。哪知左神策中尉马元贽等，已密布心腹，定策禁中，竟传出一道诏旨，立光王怡为皇太叔，权勾当军国政事。**皇太弟后，又出一位皇太叔，正是闻所未闻。**

先是李锜伏诛，家属没入掖廷，有妾郑氏，生有美色，为宪宗所爱幸，纳入后宫，几度春风，得产一子，取名为怡，排行在第十三。**宪宗有子二十人。**幼时即寡言笑，宫中统目为痴儿。少长，受封光王，益自韬晦，虽群居游处，未尝出言。至武宗疾笃，旬日不颁一谕，马元贽等乘此生心，拟择嗣统，好做一班佐命功臣。武宗本有五子，长名峻，封杞王，次名岘，封益王，三名岐，封兖王，四名峰，封德王，五名嵯，封昌王。不过年皆幼弱，未识大政，宫内一班宦竖，更以为子承父统，乃是寻常旧例，就是拥立起来，也没甚功绩可言，不若迎戴光王，较为得计。**如见肺肝。**于是遂擅传诏命，但说皇子年幼，令皇太叔处分国事。李德裕等未知诡谋，总道是武宗亲命，不敢对驳。哪知武宗已死多活少，连人事尚且不省，还顾什么传统不传统呢？会昌六年六月甲子日，武宗疾已大渐，王才人侍立榻旁，武宗瞪视良久，好容易说出一语道："我要与汝长别了。"王才人忍着泪道："陛下大福未艾，怎得出此不祥语？"武宗再想发言，偏喉中已是痰塞，不能再语，只好用手指口，两目却注视不瞬。王才人已揣透意旨，便道："陛下万岁后，妾愿以身殉。"武宗方略有欢容，模模糊糊地说了一个"好"字，嗣是遂不复言。承统问题，全不提及，徒望王才人殉节，恋恋私情，何足道哉？未几驾崩，在位六年，止三十三岁。王才人悉取贮遗，分给左右，遂哭拜榻前道："陛下英灵，契妾同去，妾谨遵前约了。"遂解带自尽榻下。不愧烈妇。马元贽等奉光王怡即位，改名为忱，是为宣宗，命李德裕摄行冢宰事，奉上册宝。宣宗朝见百官，哀戚满容，及裁决庶务，独操刚断，宫廷内外，才知他有隐德，并不是全然愚柔。即位礼成，宣宗顾左右道："适才奉册的大臣，就是李太尉么？他每顾我，使我毛发洒淅，不寒而栗呢。"德裕贬死，伏此数语。当下尊生母郑氏为皇太后，追赠王才人为贤妃。阅数月，安葬武宗，告窆端陵，并将王贤妃祔葬陵旁。妃生前得专房宠，后宫嫔媛，多怀顾忌，至殉节捐躯，大义凛然，宫人都为感动，把旧怨一齐蠲释，相率送葬，同声一哭，这可见公道犹存，无德不报哩。一再称扬，无非风世。

　　宣宗既阴忌德裕，践阼才经数日，即罢德裕为检校司徒，出任荆南节度使。迅雷不及掩耳，非但德裕所不料，就是中外吏民，亦觉是意外奇闻。接连又将李让夷罢相，改任翰林学士白敏中，及兵部侍郎卢商，同平章事，且命牛僧孺、李宗闵、崔珙、杨嗣复、李珏五人，一并内迁。唯宗闵未及启行，病死封州。赵归真诛死，仍度僧尼，京中增置八寺，嗣且令各处寺址，尽行修复。尽改旧政，太觉无谓。唯闻刘玄静道术高深，前曾辞归衡山，不与俗伍，应非赵归真可比，乃复征聘入都，由宣宗亲受三洞法箓。更可不必。既而腊鼓催残，改元期届，元旦，朝献太清宫。越日，朝享太庙。又越日，至南郊祭天，改称大中元年，受百官朝贺，大赦天下。会值天旱，自正月至二月不雨，宣宗避殿减膳，理京师囚，罢太常教坊习乐，出宫女五百人，放五坊鹰犬，停飞龙厩马粟，果然甘霖下降，沛泽如膏，朝野都称颂皇恩。同平章事白敏中，本由李德裕引入翰苑，至德裕失势，敏中入相，独希承上旨，令党与颂德裕罪，遂贬德裕为太子少保，分司东都。过了半年，廷臣尚交构德裕，册贬为端州司马。越年，又贬为崖州司户参军，德裕竟病死贬所，年六十三，怨家多半称快。唯右补阙丁柔立，前遭德裕摈斥，至是独上疏讼德裕冤，又被谪为南阳尉。宣宗尝问白敏中道：

李德裕见客图

"朕昔送宪宗安葬，道遇风雨，百官皆散，唯山陵使身长多髯，攀住灵舆，冒雨不避，这是何人？"敏中答是令狐楚，现已去世了。宣宗问有无子嗣？敏中谓："有子名绚，颇有才能。"宣宗即召令狐绚入见，问及元和政事。绚奏对甚详，遂得擢为知制诰，寻升授翰林学士。绚夜梦见德裕，与语道："公幸哀我，使得归葬。"绚梦中允诺。翌晨起床，长子滴入问起居，绚即与语梦中情形，滴惶然道："执政皆蓄憾李公，如何发言？"绚亦犹豫未决。不意是夕又复入梦，那前任太尉后贬司户的李文饶，目光炯炯，竟来责他负约。绚正无词可对，突闻鸡声一叫，才得惊醒，早起复语子滴道："卫公精爽，确是可畏，我若不言，祸将及我。"乃冠带入朝，请许德裕归葬。宣宗方向用令狐绚，勉允所请。后至懿宗即位，用左拾遗刘邺言，追复德裕太子少保卫国公官爵，赐尚书左仆射。叙及后事，寓善善从长之意。小子有诗咏李德裕道：

> 汉代乘骖霍子孟，唐廷奉册李文饶。
> 假使功成身早退，祸机宁致及身招。

大中元年，文宗母萧太后崩，追谥贞献。越年太皇太后郭氏暴崩，外人颇有异言，欲知隐情，试至下回再阅。

宪宗服丹药而崩，穆宗亦然，武宗岂未闻及，乃亦误信赵归真，饵服金丹，以致速死。俗语有言："做了皇帝想登仙"，岂非愚甚？且弥留之际，专为爱妃顾虑，而于后嗣问题，全未提及，何其恋私情而忘大局耶？王才人以身殉主，节义可风，但于武宗实多惭德，褒王才人，实隐刺武宗，书法固微而显欤。太叔承统，古今罕闻；李德裕以一代功臣，骤遭贬死，虽德裕未得为完人，究无窜殛之罪，直书窜死，所以甚宣宗之失也。德裕死而托梦令狐绚，冤魂其果未泯乎？

第二十一回

复河陇边民入觐
立郓廋内竖争权

却说太皇太后郭氏，入居兴庆宫，颐养多年，历穆宗、敬宗、文宗、武宗四朝，俱得嗣君敬礼，侍奉不衰。独宣宗即位，与太皇太后，乃是母子称呼，本应格外亲近，偏宣宗不甚孝敬，礼意寖薄，推究原因，却由生母郑氏而起。郑氏为李锜妾，前回已曾道及，当郑氏及笄，相士谓郑氏当生天子，因此锜纳为侍人，后来没入宫掖，适为太皇太后的侍儿。太皇太后尚为贵妃，宪宗出入往来，见郑氏秀色可餐，遂召入别室，演了一出龙凤配。妇人家容易怀妒，况郑氏是个犯妇，骤得宠幸，哪得不令旁观气愤？唯宪宗前不便诋斥，一腔郁闷，不能不从郑氏身上发泄。郑氏受骂熬打，料非一次，此番郑氏得为太后，母以子贵，当然欲报复宿嫌。**统是一片小肚肠。**宣宗也思为母吐气，所以对着这位太皇太后，未免失礼。郑氏又说宪宗暴崩，太皇太后亦曾预谋，惹得宣宗越加悲恨，几视太皇太后，如仇人一般。**妇女含血喷人，尚是惯技，宣宗信为真事，也太糊涂。**太皇太后年力已衰，忽遭此变，怎能禁受得起？悲感交集，郁郁无聊。一日，登勤政楼，眺望一回，几欲效坠楼的绿珠，跳出窗外，还亏身后有个侍儿，将她抱住，才免陨命。宣宗闻到此事，很是不悦，免不得背后讥弹。不料到了夜间，太皇太后竟尔暴崩，宫中谣诼纷纭，多说是服毒自尽。宣宗余怒未息，反不欲她祔葬宪宗，有司请葬景陵外园。太常官王皞，且奏乞合葬祔庙，宣宗大怒，令宰相白

153

敏中，责问王皞。皞抗声道："太皇太后系汾阳王孙女，宪宗在东宫时的元妃，事宪宗为妇，身历五朝，母仪天下，怎得以暧昧情事，遽废正嫡大礼呢？"<small>理直气壮。</small>敏中闻言，怒形于色，皞辞气益厉，斥责敏中逢君为恶。敏中正要入奏，可巧走过一位新任宰相，举手加额道："主圣臣直，古有是言，今幸得见直臣了。"看官道此人为谁？乃是姓周名墀，曾为兵部侍郎，此时因卢商罢相，与刑部侍郎马植，并入拜同平章事。墀颇忠说，乃有是言。敏中闻墀誉王皞，也不免顾忌三分，复奏时较为和平。但宣宗意终未惬，竟贬皞为句容令。至懿宗咸通年间，皞复入为礼官，再伸前议，乃始以郭氏配飨宪宗，这且慢表。

唯宣宗既贬去王皞，遂也不悦周墀，会值河湟议起，墀谏阻开边，愈拂上意，遂罢为东川节度使。这规复河湟的计策，在武宗时早有此议，小子于前两回中，亦曾略叙，因看官尚未明白，不得不再行声明。河湟陷没吐蕃，唐廷无暇规复，一则由国家多故，二则由吐蕃尚强，到了武宗时候，正值吐蕃内乱，若要规复河湟，却也是个绝大的机会。原来吐蕃自尚结赞后，君相多半庸弱，赞普乞立赞死，传子足之煎，足之煎再传之可黎可足，久病不能视事，委任臣下，纪纲日紊。至弟达磨赞普嗣位，淫虐益甚，国人不附，灾异相继。勉强拖延了三四载，到了武宗会昌二年，达磨死去，无子承袭，有妃綝氏，素为达磨所宠，至是与一佞相连络，立兄尚延力子乞离胡为赞普，年仅三岁，妃与佞相共执国政。首相结都那不肯入拜，愤然道："先赞普宗族尚多，奈何立綝氏子为嗣？老夫无权无勇，不能拨乱反正，报先赞普大德，计唯一死自明便了。"遂拔刀劙面，恸哭而出。<small>忠有余而智不足。</small>佞相嗾动党羽，追杀结都那，且把他家族尽加屠戮。番俗虽然野蛮，也有一派公论，你怨我谤，交相訾议。洛门川讨击使论恐热，悍狡多谋，乃号召徒众道："贼舍国族，擅立綝氏，屠害忠良，又未受大唐册命，怎得称为赞普？我当与汝等共举义旗，入诛妖妃及贼臣。天道助顺，功无不成。"<small>也想出些风头。</small>遂与青海节度使同盟起兵，自称国相，进兵渭州，连破防兵。转战至松州，所过残灭，伏尸枕藉。鄯州节度使尚婢婢，本姓没卢，名叫赞心，表字号为婢婢，宽厚沈勇，颇有谋略。论恐热假名仗义，实图篡国，恐婢婢袭他后路，因移兵往击。婢婢佯与结欢，遣使犒师，既黡重币，又饵甘言。恐热以为懦怯，即退营大夏川，哪知婢婢用埋伏计，来诱恐热，恐热追陷伏众，被他杀得七零八落，大败而逃。嗣又连战数次，尽为婢婢所败。婢婢因传檄河湟，历数恐热罪状，且语道："汝等本是唐人，吐蕃无主，宁可归唐，休被恐热猎取，自同狐鼠呢。"时唐朝巡边使刘濛，得知此事，立即遣使报闻，且乘机收复河湟。且因回鹘乌介可汗，为卢龙节度使张仲武，及黠戛斯阿热，两路夹攻，已是亲离众散，不堪衰敝。武宗末年，诏遣陕虢观察使李拭，出使黠戛斯，册阿热为宗英雄武诚明可汗。拭尚未行，武宗已崩，乃暂将此事搁起。宣宗即位，国是粗安，可巧回鹘乌介可汗，为下所杀，另立弟遏捻为可汗，遏捻兵食两穷，仰给奚部。张仲武出破奚人，遏捻立足不住，转投室韦。唐廷改派鸿卢卿李业，充黠戛斯册封使，令他剿除遏捻。黠戛斯可汗，遂遣相臣阿播，率诸番兵往破室韦，悉收回鹘余众。遏捻率妻子等九骑遁去，后来不知下落，大约是窜死穷荒了。唯回鹘别部龙勒，尚居甘州总碛西诸城，自称可汗，保存一线，后文再行表见。补应八十回余文。

宣宗因回鹘已平，改图吐蕃，适吐蕃秦原安乐三州，及石门等七关来降，诏令太仆卿陆耽为宣谕使，再遣泾原节度使康季荣，收取原州及石门、驿藏、石峡、木峡、六盘、制胜六关，灵武节度使朱叔明，收取安乐州，邠宁节度张君绪，收取萧关，凤翔节度使李玭，收取秦州。各州收复后，独改安乐州为威州，且令送河陇老幼千余人，诣阙朝天。宣宗亲御延熹门楼，俯受朝谒，河陇诸民，欢呼舞跃，解胡服，著冠带，伏呼万岁。诏许给资遣还，令垦辟三州七关土田，五年不收租税，就是土著人民，未曾入朝，亦准援例垦荒，将吏若能营田，令给耕牛及种粮，戍卒倍给衣食，三年一代。此外尚未收复诸州县，命各道量力规复。西川节度使杜悰，取得维州，亦即报闻。宰相白敏中等，因克复河湟，盛颂宣宗功德，请上尊号。宣宗道："宪宗尝志复河湟，未遂即崩，今幸得成先志，应议加顺、宪二庙尊号，藉昭先烈，朕却未敢当此。"归功先人，算是孝思。乃加谥顺宗为至德弘道大圣大安孝皇帝，宪宗为昭文章武大圣至神孝皇帝。

越年四月，因同平章事马植，与中尉马元贽交通，坐贬常州刺史，另任御史大夫崔铉，及户部侍郎魏扶，同平章事。魏扶受职即殁，又令户部尚书崔龟从，及兵部侍郎令狐绹入相，出白敏中充招讨党项都统制置使。党项屡为边患，宣宗颇不愿用兵，崔铉谓应遣大臣镇抚，乃令敏中出任制置。敏中使边将史元，破党项九千余帐，党项大恐，情愿修和，不敢再犯。敏中上表奏闻，宣宗允党项归顺，命敏中与他定约，办理告竣，移充邠宁节度使，不必返朝。唯吐蕃论恐热与婢婢交哄，婢婢虽然得胜，食尽引还，恐热大掠河西诸州，所过捕戮，待下残暴，部众竟起怨言。恐热乃扬言道："我今入朝唐室，当借唐兵五十万，平定婢婢。"于是入唐都求见宣宗。宣宗遣左丞李景让延入宾馆，且问所欲。恐热词色骄倨，求为河渭节度使，景让复白宣宗，宣宗不许，召对三殿，亦大略问答数语，没甚慰抚。恐热告辞，但照寻常胡客例遣归。恐热还居落门川，招集旧众，欲为边患，会天雨乏食，部众散去，才有三百余人，奔往廓州。沙州首领张义潮，奉瓜、伊、西、甘、肃、兰、鄯、河、岷、廓十州地图，献入唐廷。自是河湟尽行归唐，诏任义潮为沙州防御使。嗣就沙州置归义州，即命义潮镇守，拜为节度。宣宗既尽复河湟，一意休息，唐室好几年无事，内只宰相换易数人。崔龟从罢职，改任户部侍郎魏暮，及礼部尚书裴休，既而崔铉出调外任，裴休依次去职，复另任工部尚书郑朗，户部侍郎崔慎由，同平章事。未几，魏暮郑朗崔慎由，又陆续罢去。兵部侍郎萧邺，户部侍郎刘瑑，诸道盐铁转运使夏侯孜，相继入相。刘瑑病逝，继任为兵部侍郎蒋伸。一班相臣，更番进退，幸值国家粗安，大家旅进旅退，倒也无优劣可言。实是一班庸碌徒，不过福命较优。

外如卢龙节度使张仲武卒，子直方为留后，直方荒淫暴虐，为军士所逐，别推牙将周琳为留后。越年琳死，军人复立张允伸为留后，宣宗未尝过问，听他自乱自止。就是成德节度使王元逵逝世，军中立元逵子绍鼎为留后。绍鼎嗣立二年，亦即病终，弟绍懿代立，均得受唐廷封爵，唯武宁军乱了二次，先逐节度使李廓，由卢弘止往代，后逐节度使康季荣，由田牟往代，这是由朝廷特任，不归军人拥立。岭南都将王令寰作乱，囚节度使杨发，为后任节度使李承勋讨平，湖南都将石载顺，逐观察使韩琮，为山南东道节度使徐商讨平。江西都将毛鹤，逐观察使郑宪，为观察使韦宙讨平。宣州都将康全泰，逐观察使郑薰，为淮南节度使崔铉讨平。以上数种乱事，统是倏起倏灭，无甚可述。

宣宗得享太平岁月，垂裳坐治，就中有几种可称的美政。宣宗事太后郑氏，颇为孝敬，孝生母而逼死嫡母，难免缺憾。郑太后弟光，出镇河中，入朝奏对，语多鄙浅，宣宗留为右羽林统军，不再令他治民。太后屡言光贫，亦不过厚赐金帛，始终不给好官。还有宣宗长女万寿公主，下嫁起居郎郑颢，向例用银饰车，宣宗命易银为铜，以俭约示天下，且尝诏公主谨守妇道，毋得轻夫族，预时事。颢弟顗偶得危疾，宣宗遣中使探视，还询公主何在？中使答言在慈恩寺观戏，宣宗怒道："我每怪士大夫家，不欲与我家为婚，至今才得情由了。"乃亟召公主面责道："小郎有病，怎得自去观戏，不往省视哩？"公主谢罪而出。从此贵戚皆谨守礼法，不敢骄肆。次女永福公主，本拟下嫁于琮，公主与宣宗同食，稍不适意，即把匕箸折断，宣宗艴然道："这般性情，尚可为士大夫妻么？"乃改命四女广德公主，嫁为琮妻，且下诏谓："国家教化，原始夫妇，凡公主县主有子，已寡不得复嫁。"这数种政教，恰是有关道德，可谓一朝模范，史官称他明察沈断，用法无私，从谏如流，重惜官赏，恭谨节俭，惠爱民物，大中政治，媲美贞观，所以号为小太宗。看官试阅上文编叙各节，究竟宣宗得媲美太宗呢，还是未及太宗呢？小子不暇评议，想看官自应理会，闲文少表。**不断之断，尤妙于断。**

　　且说宣宗在位十三年，寿数已满五十，因为年力渐衰，不得不借需药物。偏又误信术士李元伯，用了许多金石燥烈等药，供奉宣宗，初服时有效验，到了大中十三年秋季，药性猝发，背上生疽，好几日不见大臣。**又蹈覆辙。**宣宗有十一子，长子名温，曾封郓王，但未得宣宗欢心。宣宗独爱第三子夔王滋，拟立为嗣，因恐乱次建储，必至臣下谏驳，所以逐年延宕。从前裴休入相时，曾请早建太子，宣宗变色道："朕尚未老，若亟建太子，是置朕为闲人了。"休乃不敢复言。至宣宗不豫，密嘱枢密使王归长等三人，拟立夔王滋为太子，唯右军中尉王宗实，素不同心，为王归长等所忌，归长等恐他作梗，先调他为淮南监军，擅颁诏敕。宗实受敕将出，左军副使元实，语宗实道："圣上不豫，已经逾月，今出公往淮南，是假是真，尚不可辨，中尉何不一见圣上，然后就道呢？"宗实顿时大悟，便入寝殿谒见宣宗。哪知寝门里面，正起哭声，宣宗已经归天，正位东首。王归长及马公儒、王居方，**三人姓名，一并点明。**方在寝殿中安排后事，将拥立夔王滋即位。宗实叱道："御驾已崩，奈何不先告中外？乃一般鬼祟，背地设谋，意欲何为？"说至此，即从袖中取出敕旨，掷示归长等三人道："皇上大渐，如何尚有此敕？显见是汝等捣鬼。汝等自思，假传圣诏，敢当何罪？"归长等只有内柄，并无外权，忽见宗实进来，已有三分惧怕，况又被他三言两语，抉透隐情，益觉情虚畏罪，吓得面如土色，当下接连跪地，捧足乞命。**实是没用。**宗实道："立嫡以长，古今同然，汝等既已知罪，速即起来，往迎郓王，还可稍图自赎呢。"二人忙扒将起来，去迎郓王温，不到一时，郓王已到，至御榻前痛哭一场。宗实亦召进元实，即刻草诏，立郓王温为皇太子，改名为漼。次日宣宗大殓，停柩殿中。太子漼即位柩前，召见百官，晋封令狐绹为司空。待百官退班，即传出一道诏旨，拿下王归长马公儒王居方，说他矫诏不法，当日处斩。**全是宣宗害他。**尊皇太后郑氏为太皇太后，追尊母鼂氏为皇太后。鼂氏为宣宗侍儿，宣宗即位，封为美人，越数年病逝，晋赠昭容。至是加谥元昭，祔主宣宗庙。越年，葬宣宗于贞陵，称鼂氏墓为庆陵。总计宣宗在位十三年，寿五十岁。

太子漼即位后，史号懿宗，罢同平章事萧邺，及首相令狐绹，复召荆南节度使白敏中入相，兼官司徒，再授兵部侍郎杜审权，同平章事。会敕使自南诏还都，报称："南诏酋长丰祐，适经去世，嗣子酋龙，礼遇甚薄"云云。原来宣宗崩逝，唐廷仍照旧例，讣告外夷。南诏自韦皋抚服后，朝贡唯谨，贡使利得厚赐，傔从甚多。及杜悰为西川节度使，奏请节减傔从数目，南诏乃有怨言。酋长丰祐，已生变志，酋龙袭位，接得唐使丧讣，不觉动怒道："我国亦有大丧，不闻唐廷遣吊，且诏书系赐故王，与我无涉，何必礼待来使呢？"遂居使外馆，不愿接见。唐使等候数日，怒别而归，因将情状奏闻。朝议以酋龙名字，与玄宗名讳相近，**隆龙两字，音近字异，若以此为嫌，何不读韩退之讳辨文。**且未曾遣使报告嗣位，显系有意抗命，遂不行册礼，搁过一边。偏酋龙自称皇帝，国号大礼，竟发兵寇陷播州。懿宗方预备改元，行庆贺礼，一时无从过问。次年元旦，改元咸通，行赏施赦，做过了一套旧文章，正思剿抚南诏，忽由浙东观察使郑祗德，飞表告急，系是土贼裘甫造反，连败官军数次，攻陷象山，并破郯县，亟请朝廷派将南征。正是：

> 蛮服叛王方僭号，潢池小丑又跳梁。

欲知裘甫作乱情形，容至下回表明。

观宣宗之复河陇，未始非一时机会，遣将四出，不血刃而得地千里，天子御延喜楼，亲受河陇人民朝谒，反夷为夏，易左衽而为冠裳，岂不足雪累朝之耻，副万民之望？时人号为小太宗，良有以也。然版籍徒隶强藩，田税未归司计，有克复之名，无克复之实，终非尽善尽美之举。即如大中政治，亦不过粉饰承平，瑜不掩瑕，功难补过，甚至以立储之大经，不先决定，及驾崩以后，竟为宦竖握权，视神器为垄断之物，英明者果若是乎？夫懿宗本为冢嗣，大中已乏权阉，乃无端委任中官，再令其拥立嗣君，无惑乎唐室之天下，与阉人共为存亡也。世有贾生，岂徒痛哭流涕已哉？

第二十二回

平浙东王式用智
失安南蔡袭尽忠

却说浙东贼裘甫，本是一个土匪，纠合无赖子弟，横行乡里，适因两浙久安，人不习战，甲兵朽钝，备御空虚，他即乘势揭竿，攻入象山，观察使郑祗德遣兵往讨，反被扫得干干净净，非逃即死。甫遂进陷剡县，开府库，募壮士，聚众至数千人。郑祗德再派讨击副使刘勍，副将范居植，率兵迎击，至桐柏观前，一场决斗，贼势很是厉害，居植阵亡，勍连忙遁回，侥幸得生。祗德大惧，更令牙将范君纵，副将张公署，望海镇将李珪，招集新卒五百人，驰至剡西，见前面列着贼垒，便杀将过去。贼略战即走，越溪北奔，三将也渡溪追贼，甫经半涉，不料溪水大涨，甲兵漂没，三将急挈残兵，向后退归，偏后面钻出许多悍贼，恶狠狠地拦住岸边，此时三将才识中计，前不得进，后不能退，没奈何投入水窟，同赴幽冥去了。原来贼党中有个刘暀，颇有谋略，他想了一计，设伏溪南，壅溪上流，诱令官军徒涉，待官军半济，决去壅水，使他沉没，再发伏兵邀截，杀个净尽。果然官军堕入计中，竟尔尽覆。<small>小丑中也有小智，故古人谓蜂虿有毒。</small>裘甫连战皆捷，威风大震，山海诸盗，皆遥通书币，愿属麾下。还有各处亡命叛徒，陆续奔集，众至三万，分为三十二队，裘甫自称天下都知兵马使，居然改易正朔，纪元罗平，铸成国玺，镌文天平，用刘暀为谋主，刘庆、刘从简为偏帅，造兵械，储资粮，大有并吞两浙的气焰。郑祗德无法可施，累表告急，且向邻道乞援。浙西遣牙将凌茂贞率四百人，宣歙遣牙将白琮率三百人，同赴浙东。两将畏贼众势盛，不敢进击，但远远驻着，作壁上观。

朝廷知祗德懦弱，援兵无用，乃用宰相夏侯孜言，特任前安南都护王式，为浙东观察使，召入祗德为太子宾客。式受命入朝，懿宗问以讨贼方法，式对道："但得兵多，贼必可破。"懿宗尚未及言，旁有中官插嘴道："发兵若多，所费必巨。"式应声道："兵多即足破贼，看似多费，实是省费。若兵少不能胜贼，延长岁月，贼势益张，恐江淮群盗，辗转勾连，一旦运道不通，上自九庙，下及十军，*羽林、龙虎、神武、神威、神策各分左右，为北门十军。*皆无从取给，所费何可胜计呢。"懿宗方顾中官道："式言甚是，应该多发兵士。"*不与宰相商议，乃与宦官定谋，国政可知。*乃下诏发忠武义成淮南诸军，合平浙乱，并尽归王式节制，式拜命即行。

裘甫方分兵寇衢婺台明各州，自率万余人掠上虞，入余姚，转破慈溪，陷奉化，据宁海，置酒高会，开怀畅饮。忽有探贼入报，朝廷已派王中丞式，统各道兵马前来了。裘甫不觉失色，用箸击案道："奈何奈何？"刘暀在侧侍饮，相顾太息道："火来水掩，将来兵挡。我兵数万，不谓不众，难道未战先怯么？今王中丞统兵前来，闻他智勇无敌，不出四十日，必到此地，兵马使宜急引兵取越州，凭城郭，据府库，遣锐卒五千守西陵，沿浙江一带，筑垒拒守，并大集舟舰，进取浙西，幸而得克，乘胜过大江，掠取扬州财货，作为军饷，还修石头城为国都。窃料宣歙江淮必有人闻风响应，再派刘从简率万人循海南行，袭取福建，照此办法，唐廷贡赋要道，已为我据，但恐子孙不能长守啰，若我身始终，保可无忧。"*却是独霸一方的良策。*甫沉吟道："今日已醉，明日再议。"暀见甫迟疑不决，未免动怒，也以酒醉为辞，悻悻趋出。

裘甫想了一夜，未得主意，暗思王式虽有盛名，究竟虚实未明，不如遣人请降，窥伺动静。乃即于次日派一党弁，奉书官军。王式正至西陵，接着贼使，便顾左右道："这是来窥我虚实，且欲使我骄怠呢。"*一口道破。*乃传见使人，取阅来书，便即正色道："裘甫果降，当面缚来前，许以不死，否则彼能造反，尽可来战，缓兵计休得欺我。"贼使闻言，咋舌而去。式即驰入越州，由郑祗德交卸军政，隔宿饯行，与祗德欢饮而别；乃蒐戎行，申军令，振衰起懦，饬纪整纲，才越三日，已是规模大变，耳目一新。

先是贼谍入越，军吏多与贼通谋，与约城破以后，保全身家，或诈引贼将来降，潜窥虚实，所有城中动静，均为贼知。式详察情伪，一一捕诛，并严申门禁，如无门照，不准出入，夜间分段巡逻，格外周密，贼计乃无所施。贼将洪师简许会能，率众来降。式与语道："汝等能去逆效顺，尚有何言？但必须立效奏功，方得迁官。"遂使率徒众为先锋，部将为后应，往与贼战，得擒斩数百人，始给一阶。又命诸县开发仓廪，分赈贫乏，有人谓军食方急，如何散赈？式说道："此非汝等所知，我自有主张。"或请在远郊分设烽燧，调贼远近多寡，式又微笑不答，良将沈几，大都如此。且故意挑选懦卒，令乘健马，少给甲兵，使为候骑。大众暗暗惊讶，但只不敢入问。式复巡阅诸营，选得士卒及土团子弟，共四千人，命导各军分路讨贼，临行下令道："毋争险易，毋焚庐舍，毋杀平民！奸渠魁，宥胁从，得贼金帛，官无所问。"嗣是捕得贼党，多系越人，不但尽行释放，并量给父母妻孥。受捕诸徒，皆泣拜欢呼，情愿效死。贼众闻风反正，陆续归降，遂分部军为东南两大路，节节进剿。南路军转战至唐兴，大破贼将刘昡、毛应天，应天败死，刘昡遁去。东路军至宁海，亦连拔贼寨。

式尚嫌兵少，再奏调忠武义成昭义各军，共至越州，乃遣忠武将张茵率三百人屯唐兴，截贼南出，义成将高罗锐率三百人，益以台州土匪，径趋宁海，攻贼巢穴，昭义将跌跌戬率四百人益东路军，断贼入湖州路。贼无从远窜，尽锐出海游镇，与官军角一胜负，偏又为南路官军所败，窜入甬溪洞中。官军围住洞口，贼出洞再战，又遭杀退。此外如各处贼寨，亦多为官军捣破。义成将高罗锐，进拔宁海，收集散民，得七千余人。王式屡得捷报，便道："贼窘且饥，必逃入海，海澨辽远，非岁月间可以擒贼，应亟阻海兜拿，方免他远窜呢。"遂命罗锐军速趋海口，拦截逃贼。又令望海镇将云思益，浙西将王克容，率水军巡行海澨，防贼四窜。贼将刘从简，正从宁海东奔，航船下海，不防水军大至，急弃船登陆，遁匿山谷中，各船尽被官军毁去，报知王式。式喜道："贼计已穷，无从逃遁了。现只有黄罕岭一路，尚可入剡，恨一时无兵可守，但亦必为我所擒了。"料事几如指掌。果然裘甫带领残贼，从黄罕岭窜去，各路军四面兜缉，不知盗魁下落。至义成将张茵，捕得贼将一人，坚讯裘甫所在，贼将不肯实供，经张茵加以严刑，方吐实道："裘甫已经入剡，如肯舍我，我请为将军向导，往追裘甫。"茵乃释贼将缚，使为前驱。到了剡县东南，果见贼众已入城中，当即飞使入越，乞速调兵会剿。越人闻贼又至剡，都有惧色，式独笑道："贼来就擒呢。"遂檄东南两路军，倍道进击。贼登城固守，累攻不能下。诸将议壅遏溪水入城，令贼无从觅饮。贼众也防此着，更番出战，计三日间，战至八十三次，贼虽屡败，官军亦疲。裘甫缒使请降，诸将向式请命。式微哂道："贼尚非真降，不过欲稍图休息呢。诸将应乘此急攻，擒渠获丑，在此一举。既而贼果复出，三战皆败。裘甫刘暀刘庆，率百余人出降，离城数十步，遥与诸将问答。官军疾趋前进，绕出裘甫等后面，前后合围，立将裘甫等擒住，解至越州。式命枭斩暀庆等二十余人，械甫送京师。唯剡城尚为贼将刘从简所守，官军因渠魁已获，略一疏防，被从简带领五百骑，突围出走，奔往大兰山。诸将连忙追蹑，好容易攻克山寨，复被从简遁去。

台州刺史李师望，募贼相捕，悬赏示励，当有降贼数百人，携从简首级，前来献功。师望转报王式。式因贼众荡平，召诸将还越，置酒犒军。诸将乘着酒兴，争问王式道："末将等生长军中，久历行阵，今年得从公破贼，有好几事未识公意，敢问公始至时，军食方急，奈何遽散贫乏呢？"式答道："这事最易知晓。贼方聚谷，诱动饥民，我先给以食，饥民得安，谁愿从盗？且诸县尚无守兵，贼或入城，仓谷适为贼资，何若先行赈饥为妙！"诸将又问道："何故不置烽燧？"式又道："烽燧所以促救兵，我兵已尽集城中，无兵为继，徒举烽以惊士民，是反自溃乱了。"诸将又问使懦卒为候骑，少给甲兵，究是何意？式复道："候骑苟用锐卒，遇敌即斗，斗死将何人通报呢。"于是诸将皆下拜道："如公智谋，非末将等可及，敢不拜服。"王式所言，实皆情理中事，但诸将未曾深思耳。当下尽欢而散。未几诏命已下，加王式官右散骑常侍，诸将各赏赍有差。唯此次成功，外由王式，内由夏侯孜，孜既荐举王式，且与式书道："公但期擒住贼魁，所需军费，有我在朝，定当不误。"式赖此行军，所奏军情，求无不允，因此不到数月，即已平贼。裘甫解到京师，当然是做了刀头面，不消细说了。

浙乱既平，乃图南诏。时安南都护李鄠，已克复播州，拟向南诏进兵，偏安南土蛮，因前时鄠至安南，曾杀死蛮酋杜守澄，各图报怨，乃潜引南诏兵众，乘虚攻陷交趾。鄠猝不及防，只好逃奔武州，告急唐廷。廷议发邕管及邻道兵，往救安南，另诏盐州防御使王宽为安南经略使，贬鄠为儋州司户。鄠尚未接诏，方收集土兵，击破群蛮，再取安南，正思将功抵罪，不意王宽到来，传到诏书，已经遭贬；再经宽举发鄠杀守澄罪状，更流鄠至崖州。朝廷以杜氏强盛，暂事羁縻，特赠守澄父存诚为金吾将军，并为守澄申冤。其实蛮人未尝感德，南诏益复横行。咸通二年，南诏复攻陷邕州，经略使李弘源，弃城奔峦州。嗣因南诏兵引去，始复还城。前邕管经略使段文楚，已入为殿中监，此时再受命复任，贬弘源为建州司户。懿宗方免白敏中相职，进左仆射杜悰代相，悰上言："南诏强盛，西川兵食单寡，未便与争，不若遣使吊祭，谕以新王名号，适犯庙讳，所以未行册命，待他改名谢恩，然后遣使，庶全大体"云云。乃是掩耳盗铃之计。懿宗乃遣左司郎中孟穆为吊祭使。穆尚未发，闻南诏又入寇隽州，转攻邛崃关，穆遂不行。

转瞬间又是一年，安南经略使王宽，屡上紧急奏章。说是南诏屡寇安南，懿宗特授前湖南观察使蔡袭，代任安南经略，且调发许、滑、徐、汴、荆、襄、潭、鄂诸道兵马，归袭派遣。兵势既盛，寇乃引退。岭南旧分五营，广、桂、邕、容、安南，皆隶岭南节度使，左庶子蔡京，性多贪诈，时相独说他有吏才，奏遣京制置岭南。京奏请分岭南为二道，以广州为东道，邕州为西道。朝廷依议，即命岭南节度使韦宙为东道节度使，蔡京为西道节度使。蔡袭率诸道军，镇守安南。京恐他立功，特奏称："南蛮远遁，边徼无虞，多留戍兵，徒费无益，不如各遣归本道。"有诏依议，令袭遣还戍兵。袭奏言："群蛮伺隙，不可无备，乞留戍兵五千人！"朝廷不省。袭又以蛮寇必至，交趾兵食皆缺，势且谋力两穷，乃作十必死状申告中书。怎奈一班行尸走肉的宰辅，专顾目前，不知后患，任他如何说得要紧，仍然搁置不提。可恨可叹。

会当徐州兵变，逐去节度使温璋，徐州曾号武宁军，自王智兴镇守后，募勇士三千人自卫，有银刀、雕旗、门枪、挟马等名，骄横不法，为历任镇帅所畏惮。一夫猝呼，千人响应，节度使辄为所逐，所以宣宗时叠经两乱，经田牟莅镇后，饮酒犒赐，日以万计，乃得少安。回应前文。牟殁璋继，银刀军闻璋素严饬，阴怀猜忌。璋虽开诚慰抚，始终未惬众望，仍为所逐。有诏调王式移镇徐州，令带许滑两军随行。许军即忠武军，滑军即义成军，前从式平浙东，尚未归镇，至此由式奉命启程，即率两军自随。既至徐州，银刀军怕他势盛，不敢不出城迎谒，式不动声色，好言劝慰，入城三日，宴犒两镇兵士，但说是饯他归镇。银刀军暗地生欢，总道好拔去眼中钉，乐得醉酒食肉，高枕而卧。不料到了夜间，有无数兵士杀入，才伸出头，已被割去，或先伸出手足，也被剁断，内有几个眼明手快，脚长身俏的人物，溜将出去，那外面却已围得密密层层，无隙可钻，结果是仍然一死。至杀到天明，把银刀雕旗门枪挟马等骄兵，一股脑儿杀尽。看官道兵从何来？就是那许滑两镇兵士，暗受王式指挥，来歼这种骄卒。可怜数千人性命，悉数了完。*虽是咎由自取，王式亦太觉辣手。*式先斩后奏，廷议以为办理妥协。且敕改武宁为徐州团练使，隶属兖海，划徐州归淮南，更置宿泗观察使，留二千人守徐州，余皆分隶兖宿，令式分配将士，赴诸道讫，然后将许滑两军，遣归本镇，并召式还京，任左金吾大将军。式系王播从子，父名起，曾入翰林，为侍讲学士，出任东都留守，进官尚书左仆射，封魏国公，平生饱学，书无不窥，殁谥文懿。起以文学显，式以武功称，父子扬名，富贵终身，这也好算是贤桥梓呢。*《旧唐书》谓式系播子，今从《新唐书》。*

且说岭南西道节度使蔡京，行政苛刻，尝设炮烙刑毒虐兵民，终为军士所逐，出奔藤州。事闻于朝，诏贬为崖州司户，京不肯南行，还至零陵，受敕赐死，改用桂管观察使郑愚，接受岭南西道节度旌节。唯安南自遣还戍兵后，边备空虚，南诏遂号召群蛮，有众五万人入寇。经略使蔡袭，上表告急，诏发京南湖南兵二千，桂管义征子弟三千，往诣邕州，受郑愚节制，遣援安南。俗语说得好："远水难救近火。"援兵虽出发，哪能飞至安南？那南诏兵已经围攻交趾，蔡袭婴城固守，一面又飞书乞援，懿宗虽复下敕，调山南东道弓弩手千人，续往救急，偏一时未能到达。交趾危急万分，好容易守过残冬，到了咸通四年正月间，城中兵粮皆尽，竟被蛮兵陷入。袭巷战半日，左右无遗，只剩孤身一人，徒步力斗，身中十矢，没奈何大吼一声，杀开一条血路，趋往海滨。安南亦有监军，他已先时出城，下船逃命，至袭仓皇赶到，船早离岸，后面蛮兵又至，忍不住仰天下泪道："袭一死报国了。"遂跃海而死。*忠义可嘉。*适荆南将士四百余人，本在交趾助守，至是因城陷出奔，走至城东水际，四顾无船，荆南将元惟德等语众道："我辈无船可渡，入水必死，不若还与蛮斗，我等以一身易二蛮，也还值得。"众士应声许诺，遂还入东罗门，乱砍乱剁，杀毙蛮兵二千余名。*以一身易四五蛮，愈觉值得。*蛮将杨思缙领众来攻，惟德等力尽身亡，四百人同时毕命。南诏两陷交趾，掳杀至十五万人，留兵二万，令杨思缙据守。所有溪峒夷獠，尽行降附。

急报驰达唐都，有诏召还诸道兵，分保岭南东西道。蛮兵复进寇东西江，寖逼邕州，岭南西道节度使郑愚，恐慌得了不得，忙表请辞职，但说自己是个儒臣，素无将略，乞速任武臣，镇遏蛮方。懿宗乃调义武节度使康承训，出镇岭南西道，发荆、襄、洪、鄂四道兵马，给他调遣。又任右监门将军宋戎，为安南经略使，发山东兵万人，随往控御。各道兵络绎奔赴，饷运甚艰。润州人陈磻石，请造千斛大舟，自福建运达广州，稍得接济军食。但大舟入海，有时遇着飓风，不免漂没。有司辄系住舟人，令他偿还。或竟夺商舟载米，把他原有货物，委弃岸上。舟子商人，欲诉无门，多半蹈海自尽。小子有诗叹道：

> 保全王室仗屏藩，外域何堪撤戍屯。
> 良将捐躯强寇炽，徒劳士马效星奔。

究竟康承训等能否收复安南，且至下回续表。

　　裘甫一无赖子，揭竿而起，骚扰浙东，得良将以荡平之，本非难事，郑祗德非其伦也，王式受命讨贼，严申军令，制敌有方，以之平贼，绰有余裕，然非夏侯孜主持于内，则专阃虽得良才，举动必多掣肘，恐亦难望成功；即幸成矣，要未必若是神速也。孜为相无他长，独专任王式，不让晋公，至若安南之遇寇，不闻孜发一策，献一议，岂能任王式，偏不能任蔡袭耶？袭请留戍卒，不得邀允，卒至蹈海以殉，可悲可惜。盖将相不和，断未有能成事者。式之成功也以幸，袭之致死也以不幸，观于此而知行军之道矣。

第二十三回

易猛将进克交趾城

得义友夹攻徐州贼

却说岭南西道节度使康承训，本来是没甚将略，到了邕州，正值蛮寇大炽，他无法摆布，只是接连上奏，屡请添兵。诏发许、滑、青、汴、兖、郓、宣、润八道兵往援。各兵陆续趋集，他又自恃兵众，毫不防备，远郊也不设斥堠，好似没事一般。那南诏带领群蛮，入邕州境，承训才接到警报，遣六道兵约万人，出拒寇锋。六道兵统是新到，路径不熟，用獠为导。獠人与群蛮私通，竟引各军至绝地，一声暗号，蛮兵四集，将各军冲作数橛，各军没处逃避，一万死了八千，唯天平军二千名，尚在后面，所以转身逃还。承训闻报，吓得手足无措。节度副使李行素，率众修治濠栅，甫经毕工，蛮兵即至，围住邕城，大治攻具。诸将请乘夜往劫蛮营，承训不许，有天平小校再三力争，方才允准。小校即召集勇士三百人，夜缒而出，潜抵蛮寨，或呐喊，或纵火，并力闯将进去，一阵乱斫，得蛮首五百余级。蛮众大惊，解围径去。承训乃遣数千人驰追，已是无及，但杀死溪獠二三百人，都是由蛮众胁从，无一渠酋。承训却腾奏告捷，说是大破蛮贼，朝廷信以为真，相率称贺，承训讳败报胜，殊不足责，唐廷不察虚实，遽尔称贺，亦觉可丑。且加承训为检校右仆射。此外奏功受赏，无一非承训子弟亲旧，至若烧营小校，一级没有超迁。嗣是军中失望，怨声盈路。独岭南东道韦宙，具知承训所为，上白宰相。承训亦自疑惧，累表称疾，乃罢承训为右武卫大将军分司，调容管经略使张茵，代镇岭南。茵胆小如鼷，不敢进军，于是同平章事夏侯孜，特荐骁卫将军高骈，出为安南都护，兼本管经略招讨使。

骈系高崇文孙，家传武略，好读兵书，尤能折节为文，与诸儒共谈治道。神策两军，交相称美。骈尝见二雕并飞，抽矢默祝道："我若得贵，当射中一雕。"祝毕，发矢射去，见二雕并落，很是欣慰。后为右神策军都虞候，时人号为落雕侍御。**骈有叛志，自是初萌。**此次骈受命南下，先至海门治兵，屯留至一年有余，监军李维周，与骈不协，屡促骈进军，骈乃率五千人先济，约维周发兵接应。维周当面许可，及骈既启行，偏拥众不进。骈却鼓行而南，进至南定峰州，正值蛮众获田，便掩杀过去。蛮众猝不及防，顿时骇散，所有收获诸稻，均由骈军捆载而归，充作饷糈。捷奏至海门，李维周匿住不报，数月不通音问。懿宗不免动疑，传诏诘问维周。维周反奏骈驻军峰州，玩寇不进。是时朝中已迭易数相，蒋坤、杜审权、杜悰、夏侯孜，先后外调，还有礼部尚书毕诚，兵部侍郎杨收、曹确、路岩、高璩、徐商等，递次接任，始终不得一贤相。当下懿宗召问诸臣，出示维周奏牍，彼此都认是真确，奏请另易统帅。懿宗乃遣左武卫将军王晏权，代骈镇安南，因即召骈诣阙，拟加重谴。骈尚未得闻，但乘胜进逼交趾，杀获甚众，遂将交趾城围住，安南蛮帅杨思缙，已经归国，换了一个段酋迁，据守交趾。他出城冲突数次，均为骈军所败，城中孤危，且夕可下。骈遣偏校王惠赞、曾衮二人，驾着快船，入报胜状；驶至海中，遥见前面有大船数艘，悬着旌旗，鼓棹而来，两人不胜惊异。巧值海中另有游船，便去探问大船来历。游船中有人答道："想是新经略使及监军呢。"两人越加惊疑，互相商议道："高经略屡得胜仗，如何朝廷换用别人？莫非监军李维周，妒功不报，我等若被瞧着，必夺我表文，将我羁住，不如觅地暂匿，待他过去，方可北行。**两校却也细心。**计议已定，便摇船入海岛间，俟大舟过去，乃兼程驰赴京师。懿宗大喜，即加骈检校工部尚书，仍镇安南，<u>立遣二校归报</u>。

骈已得王晏权牒文，料知监军舞弊，把军事交与副将韦仲宰，只率麾下百人北归。行至海门，方由二校赍到诏敕，乃再还攻交趾城。王晏权素来懦弱，李维周专知贪诈，虽然到了军前，诸将皆不乐为用，他二人也自觉扫兴，至高骈复到，朝旨亦即随下，召他二人还阙，二人只好奉旨回去。骈复督兵攻城，亲冒矢石，一鼓不克，再鼓乃下。段酋迁尚裸身死斗，被韦仲宰抢将过去，拦腰一刀，劈作两段。土蛮朱道古，系诱南诏入寇的头目，也做了无头死尸。骈军四处搜杀，共毙三万余人，再攻破蛮、峒二区，尽诛酋长，蛮人始不敢抗命，率众归附，共得万七千人。捷书既达唐廷，懿宗用宰相议，就安南置静海军，即以高骈为节度使，一面大赦天下，饬安南、邕州及西川诸军，召保疆域，不必进攻南诏。且令西川节度使刘潼，晓谕南诏王酋龙，如能更修旧好，一切不问。加岭南东道节度使韦宙同平章事，其余出力诸将，亦赏赉有差。凑巧吐蕃将拓跋怀光，亦杀毙论恐热，传首京师，乞离胡君臣，也不知所终。唐廷以南诏败退，吐蕃衰绝，西南边境，可保无事，遂庆贺了好几日，仿佛有国泰民安的幸事。为下文返照。

懿宗素好宴游，并耽音乐，供奉乐工，常近五百人，每月必大宴十余次，水陆佳肴，无不搜集。偶一行幸，扈从多至十余万人，耗费不可胜计。乐工李可及，善为新声，竟得擢为左威卫将军。左拾遗刘蜕，一再进谏，反被黜为华阴令。同平章事曹确，上言李可及不应为将军，亦不见从。至咸通九年，桂州戍卒作乱，杀都将王仲甫，推粮料判官庞勋为主，劫库兵北还，所过剽掠，州县不能御，接连递入警报，几与雪片相似。唐廷君臣，才脚忙手乱起来，会议了一两次，想出了将就的方法，遣中使高品张敬思，赦他前罪，令勒众安归徐州。原来前时南诏入寇，徐州奉诏募兵，计八百人往援，就中有都虞候许佶，及军校赵可立姚周张行实等，本是徐州群盗，投入戎伍，当下出戍桂州，初约三年一代，至六年尚不得归，戍卒各有怨言。许佶等遂煽众作乱，杀毙都将，奉勋北还；既得中使慰抚，乃暂止剽掠。到了湖南，监军设法招诱，令悉输甲兵。山东南道节度使崔铉，派兵扼守要害，戍卒始不敢入境，泛舟东下。许佶等计议道："我辈罪大，比银刀军为尤甚，朝廷颁敕赦罪，无非暂时牢笼，若到徐州，必致菹醢了。"遂各出私财，购造甲兵旗帜，过浙西，入淮南。

淮南节度使令狐绹，着人慰劳，并给刍米。都押牙李湘谏绹道："徐卒擅归，势必为乱，虽无敕令诛讨，藩镇大臣，亦当临时制宜。高邮岸峻，水狭且深，请焚荻舟塞住前面，用劲兵截住后路，然后可以尽歼。若纵令出淮，必成大患。"养痈成患，原不若去火抽薪。绹素懦怯，且因无诏不便擅行，乃对李湘道："彼在淮南，未曾为暴，随他过去便了。"勋等过了淮南，适徐泗观察使崔彦曾，奉敕抚循，遣使喻以赦意，令他不必惊疑。勋尚自申状，辞礼甚恭。及行至徐城，勋与许佶等，复宣告大众道："我等擅归，无非欲还见妻孥，今闻已有密敕，颁下本省，俟我等到后，即须屠灭，与其自投罗网，何若勠力同心，共赴汤火，不但可以免祸，富贵亦或可图，尔等以为何如？”大众踊跃称善。勋复递申状，略言：“将士等自知罪戾，各怀忧疑，今已及符离，尚未释甲，实因军将尹勘、杜璋、徐行俭等，狡诈多疑，必生衅隙，乞即将三人罢职，借安众心，仍乞戍还将士，别置二营，共设一将，如肯俯允，不胜感德”云云。全是要索。彦曾览到申状，因召诸将与谋，众皆泣语道：“近因银刀凶悍，使一军皆蒙恶名，歼夷流窜，不无枉滥。今冤痛未消，复来桂州戍卒，猖狂至此，若纵使入城，必为逆乱，恐全境将从此糜烂了，不若乘他远来疲敝，发兵往讨，彼劳我逸，料无不胜。”彦曾尚未能决。团练判官温庭皓，复谓：“讨乱有三难，不讨乱有五害，利弊相较，还是进讨为宜。”彦曾乃检阅师徒，得兵四千三百人，命都虞候元密为将，援兵三千人讨勋。一面声明勋罪，檄令宿泗二州，也出军邀击。

元密出至任山，逗留不进，但遣侦卒变服负薪，往探贼踪，拟俟贼众到来，设伏掩击。不意侦卒为贼所执，搒讯得实，遂诡道转趋符离。宿州戍卒五百人，出御潍水，望风奔溃，贼众得进攻宿州。观察副使焦潞，方摄行州事，城中无兵可守，只好弃城逃命。勋即率众入城，自称兵马留后，发财散粟，名为赈给穷民，实是选募徒众，如或不愿，立即杀死，仅一日间，已得数千人，乘城分守。元密闻勋陷宿州城，始引兵进攻，驻营城外。贼用火箭射城外茅舍，延及官军营帐。官军正在扑救，不防贼众出城突击，慌忙抵敌，伤亡了三百人。贼众还入城中，夜使妇人持更，大掠城河船只，备载资粮，顺流而下，拟入江湖为盗。到了天明，已是走尽，官军才得察觉，乘晓追去，约行二三十里，始见贼舸舟堤下，岸上亦有数队贼兵，三三五五，邠走林间。密望将过去，还道临阵畏缩，便驱兵进击。军士尚未早餐，各有饥色，因不敢违拗将令，忍着饥追赶上前；将及贼舟，舟中忽起啸声，突出许多悍徒，前来拦截。官军奋力搏战，哪知岸上的贼兵，却从林间绕出，竟至官军后面，拊背突入，官军顿时大乱。密料不可敌，且战且行，仓猝中不辨路径，竟陷入荷泽中。贼众追至，四面攒射，密与麾下约死千人，尚有残众数百，一齐降贼，没一人得还徐州。勋探问降卒，得知彭城空虚，即引众北渡潍水，逾山进攻。

彦曾尚未悉元密败状，及贼已入境，才有人报闻，急募城中丁壮，登陴守御。怎奈阖城震惧，已无固志。或劝彦曾速奔兖州，彦曾怒道：“我为元帅，与城存亡，是我本职，怎得说好逃走呢？”说毕，拔出佩刀，将他杀死。忠而寡谋，死亦无补。过了两日，贼至城下，有众六七千人，鼓噪动地。城外居民，由勋好言抚慰，毫不侵扰。自是人民争附，相助攻城，或纵火焚门，或悬梯攀堞，守卒无心抵御，一哄而逃，坐见城池被陷。彦曾高坐堂上，由贼众将他扯下，牵禁馆中。尹勘、杜璋、徐行俭三人，无从趋避，俱为贼掳，枭首刳腹，备极惨毒，且将他三家屠灭。勋盛陈兵卫，召见文武将吏，自己高踞厅座，点名传入。将吏等都惶恐伏谒，不敢仰视。统是贪生怕死。勋又召判官温庭皓，令作草表，求请节钺。庭皓道："此事甚大，非顷刻可成，容我还家徐草，方免朝廷驳斥。"勋乃许诺。翌晨，勋着人取稿，庭皓随入见勋，从容答道："昨日未曾拒命，不过欲一见妻子，面诀死生，今已与妻子诀别，特来就死。"勋注视良久，不禁狞笑道："书生独不怕死么？我庞勋能取徐州，何患无人草表，汝不肯为，权寄头颅，改日再与汝算账。"庭皓趋出，勋另延文生周重为上客，属令草表，重援笔写道：

臣庞勋上言：臣军居汉室兴王之地，顷因节度刻削军府，刑赏失中，遂致迫逐。陛下夺其节制，翦灭一军，或死或流，冤横无数。今闻本道复欲诛夷将士，不胜痛愤，推臣权兵马留后，弹压十万之师，抚有四州之地。臣闻见利乘时，帝王之资也。臣见利不失，遇时不疑，伏乞圣慈，复赐旌节！不然，挥戈曳戟，诣阙非迟，谨擐甲待命！语气狂甚。

勋览表甚喜，即遣押牙张璡赍诣京师，令许佶为都虞候，赵可立为都游奕使，党羽各补牙职。连日募兵，分屯要害。泗州刺史杜慆，系杜悰弟，闻庞勋已据徐州，亟完城缮甲，整顿守备。勋党李圆，为勋所遣，率二千人略泗州，先使精卒百名，入城招降。慆封贮府库，佯为投顺，开城迎入贼兵，一俟百人趋入，即阖住城门，杀得一个不留。越日，李圆进攻，城上早已防备，矢石如注，射死贼兵数百名。圆退屯城西，求勋添兵。勋再遣众万人，往助李圆。广陵人辛谠，辛云京孙。素性任侠，隐居不仕，尝与杜慆交游，至是因泗州被寇，入城见慆，劝慆挈家远避。慆答道："平安时坐享禄位，危难时即弃城池，负君负国，我不敢为，誓与将士共死此城。"谠慨然道："公能如是，仆亦愿与公同死，当回家一诀便了。"为君为友，情义兼至，却是一个侠士。遂辞还广陵，与家属诀别，再往泗州。途次遇着避乱的泗民，扶老携幼，络绎逃来，就中有几个认识辛谠，即与言贼众大至，城已被围，幸毋轻进取死。谠微笑不答，径趋城下，果见贼众环攻，只有水西门留出。他只身棹着小舟，驶进水西门，侥幸得入。慆相见大喜，立署他为团练判官。都押衙李雅，饶有勇略，为慆严设守备，觑贼懈怠，出奇击贼。贼众败退，还屯徐城，众心少安。

已而朝廷降旨讨贼，令右金吾大将军康承训，为义成节度使，兼徐州行营都招讨使，神武大将军王晏权，为徐州北面行营招讨使，羽林将军戴可师，为徐州南面行营招讨使，大发诸道兵，分属三帅。承训复奏乞调发沙陀三部落，使朱邪赤心率众随行，有旨允他所请。且因泗州方急，敕淮南监军郭厚本，领兵往援，厚本至洪泽湖，闻庞勋部下吴迥，又率众数万，再围泗州，他未免胆怯，逗留不前。杜慆日夕望援，待久不至。辛谠夜乘小舟，潜出水西门，径至洪泽湖，谒见厚本，敦促进师。厚本佯与约期，至谠返泗城，仍然按兵不发。那贼众攻城益急，并将水西门围住，负草填濠，为火攻计。城中惶急万分，谠复请求救。慆说道："前往徒劳，今往何益？"谠忿然道："此行得兵乃来，否则死别。"两语足抵《易水歌》。遂复乘小舟，负着户门，抵挡矢石，好容易突出围城，往见厚本，极陈利害，继以涕泣。厚本颇为感动，意欲发兵。淮南都将袁公弁进言道："贼势至此，自顾且不暇，怎能救人？"谠瞋目呵叱道："贼猛扑泗城，危在旦夕，公受诏赴援，乃逗留不进，岂非有负国恩？若泗州不守，淮南必为寇场，难道公能独存么？我当杀公谢国，然后自杀谢公。"说至此，拔剑遽起，欲击公弁。厚本急将谠抱住，公弁才得走脱。谠回望泗州，痛哭不休。淮南军士，亦皆流涕。厚本乃许分五百人，随谠还援。谠对五百人下拜，乃率同渡淮，遥望贼众耀武扬威，势甚披猖，有一军士失声道："贼势似已入城，我辈不若归去。"谠不觉大怒，一手扯住该兵，一手拔剑拟颈。淮南军连忙劝阻，谠叱道："临敌妄言，律应斩首。"大众见不可争，向前抢救。谠素多力，便将该兵提起，挡住大众，众无力可施，没奈何哀求乞免。谠答道："诸君但驶舟前行，我舍此人。"众亟鼓棹而进，谠乃将该兵放下，驱至淮北，登岸击贼，喊杀连天。慆在城上瞧着，也出兵接应，内外夹攻，贼乃败走，追逐至十里外，至晡乃还。小子有诗赞辛谠道：

> 平生好爵敢虚縻，临难奋身独不辞。
> 为语古今诸侠士，忘躯为国是男儿。

贼众既退，泗州果能免兵否，容至下回说明。

　　高骈复交趾时，原是一员猛将，不得因后时变节，遽没前功。若尽如李维周之忮刻，王晏权之庸懦，安南岂尚为唐室有耶？庞勋之乱，不过因戍卒怨望，激而一决，原其本意，固非有胜广之志也。唐廷专务姑息，酿成骄焰，令狐绹出镇淮南，当勋等东下时，不从李湘之言，纵使出柙，星星之火，遂至燎原，绹罪可胜诛乎？泗州当江淮之冲，杜慆誓众固守，已越寻常，然城存与存，城亡与亡，典守者固不得辞其责。辛谠隐居不仕，独趋见杜慆，愿与同死，突围请救，一再不已，卒能乞师而来，与慆夹攻，得退劲贼，上不负君，下不负友，彼游侠如朱家郭解，宁足望其项背？诚哉一忠义士也！读是回，足令薄夫敦，懦夫有立志云。

第二十四回

斩庞勋始清叛孽

葬同昌备极奢华

　　却说庞勋闻吴迥败退，再派许佶率众数千助攻泗州。濠州贼将刘行及，拘杀刺史卢望回，据有濠城，亦遣党羽王弘立，引兵趋会。杜慆闻贼众又至，告急邻道。镇海节度使杜审权，遣都头翟行约，率四千人救泗州，将抵城下，被贼迎头邀击，行约战死，全部覆没。淮南节度使令狐绹，亦遣押牙李湘率兵往援，至洪泽湖，会同郭厚本、袁公弁，进屯都梁城，与泗州隔淮相望。贼众既破翟行约，遂渡淮围住都梁城，李湘挥兵出战，为贼所败，退入城中，门不及闭，骤被贼众捣入，把湘擒住。李湘前劝令狐绹，恰有先见，谁知他毫不耐战？郭厚本亦被拿获，只袁公弁走脱，究竟是他脚长。许佶将郭、李二人，械送徐州，庞勋大喜，进据淮口，分派党羽丁从实等，南寇舒庐，北侵沂海，破沭阳、下蔡、乌江、巢县，攻陷滁州，杀刺史高锡望，又转寇和州。刺史崔雍，引贼入城，登楼共饮，贼乘着酒兴，大掠城中，屠害兵民八百余人。都招讨使康承训，闻贼势甚盛，由新兴退还宋州。

　　于是泗州孤立无援，粮又垂尽，每人每日，仅得食薄粥数碗。义士辛谠，复愿至淮浙求救，夜率敢死士十人，执长柯斧，乘小舟潜出水门，斫入贼水寨中。贼不意官兵猝至，纷纷自乱，谠得夺路而去。诘旦，贼始知谠仅十人，乃水陆分追。谠舟轻行速，急驶至三十里外，方才得脱。至扬州见令狐绹，又至润州见杜审权，审权乃遣押牙赵翼，率甲士二千人，与淮南输米五千斛，盐五百斤，往救泗州。说又转趋浙西，借给兵粮去了。

徐州南面招讨使戴可师，恃勇轻进，率麾下三万人，渡淮而南，迭破淮滨诸贼垒，直薄都梁城。城中贼少，登城再拜道："方与都头议出降，请王师少退，当即投诚！"可师乃退五里下寨。及次日往探，已只剩一空城，守贼不知去向，他还道是贼众畏己，恃胜生骄，毫不设备。是日天适大雾，不防濠州贼将王弘立，引众数万，疾趋而至，纵击官军。官军不能成列，遂致大败。将士伤毙兵刃，及溺死淮水，约二万余名。器械资粮车马，丧失殆尽。可师亦为贼将所杀，传首彭城。庞勋自谓天下无敌，纵情淫乐，掠得美妇数十人，日事荒耽。贼幕周重进谏道："骄满奢逸，断难成事，就使得亦必失，成亦必败，况未得未成，怎宜出此？"*周重既知此理，奈何附贼？*勋仍不省，安乐过冬。

次年为咸通十年，唐廷授右威卫大将军马举，继任徐州南面招讨使，又因王宴权畏敌不进，将他撤回，改任泰宁节度使曹翔，代任徐州北面招讨使。一面诏令河北诸镇，发兵助剿。魏博节度使何弘敬，时已去世，子全皞嗣为留后，奉诏出师，遣部将薛尤，率兵万三千人，进驻丰萧，与曹翔驻滕沛军，相为掎角。康承训召集诸道兵马，得七万余人，自宋州出屯柳子镇，连营三十余里。勋党分成四境，徐城中不及数千人，勋始恟惧，日夕募民为兵，百姓不愿应募，多半穴地潜处，冀免迫胁。勋不胜焦灼，调回各处戍卒，保守徐州。那时魏博军已战胜丰县，贼将王敬文败走，阴蓄异谋，被勋诱归杀死。海州寿州各路贼寇，亦多为官军杀败。辛说又借得浙西军，到了楚州，贼众尚水陆布兵，锁断淮流，说选敢死士数十人，作为前驱，先用米船三艘，盐船一艘，乘风直进，冒死奋斗，任他矢石如雨，只是有进无退。说督敢死士用着大斧，砍断铁锁，方得越淮抵城。城上守卒，已拼一死，忽见辛说到来，好似绝处逢生，欢呼动地。杜慆带领将佐，出城相迎，握手涕泣，及入城后，登陴南望，遥见舟师张帆东来，旗上标明浙西军号，为贼所拒，帆止不进，说挺身再出，复率敢死士出城，驾船猛进，冲透贼阵。贼见他来势猛锐，恰也畏避，说得自由出入，迎浙西军同入城中。既而说复率骁勇四百，往润州乞粮，贼夹岸攻击，经说转战而前，力斗百余里，得至广陵，过家不入，径向润州乞得盐米二万石，钱万三千缗，还至斗山。贼将密布战舰，截击中途，两下鏖战，自卯至未，不分胜败。说令勇士改乘小舟，分趋贼舰两旁，用枪揭草，爇火乱投。贼舰为火所燃，不战自乱，诜得乘机杀出，安抵泗城。勇战辛诜！

泗州既得军粮，当然巩固。庞勋以泗州地扼江淮，锐意进取，屡次益兵助攻，偏偏不能如愿。徐州又为康承训所逼，累与交锋，不得一利。承训本是个庸帅，没甚能耐，只朱邪赤心部下三千骑，冲锋陷阵，无坚不摧，所以贼兵屡败。贼将王弘立，自淮口驰回，愿率部众破承训。恐无第二个戴可师。庞勋喜甚，即令他出渡濉水，往捣鹿头寨。弘立黄夜进袭，潜至寨边，一声呼啸，将寨围住。寨中固守不动，天已黎明，弘立督众猛扑，满拟灭此朝食，谁知寨门一开，突出沙陀铁骑，纵横驰骤，无人敢当，贼众披靡。寨中诸军，又争出奋击，杀得贼尸满地，流血成渠。弘立单骑走免。官军复追至濉水，溺贼无算，共毙贼二万余人。足报可师之败，只恨失一弘立。庞勋以弘立骄惰致败，意欲处斩，周重代为劝解，始令他立功赎罪。弘立收集散卒，才得数百人，请取泗州自赎。勋乃添兵遣往，一面再括民兵，敛取富家财帛，商旅货贿，作为军饷。民不聊生，始皆怨恨。

康承训既破弘立，进薄柳子寨，与贼将姚周，大小数十战，周支持不住，弃寨遁宿州。宿州守将梁丕，与周有隙，开城赚入，将周杀死。勋闻报大惊，欲自将出战，周重献计道："柳子寨地要兵精，姚周亦勇敢有谋，今一旦覆没，危如累卵，不如速建大号，悉兵四出，决死力战。且崔彦曾等久禁城中，亦非良策，请一律处决，借绝人望。"绝计何益？许佶等亦均赞成，遂杀崔彦曾及温庭皓，并截郭厚本李湘手足，赍示康承训军。乃命城中男子，尽集球场，如匿居不出，罪至灭族。百姓无奈趋集，由勋选得壮丁三万名，更造旗帜，自称为天册将军，授庞举直为大司马，与许佶等留守徐州。举直系是勋父，勋以父子至亲，不便行礼，或说勋道："将军方耀兵威，不能顾及私谊。"乃令举直趋拜庭前。勋据案直受，既已无君，自然无父。待举直受了印信，即麾众出城，夜趋丰县，击败魏博军，更引兵西击康承训，直趋柳子寨。可巧有淮南败卒，自贼中奔诣承训，报明贼踪，承训秣马整众，设伏待着。勋令前队先趋柳子，陷入伏中，四面齐起，把他击退。至勋率后队到来，正遇前队败还，惊惶不知所措，哪禁得承训带着诸将，乘胜追击，步骑踊跃，四蹙贼兵，勋部下皆系乌合，只恨爹娘生得脚短，不及急走，顿时自相践踏，僵尸数十里。勋即脱去甲胄，改服布襦，仓皇遁归彭城。甫得喘息，那围攻泗州的吴迥，也狼狈奔来，报称为招讨使马举所败，王弘立阵亡，自己独力难支，只好解泗州围，退保徐城。勋叫苦不迭，忽又接濠州急报，马举由泗州围濠，数寨被焚，请速济师。勋急命吴迥往救濠州，迥出城自去。

康承训既击走庞勋，逐路进军，迎刃即解。及抵宿州，环攻不克。宿州守将梁丕，因擅杀姚周，为勋所易，改任张玄稔据守。玄稔与党人张儒、张实等，分遣城中兵数万，出城列寨，倚水自固，似虎负隅。张实且贻书徐州，为勋设计道："今国兵尽在城下，西方必虚，将军可出略宋亳，攻他后路，他必解围西顾，将军设伏要害，兜头迎击，实等出城中兵，追蹑后尘，前后夹攻，定可破敌。"勋正虑承训进逼，更兼曹翔部将朱玫，拔丰县，克下邳，紧报日至，急得不知所措，镇日间祷神饭僧，妄期冥佑。及既得实书，乃仍使庞举直许佶留守，自引兵出城西行，并复书返报张实。实与张儒日御官军，官军纵火焚寨，儒实两人，没法抵御，退保外城。承训督军攻扑，城上箭如飞蝗，射死官军数千人，承训暂退，但遣辩士至城下，劝令降顺。儒实等哪里肯从？唯张玄稔系徐州旧将，陷没贼中，心常忧愤，夜召亲党数十人，密谋归国，得众赞成，乃令心腹张皋，出白承训，约期杀贼，愿为内应。承训大喜，厚待张皋，令返报如约。玄稔即使部将董厚等，埋伏柳溪亭，然后邀两张入亭宴饮。酒未及半，掷杯为号，董厚等持刀抢入，手起刀落，将两张挥作四段，并搜杀两张私党，城中大扰。玄稔出谕兵民，示以逆顺利害，众心才定。越宿开门出降，膝行至承训前，涕泣谢罪。承训下座慰劳，亲自扶起，即宣敕拜为御史中丞，馈赐甚厚。玄稔乃复进策道："今举城归国，四远未知，请诈为城陷，引众趋符离及徐州，贼党不疑，定可悉数擒获了。"承训允诺。承训本无将才，唯收降玄稔，颇得推诚相与之术。玄稔还入城中，夜令部下负薪数千束，掷积城下，一俟天明，燃火焚薪。九城陷伏，便率众出趋符离，佯称败军。符离守将，开城纳入，被玄稔一刀杀毙，号令兵民，劝谕归国，众皆听命。玄稔收得兵士万人，亟趋徐州。庞举直许佶，已有所闻，登陴拒守。玄稔引兵围城，先谕守卒道："朝廷但诛逆党，不杀良民，汝等奈何为贼守城？若尚狐疑，恐尽成鱼肉了。"守卒闻言，或弃甲，或投兵，下城遁去。崔彦曾故吏路审中，开门纳官军，庞举直许佶，自北门出走。玄稔亟遣兵往追，得斩举直与佶。周重等赴水自尽，所有前戍桂州的叛卒，一一按名收捕；无论亲属，一概诛夷，骈死至数千人，徐州乃平。

庞勋将兵二万，自石山西出，沿途焚掠，鸡犬不留。康承训引步骑八万，西向往击，使朱邪赤心为先锋，追勋至亳州。勋正大掠宋亳，猝遇沙陀骑兵，不战而溃，遁至蕲水，官军大集，纵击贼众，贼多溺死，勋亦毙命。越数日始得勋尸，枭首传示，远近贼寨，皆自杀守将，次第请降。唯吴迥守住濠州，不肯归命，马举屡攻未下，自夏及冬，城中食尽，甚至杀人充食，吴迥乃突围夜出，由举勒兵追剿，杀获殆尽。迥窜死昭义，一番叛乱，自是荡平。朝廷颁诏赏功，进康承训同平章事，兼河东节度使，杜慆为义成节度使，张玄稔为右骁卫大将军，辛谠为亳州刺史，朱邪赤心特别召见，赐姓名为李国昌，授左金吾上将军，即就云州置大同军，赐以旌节，并处置徐州后事，乃在徐州设观察使，统徐濠宿三州。唯泗州置团练使，划隶淮南，未几复令在徐州置感化军，特设节度使，以资弹压。康承训为廷臣所劾，说他讨庞勋时，一再逗挠，虚报功绩，竟迭贬至恩州司马，这也未免罪轻罚重了。**语淡旨永。**

　　且说懿宗在位十年，也未立后，独宠幸淑妃郭氏，氏生一女，数年不能言，忽张口说道：“今日始得活了。”懿宗大为惊异，及年已长成，姿貌不过中人，独得懿宗钟爱，封为同昌公主。右拾遗韦保衡，美秀而文，为郭淑妃所赏识，遂与懿宗熟商，愿将同昌公主，嫁与为妻。临嫁时，尽出宫中珍玩，作为奁资，并在皇宫附近，赐宅一区，窗户俱用杂宝为饰，器皿一切，非金即银，甚至井栏药臼，亦由金银制成，耗费约五百万缗，所行婚仪，备极奢华，就是从前太平安乐两公主，与她相较，也几乎稍逊一筹。韦保衡得此贵妇，当然奉若天神，不敢少忤，除入朝办事外，时常居处内宅，与公主敦伉俪欢。郭淑妃爱女情深，随时探问，或且留宴主第，深夜不归，宫禁里面，免不得生出一种谣诼，说是丈母女婿，也有暧昧情事，这恐是捕风捉影，不足为凭，小子不敢妄断，不过援据史传，有闻必录。**不肯讽蔑郭氏，便是下笔忠厚。**当时懿宗爱妃及女，一任出入自由，毫不过问。韦保衡得迁授翰林学士，咸通十一年间，曹确罢相。韦氏快婿，竟得与兵部侍郎于悰，户部侍郎刘瞻，同时入相，并握枢机。故相高璩早卒，徐商亦已罢去，杨收坐罪窜死，只路岩尚在相位。岩因保衡是皇亲国戚，格外交欢，遂与他串同一气，表里为奸。一班蝇营狗苟的臣僚，乐得趋承伺候，希沐余光，遇有反对人物，群起弹击，时人目他为牛头阿旁，无非说他阴恶可畏，与鬼相同。

　　但天下祸福无常，祸为福倚，福为祸伏，保衡尚主，仅及年余，偏公主得了一种绝症，卧床不起，医官二十余人，同时诊治，想不出什么起死回生的方法，勉强拟进一两张药方，配服全不济事，奄奄数日，玉殒香消。郭淑妃陡失爱女，当然痛悼，就是懿宗亦悲念不休，自制挽歌，饬群臣毕和，又令宰相以下，尽往吊祭。追封公主为卫国公主，予谥文懿。一面捕获医官二十余人，说他用药错误，冤死公主，竟不令分辩，一并处斩。且将医官亲族三百余人，悉数系狱。胡乱得很。宰相刘瞻，召集言官，嘱令劝阻，言官以天威难测，各为保全身家起见，不敢进陈。瞻乃自草奏牍，即日进呈，略云：

> 修短之期，人之定分，昨公主有疾，医官非不尽心，而祸福难移，竟成蹉跌。械系老幼，物议沸腾，奈何以达理知命之君，涉肆暴不明之谤。

懿宗览奏不悦，搁置不报。瞻又与京兆尹温璋等力谏，顿触懿宗怒意，将他叱出，旋即出瞻为荆南节度使；贬璋为振州司马。璋叹道："生不遇时，死何足惜？"竟仰药自杀。此人亦未免过激。韦保衡又与路岩，共谮刘瞻，谓与医官通谋，进投毒药，遂再贬瞻为康州刺史。岩意尚未惬，阅十道图，见驩州去都最远，因复奏瞻为驩州司户。次年正月，葬同昌公主，懿宗与郭淑妃，坐延兴门，目送灵舆，恸哭尽哀。护丧仪仗，达数十里，冶金为俑，怪宝千计，此外服玩，多至百二十舆，锦绣珠玉，辉煌蔽日。乐工李可及作叹百年曲，率数百人为地衣舞，用杂宝为首饰，绉八百匹，舞罢珠玑散地，任民拾取，所有服玩等件，悉置墓中。这岂非暴殄天物，溺爱不明么？

韦保衡座师王铎，是王播从子，前在礼部校文，擢保衡进士及第。保衡因荐他入相，继刘瞻后任。铎却轻视保衡，议政时常有龃龉。路岩本与保衡联络，嗣因彼此争权，凶终隙末，遂被保衡进谗，出岩为西川节度使。岩出城时，路人争以瓦砾相投，忍不住动起忿来。适值权京兆尹薛能，前来送行，他不禁冷笑道："京兆百姓，劳君抚治，今日我奉命西行，百姓却以瓦石相饯，可谓治绩昭彰了。"薛能答道："宰相出镇，不一而足，府司从未发人防护，人民亦从无瓦砾相加，奈何今日公行，演此恶剧？这还当由公自问，究竟为何取怨人民？"以子之矛，攻子之盾，薛能可谓善言。岩被他一诘，反觉满面怀惭，踉跄而去。及行抵任所，幸值南诏退兵，阖境粗安，还得侥幸无事。先是南诏主酋龙，因安南败退，转寇成都，陷入嘉、黎、雅三州，成都戒严，亏得西川节度使卢耽，与东川节度使颜庆复，联兵战守，击败蛮兵，将军宋威，复奉诏往援，杀死蛮兵无算，残众夜烧攻具，遁出境外。成都旧无濠堑，颜庆复始筑壅门，掘长濠，植鹿角，设营寨，守备既固，蛮人始不敢进窥。朝廷欲处置路岩，因将卢耽他调，令岩接任。岩好游宴，耽声色，一切政务，俱委任亲吏边咸郭筹。两人相倚为奸，先行后申。岩至都场阅操，边郭侍侧，有所建白，辄默书相示，阅毕焚去，军中相率惊疑，恟恟不安。事为朝廷所闻，乃徙岩改镇荆南。自岩出镇，由礼部尚书刘邺继任，既而于悰复为韦保衡所谮，贬为韶州刺史。悰妻广德公主，系懿宗亲妹，至是随悰赴韶，行必肩舆相并，坐即执住悰带，悰才得保全。悰去后，改用刑部侍郎赵隐为相，上下因循，一年挨过一年，到了咸通十四年正月，懿宗遣敕使诣法门寺，奉迎佛骨，言官多半谏阻，甚且谓宪宗迎入佛骨，遂至宴驾。懿宗道："朕得见佛骨，死亦何恨？"呆极。

自春至夏，佛骨始迎至京师，懿宗膜拜甚虔，宰相以下，竞施金帛，乃将佛骨入禁供养，颁诏大赦。过了两月，懿宗竟至患病，服药无效，数日大渐，乃立皇储。未几驾崩，享寿四十一岁，共计在位十四年。小子有诗叹道：

> 奢淫适启败亡忧，况复流连未肯休。
> 十四年来浑一梦，令终还是迈天麻。

欲知何人嗣统，试看下回便知。

庞勋以戍卒八百人猝起为乱，徐淮一带，多遭荼毒，迭经唐廷发兵，先后不下十万人，始得荡平叛逆，再见廓清，虽曰成功，唐威已所余无几矣。康承训之将略，原无足称，但奏调朱邪赤心自随，战胜逆寇，不可谓非明于知人。复能招用张玄稔，以盗攻盗，不可谓非善于因敌。徐乱之平，承训之功居多，乃路岩韦保衡，妒功进谗，贬窜恩州，亦曷怪志士灰心，功臣懈体乎？韦保衡本乏相才，徒以尚主隆恩，骤登揆席，懿宗之溺爱不明，已可概见。至同昌一死，惨戮诸医，株连亲族，当时相臣刘瞻，尚为庸中佼佼，乃因一再进谏，致为所诬，流戍万里，冤乎不冤？及葬同昌时，糜费无算，朽骨无知，饰终何监？而宠幸保衡，犹然未衰，妹倩可贬，女夫不可黜，甚至死期将至，犹迎佛骨入都，何其昏愚若是也？史称懿宗在位十四年，无一善可纪，诚哉是言！

第二十五回

曾元裕击斩王仙芝
李克用叛戮段文楚

却说懿宗生有八子，长为魏王佾，次为凉王侹，蜀王佶，威王偘，普王俨，吉王保，寿王杰，最幼为睦王倚，这八子统是后宫所出，不分嫡庶。但据无嫡立长的故例，论将起来，魏王佾应该嗣立，偏是左神策中尉刘行深，右神策中尉韩文约，利立幼君，竟将懿宗第五子普王俨，立为皇太子。俨系王氏所生，年仅十二，母族微贱，全仗那两个典兵的阉竖，佐命定策。**阉官立君，成为常例，唐廷实是无人。**懿宗已是弥留，还晓得什么后事。刘韩即矫称遗诏，传位普王。宰相如韦保衡、刘邺、赵隐三人，但知居官食禄，不管什么继统问题。王铎已经罢职，越觉袖手旁观。至懿宗入殓，普王俨即位柩前，是为僖宗，僖宗母王氏已殁，追尊为皇太后，加谥惠安。进韦保衡为司徒，不到两月，保衡为言官所劾，坐罪免职，贬为贺州刺史。嗣又被人讦发，谓与郭淑妃有暧昧情事，再贬为澄迈令，寻且赐死。路岩罪同时并发，降为新州刺史，就道后又下敕削官，长流儋州，越年亦赐令自尽。**炎炎者灭，隆隆者绝。**边咸、郭筹，亦皆伏诛，另任兵部尚书萧仿同平章事。

过了残腊，改元乾符，关东水旱相寻，民不聊生，翰林学士卢携，请敕令遇荒州县，概停征税，并发义仓赈济贫民。僖宗如言下敕，但不过一纸虚文，有司竟未实行。已而罢同平章事赵隐，进华州刺史裴坦为相，未几坦卒，召还故相刘瞻，令复原

181

职。瞻字幾之，祖籍彭城，后徒桂阳，平生清介自持，所得俸禄，悉赡贫乏，家无留储；至被窜驩州，无论远近，莫不称冤。幽州节度使张允伸病殁，由平州刺史张公素接任，公素慕瞻忠直，上疏申枉，乃得移徒康、虢二州刺史。僖宗召为刑部尚书，即复任同平章事。长安两市，闻瞻得还都，醵钱雇演百戏，借表欢迎。瞻特为改期，另由他道入都，受任三月，去烦除弊，政简刑清。同僚刘邺，前曾在韦保衡路岩前，痛词诋瞻，至是恐瞻闻声报复，不免心虚，因邀瞻共饮，尽兴而别。哪知瞻醉后归寓，竟一病不起，遽尔谢世，时人共谓邺有意酖瞻，不为无据。**宣宗以降，朝无贤相，仅得刘瞻一人，清直可风，又为奸党播弄至死，特揭录之，以志余慨。**兵部侍郎崔彦昭，继瞻后任，彦昭颇有令名，与萧仿和衷办事，执要不烦，且因刘邺毒死刘瞻，情迹可疑，特上章弹劾，出邺为淮南节度使。翰林学士卢携，与吏部侍郎郑畋，相继入相。四相才略，似非全不足用，怎奈僖宗年少，未化童心，暇时辄与嬖童宠竖，征逐游戏。遇有大臣奏议，往往搁置不理，或且委枢密田令孜处决。令孜是一个小马坊使，读书识字，很有巧思，僖宗在普邸时，已与令孜朝夕相亲，呼为阿父，及即位后，即擢置枢密，倚若股肱。令孜专哄动僖宗欢心，所有僖宗爱嗜的果食，尝自去购办，携陈御榻，与僖宗对坐畅饮，且引入内园小儿，侍奉僖宗，击鞠抛球，赏赐万计。僖宗虑府藏空虚，令孜代为划策，劝籍两市商货，悉输内库，遇有陈诉，辄付京兆尹杖毙。僖宗未识民艰，但教库中取用不穷，便好任情挥霍，且从此益宠令孜，加官中尉。**小儿最易受骗，况遇阴柔之小人，自然水乳俱融。**令孜揽权纳贿，量赂除官，一切黜陟，多不关白。宰相以下，也不敢过问。**唐室江山，要在他手中断送了。**看官！你想少主童昏，权阉骄恣，人怨沸腾，天变交作，东荒西瘠，饿殍载道，朝廷不加赈，有司不知恤，哪里还能太平呢？

当时西陲不靖，南诏为患，唐廷特调高骈往镇西川，制置蛮事，发兵退敌，擒住蛮酋数十人，修复邛崃关大渡河诸城栅，择要置戍，还算有备无患，全蜀粗安。**蜀事用简文带过，与前回笔意相同。**只是边境少宁，内乱迭起，盗贼到处横行，官军不能控御，就中有两大盗魁，最号猖獗：一个是濮州盗王仙芝，一个是冤句盗黄巢。仙芝向贩私盐，出没江湖。巢善骑射，喜任侠，粗读书传，屡试进士科，不得一第，乃与仙芝往来，同做这种贩私行业。仙芝于乾符元年，聚众数千人，揭竿长垣，次年即胁从数万，攻陷濮州、曹州，天平军节度使薛崇，出兵往剿，反为所败。巢闻仙芝得利，也纠众起应，剽掠州县，与仙芝同扰山东。此外各处盗贼，都遥与联合，四处侵轶。自山东至淮南，几无宁宇。有诏令淮南、忠武、宣武、义成、天平五军节度使，分别御盗，剿抚兼施。同平章事萧仿，目击时艰，屡劝僖宗勤政求治。偏为田令孜等所忌，迭加驳斥。萧仿抑郁病终，用吏部尚书李蔚代任。右补阙董禹，谏阻僖宗游畋击球，颇蒙褒赐，嗣因邠宁节度使李侃，为宦官义子，特为假父请赠官阶，禹上疏指驳，语侵宦官。枢密使杨复恭，入宫谗诉，竟贬禹为柳州司马。自是上下壅蔽，内外隔阂。仙芝等寇焰浸炽，进逼沂州，平卢节度使宋威，表请率兵讨贼，乃降敕命威为诸道行营招讨使，凡各镇所遣讨贼将士，均归威节制调遣。威俟诸道兵至，出击仙芝，大杀一阵，毙贼甚多，仙芝遁去。遥传仙芝已死，威即奏称贼渠已歼，尽可无虞，诸道兵悉数遣归，自还青州。百官闻捷，入朝称贺，不意过了三日，仙芝又复出现，转掠阳翟郏城，地方官飞章奏闻。御寇几如儿戏，如何平寇？乃诏忠武节度使崔安潜，发兵往剿；再令昭义、义成两镇，各发步骑，保护东都宫室；授左散骑常侍曾元裕为招讨副使，出守东都；又敕山南东道节度使李福，选步骑三千，守汝邓要路；邠宁节度使李侃，凤翔节度使令狐绹，选步兵一千，骑兵五百，守陕州潼关。各道将士，本由宋威遣归，欣然就道，偏途次复令赴敌，免不得忿怨交乘，各怀观望。仙芝得由齐入豫，攻陷汝州，执住刺史王镣。镣系王铎从弟，铎正由郑畋推荐，复入为相。罢崔彦昭为太子太傅，一闻王镣被掳，他人没甚惊慌，独王铎非常着急，乃倡议抚盗，赦仙芝罪，且给官阶。仙芝转陷郧、复二州，大掠申光舒寿庐通一带，并与黄巢西攻蕲州。王镣尚在贼中，劝仙芝归国拜官，且因蕲州刺史裴渥，为王铎知贡举时所擢进士，彼此交谊相关，特为仙芝致书，诱渥奏保仙芝。无非为免死计。渥敛兵不战，报称如约，即开城迎入仙芝及黄巢等三十余人入城，置酒款待，并赠厚贿，一面拜表奏闻。仙芝与巢，恰也心喜，便谢别出城，驻营待命。未几有敕使到来，授仙芝为左神策军押牙。渥与镣皆向仙芝道贺，仙芝也笑逐颜开。偏黄巢不得一官，勃然大怒，指仙芝道："我与君共立大誓，横行天下，今君独取官而去，试问五千余众，何处安身？"说至此，提起老拳，殴击仙芝。仙芝闪避不及，左额上已遭一击，色青且红。贼众亦附和巢语，群起喧哗。唐廷既欲抚盗，应该为众盗设法，徒官仙芝，不及黄巢等人，糜烂地方，失策孰甚？仙芝为众所逼，只好不受朝命，仍然为盗，大掠蕲州，毁民庐舍。裴渥奔鄂州，敕使奔襄州，王镣仍为贼所拘。贼众三千人归仙芝，二千人归巢，分道驰去。

乾符四年，仙芝陷鄂州，黄巢陷郓州沂州，再合众并攻宋州。宋威督兵往援，反为所围，幸左威卫上将军张自勉，率忠武军七千名，往救宋州，杀贼二千余人，贼乃解围遁去。宰相王铎卢携，欲令张自勉归宋威节制，独郑畋谓自勉必不服威，多使疑忌，必致相争，因不肯署奏。铎与携乃自请免职，畋亦请归浐州养疴，僖宗皆不肯许。铎携两相，复议罢归张自勉，改令张贯为将，令率忠武军七千，隶属宋威。畋又与力争，辩论大廷，一口不能胜两口，乃还草奏牍，再行呈请。略言："王仙芝倡乱，忠武节度使崔安潜，尝请会师力剿，至今贼党不敢入境。又以本道兵授张自勉，解宋州围，使江淮漕运流通，不入贼手，今遽罢归自勉，易将统兵，使隶宋威，臣见威忌功讳败，所奏多非实迹，崔宏潜以兵授人，良将空还，若勍寇忽至，如何支持？臣请分四千人归威，三千人仍令自勉统率，还守本道，庶几战守两全，不分厚薄"云云。卢携仍不以为然。**必袒宋威，是何用意？** 畋又劾威欺罔朝廷，屡致败衄，应早行罢黜，亦不见从。宋威有恃无恐，专务欺上冒功。会值招讨副都监杨复光，遣人招谕仙芝，仙芝遣悍党尚君长等请降，威邀击道中，执住君长等，献入京师，但说是临阵生擒。复光奏系来降，非威所获，诏令侍御史归仁绍等讯问，始终不能审明。结果是将君长等牵至狗脊岭，一刀一个，枭首了事。仙芝闻朝廷诱降逞暴，越加咆哮，令黄巢寇掠蕲黄，自趋荆南。黄巢为曾元裕所破，回遁濮州。仙芝至荆南城下，正值乾符五年元旦，荆南节度使杨知温，粗擅文学，素不知兵，元日大雪，犹受僚属谒贺，忽闻城外喊杀连天，才知寇众大至，急忙召集将佐，调兵守堵，外城已被捣入，将佐亟围住内城，请知温出督士卒，登陴御贼。知温尚纱帽皂裘，从容赋诗，且夸示群僚。**迂腐可笑。** 将佐知他无用，忙发使至山南东道告急。山南东道节度使李福，悉众赴援。巧有沙陀兵五百骑，留寓襄阳，遂引与俱行。到了荆门，与贼相遇，由沙陀兵纵骑奋击，大破贼党。仙芝闻风生惧，焚掠江陵而去，转至申州，被曾元裕大杀一阵，击毙万人，招降又万人。仙芝自蕲州出掠，沿途胁从，众至七八万，此次丧失二万名，仓皇远窜，荆南解严。

元裕一再报捷，朝廷乃把招讨使的职务，付诸元裕，饬宋威还驻青州，并令张自勉为副使，贬杨知温为郴州司马。**又添些远戍诗料。** 元裕既握全权，遂与自勉互逐贼众，追至黄梅，四面兜剿，杀毙贼党五万余名。仙芝穷窘无路，被诸军追及，乱刀砍死，斩首以归。尚有党目尚让，为尚君长弟，招集残众，往归黄巢。巢方攻亳州未下，见让到来，当然迎纳。让因推巢为冲天大将军，改元王霸，设官署吏，再陷沂州濮州，分众陷朗州岳州。有诏令曾元裕移屯荆襄，张自勉充东南面行营招讨使，再发河南兵千人赴东都，与宣武、昭义军二千人，共卫行宫。遣左神武大将军刘景仁，为东都应援防遏使，管辖三镇军士。河阳节度使郑延休，领兵三千，屯驻河阴，为东都后援。巢窜突中州，均为所遏，乃遣书天平军，情愿降顺。天平节度使张裼，上书奏闻，诏授巢为右卫将军，令就郓州解甲。哪知巢是个缓兵计，伺官军少懈，即引众渡江，连陷虔吉饶信等州，顺道入浙。朝议调高骈为镇海节度使，专力防巢，并拟与南诏和亲，暂免西顾忧。

自南诏主酋龙，屡寇西陲，为患几十余年，唐廷屡遣使招抚，终不奉命。至高骈徙镇西川，筑城守堡，稍遏寇氛。骈又因南诏迷信释教，特遣浮屠景仙，南行游说，劝酋龙归附中国，愿与和亲。酋龙颇欲允议，会酋龙病死，子法嗣立，遣使段瑳宝等，往诣岭南，面议和约。亳州刺史辛谠，正调升岭南西道节度使，接见段瑳宝后，即奏称诸道兵共戍邕州，兵饷浩繁，不如与南诏修和，得使边境息肩。朝廷正因内乱蔓延，欲调回戍兵，剿平群盗，乃即从谠议，许和南诏，令将戍兵遣归，但留荆南宣歙数军。已而南诏遣使赵宗政入都，乞请和亲，所赍国书，但给中书省，称弟不称臣。礼部侍郎崔澹等，言南诏骄僭无礼，高骈不达大体，徒遣一僧呫嗫，卑辞诱和，若果从所请，必致贻笑后世。语非不是，但按诸当日情势，安内为先，不应再开外衅。

僖宗不能遽决，再令高骈妥议。骈上表与澹等驳辩，有诏委曲谕解，进骈检校司徒，封燕国公，一面遣宰臣再议。卢携主张和亲，郑畋力言不可。携不觉大怒，拂衣起座，袱适触砚，堕地有声。僖宗闻知此事，喟然叹道："大臣相诟，如何仪型四方？"乃将卢、郑两相，一并罢职，改命户部侍郎豆卢瑑，吏部侍郎崔沆，同平章事。宣诏时大风拔木，隐兆不祥，时人已知新任二相，未能令终。伏后文。且南诏事终未定议，但遣赵宗政归国，不加答复，付诸缓图便了。

谁料嬬安不安，防乱生乱，大同军又起变端，竟杀死防御使段文楚，推李克用为留后。克用系李国昌子，国昌即朱邪赤心，事见前回。为沙陀副兵马使，出戍蔚州。国昌由大同调镇振武军，会代北荐饥，漕运不继，防御使段文楚减扣军士衣粮，用法亦不免苛峻，以致军士怨谤。沙陀兵马使李尽忠，与牙将康君立、薛志勤、程怀信、李存璋等私议道："今天下大乱，朝廷号令，不能远行，此正英雄立功建业的时期。段使苛暴，不足与议大计，李振武功大官高，名闻天下，子克用勇冠诸军，若经我等推戴，代北唾手可定，我等可共取富贵，岂不甚善？"康君立等同声赞成。乃由君立潜诣蔚州，劝克用起事，立除文楚。克用道："我父现在振武，俟我禀明，举事未迟。"君立道："事在速行，缓即生变，尚何暇千里禀命呢？"克用许诺，遂募得士卒万人，直趋云州。李尽忠闻克用将到，即夜率牙兵，攻入牙城，执住段文楚及判官柳汉璋等，械系狱中，并遣人送交克用，请为防御留后。克用率众至斗鸡台下，台在城东，设帐屯兵，尽忠即将文楚等，驱至克用营前，克用命军士剐死文楚，并用骑践骸，**究竟是狼子野心**。乃入城视事，嘱将士表求救命。朝廷不许，正思诘问李国昌，国昌已表请速除大同防御使，若克用逆命，臣当率本道兵往讨，决不溺爱一子，致负国家。**初意却是不错**。僖宗以命太仆卿卢简方为大同防御使。克用拒命不纳，乃由朝廷改诏，命卢简方调任振武，李国昌复镇大同。哪知国昌忽然变计，竟撕去制书，杀死监军，与克用合谋为逆，派兵攻宁武及岢岚军。**真是出人意表**。

是时幽州节度使张公素，为部将李茂勋所逐，代主军务，闻大同军乱，上表荐子可举，具有武略，愿讨大同，且请授可举旌节，自乞息肩。僖宗本欲令他出平代乱，授为幽州节度使，及见他上表陈情，遂悉从所请，令可举代父统军，与昭义节度使李钧，合兵讨国昌父子。可举复约吐谷浑酋长赫连铎白义诚，沙陀酋长安庆，萨葛酋长米海万，联兵夹攻。赫连铎饶有勇力，兼程急进，直趋振武。国昌猝不及防，被铎攻入，慌忙挈骑兵五百，遁往云州。云州闭城不纳，乃转奔蔚州。铎取得振武军资械，追国昌至云州，乘势入城，复闻克用屯兵新城，即引兵万人往击，三日不能下。国昌自蔚州往援，铎乃引退，朝廷再命河东宣慰使崔季康为河东节度使，兼代北行营招讨使，与李可举赫连铎部众，共讨沙陀。可举与铎，会兵攻蔚州。

李国昌率众抵敌，相持未下。克用却独领一队，趋遮虏城，拒击李钧。钧方与崔季康军，共至洪谷，天适大雪，士卒相继冻仆，不防克用杀到，冲入官军队里，沙陀铁骑，本是勇悍，更兼生长沙漠，素性耐寒，任他大雪飘飘，越发精神健旺，那河东昭义两镇兵士，又冻又馁，如何招架得住，拼命乱逃。季康押着后队，还得侥幸逃生，钧在前驱，竟战死乱军中。小子有诗叹道：

国乱纷纷太不平，强藩逐鹿擅行兵。

可怜大将无才略，枉向沙场把命倾。

两镇兵败，沙陀兵气焰益盛，遂长驱入雁门关。欲知后事，且阅下回。

读此回而已知唐之将亡，亡唐者非他，一田令孜足以尽之，内而宰相，外而寇盗，犹不足责也。僖宗年少嗣统，非得老成夹辅，不足致治，乃独宠任田令孜，导之游狎，厚赋敛，贪货贿，天怒于上而不之知，人怨于下而不之问，王、黄二盗，乘势揭竿，朝廷议剿议抚，茫无定见，一二贤相，复被佞幸摧抑至死，国家宁尚有豸乎？宋威老而贪功，欺君罔上，不加斥逐，卒至寇势日炽，迨改任曾元裕，始得击斩仙芝，一盗虽殄，一盗犹存，祸本固尚未艾也。李国昌父子，复起代北，叛命不臣，南顾多忧，何堪再遇北寇？中原抢攘无虚日，而皇纲从此扫地，故观于此而已可知唐之将亡。

第二十六回

镇淮南高骈纵寇

入关中黄巢称尊

却说李克用乘胜长驱，入雁门关，进寇忻、代二州，时已为僖宗七年，新改元为广明元年，忻代刺史，乘城拒守，幸免陷没。克用转逼晋阳，攻入太谷，诏遣汝州防御使诸葛爽，率东都防御兵往救河东，再命太仆卿李琢为蔚、朔等州招讨都统。琢系前西平王李晟孙，治军严整，奉诏启行，率兵万人至代州，与幽州节度使李可举，吐谷浑都督赫连铎，共讨克用，克用遣部将高文集守朔州，自率众拒李可举。铎遣辩士入朔州城，劝文集归国。文集被他感动，遂执克用将傅文达，与沙陀酋长李友金，同降李琢，开城延纳官军。克用闻文集降唐，顿时大怒，即引兵还击，可举遣行军司马韩玄绍，邀击药儿岭。岭路很是崎岖，玄绍三伏以待，克用乘怒前来，到了岭旁，天色将晚，将士请择险驻营，休息一宵。克用怒道："我恨不得今夜踏平朔州，哪里还有闲工夫在此休息？"忿兵必败。将士不好违令，只好策马前进。沿途七高八低，昏黑莫辨，蓦听得一声号炮，有一彪人马突杀出来，冲动沙陀兵。克用尚自恃骁勇，持着一支长槊，当先开路，左挑右拨，把官军驱开两旁，麾兵急进。官兵也不紧追，但慢慢儿随着后面。克用不暇后顾，一味前闯，天色越昏，岭路越仄，号炮声接连又震，岭上岭下，均有官军杀到，口口声声，要捉克用。克用到此，也不禁慌乱起来，自思逃命要紧，只好易骑为步，尽把所有健马，塞住两旁，单剩一条血路，狂奔而去。至官军挑开战马，来杀克用，他已走得甚远，但把他部将李尽忠、程怀信等，一阵剁死，并杀毙沙陀兵万余人。**收拾悍骑，最好在狭路中。**克用虽逃得性命，人马均已丧尽，狼狈奔至蔚州，正值李琢、赫连铎，合军杀败国昌，父子相见，好似哑子吃黄连，说不出的苦楚。自知蔚州难守，索性弃城北走，遁往鞑靼去了。

李琢、李可举等，连章告捷，有诏加可举兼侍中，徙琢镇河阳，授铎云州刺史，兼大同军防御使，白义诚为蔚州刺史，米海万为朔州刺史。铎闻国昌父子，遁往鞑靼，特派人入鞑靼部，啖以金帛，索交逃犯。鞑靼系靺鞨别部，素居阴山，专以游猎为生，克用入鞑靼后，尝与番酋游畋，就木叶中置着马鞭，或悬针为的，射无不中，番酋统惊为神技。又尝置酒共饮，饮至半酣，克用拊髀叹道："我得罪天子，无从效忠，今黄巢扰攘中原，必为大患，若天子肯赦我罪，得与公等南向，杀贼立功，岂非一大快事？人生几何，怎可老死沙碛，没世无称呢？"**此子亦有悔意么？**鞑靼颇服他豪爽，且知无留意，乃谢绝铎使，仍令他父子寓居。事有凑巧，那大盗黄巢，由北而南，复由南而北，杀人如麻，占夺两都，于是亡命外域的李克用，复得遇赦归国，为唐立功。说来又是话长，待小子演述出来。

先是黄巢渡江南下，窜入浙东，中原稍舒盗患。平卢节度使宋威病死，由曾元裕接任，东都亦已解严，只东南各道，渐渐吃紧。镇海节度使高骈，令部将张璘梁缵，分道讨巢，连败巢众，收降贼将秦彦、毕师铎、李罕之等；还有仙芝余党曹师雄，寇掠两浙州县，杭州募兵使都将董昌等，随处抵御，昌部下有临安人钱镠，勇敢著名，屡摧贼党，积功至兵马使，**钱镠事始此。**两浙少安。巢由浙赴闽，开山路七百余里，袭击福州，观察使韦岫，仓皇失措，弃城出走，眼见得一座闽城，为巢所据。巢贻浙东观察使崔璆，广州节度使李迢书，求为天平节度使，二人均为奏请，朝廷不许，僖宗以巢要索无状，深以为忧。王铎入奏道："臣久居相位，不能不分陛下忧，抱愧滋甚，愿出督诸将，剿平逆贼。"僖宗甚喜，即命铎以宰相出镇荆南，兼南面行营招讨都统。铎复奏调泰宁节度使李系为副使。系为李晟曾孙，徒具口才，实无勇略，铎因他系出将门，特请为行营副都统，兼湖南观察使，令率精兵五万，出屯潭州，截阻岭北要路。巢又自己上表，乞授广州节度使。僖宗命大臣会议，俱未能决。时于琮早已还都，受任为左仆射，独上言广州滨海，为市舶宝货所集，岂可畀贼？乃由群臣议定，只许除巢为卫率府率，卫率府率系护卫东宫，执掌兵仗羽卫，不过一个微员。看官试想！这野心勃勃的黄巢，岂肯降心下气，受此微职么？当下由朝廷颁给告身，巢掷置地上，大骂执政，且愤愤道："唐廷不给我广州，难道我不能往取么？"随即鼓众至广州，四面架梯，扒城而入；执住节度使李迢，逼使草表，令代掌节钺。迢慨然道："我世受国恩，腕可断，表不可草。"*还算硬汉。*巢即拔刀割迢两臂，并截迢头，且分众转掠岭南州县。岭南素多瘴疠，巢众四处侵扰，不免传染，日死数人，徒党劝巢北还，共图大事。巢乃自桂州编筏，顺道湘江，经过衡、永二州，直抵潭州。李系不敢出战，吓做一团，巢即日攻陷，大杀戍兵，独系跳身走免，奔往朗州。*脚生得长，却也是一种技艺。*巢党尚让，乘胜进逼江陵，众号五十万，江陵兵不满万人，王铎料知难守，托词至山东南道，往会节度使刘巨容，联兵拒巢，但留部将刘汉宏居守，竟率众趋襄阳。*未见一敌，即已趋避，好一个大都统。*汉宏手下，不过三千兵士，多半羸弱无用，索性弃官为盗，焚掠江陵，满载而去。*一个乖似一个。*士民都逃窜山谷，天适大雪，僵尸满野。过了旬日，尚让始至，据住江陵，汉宏籍隶兖州，归里后复出掠中原，为各道兵所攻，始再投诚，这且休表。

且说黄巢闻尚让得胜，王铎北遁，遂进兵趋襄阳。山南东道节度使刘巨容，与江西招讨使曹全晸同至荆门御贼，巨容伏兵林中，诱贼入伏，四起奋击，贼众大溃，十成中伤亡七八成。巢渡江东走，或劝巨容急追勿失，巨容叹道："国家专事负人，事急乃不爱官赏，稍得安宁，即弃如敝屣，或反得罪，不若纵贼远飏，还可使我辈图功哩。"*负功固朝廷之咎，但既为将帅，何得纵寇殃民？巨容之言大误。*遂按兵不追。

全晸却不肯舍贼，渡江追击，途次接得朝命，令泰宁都将段彦模代为招讨使，于是全晸亦怏怏而还。唐廷以王铎无功，降为太子宾客分司，又进卢携同平章事。携尚荐高骈才，说他能平黄巢，骈将张璘，屡破巢众，僖宗以携为知人，所以复用，且调骈为淮南节度使，兼充盐铁转运使。内官以用度不足，奏借富户及胡商货财，骈独上言道："天下盗贼蜂起，皆为饥寒所迫，只有富户胡商，尚未至此，不宜再令饥寒，驱使为盗。"僖宗乃止。

原来僖宗游戏无度，赏赐无节，左拾遗侯昌业，尝上疏极谏，且斥田令孜导上为非，将危社稷。一番危言笃论，反惹得僖宗怒起，竟召昌业至内侍省，赐令自尽。嗣是越加游荡，凡骑射剑槊法算，以及音律蒲博，皆加意研习，务求精妙。最喜蹴踘斗鸡，且与诸王赌鹅，鹅一头至值五十缗；尤善击球，尝语优人石野猪道："朕若应试击球进士，必得状元。"野猪答道："若遇尧舜做礼部侍郎，恐陛下亦不免驳放。"石优颇知谲谏。僖宗一笑而罢。唯是本性难移，始终不改，更可笑的是击球赌彩，得胜即选，简放几个边疆大臣出来。中尉田令孜，本姓陈氏，冒宦官姓为田，有兄陈敬瑄，尝业饼师，自令孜得宠，敬瑄连类升官，得封神策将军。令孜见关东群盗，势日鸱张，阴为幸蜀计，特荐敬瑄及私党杨师立、王勛、罗元杲三人，出镇蜀中。僖宗令四人击球赌胜，敬瑄得第一筹，即授西川节度使；次为师立，命镇东川；又次为勛，命镇兴元；元杲最劣，不得迁擢。这种制度，旷古无闻。这等擅长击球的人物，叫他如何治民？眼见得川陕百姓，活遭晦气。唯任郑从谠为河东节度使，尚算得人。先是河东军乱，戕杀节度使崔季康，僖宗令宰相李蔚，出镇河东，即用吏部尚书郑从谠，代蔚为相。蔚戡定河东乱事，整缮军行，朝旨又将蔚罢去，改命康传圭接手。传圭闒茸无能，无术驭众，又被军士杀死，置帅如弈棋，安得不乱？乃派从谠为河东节度使。从谠外和内刚，多谋善断，遇有将士谋乱，辄能预知，先事除去。部将张彦球，亦预乱谋，从谠爱他智勇，且知他事出胁从，特召入慰谕，涕泣与谈。彦球不禁感服，愿为效死，乃委以兵柄，并奏用王调、刘崇、龟崇鲁、赵崇为参佐。均系一时名士，时人号为小朝廷。

同平章事卢携，因河北粗安，只有江南一带，为巢蹂躏，特荐高骈为诸道行营都统。骈既接诏，乃传檄征各道兵马，且就近招募丁壮，得兵七万，威望大振。部将张璘，渡江击贼，屡破巢军，降贼将王重霸常宏。巢自饶州退保信州，被璘追至城下，督兵猛攻，巢卒多死。巢乃用金帛赂璘，且致书高骈，悔过乞降，求骈代为保奏。骈欲诱巢前来，复称如约。适昭义感化义武等军，俱至淮南，骈恐各军分功，奏称贼已穷蹙，即可平定，不烦诸道相助，尽将各军遣归。哪知巢刁滑得很，竟向骈告绝请战。骈再促璘进剿，被巢用埋伏计，将璘击死，巢势复振，分兵陷睦婺两州，再入宣州，自督众渡江北趋，围攻天长六合，气焰甚盛。淮南将毕师铎谏骈道："朝廷倚公为安危，今黄巢率数十万众，乘胜长驱，若不据险邀击，令得逾淮而东，必为大患。"骈以张璘已死，诸道兵又复遣还，自思力未能制，不敢出兵，且上表告急。有诏责骈误事，骈遂称风痹，不复出战。诏发河南诸道兵出戍溵水，并敕泰宁节度使齐克让屯兵汝州，备御黄巢。忠武节度使薛能，遣牙将秦宗权助戍蔡州，又令大将周岌，引兵赴溵水驻扎。会徐州亦派兵三千，至溵水镇守，道过许州，向能索饷，经能好言劝慰，并加厚待，方得免乱。不意周岌闻乱趋还，夜至城下，袭杀徐卒，且怨能厚待外兵，索性入城逐能，能竟死乱兵手中，岌遂自称留后，表称薛能为徐卒所戕，自率兵还城靖难，朝廷亦不暇查究，即令岌继任忠武节度使。秦宗权到了蔡州，亦将刺史逐去，自掌州事。周岌又表荐宗权为蔡州刺史，亦邀批准。**周岌秦宗权同恶相济，唐廷处置愦愦，无怪乱端迭起。**齐克让恐为岌所袭，引还兖州，诸道兵到了溵水，闻许州不靖，亦皆散去。黄巢遂得率众渡淮，经过颍宋徐亳一带，沿途无犯，唯略取丁壮，充作部兵，自称天补大将军，移牒各道，劝他各守城寨，勿得撄锋，本将军将入东都，顺道至京师问罪，与众无预云云。齐克让得此牒文，飞章上奏，僖宗大惊，急召宰相等入议。卢携称疾不至，豆卢瑑、崔沆请发关内兵及神策军守潼关，田令孜独倡议幸蜀，且举玄宗故事为证。**别事应从祖制，此事亦应从祖制么？**豆卢瑑亦附和一词，僖宗不禁泣下，徐语令孜道："卿且为朕发兵守潼关。"令孜荐左军骑将张承范，右军步将王师会，左军兵马使赵珂，材可大用。僖宗召见三人，即授承范为兵马先锋使，兼把截潼关制置使，师会为制置关塞粮料使，珂为勾当寨栅使。三人拜谢出朝，僖宗复特简令孜为左右神策军内外八镇，及诸道兵马都指挥制置招讨等使，**阿父原宜重用，可惜断送祖基。**以飞龙使杨复恭为副。兵尚未出，东都已陷，原来东都留守刘允章，并不拒战，一俟黄巢入境，即派人恭迎，开城出谒。巢喜溢眉宇，入城劳问，恰也假仁假义，揭榜安民，禁止部下掳掠，闾里晏然。

齐克让忙上表告急，奏称黄巢已入东都，臣收军退守潼关，乞速发资粮及援兵。僖宗亟命张承范等，挑选两神策军弓弩手，得二千八百人，率赴潼关。看官试想两神策军，多是富家子弟，厚赂宦官，隶名军籍，平时鲜衣怒马，从未经过战仗，一闻出征命令，害得父子聚泣，妻妾牵裾，没奈何取出私资，专雇坊市贫民，顶替出去。这种受雇的人夫，晓得什么战斗？只为了若干银钱，勉强充选。承范点齐兵数，入朝辞行，僖宗御章信门楼，亲自慰遣。承范进言道："黄巢拥数十万众，鼓行西来，锋不可当，齐克让只率饥卒万人，依托关下，今遣臣率二千余人，往屯关上，兵力未足，馈饷不继，臣实觉寒心，还望陛下速促诸道精兵，指日来援，或尚可勉强保守哩。"**承范不足为将，但语恰甚是。**僖宗道："卿等且行！朕自当促兵进援。"承范与师会出赴潼关，偕齐克让驻军数日，未见饷运到来，援兵亦无一至，很是焦急。那黄巢军却漫山遍野，疾驱而来，呼喊声达数十里。克让出军接战，倒也拼命相争，自午至酉，士卒饥甚，枵腹如何杀贼；顿时溃散。克让走入关中，关左有谷，平时禁人往来，专榷征税，叫作禁阬，官军仓猝忘守，溃兵自谷趋入，贼亦随进，夹攻潼关。承范尽散辎囊，分给士卒，令他拒守，一面飞表告急，催兵及饷，且有谏阻西巡等语。怎奈兵饷未来，贼众猛扑，勉力固守一日，箭已射尽，贼不少却。且驱民填堑，积尸堑间，由贼践尸逾越，纵火焚关，楼俱被毁。承范所率二千余人，本是不耐久战，况经此眉急，自然弃械逃生。有一日可支，还是难得。师会自杀，承范易服走还，克让早已远去。黄巢入潼关，转陷华州，留党目乔钤居守，自率众趋长安。唐廷迭接警报，非常惊惶，不得已颁下诏敕，授巢为天平节度使，令他即日莅镇。此时巢已痴心为帝，哪里还肯受命，当然拒绝。僖宗急得没法，日召宰相等议事。卢携屡次不赴，乃贬携为太子宾客分司，另授尚书左丞王徽，户部侍郎裴澈，同平章事。会承范逃回都中，报称潼关失守状，田令孜恐僖宗见责，独归咎卢携，携仰药自杀。僖宗至南郊祈天，默求神佑。何必如此，还是击球有趣。及还朝议政，忽由田令孜入报道：“贼众来了，陛下不如幸蜀罢！”僖宗大惊道：“有这般事么？”令孜又道：“臣已召集神策兵五百人护驾，请陛下赶即启行。”僖宗被他一吓，慌忙返宫，但挈得妃嫔三人，与福穆潭寿四王，寿王即昭宗，余俱无考。踉跄趋出，当由令孜接着，指麾神策兵五百名，拥驾西行，出金光门而去。

看官道贼众入京，如何这般迅速？原来令孜召募新军，统是裘马鲜明，适有凤翔博野援兵，来至渭桥，见新军如此华丽，不禁大怒道：“若辈有甚功劳，反令我辈冻馁？”遂掠夺新军衣服，出为贼众向导，丞趋京师。京中无主，军士及坊市人民，竞入府库，盗取金帛。百官始知车驾西行，有几个出城追去，余多手足失措，不知所为。到了日晡，黄巢前锋将柴存入都，金吾将军张直方，与群臣迎贼灞上，巢乘黄金舆，戎服兜鍪，昂然直入。徒党皆华帻绣袍，乘着铜舆，随在后面。骑士数十万，多半被发执兵，紧紧跟着。所有辎重，自东都至京师，千里相属，都民夹道聚观，贼众见他衣衫褴褛，便分给金帛。且由尚让晓示道：“黄王起兵，本为百姓，非为李唐不爱尔曹，尔曹但安居无恐！”人民颇相率欢呼。及巢入春明门，升太极殿，有宫女数千人迎谒，拜称黄王。这是浊乱宫闱之报。巢大喜道：“这真是天意了。”遂派党目守住宫廷，自己出居田令孜宅，还不过自称将军，申明军律，约束徒众。过了数日，贼党渐渐恣肆，四出骚扰，既而焚掠都市，杀人满街，见有富家贵阀，越觉逞情搜掠，任意淫戮。做官发财者其听之。巢亦不能禁止，嗣见劝进文牒，联翩递入，索性一不做，二不休，大杀唐家宗室，至无噍类。于是挈眷入宫，自称大齐皇帝，即位含元殿，画皂缯为衮衣，击战鼓数百，权代乐音，列长剑大刀为卫，大赦天下，改元金统。凡唐官三品以上，悉令罢职，四品以下守官如故。因自陈符命，谓："广明二字，隐兆瑞谶，唐去丑口，易一黄字，见得黄当代唐，明字是日月相拼，黄家日月，一览可知。"又黄为土金所生，因号金统，立妻曹氏为皇后，拜尚让、赵璋、崔璆、杨希古为宰相，郑汉璋为御史中丞，李俦黄谔尚儒为尚书，孟楷盖洪为左右仆射，王播为京兆尹，许建、米实、刘塘、朱温、张全、彭攒、季逑等为诸将军。朱温砀山人，少孤且贫，与兄存昱依萧县刘崇家，崇尝加侮辱，崇母独申戒道："朱三非常人，汝等宜优待为是。"后来温入巢党，遂为巢将，朱温将篡唐为帝，故特别表明。巢命温屯东渭桥，守御唐师。又征召唐室大臣，令诣赵璋处报名，仍复原官。大臣多不敢出报，乃大索里间。宰相豆卢瑑崔沆等，避匿张直方家，直方已为巢臣，唯友情尚笃，所以容纳公卿，藏匿复壁，不料被巢察觉，发兵攻入，搜得豆卢瑑崔沆等数人，一并枭斩，连直方亦被诛夷。谁叫他首先迎贼。将作监郑綦，库部郎中郑系，义不从贼，举家自杀。贼发卢携尸，戮诸市曹。左仆射于琮，右仆射刘邺，太子少师裴谂，御史中丞赵濛，刑部侍郎李汤，匿居民间，都被搜斩。于琮妻广德公主，见琮被杀，执住贼刃，慨然道："我是唐室女，誓与于仆射同死。"贼不加诘问，抽刀砍去，可怜一位贤德公主，也随于驸马同逝黄泉。小子有诗赞道：

巾帼犹知不惜生，殉夫殉国两成名。
长安不少名门女，谁及当时公主贞？

巢既僭号长安，且遣尚让等寇凤翔，追赶僖宗。欲知僖宗蒙尘情状，待至下回再详。

黄巢渡江而南，中原已经解严，北方可稍纾寇患，所赖高骈一人，镇守淮南，截住寇踪。骈将张璘，勇冠一时，屡破贼众，假使巢在饶信时，骈率诸道兵，勠力攻巢，则巢易就擒，大盗可立平矣。奈何堕巢诡计，兼起私心，遣归外兵，致丧良将，后且逍遥河上，任贼长驱，故刘巨容之纵寇，已不胜诛，骈身膺都统，误国若是，罪不较巨容为尤甚乎？巢渡淮入关，如入无人之境，僖宗但恃一田令孜，而令孜尤为误国大蠹，倡议幸蜀，仓皇出走，卒致逆巢入都，僭号称尊，宗室无噍类，都市成灰烬，谁为厉阶，酿成此劫乎？故观于黄巢之乱，而益叹僖宗之不明。

第二十七回

奔成都误宠权阉
复长安追歼大盗

却说田令孜拥驾西行，日夜奔驰，不遑休息。趋至骆谷，适郑畋出镇凤翔，迎谒道左，请僖宗留跸讨贼。僖宗道："朕不欲密迩巨寇，且西幸兴元，征兵规复，卿可纠合邻道，勉立大功。"畋知僖宗不肯留跸，乃启奏道："道路梗涩，奏报难通，陛下委臣恢复，还请假臣兵权，便宜从事。"僖宗允诺，住了一宵，复启跸向兴元进发。畋送至十里外而还，乃召集将佐，会议拒贼，将佐齐声道："贼势方炽，且徐俟兵集，再图恢复。"畋勃然道："诸君欲畋臣贼么？"道言未绝，气向上冲，晕仆地上。经将佐扶救入寝，用药灌饮，好多时才得苏醒，但身子不能动弹，口亦不能出声，只是涕泣交下。忠义可敬。将佐见畋情状，不禁天良发现，愿效驱驰。畋用手点额，且麾令暂退。次日将佐等复入问疾，畋尚未能言，将佐叹息而出。忽由监军袁敬柔，召将佐会议，将佐应召而往，但见监军陪着一位贼使，盛筵相待，音乐铿锵，大家不胜惊愕。那袁敬柔恰宣言道："现在新天子颁下敕书，我等理应申谢，只因节使风痹，由我代为署名，草呈谢表。"说到表字，将佐忽发哭声，霎时间泪洒一堂。贼使惊问何故？幕宾孙储道："节使风痹，不能延客，所以大众生悲呢。"贼使亦觉扫兴，宴毕即去。当有人报知郑畋。畋跃起床上，不觉发言道："人心尚未厌唐，贼从此授首了。"前此不言，恐系做作，但借此感励将士，虽诈亦忠。遂刺指出血，写就表文，遣亲将赍诣行在，再召将佐喻以顺逆，众皆听命，复歃血与盟，然后完城堑，缮器械，训士卒，密约邻道，合兵讨贼。有声有色。

各道兵慕义向风，依次趋集。尚有禁军分镇关中，不下数万人，亦皆响应，来会凤翔。畋散财犒众，士气大振。巢相尚让，率众往攻，由畋将宋文通带领各军，一鼓杀退。让败归报巢，巢再遣部将王晖，赍书招畋。畋扯碎来书，杀死王晖，又令子凝绩报捷行在。僖宗早至兴元，诏令诸道出兵，收复京师。义成节度使王处存，涕泣入援，且遣千人从间道赴兴元，扈卫车驾。河中节度使王重荣，本已向巢通款，巢遣使征发，几无虚日。重荣语众道："我本思屈节纾患，哪知反苦我吏民，此贼不除，如何得安？"乃将巢使一并杀死，整兵拒贼。巢遣朱温进攻，经重荣慷慨誓师，大破温众，夺得粮仗四十余船，遂遣使与王处存结盟，引兵出屯渭北，一面向行在告捷。僖宗在兴元过了残年，越年元旦，改广明二年为中和元年，从官因捷书屡至，相率庆贺。僖宗欲驻驾兴元，静俟规复，偏田令孜以储峙不丰，坚劝僖宗幸蜀。西川节度使陈敬瑄，亦遣步骑三千奉迎，僖宗乃转趋成都，由敬瑄迎入城中，借府舍为行宫。会兵部侍郎萧遘，及太子宾客分司王铎，先后驰抵行在，僖宗俱命为同平章事。裴澈由贼中自拔来归，亦得官兵部尚书。且恐南诏乘隙入寇，遣使招抚，愿与和亲。更命高骈为东面都统，促使讨巢。**还要用他。**加河东节度使郑从谠兼侍中，守前行营招讨使，特任郑畋为京城四面诸军行营都统，所有蕃汉将士，赴难有功，悉听畋墨敕除官。畋奏调泾原节度使程宗楚为副都统，前朔方节度使唐弘夫为行营司马，传檄四方，征兵讨贼。

黄巢再遣尚让，率众五万，进寇凤翔，畋使唐弘夫伏兵要害，自督兵数千人，出阵高冈，多张旗帜，诱贼来攻。贼以书生视畋，料无将略，更见他据冈列阵，适犯兵忌，遂贪功竞进，鼓行而前。群贼争先恐后，无复行伍，趋至龙尾陂，被弘夫横击而出，冲断贼兵。贼众前后不及顾，彼此不相救，正觉得心慌意乱，招架为难。畋又麾兵趋下，奋呼杀贼，贼腹背受敌，且不知畋军多寡，总道有无数雄师，覆压下来，顿时东奔西窜，情急求生。哪知逃得越快，死得越多，凌藉了半日余，把头颅抛去了二万多颗。尚让仓皇走脱，遁归长安。

唐弘夫得此大胜，遂由程宗楚、唐弘夫等，追贼至都，且檄河中节度使王重荣，义成节度使王处存，权知夏绥节度使拓跋思恭，并为后应。大家兴高采烈，趋集长安城下。尚让已经入城,报知黄巢,巢闻官军大至,无心固守,即率众东走。程宗楚自延秋门杀入,唐弘夫继进,王处存也率锐卒五千,鱼贯入城,坊市人民,欢呼出迎,或取瓦砾击贼,或拾箭械奉给官军,不到一夕,已是全京恢复,无一贼兵。宗楚恐诸将分功,不欲通报外军,但令军士释甲,就宿第舍。军士尚未肯安枕,掠取金帛妓妾,恣意图欢。王处存令部兵首系白巾为号,坊市无赖少年,也模仿军装,冒充名号,掠夺良民。**却是自己寻死。**贼众露宿灞上,诇知官军不整,且无后军相继,即引兵还袭,掩入都门。宗楚、弘夫,未曾防备,蓦闻贼众又至,仓猝出战。军士方挟金帛,拥妓妾,分居取乐,一时不及调集,可怜宗楚、弘夫二人,手下只有数百名士卒,不值贼众一扫,两人亦相继阵亡。**贪功丧躯,可作殷鉴。**王处存急召集部众,出城还营。黄巢复入长安,恨人民迎纳官军,纵兵屠杀,流血成川,他却取出一个新名目,叫作洗城。各道官军闻报,一并退去,贼势益炽,上巢尊号,称为承天应运启圣睿文宣武皇帝。

代北监军陈景思,方率沙陀酋长李友金等,入援京师,到了绛州,将要渡河,绛州刺史瞿稹,亦沙陀人,迎白景思道:"贼势方盛,未可轻进,不若且还代北,募兵数万,方可进行。"景思乃与稹同还雁门,招兵勤王,逾旬得三万人,统是北方杂胡,犷悍暴横,稹与友金不能制。友金系李克用族父,欲乘此召还克用父子,即劝景思拜表奏功,请赦克用父子罪,令他入统代北军士,立功赎愆。景思依言代奏,有诏依议。友金遂率五百骑士,赍诏至鞑靼,赦还克用父子。克用甚喜,即率鞑靼诸部万人,入屯雁门。克用移牒河东,说是奉诏讨巢,令招讨使郑从谠,具给资粮,一面进兵汾东。从谠恐克用尚有异心,特闭城设备,不应所请。克用自至城下大呼,求与从谠相见。从谠乃登城与语,许给钱米,待克用退去,遣人运给钱千缗、米千斛。克用意尚未足,还陷忻、代二州,遂在代州留驻,按兵不发。东面都统高骈,虽出屯东塘,移檄讨贼,但口是心非,迁延观望。郑畋自宗楚等丧师长安,声威挫失,僖宗加封司空,兼同平章事,都统如故,仍令他锐图恢复,怎奈畋有志未逮,徒唤奈何!

忠武节度使周岌,已奉表降巢,监军杨复光,颇具忠忱,与岌尝有违言。一日,岌正夜宴,邀杨预席,左右进言道:"周为贼臣,恐不利监军,不如勿往!"复光摇首道:"事已如此,义不苟全。"即毅然前往,入席与饮。酒至半酣,岌语及唐事。复光泣下,良久与语道:"大丈夫感恩图报,见义勇为,公自匹夫为公侯,奈何舍十八叶天子，甘心臣贼呢？"岌亦忍不住泪，徐徐答道："我不能独力拒贼，所以阳奉阴违，今日召公，正为此事。"复光立即起座，沥酒与盟，难得有此义阊。且因巢使方去，即遣养子守亮，追往驿馆，杀毙巢使。当下出召兵士，调集三千人，亲自带领，径诣蔡州。蔡州刺史秦宗权，素来跋扈，不从岌命，复光入城，勉以大义，宗权也觉心折，遣将王淑率兵三千，随复光往击邓州。邓州正为巢将朱温所陷，所以引兵急攻，王淑虽然从行，途次一再逗挠，被复光数罪处斩，并有淑众。乃再召忠武牙将鹿晏、弘晋晖、王建、韩建、张造、李师泰、庞从等至军，进破朱温，攻克邓州，逐北至蓝桥，方收军还镇。**王建事始此。**黄巢遣党目王玫为邠宁节度使，邠州镇将朱玫起兵诛贼，推别将李重古为节度使，自率部众讨巢，出屯兴平，与巢将王播接战，失利而退，返屯奉天。**为下文谋逆伏案。**

　　僖宗寓居成都，已是半年，因各道军胜负不一，终未能规复长安，他也不免焦烦。但终信任田令孜，令为行在都指挥处置使，又由令孜倚畀陈敬瑄，拜他为相。敬瑄奏遣西川左黄头军使李铤，往讨黄巢。还有右使郭琪，留卫成都，令孜犒赏扈驾诸军，尝从优给，独不及西川军。琪因诱众作乱，焚掠坊市，令孜奉僖宗保东城，闭门登楼，命诸军击琪。琪突围夜走，渡江奔广陵，往依高骈。令孜骄横益甚，蔑视宰相，所有军国大事，但由令孜处决，宰相不得与闻。先是宦官权重，分宫廷为南北两司，北司属内侍，南司属宰相，两权分峙，及令孜专政，北司权过南司。左拾遗孟昭图痛心阉祸，愤然上疏，略云：

　　治安之代，遐迩犹应同心；多难之时，中外尤当一体。去冬车驾西幸，不告南司，遂使宰相以下，悉为贼所屠，独北司平善。前夕黄头军作乱，陛下独与田令孜及诸内臣，闭城登楼，并不召宰相入商，翌日亦不闻宣慰朝臣，臣备位谏官，至今未知圣躬安否，况疏冗乎？夫天下者，高祖太宗之天下，非北司之天下。天子者，九州四海之天子，非北司之天子。北司未必尽可信，南司未必尽无用，岂天子与宰相，了无关涉？朝臣皆若路人，臣恐收复之期，尚劳宸虑。尸禄之士，得以宴安。臣躬被宠荣，职司补衮，虽遂事不谏，而来者可追，还愿陛下熟察！

　　这疏呈将进去，田令孜屏匿不奏，反矫诏贬昭图为嘉州司户。昭图去后，又遣人挤溺蟆颐津，一道忠魂，竟归水窟。*足令阅者发指。*自是天愈怒，人愈乱，靖陵雨血，河东霜杀禾，流星如织，或大如杯碗，陨落成都，这是天怒的见端。至若乱端蜂起，更不胜述，最关紧要地是感化军牙将时溥，逐杀节度使支祥，纳赂令孜，即颁诏令溥为留后。寿州屠夫王绪，与妹夫刘行全，聚众五百，也居然倡乱，盗据寿州，转陷光州。秦宗权反保奏他为光州刺史，固始县佐王潮及弟审郢、审知，皆以材气知名，愿为绪用。*屠狗果出英雄，居然高坐黄堂，驱使名士。王潮事始此。*就是凤翔节度使，兼京城四面诸营的郑司空，也为行军司马李昌言所围。郑畋登城诘问，众皆下马罗拜道："相公原不负我曹，但粮馈不继，饥寒交迫，不得已出此一举。"畋叹息道："汝等愿从司马，司马若能戢兵爱民，为国灭贼，我情愿让主军务，但望司马勿负我言。"昌言许诺。畋即开城自去，奔赴行在。*畋亦如此，大杀风景。*诏降畋为太子少傅分司，授李昌言凤翔节度使，时溥为感化节度使，令讨黄巢，且屡促高骈进兵。

骈与镇海节度使周宝，同出神策军，相待如兄弟，及封壤相邻，屡争细故，遂与有隙。骈檄宝入援，宝知骈无真意，亦不应召，骈遂表称宝将为患，不便离镇，竟罢兵还府。首相王铎，闻骈无心讨贼，乃发愤请行，泣涕面奏。僖宗乃命铎为诸道行营都统，权知义成节度使，得便宜行事，罢高骈都统职衔，但领盐铁转运使。中和二年正月，王铎自成都启行，奏举太子少师崔安潜为副都统，忠武节度使周岌，河中节度使王重荣为左右司马，河阳节度使诸葛爽，宣武节度使康实为先锋使，感化节度使时溥，为催遣纲运租赋防遏使，右神策观军容使西门思恭，为诸道行营都监。又令义成节度使王处存，鄜延节度使李孝昌，夏绥节度使拓跋思恭，为京城东西北三面都统，授杨复光为左骁卫上将军，兼南面行营都监使，且赐号夏州军为定难军，鄜坊军为保大军，共趋关中。行在一方面，复命郑畋为司空，兼同平章事。畋等议撤去高骈盐铁转运使，但加给侍中虚衔，以示笼络。骈既失兵柄，又解利权，遂攘袂大诟，上表诋毁朝廷。僖宗令畋草诏切责，骈因与朝廷决绝，不通贡赋。

王铎会同诸道兵马，进逼黄巢。巢将朱温，方署同华防御使，屡向巢请兵，捍御河中。巢因官军四逼，粮匮兵空，急切无从调遣。温知巢势日蹙，变计归唐，遂向王重荣通款，杀死监军严实，举州归降。重荣申告王铎，铎令温署同华节度使，且替温奏乞官阶。有诏授温为河中行营招讨副使，赐名全忠。*种一绝大祸根。*是时各道兵皆趋集关中，唯平卢不至，平卢节度使安师儒，为牙将王敬武所逐，自称留后，奉款附巢。王铎遣判官张浚往说道："人生应先晓逆顺，次知利害，黄巢系一贩盐虏，试问公叛累代帝王，靦颜事贼，究有何利？今天下各道兵马，竞集京畿，独淄青不至，一旦贼平，天子反正，公等有何面目见天下士？"敬武竦然起谢，即发兵数千，随浚西行。唯各道军尚畏贼焰，未敢轻进。王重荣商诸都监杨复光，复光请召李克用，且言："克用观望，系与郑从谠有嫌，若以朝旨喻郑公，令与修好，料克用必肯前来，定可平贼。"铎用墨敕召李克用，并谕郑从谠。从谠不得已贻克用书，劝令释嫌报国。克用因率兵四万，进趋河中。部兵皆着黑衣，沿途疾行如飞，势甚剽悍，贼党望尘却走，私相告语道："鸦子军到了，快逃生罢！"<u>贼运已衰，故见克用军愈觉生畏。</u>王铎奏请授克用为雁门节度使，克用受命，格外踊跃。中和三年正月，进击沙苑，大破巢弟黄揆，直捣华州。铎再向行在请命，授克用为东北面行营都统，杨复光为东面都统监军使，陈景思为北面都统监军使。僖宗已经允议，颁诏施行，偏田令孜欲归重北司，谓："铎讨黄巢，日久无功，幸得杨复光计议，始召沙陀兵破贼，铎不胜重任，应饬令赴义成军，罢去兵柄。"僖宗奉命维谨，但教阿父如何主张，无不乐从。<u>好一个宦官孝子。</u>遂诏命王铎赴镇，任令孜为十军十二卫观军容使。

会魏博节度使韩简，与巢相应，寇掠郓州及河阳。牙将乐行逢诛简，还镇上表，诏令为留后，寻加节度使，赐名彦桢。成德节度使王景崇卒，<u>景崇系元逵孙。</u>子熔年仅十龄，嗣为留后，诏授检校工部尚书，命发粟济师。李克用得熔输粟，士饱马腾，围攻华州。黄巢遣尚让往援，克用与王重荣，同率军邀击零口，大败尚让，尚让遁去，克用遂进军渭桥。忠武将庞从，河中将白志迁等，率军继进，黄巢亦倾众出来，至渭桥拦截官军。克用跃马构槊，领沙陀兵充当头阵，无坚不摧，任他逆巢是百战悍贼，见了克用，亦吓退三舍。庞、白两将，也不肯落后，奋勇杀贼，贼众三却三进，官军三战三捷，更有义成、义武诸军，陆续杀到，贼党方才大奔。<u>寥寥数语，已写尽当日大战。</u>克用等追薄城下，猛扑一昼夜，次日由光泰门杀入。黄巢巷战又败，焚去宫阙，出都遁去，擒住巢相崔璆，余众半死半降。巢出都后，恐官军追蹑，沿途散掷珍宝，以啗官军。官军果然争取，不愿追贼，巢得远遁。杨复光遣使告捷，百官入贺，诏留忠武等军二万人，居守京师，饬将巢相崔璆，就地处斩；加李克用朱玫，及保大军节度使夏侯逖，同平章事。升陕州为方镇，命王重盈为节度使，又建延州为保塞军，即命保大军司马李孝恭为节度使，各道镇帅中，唯克用年二十八，最号少壮，破黄巢，复长安，功居第一，兵亦最强。克用一目微眇，时人称为独眼龙。诸军入京，乘机四掠，无异贼众。长安民居，所存无几，好好一座首都，除四围城墙外，几成一片瓦砾场。回首当年，唏嘘欲绝。各军亦不愿久留，或归镇，或追贼。巢自蓝田入商山，使骁将孟楷往击蔡州，秦宗权出战不利，竟背唐降巢。陈州刺史赵犨，闻蔡州降贼，料知陈州必先被兵，亟缮城掘濠，募兵积粟，令弟昶翊及子麓林，分率兵士，出守项城要路，四面埋伏，专待贼众到来。果然贼将孟楷，移兵进攻，行至项城，恃胜无备，赵昶、赵翊等一齐杀出，立斩孟楷，且将余贼扫尽无遗。

巢得败报，不禁大怒，即与秦宗权合兵，围攻陈州，掘堑五重，百道攻扑。犨慨谕兵士，誓死固守，有时觇贼少懈，即引锐卒开城出击，杀贼甚多。巢益大愤，扎营州北，为久持计。且掠人为粮，生投碓砲，并骨取食，号为舂磨寨。犨一面拒贼，一面向邻镇乞援。朱全忠方受命镇宣武军，邀同周岌时溥，引兵援陈，至鹿邑杀败贼党，嗣因巢奋力与斗，势且不支，因转向李克用告急。克用方出争昭义，一时无暇移师，至中和四年，告急书连番迭至，乃引蕃汉兵五万，往救陈州。陈州被围，几三百日，赵犨兄弟，与贼大小数百战，艰苦备尝，终不少懈。极写赵犨。至克用进援，击败贼将尚让，巢始解围趋汴。尚让且率败兵五千，转逼大梁。全忠又致书克用，请他速援。克用追贼至中牟，乘贼渡河，逆击中流，歼贼万余人。尚让穷蹙请降，巢逾汴北走，克用穷追不舍，至封邱杀贼数千，至兖州又杀贼数千，追至冤句，巢已远飏。俘巢幼子及乘舆服器等物，并贼所掠男女万余名。克用因裹粮已罄，尽将男女遣散，自回汴州。命尚让再行追巢。巢手下只有千人，走保泰山。时溥又遣将陈景瑜，与尚让穷追至狼虎谷。巢屡战屡败，自知难免，顾甥林言道："我本意欲入清君侧，洗濯朝廷，事成不退，原我自误，汝可取我首献天子，保得富贵。"你亦自知悔么？言尚不忍下手，巢自刎不殊，气已垂绝。言乃把巢首砍下，并斩巢兄弟妻子，函首往献时溥，途次为博野沙陀军所夺，且将言首一并取去，送至溥军。溥复派兵搜狼虎谷，得巢姬妾数十人，并巢首赍献行在。共计巢自倡乱至败亡，共历十年，杀人无算，好算是古今一大浩劫。唐室宗社，虽幸得尚存，也已保全无几了。小子有诗叹道：

连年寇贼酿兵灾，父老相传话劫灰。
巢贼杀人八百万，至今追忆有余哀。

巢首献至行在，僖宗御楼受俘，一切详情，容后再详。

郑畋倡义于先，功将成而忽败，李克用赴援于后，兵一奋而即成，非畋之忠义，出克用下也。畋以书生掌戎政，借一时之鼓励，号召诸军，程宗楚、唐弘夫等，挟锐入都，一得手而即贪功弛备，复为贼乘，两将战死，余军不振，畋虽孤忠，究系儒者，徒凭意气以为感召，安能久持不敝乎？克用以新进英雄，奉诏讨贼，才足以御众，勇足以制人，而诸军又不足以牵制之，故一举而复京都，再举而歼逆贼，事半功倍，游刃有余，盖求人者难为功，求己者易为力也。余子碌碌，因人成事，王铎两出统军，始未战而即遁，继大举而仍无功，虽无田令孜之嫉忌，亦非真有专阃才。而昏庸如僖宗，骄横如田令孜，更不值齿数焉。

第二十八回

入陷阱幸脱上源驿
劫车驾急走大散关

　　却说僖宗闻巨寇已平，献入巢首，即御大玄楼受俘，当命将巢首悬示都门。至黄巢姬妾等，跪在楼下，约有二三十人，僖宗望将下去，统是花容惨澹，玉貌凄惶，美人薄命，天子多情，倒也动起怜香惜玉的意思来了，当下开口宣问道："汝等皆勋贵子女，世受国恩，如何从贼？"这句话由上传下，总道必是叩首乞怜，便好借此开恩，充没掖廷，慢慢儿的召幸，谁知跪在前面第一人，举首振喉道："狂贼凶悖，国家动数十万大众，不能剿除，竟致失守宗祧，播迁巴蜀，试想陛下君临宇宙，抚有万乘，尚且不能拒贼，乃反责一女子，女子有罪当诛，满朝公卿将相，应该从何处置？"**强词颇足夺理。**僖宗听了，不禁变怜为嗔，易爱成怒，即传谕左右，概令处斩，自己返驾入宫。可怜那数十个美人儿，只为那一念偷生，屈身从贼，终难免刀头一死。临刑时，吏役多生悯惜，争与药酒，各犯且泣且饮，统皆昏醉，独为首的妇女，不饮不泣，毅然就刑。**前后总是一死，何不决死前日。**刀光闪处，蟒首蛾眉，都成幻影，不必细说。**色即是空。**

　　且说李克用回军汴州，朱全忠开城出迎，固请克用入城，就上源驿作为客馆，款待甚优，馔具皆丰，音乐毕备。克用少年好酒，免不得多饮数杯，醉后忘情，言多必失。全忠更假意谦恭，克用却一味倨傲，于是全忠挟嫌生忿，遂起了一片毒心，欲将克用置诸死地。克用不无小过，全忠何竟太毒？是晚，宴犒克用兵士，统令部将劝酒，灌得他酩酊大醉。全忠返室，召部将杨彦洪入商，议定一策，密令兵士至大路间，联车竖栅，塞住不通，一面发兵围攻上源驿，呼声动地。克用醉卧方酣，毫不觉悟，帐外亲卒，只有薛志勤、史思敬等十余人，已是惊醒，猛闻汴兵杀入，料知有变，亟持械出斗，独留郭景铢入内，唤醒克用。景铢叫了数声，并不见答，忙将克用掖置床下，用水沃面，才解去克用睡魔，报知祸事。克用始张目援弓，起身外出，志勤见克用出来，亟拈弓发矢，射毙汴兵数人，欲夺走路。怎奈汴兵纵起火来，烟焰四合，迷住双目，忍不住叫起苦来。老天却还保全克用，竟雷电交作，大雨倾盆，把烟焰扑灭无余，但黑沉沉地罩住驿门。克用酒意未消，尚是支撑不定，幸经志勤见机奋勇，扶住克用，招呼左右数人，逾垣突围，趁着电光隐现，觅路急走。汴兵扼桥守住，由志勤力战得脱，史思敬孤身断后，竟至战死。志勤保护克用，登尉氏门，缒城得出。监军陈景思手下三百余人，本与克用同入汴城，至此均为所害。枉死城中，却多了一班枉死鬼。朱全忠闻克用得脱，忙与杨彦洪乘马急追，彦洪语全忠道："胡人急必乘马，节使如见有乘马胡人，便当急射，休使走脱！"全忠点首应诺，相偕出城。彦洪见前面有人走动，飞马急追。全忠落后，因天黑不能辨认，错疑彦洪是沙陀将士，一箭立殪，这是该死。那克用却早已远远飏去了。

克用妻刘氏，颇多智略，随克用驻军营。克用左右，仓皇奔归，说是汴人为变，上下尽死。刘氏声色不动，竟把还兵杀毙，隐召大将入议，令约束全军，翌日还镇。到了天明，克用走归，欲勒兵往攻全忠，为雪恨计。刘氏道："君为国讨贼，救人急难，今汴人不道，隐谋害君，君当上诉朝廷，剖明曲直，若遽举兵相攻，反致曲直不明，彼转有所借口了。"说得甚是。克用乃引兵北返，移书责问全忠。全忠复书，托言前夕兵变，仆未预闻，朝廷自遣使臣，与杨彦洪密议，彦洪已经伏罪，请公谅察！既经归咎彦洪还要架诬朝廷，凶狡尤甚。克用明知是假，怀恨不平。及返至晋阳，即表陈："朱全忠负义反噬，命几不保，监军陈景思以下，枉死三百余人，乞即遣使按问，发兵讨罪！"僖宗得见此表，不禁大骇，暗思黄巢伏诛，方得少息，怎可再启兵端？乃与宰相等熟商，颁诏和解。克用不肯伏气，表至八上，极言全忠包藏祸心，他日必为国患，乞朝廷削他官爵，委臣率本道兵往讨，得除祸首，才免后忧。僖宗仍然不从，但遣中使杨复恭等传谕，说是事变甫定，卿当力顾大局，暂释私嫌。克用勉强遵旨，心下总是未怿，乃大治兵甲，密图报怨。

他有养子嗣源，本系胡人，名必佶烈，年方十七，克用爱他骁勇，养为己子。上源一役，嗣源跟着克用，护翼出城，身冒矢石，独无所伤，因此益得克用爱宠，委以军务。还有韩嗣昭、张嗣本、骆嗣恩、张存信、孙存进、王存贤、安存孝七人，俱系少年多力，愿为克用养子，冒姓李氏，当时号为义儿，分统部众。克用又奏请令弟克修镇潞州，潞州本系昭义军属境。昭义迭经兵变，屡篡主帅，自孟方立得受旌节，因潞州地险人劲，意欲迁地为良，改就邢州为治所，潞人不悦，潜向李克用处乞师。克用正战胜黄巢，因遣弟克修等攻取潞州，且争邢洺磁三州地。嗣因朱全忠等，一再乞援，乃移师至汴，补前回所未详。此次乐得奏请，朝廷不敢不允，即命克修镇潞，唯此后分昭义为二镇，泽潞为一区，邢洺磁为一区。克修管辖泽潞二州，克用又晋爵陇西郡王。中使杨复恭往返数次，劝慰克用，克用暂按兵不发。复光即复恭兄，复光自收复长安，即致病殁，军中恸哭，累日不休。唯田令孜忌他威名，闻讣甚喜，且因复恭曾司枢密，屡与龃龉，即降复恭为飞龙使。幸僖宗素宠复恭，仍然倚任，所以复恭尚得自全。

复光麾下八都将，*即前回所述忠武牙将鹿晏弘等。*各率步兵散去。忠武将鹿晏弘，托言西赴行在，所过残掠，到了兴元，逐去节度使王勋，自称留后。僖宗闻报，亦无可奈何。并有东川节度使杨师立，居然谋变，独移檄行在及诸道，历数陈敬瑄十罪，也以入清君侧为名，造起反来。*一击球镇将被逐，一击球镇将造反，确是优劣不同。*这造反的原因，系为邛州牙官阡能，因公事违期，亡命为盗，聚众万人，横行邛雅。余盗罗浑擎、勾胡僧、罗夫子、韩求等，群起响应，官军往讨，屡为所败。因恐上司见罪，往往掠取村民，充作俘虏。西川节度使陈敬瑄，不问是非，捕到即斩，于是村民亦逃避一空，或反趋附盗巢，遂致盗党益盛。峡贼韩秀升屈行从等，又霸占三峡，骚扰民间。陈敬瑄乃遣押牙官高仁厚，为都招讨指挥使，出讨阡能。仁厚谋勇兼优，六日即平五贼，*即上文所述罗浑擎等。*归报敬瑄。敬瑄大喜，保奏仁厚为行军司马，再令出讨峡路群贼，临行时且语仁厚道："此去得成功回来，当为代奏，以东川旌节相酬。"仁厚谢别至峡，焚贼寨，凿贼船，贼众穷蹙，执秀升行从以降。仁厚械送二犯，献至行在，按律枭首，不劳细说。唯东川节度使杨师立，闻敬瑄语，将以东川赏功，好好一个大官，怎肯甘心让人？当然起了怨谤，传入敬瑄耳中。敬瑄转告田令孜，令孜召师立为仆射，师立越加愤迫，竟将令孜所遣的朝使，一刀杀死，并杀东川监军，发兵进屯涪城，声讨敬瑄。敬瑄复荐仁厚为东川留后，令孜讨师立。仁厚至鹿头关，与师立部将郑君雄接仗，用埋伏计，杀败君雄。君雄退保梓州，仁厚进攻不下，乃作书射入城中，但言师立元恶，应加诛戮，余皆不问。君雄遂引众倒戈，返攻师立，师立惶急自杀，由君雄入枭师立，取了首级，出献仁厚。仁厚传首行在，有诏授仁厚为节度使，安镇东川。

田令孜、陈敬瑄二人，既得平乱，权焰益张，令孜为判官吴圆求郎官，郑畋不许，敬瑄自恃有功，欲班列宰相上首。畋援例指斥，谓使相品秩虽高，向来在首相下，不得上僭。两人遂交谮郑畋，罢畋为太子少保，以兵部尚书裴澈代相。令孜敬瑄，益肆行无忌，索性挟制天子，任所欲为。降贼叛唐的秦宗权，纵兵四出，侵掠汴州，朱全忠与战不利，向天平军乞援。急则求人，宽则噬人，乃是朱三惯技。天平军节度使朱瑄，本为天平牙将，署濮州刺史。节度使曹全晸，与兄子存实，当黄巢叛乱时，先后阵亡，幸瑄入守郓州，击退贼众，因功拜节度使，有众三万人，既接全忠来牍，乃遣从弟瑾赴汴救急。瑾至合乡，破宗权兵，宗权退去，汴州解严。朱全忠出城犒军，厚待朱瑾。及瑾告别，托致瑄书，与瑄约为兄弟。靠不住。宗权旁寇他镇，到处焚掠，残暴比黄巢尤甚，北至卫滑，西及关辅，东尽青齐，南出江淮，均被蹂躏，千里间不见烟火。还有鹿晏弘据住兴元，仍麾众四扰，王建、韩建、张造、晋晖、李师泰等，也率众相从，不过因晏弘好猜，众心未曾固结。田令孜遣人招诱，王建等率众数千，奔诣行在，拜令孜为义父，各得封诸卫将军，受了朝命，往攻晏弘。晏弘弃去兴元，转陷襄州。山东南道节度使刘巨容，仓皇出走，逃往成都。前在荆门破黄巢，颇有智略，唯纵寇勿追，大为失计；此次未战即溃，想是天夺其魄。巨容有炼汞成银的秘方，田令孜向求不得，竟将巨容害死，并至灭族。那晏弘得了襄阳，旁掠房邓，转寇许州。忠武节度使周岌，也弃城遁去。又是一个逃将军。晏弘引众入城，自称留后。僖宗方拟回跸，恐沿途不靖，有碍行程，不得已授晏弘为节度使，且遣使招抚秦宗权。时王铎为中书令，上言："汴许接壤，朱全忠在汴，已是骄悍难制，再加一鹿晏弘，两恶相济，必为国患，不如召还全忠，改授他官，方为釜底抽薪的良策。"僖宗恐全忠不肯应召，反致节外生枝，但命铎为义昌节度使，令他就近监制。

义昌军即沧州地，是太和中创设，与汴许相近，铎既受命，即携带眷属，指日启程。他本厚自奉养，侍妾仆从，不下百人，更有许多箱笼等件，统是惹人眼目，道出魏州，魏博节度使乐彦祯子从训，奉了父命，出迎王铎，行地主礼。从训少年好色，瞧着王铎侍妾，统是珠围翠绕，玉貌花姿，不由得垂起涎来，*冶容诲淫*。既已迎铎入馆，他却想了一计，令亲卒易去军服，扮了盗装，自己做了盗魁，乘夜至客馆中，明火执仗，破门直入。铎惊醒好梦，披衣出望，凑巧遇着从训，兜头一刀，首随刀落，复将仆从尽行杀死，单留着几个娇娇嫡嫡的丽姝，由从训搂住一个，怀抱而出，余皆令亲卒掠取，或抱或背，回寝取乐去了。*铎老且淫，应遭此报，但侍妾等得了少夫，应该贺喜*。彦祯舐犊情深，将从训事代为隐瞒，但说是王铎遇盗，表闻行在，一面殓铎入棺，送归铎家。僖宗正安排回都，还有何心查问，乐得糊涂过去。

会值南诏遣使迎女，僖宗曾许与和亲，因封宗女为安化长公主，遣嫁南诏，于是启跸还都。沿途一带，已是苍凉满目，触景生悲，及入都城，更觉得铜驼荆棘，狐兔纵横。趋至大内，只有几个老年太监，出来迎谒，所有前时宫嫔采女，都不知去向，连懿宗在日最爱的郭淑妃，也无影无踪。*叙安化公主，及郭淑妃事，统是补足上文，不使遗漏*。僖宗很是叹息，忽闻秦宗权僭号称尊，不奉朝命，免不得愁上添愁，勉强颁诏大赦，改元光启。唯宗权不赦，命时溥为蔡州行营都统，往讨宗权。溥尚未出兵，宗权部将孙儒，已陷入东都，逐去留守李罕之，复攻下邻道二十余州，只陈州刺史赵犨，与蔡州相距百里，日与宗权战争，始终不为所夺。有诏令犨为蔡州节度使，犨与朱全忠联络，共拒宗权，宗权乃不敢过犯。此外如光州刺史王绪，与宗权声气相通，已两三年，*见前回*。宗权发兵四扰，向绪催索租赋，作为饷需，绪不能给。宗权竟引众攻绪，绪弃城渡江，掠江洪虔诸州，南陷汀漳。他因道险粮少，下令军中，不得挈眷随行。唯王潮兄弟，奉母从军，绪恨他违令，欲斩潮母。潮等入请道："天下未有无母的人物，潮等事母，如事将军，若将军欲杀潮母，不如潮等先死。"将士等亦代潮固请，绪乃舍潮母子，唯令潮不得奉母自随，潮只好唯唯而出。适有术士语绪，谓军中有王者气，绪因此疑忌，往往枉杀勇将，众皆危惧。及转趋南安，潮与前锋将商议，派壮士伏竹篁中，突出擒绪，反缚徇众。众遂奉潮为将军，拟引兵还光州，所过秋毫无犯，行及沙县，泉州人张延鲁等，因刺史廖彦若贪暴，偕耆老迎潮，愿奉潮为州将。潮乃袭击泉州，杀廖彦若，奉书与观察使陈岩，自请投诚。岩表请潮为泉州刺史。潮招携怀远，均赋缮兵，颇得吏民欢心，泉州以安。王绪被系数月，料知不能脱身，自尽了事。屠夫终无善果。

一波未平，一波又起，各藩镇互争权势，又惹动兵戈，闯出一场大祸。自僖宗返驾后，号令所及，不过河西、山南、剑南、岭南数十州，义武节度使王处存，尚遵朝旨，且与李克用亲善，卢龙节度使李可举，与成德节度使王熔，忌克用兼忌处存，遂密约分义武地。当由可举遣将李全忠攻陷易州，熔亦遣将攻无极县，处存忙向克用处告急，克用率兵驰援，大破成德军。处存亦夜袭卢龙兵，击走李全忠，复取易州。全忠败还幽州，恐致得罪，竟掩攻可举，可举无从抵拒，阖室自焚。李全忠自为留后，朝廷随他起灭，倒也不必说了，偏田令孜招添禁军，自增权势，所虑藩镇各专租税，无复上供，一时腾不出军饷，如何赡给新军？令孜想出一法，奏请收安邑解县两池盐赋，尽作军需，且自兼两池榷盐使，哪知有人出来反对，不使令孜得专盐榷。原来两池盐税，本归盐铁使征收，充作国用，至中和年间，河中节度使王重荣，截留盐赋，但岁献盐三千车，上供朝廷。此次所得余利，复被令孜夺去，当然不肯干休，便上章奏驳令孜。彼此罪实从同。令孜竟徙重荣为泰宁节度使，调王处存镇河中，齐克让镇义武。看官试想，重荣不肯割舍盐利，与令孜争论，难道要他舍去河中，他反俯首从命么？当下再表弹劾令孜，说他离间君臣，鳌陈至十大罪。令孜尚不止十罪，唯重荣亦岂得无过？令孜乃密结邠宁节度使朱玫，凤翔节度使李昌符，抗拒重荣，更促王处存赴河中。处存谓重荣有功无罪，不应轻易，累表不省，只是颁诏促行。处存不得已引军就道，到了晋州，碰着一碗闭门羹，也无心与较，从容引还。重荣知己惹祸，也向李克用求救，克用正怨朝廷不罪朱全忠，招兵买马，将击汴州，乃复报重荣，俟先灭全忠，还扫鼠子。重荣又催促克用道："待公自关东还援，我已为所虏了。不若先清君侧，再擒全忠未迟。"克用闻朱玫李昌符，亦阴附全忠，乃上言："玫与昌符，与全忠相表里，欲共灭臣，臣不得不自救，已集蕃汉兵十五万，决定来春济河，北讨二镇，不近京城，保无惊扰，再还讨全忠，借雪仇耻，愿陛下勿责臣专擅"云云。僖宗览表大骇，忙遣使谕解，冠盖相望，克用不应。朱玫欲朝廷声讨克用，屡遣人潜入京城，焚掠积聚，或刺杀近侍，伪言克用所为，京师大震，日起讹言。田令孜遣朱玫李昌符，及神策鄜、延、灵、夏等军，合三万人出屯沙苑，讨王重荣。重荣又乞克用相援，克用乃率兵趋至，与重荣同至沙苑，与朱玫、李昌符等对垒，且表请速诛田令孜及朱玫、李昌符。僖宗只颁诏和解，克用怎肯依命？于是即日开战。玫与昌符，本非

209

克用敌手，又有重荣一支人马，也是精悍得很，战了半日，纷纷溃散，各败归本镇。克用遂进逼京城。自食前言。

田令孜闻报大惊，亟挟僖宗出走凤翔，长安宫室，方经京兆尹王徽，修治补葺，十完一二，至是复为乱兵入毁，仍无孑遗。克用闻僖宗出走，乃还军河中，与王重荣联名上表，请上还宫，仍乞诛田令孜。僖宗再授杨复恭为枢密使，将与复恭同行还都。偏令孜请转幸兴元，僖宗不从，谁知到了夜间，令孜竟引兵入行宫，胁迫僖宗，再走宝鸡。黄门卫士，扈从止数百人，宰相等俱未及闻，独翰林学士杜让能，值宿禁中，夤夜出城，追及御驾。翌日，复有太子少保孔纬等继至，宗正奉太庙神主至鄠，中途遇盗，将神主尽行抛去。朝臣陆续追驾，也被乱兵所掠，衣装俱尽。全是盗贼世界。僖宗授孔纬为御史大夫，令还召百官。纬复至凤翔宣诏，宰相萧遘、裴澈等，方嫉令孜挟兵弄权，皆辞疾不见，台吏百官等，亦皆以无袍笏为辞。纬召三院御史，涕泣与语道："布衣亲旧，有急相援，况当天子蒙尘，臣子可奉召不往么？"御史等无辞可答，只托言办装，缓日可行。纬拂衣欲走道："我妻得病将死，尚且不顾，诸君乃这般迟疑，请善自为谋，纬从此辞！"我亦愤愤。乃出诣李昌符，请骑卫送至行在。昌符颇感他忠义，即赠装遣兵，送纬至宝鸡。看官阅过上文，应知朱玫李昌符二人，本与田令孜合谋，谁料联军败后，僖宗出走，两人亦幡然变计，与令孜反抗，统是小人行径。可巧宰相萧遘，令玫追还车驾，玫即引兵五千至凤翔，又与凤翔兵同追僖宗。令孜得报，复劫僖宗西走，命神策军使王建、晋晖为清道斩斫使，官名奇突。沿途多系盗贼，由建率长剑手五百人，前驱奋击，乘舆乃得前进。僖宗以传国玺授建，令他负着，相偕登大散岭。适凤翔兵追至，焚去阁道丈余，势将摧折，建挟僖宗自烟焰中跃过，方得脱险，夜宿板下。僖宗枕住建膝，稍稍休息，既觉始得进食，僖宗解御袍赐建道："上有泪痕，所以赐卿，留为纪念。"都是阿父所赐，奈何不孝敬阿父？建乃拜谢。待至食毕，复启行入大散关，闭关拒邠岐兵。邠岐兵进攻不下，方才引归，途过遵涂驿，见肃宗玄孙襄王煴，病卧驿中，不能从行，朱玫即挟与同还凤翔。这一番有分教：

　　欲思靖乱反滋乱，未报丧君又立君。

朱玫既得襄王煴，遂欲奉煴为帝，又有一番大变动了。看官试阅下回，便知分晓。

田令孜，内贼也，各道镇帅，外贼也，内贼外贼，互相争阋，而乱日炽，而祸益迫，天下尚有不危且亡耶？唯内贼田令孜，罪不胜数，无善可言，而各镇帅中尚有彼善于此之别。李克用奉诏入援，击败黄巢，拔朱温于虎口，恩施最厚，第以醉后谩言，即遭上源驿之围攻，贝德如温，抑何太甚？是固曲在温而不在克用也。及克用脱归，表请罪温，朝廷置诸不问，曲直不明，欲已乱而反滋乱，加以田令孜之东挑西拨，如抱薪而益火，遂致藩镇相攻，祸延畿辅，沙苑一败，令孜夺气，乃挟天子西行，闭关奔走，十军阿父，以此报君，可胜慨耶！克用请诛令孜，理直气壮，王重荣等不足以比之，故外臣中只一克用，尚知有国，尚知有君，不得尽目为贼，外此无在非贼也，贼盗满天下，唐事已不可为矣。

第二十九回

襄王熅窜死河中

杨行密盗据淮甸

却说朱玫与襄王熅俱还凤翔，即与凤翔百官萧遘等，再行会奏行在，请诛田令孜，且对遘宣言道："主上播迁六年，将士冒矢石，百姓供馈饷，或战死，或饿死，十减七八，仅得收复京城。主上但将勤王功绩，属诸敕使，委以大权，终致纲统废坠，藩镇扰乱，玫奉尊命，来迎大驾，不蒙明察，反类胁君，我辈心力已尽，怎能俯首帖耳，仰承阉人鼻息呢？李氏子孙尚多，相公何不变计，另立嗣君？"遘答道："主上无大过恶，不过因令孜专权，遂致蒙尘，近事本无行意，令孜陈兵帐前，迫上出走，为足下计，只有引兵还镇，拜表迎銮，废立重事，遘不敢闻命！"<small>遘若能坚持到底，何致身污逆名。</small>玫闻言变色，出即下令道："我今立李氏一王，敢有异议，即当斩首！"百官统是怕死，只好权词附和。玫遂奉襄王熅权监军国事，承制封拜百官，仍遣大臣西行迎驾。玫自兼左右神策十军使，令遘为册命襄王文。遘托言文思荒落，乃使兵部侍郎郑昌图撰册，由熅北面拜受，然后朝见百官，即授昌图同平章事，兼判度支盐铁户部各置副使；调遘为太子太保，遘托疾辞官。适遘弟蘧为永乐令，乃往与弟处，不闻朝事。玫即奉熅至京师，自加侍中，大行封拜，藩镇多半受封。淮南节席使高骈，进爵中书令，充江淮盐铁转运副使。淮南右都押牙和州刺史吕用之，升授岭南东道节度使，两人很是喜欢，奉表劝进。独凤翔节度使李昌符，本与玫谋立熅，熅已受册，玫自专大权。昌符毫无好处，怏怏失望，乃更通表行在，报称朱玫擅立襄王，应加声讨。有诏进昌符为检校司徒，令就近图玫。

田令孜因人心愤怒，自知不为所容，因荐枢密使杨复恭为左神策中尉，自除西川监军，往依陈敬瑄。复恭斥令孜党羽，出王建为利州刺史，晋晖为集州刺史，张造为表州刺史，李师泰为忠州刺史；<u>调他出外，亦未必无祸</u>。一面与新任宰相孔纬、杜让能等，共商还都事宜。计尚未定，忽报朱玫遣将王行瑜，率邠宁河西兵五万，进逼乘舆，已经占住凤翔，各道贡赋，都被遮断，令转运长安去了。看官！你想僖宗寓居兴元，从官卫士，却也不少，此次运道不通，坐致乏食，怎得不上下惊惶哩？杜让能乃献议道："从前杨复光与王重荣，同破黄巢，甚相亲善，复恭系复光兄，若由复恭致重荣书，晓以大义，想重荣当回心归国，重荣既来，李克用应亦服从，诛逆也不难了。"僖宗乃颁敕慰谕重荣，并附以杨复恭书，遣使往河中。重荣果然听命，且表献绢十万匹，愿讨朱玫自赎。去使回报僖宗，僖宗再欲宣慰克用，可巧克用亦表诣行在，愿讨朱玫及襄王煴。原来煴亦赐书至晋阳，通知克用，谓已由藩镇推戴，受册嗣统。克用大怒，毁来书，囚来使，表请进讨。诏令扈跸都将杨守亮，率兵二万出金州，会同重荣、克用，共讨朱玫。

玫将王行瑜自凤州进拔兴州，势如破竹，僖宗急命神策都将李茂贞等，出兵抵御。茂贞博野人，本姓宋，名文通，因保驾有功，得赐姓名。<u>茂贞事始此</u>。茂贞颇有能力，与行瑜交战数次，俱得胜仗，复取兴州，且由杨复恭移檄关中，谓能得朱玫首级，立赏静难节度使。行瑜为茂贞所败，正在惶急，忽闻檄文中赏格，不禁转忧为喜，密与部众商议道："今无功回去，也是一死，死且无益，若与汝等斩玫首，定京城，迎帝驾，取邠宁节钺，岂不是绝好的机会么？"大众欣然应诺，遂引兵还长安。玫方立煴为帝，改元建贞，揽权行事，闻行瑜擅归，即召他入问。行瑜率众直入，玫即怒目相视道："汝擅自回京，欲造反么？"行瑜亦厉声答道："我不造反，特来捕诛反贼。"说至此，即麾众向前，竟将玫擒住，立刻斩首，并杀玫党百余人，京城大乱。郑昌图、裴澈，丞奉襄王煴奔河中，王重荣正欲发兵，有人入报襄王煴到来，即跃起道："他自来寻死，尚有何说？"当下麾兵出迎，诱煴等入城中，刀兵齐起，将煴杀死。昌图与澈，无从逃避，没奈何束手就缚。重荣先函煴首，赍送行在，刑部请御兴元城南门受馘，百官毕贺，独太常博士殷盈孙，上言："煴为贼胁，并非倡逆，

213

只是未能死节，不为无罪。古礼公族加刑，君且素服不举，今煴已就诛，应废为庶人，将首级归葬，俟玫首献至，方可行受俘礼。"僖宗如言施行，随授李茂贞为武定节度使，王行瑜为静难节度使。静难军即邠宁镇，武定军驻扎洋州，是新设的藩镇，且下诏夺田令孜官爵，长流端州。令孜竟依兄陈敬暄，并未往戍，后又自有表见。郑昌图裴澈，传旨并诛，连萧遘亦戮死岐山。当时朝士皆受煴伪封，法司都欲处置极刑，还是杜让能再三力争，才得十全七八，这也算是阴德及人呢。

僖宗乃还跸至凤翔，节度使李昌符，恐车驾还京，自己失宠，因托词宫室未完，固请驻跸府舍。僖宗也得过且过，将就数天，偏各道迭来警告，不是擅行承袭，就是互相攻夺。卢龙节度使李全忠死，子匡威自为留后；江西将闵勖逐荆南观察使，自主军务，勖又为淮西将黄皓所杀，皓又为衡州刺史周岳所杀，岳遂代为节度使；董昌部将钱镠，攻克越州，昌自往镇越，令镠知杭州事；天平牙将朱瑾，逐去泰宁节度使齐克让，自为节度使；镇海军将刘浩作乱，节度使周宝，出奔常州，浩迎度催勘使薛朗为留后，已而钱镠迎宝至杭州，宝即去世，镠擒杀薛朗，竟取常、润二州；还有利州刺史王建，袭据阆州，逐去刺史杨茂实，自称防御使。**头绪纷繁，不得不总叙数语。**僖宗连番得报，也是无可奈何。

淮南都将毕师铎，曾由高骈遣戍高邮，控御秦宗权，宗权未曾入境，师铎先已倒戈，看官道是何因？原来高骈心腹，莫若吕用之，用之以邪术惑骈，得补军职，又引私党张守一、诸葛殷为助，每日与骈同席，指天画地，诡辩风生，说得骈情志昏迷，非常悦服。骈初与郑畋有隙，用之语骈道："宰相遣刺客刺公，今日来了。"骈大惊惧，急向用之问计。用之转托张守一，守一许诺，乃使骈着妇人服，匿居别室，自代骈卧寝榻中，夜掷铜器，铿然有声，又密用猪血涂洒庭宇，似格斗状。及旦，始召骈回寝道："几落奴手。"骈见寝室中血迹，且谢且泣，竟视守一为再生恩，厚赠金宝。用之又刻青石为奇字，文为玉皇授白云先生高骈，密令左右置道院香案。骈得石甚喜，用之进贺道："玉皇因公焚修功著，将补仙官，想鸾鹤即当下降了。"**仿佛是骗小孩儿。**骈亦喜慰，遂就道院庭中，刻一木鹤，且着羽服跨行，妄称仙曹。用之自云磻溪真君，谓守一即赤松子，殷即葛将军，暗中却夺人财货，掠人妇女，荒淫骄恣，无恶不为。又虑人漏泄奸谋，劝骈屏除俗累，潜心学道。骈乃悉去姬妾，谢绝人事，宾客将吏，多不得见。用之得专行威福，毫无顾忌，将吏多归他署置，未尝白骈。平居出入，导从多至千人，侍妾百余，统由评花问柳，强夺而来。**可充玉女。**毕师铎有美妾，为用之所闻，必欲亲睹娇姿，聊慰渴念，偏是师铎不许。用之是色中饿鬼，伺师铎不在家中，突入彼家，逼令一见，问答时未免狎媟，及师铎回家，闻知此事，怒斥侍妾，遂与用之有隙，至出屯高邮，辄怀疑惧，心腹诸将，亦均劝师铎还诛用之。师铎遂与淮宁军使郑汉章，高邮镇遏使张神剑，割臂沥血，喝了一杯同心酒，当下推师铎为行营使，移书境内，极言："用之凶恶，与张守一诸葛殷朋比为奸，蟠据淮南，近由都中授他为岭南节度使，仍不赴任，横行无忌，应亟加诛，特奋义师，为民除恶"云云。神剑原名，本一雄字，因他善能使剑，所以叫作神剑。神剑以师铎成败，究未可料，愿留部众在高邮，接济兵粮，乃推汉章为行营副使，与师铎出兵逼广陵。城中互相惊扰，吕用之尚匿不告骈，骈登阁闻哗噪声，始问左右。左右才述变端，骈亟召用之入商。用之徐答道："师铎戍众思归，为门卫所阻，遂致惊噪，现已随宜处置，就使有变，但求玄女遣一力士，便可靖患，愿公勿忧！"**玄女何处寻找，不若令侍妾摆一虚北阵罢。**骈沉着脸道："近已知君多涉虚诞了，幸勿使我作周宝第二。"**你也知他虚诞么？还算聪明。**说至此，不禁呜咽起来。用之退出，悬赏军中，令出城力战，稍稍杀退师铎，方得断桥塞门，为守御计。师铎初战不利，又见广陵城坚兵众，颇有惧色，忙遣属将孙约驰往宣州，向观察使秦彦处求援，预允破城以后，迎彦为帅。彦乃遣将秦稠，率三千人助师铎，日夕攻城。用之令讨击副使许戡，出劳师铎，竟为所杀。用之没法，大索城中丁壮，不论官吏书生，悉用白刃加颈，胁使登城。自朝至暮，不得休息，于是阖城怨苦，均生叛意。师铎射书入城，劝骈速诛朱、吕、张、等三人，书为用之所得，立即毁去，且率甲士百人，入内见骈。骈骇匿寝室，良久方出语道："节度使居室无恙，为何领兵进来，莫非造反不成？"遂命左右驱出用之。用之誓与骈绝，再率壮士出御。那外城已被攻入，慌忙麾众出内城门，向北遁去。

　　师铎纵兵大掠，骈不得已遣人议和，愿撤兵备，与师铎相见。师铎乃入见骈，两下晤谈，如宾主礼。骈署师铎为节度副使，如左仆射，郑汉章等各迁官有差。都虞候申及语骈道："逆党不多，诸门尚未曾把守，公须乘夜出发，募诸镇兵还取此城，还可转祸为福，若迟延过去，恐一二日后，逆党蟠固，及亦不得侍左右了。"骈犹豫不从。**该死。**到了次日，师铎即派兵分守城门，搜捕用之亲党，尽行处死，一面遣人促秦彦过江。或语师铎道："仆射举兵，无非为用之奸邪，高公不能区理，所以入城除害，今用之既败，军府廓清，仆射宜仍奉高公，自为副佐，但教握住兵权，号令境内，何敢不服？用之一淮南叛将，移书所至，立可成擒，外有推奉美名，内得兼并实效，若使高公聪明，必知内愧，万一不改，也是一几上肉，奈何如此功业，转付他人呢？"师铎不以为然，但逼骈出居南第，用兵监守，并将骈亲党十余人，一概收禁，所有高氏累年蓄积，都被乱兵劫掠一空。**悖入悖出。**既而捕得诸葛殷，杖毙道旁，怨家争抉眼舌，且投以瓦石，顷刻成冢。**何不请仙翁救命？**

独吕用之自广陵逸出，手下尚有千人，闻郑汉章妻孥，留居淮口，遂率众往攻，旬日不克。郑汉章引兵趋救，用之乃奔投杨行密。行密方署庐州刺史，前由用之诈为骈牒，令为行军司马，促使入援，行密乃悉众东趋，并借和州兵数千人，同至天长。用之情急往投，行密不即拒绝，留居军中。张神剑向师铎求略，不得如愿，也归行密。海陵镇遏使高霸，及曲溪人刘金，盱眙人贾令威，复率属至行密军营。行密有众万七千人，声威颇盛，张神剑输粮接济，军食更不患虚枵，遂步步进逼，趋至广陵城下。是时秦彦已入广陵，自称权知节度使事，闻行密来攻，闭城自守，但遣毕师铎及部将秦稠，领兵八千，出城西迎击行密。行密军势甚锐，师铎招架不住，先行遁还。秦稠战死，八千人只剩了一二千。秦彦再遣毕师铎、郑汉章为将，悉发城中兵士，出阵城西，延袤数里，与行密相持。行密命将金帛粮米，搬集一寨，寨内只留羸卒，寨外暗伏精兵，待两阵相交，行密伴败，绕寨西走。广陵兵入空寨中，争取金帛，一声鼓响，伏兵四起，行密又复杀还，那广陵兵如何抵当，被杀几尽。师铎汉章，单骑走还。秦彦乃不敢出师。高骈局居道院，尚是日夜祈祷，虔祝长生，怎奈秦彦、毕师铎，供馈日薄，甚至左右乏食，取木像中革带，煮食疗饥。彦与师铎，因出兵屡败，且疑骈为厌胜，愈加疑忌。适有妖尼王奉仙白彦，谓扬州分野，应有灾祸，必死一大人，方无后忧。彦遂命部将刘匡时，入道院杀骈，并杀骈子弟甥侄，同埋坎中。这消息传达城外，行密命士卒尽服缟素，向城大哭三日，宣告大众，誓破此城。秦彦毕师铎，屡遣兵出战，大小数十仗，均被行密杀败。城中粮食早尽，连草根木实，亦采食无遗，甚至用堇泥为饼，取给军士。军士怎肯平白地饿死，不得不掠人为粮。彦部下更是凶横，驱缚屠割，视人似鸡犬一般，血流城市，满地朱红。吕用之部将张审威，潜率部下登城，启关纳外兵，守卒不战自溃。彦与师铎，急召妖尼王奉仙问计，奉仙道："走为上策。"骈信方士而死，秦彦毕师铎且信重妖尼，真是每况愈下。乃出开化门奔东塘。行密麾诸军入城，改葬高骈及族属，城中遗民，止数百家，统已槁饿不堪，奄奄垂尽。行密运西寨米赈给，才得生全。行密自称淮南留后，且遣兵追击秦彦、毕师铎。秦、毕两人，竟往投孙儒去了。

孙儒前为忠武军指挥使，出戍蔡州，部下有许人马殷，亦素称材勇，与儒同拒黄巢。及秦宗权叛命，儒等皆附属宗权，宗权令儒攻陷郑州，进取河阳，自称节度使。前东都留守李罕之，与濮州人张全义，联兵拒儒，儒乃弃去河阳，移兵东下。罕之收复河阳城，全义亦收复东都，因恐孙儒复来，共向河东求救。李克用得二人书，遂表荐罕之为河阳节度使，全义为河南令。全义明察，治民有惠政，劝农树艺，薄赋轻徭，无事荷未，有事荷戈，诸县户口，逐渐归复，野无旷土，桑麻蔚然。宣武节度使朱全忠，复纠合兖郓兵马，大破秦宗权，因此河南一带，更乏盗踪。独凤翔节度使李昌符，初意欲挟持天子，号令诸镇，嗣与杨复恭养子守立，争道相殴。僖宗命中使谕解，昌符不从，反纵火焚毁行营。守立急部勒禁军，杀败昌符，昌符退保陇州，诏命李茂贞往讨，昌符屡战屡败，穷蹙自杀。茂贞得受命为凤翔节度使，行在稍得纾忧。唯淮南迭经变乱，终未安靖，秦宗权且遣弟宗衡，领万人渡淮，与孙儒合兵攻广陵，即就城西下寨。秦彦毕师铎，也引众来会，大有并吞扬州的声势。会宗权为朱全忠所破，召宗衡等还蔡，同拒全忠，孙儒知宗权不能久持，称疾不行。宗衡屡次催促，激动儒怒，佯邀宗衡入宴，酒未及半，竟拔剑砍死宗衡，枭下首级，献与全忠。一面与秦彦、毕师铎，往袭高邮。张神剑仓猝遇敌，弃城奔广陵。孙儒入高邮城，大肆屠戮。高邮残兵七百人，溃围至广陵城，杨行密虑他为变，使分隶诸将，夜间将七百人坑死，不留一人；次日复将张神剑诱至府中，也是一刀两段；又诱入海陵镇遏使高霸兄弟，亦一并杀死。*想是杀星转世。* 吕用之初至天长，曾绐行密，谓有银五万锭，埋藏居宅，俟入城后，足供麾下一醉。行密记在胸中，入城后诸事匆忙，不暇提及，至此因孙儒退兵，检阅士卒，始向用之索银。用之本是诳言，哪里取得出白镪，当然瞠目无词。用之偏遣兵搜掘，逼令同往，到了前时居宅，内外掘转，并无藏银，只中堂得一桐人，胸书高骈姓名，加钉于上，手足俱加桎梏，当由来兵携报行密。行密指责用之，用之无言可答，即被牵至阶下，腰斩以徇，家属屠割无遗。张守一亦归行密，为诸将采合仙丹，且欲干预军政，亦为行密所诛。*两人却是该死。*

僖宗闻淮南久乱，命朱全忠兼淮南节度使，全忠以行密势盛，表为留后。河阳节度使李罕之，与张全义甚是亲暱，嗣闻全义勤俭力穑，乃笑为田舍郎，屡向全义征求粟帛。全义勉力供应，罕之意尚未足，纵兵剽掠，且悉众攻降绛州，转略晋州。河南将佐，无不愤怒，遂怂恿全义，夜袭河阳。罕之逾垣遁去，全义尽俘罕之家属，自兼河阳节度使。及罕之奔往泽州，借李克用军来攻河阳，朱全忠发兵来救，击退河东军，命丁会为留后，仍令全义为河南尹。全义感全忠恩，尽心依附全忠，独罕之抄掠怀孟晋绛，数百里无人烟。河中牙将常行儒作乱，攻杀王重荣，重荣弟重盈，为兄复仇，捕诛行儒。僖宗令重盈承袭兄职，原是应分的处置，独魏博牙将罗弘信，擅杀乐彦桢父子，亦令他充魏博留后，这真是赏罚倒置，益长骄风，唐廷成为故事，毫不见怪。僖宗自凤翔回京，天禄已终，一病不起。小子有诗叹道：

世衰总为主昏多，丧乱相仍可若何？
十五年来无一治，虚名天子老奔波。

僖宗病剧，免不得又要立储，究竟何人嗣立，容至下回表明。

史称襄王熅素性谨柔，无过人材智，观其所为，确是一个傀儡。朱玫挟为奇货，无非欲借名窃权耳，玫败而熅罹祸，愚夫为人所愚，往往致此。郑昌图、裴澈等，甘受伪命，死不足惜，萧遘拒玫不坚，同遭夷戮，无怪胡致堂之为遘叹息也。高骈系出将门，射雕擅誉，当其初操旌节，颇似有为，及移镇淮南，误信方士，身坐围城，毫无一策，是岂前勇而后怯，始明而终愚者欤？抑毋乃狂易失心，自取灭亡欤？杨行密为骈部将，兴兵援骈，不谓无名，骈死而缟素举哀，尤似理直气壮，但既得广陵，横加屠戮，杀吕用之张守一可也，杀张神剑高霸，果胡为乎？背盟不义，滥杀不仁，朱全忠之表为留后，亦盗与盗应之征耳。故识者不称行密为侠士，而当斥行密为盗臣。

第三十回

讨河东王师败绩
走山南阉党失机

却说僖宗还都，已经抱病，勉强趋谒太庙，颁诏大赦，改称光启五年为文德元年，入宫寝卧，无力视朝，未几即致大渐。群臣因僖宗子幼，拟立皇弟吉王保为嗣君，独杨复恭请立皇弟寿王杰。杰系懿宗第七子，为懿宗后宫王氏所出，僖宗一再出奔，杰随从左右，常见倚重。至是由复恭倡议，奏白僖宗，僖宗约略点首，遂下诏立寿王杰为皇太弟，监军国事。当由中尉刘季述，率禁兵迎入寿王，居少阳院，召宰相孔纬、杜让能入见。群臣见他体貌明粹，饶有英气，亦皆私庆得人。恐是以貌取人。越日，僖宗驾崩，遗诏命太弟嗣位，改名为敏，僖宗在位十五年，改元五次，乾符、广明、中和、光启、文德。年止二十七岁。寿王即位枢前，是谓昭宗，追尊母王氏为皇太氏，进宰相孔纬为司空，韦昭度为中书令。昭度初党田令孜，得宠僖宗，竟得入相，僖宗末年，且进爵太保。又授户部侍郎张浚同平章事。昭宗嗣统，各宰相依旧供职，纬与昭度，且得加封，未几出昭度为西川节度使，兼招抚制置使。

原来西川节度使陈敬瑄，庇匿田令孜，诱杀高仁厚，骄横日甚，利州刺史王建，袭据阆州，与续任东川节度使顾彦朗，互相联络，潜图敬瑄。敬瑄商诸田令孜，令孜谓建系义子，可以招致，乃作书相召。建颇喜从命，率麾下精兵千人与从子宗铸等，均趋鹿头关。哪知敬瑄复信参谋李义言，遣人止建，不准入关。建不禁发怒，破关直入，径达成都。田令孜登楼慰谕，令他退还。建率诸军罗拜道："十军阿父，既召建来，奈何复使建去？建能进不能退，只好辞别阿父，他去作贼了。"令孜也无词可答，还报敬瑄。敬瑄登城拒守，建向顾彦朗处乞师，得众数千，急攻成都，三日不克，退屯汉州。敬瑄上表朝廷，乞发兵讨建。诏遣中使和解，敬瑄不从，反断绝贡赋。王建得知消息，乐得据为口实，也上表请讨敬瑄，愿效力赎罪，并求邛州为屯兵地。顾彦朗亦代为申请，昭宗方恨藩镇跋扈，欲借此伸威，遂命昭度出镇西川，召敬瑄为龙武统军。敬瑄拒不受诏，乃割邛、蜀、黎、雅四州，置永平军，命建为节度使，偕昭度同讨敬瑄，并宣布敬瑄罪状，削夺官阶。昭度西行，与建会师进攻，一时未能得手，只好蹉跎过去。

唯朱全忠受命讨蔡，屡破秦宗权，蔡将申丛，执宗权出降，全忠将宗权械送京师，可巧昭宗改元龙纪，百官庆贺，又得把累年横行的强寇，一旦捕诛，正是喜气盈廷，欢腾中外。偏宗权余党孙儒，东驰西突，骚扰不休，秦彦、毕师铎、郑汉章等，均为所杀，且悉锐袭入广陵。杨行密遁至庐州，收集余众，往攻宣州，宣州方为赵锽所得，不意行密猝至，急切不能抵御，又兼粮食未备，只好仓皇出奔，中途为行密部将田頵所擒，眼见得宣州一城，为行密所据。行密既入宣州，诸将争取金帛，独徐温据囷为粥，散给饥民，人已知有大志。<small>徐温事始此。</small>朱全忠与锽有旧，遣人索锽。行密将锽斩首，以首相遗，一面表闻朝廷，只说是为国除奸。朝廷不便细问，授他为宣歙观察使。行密转陷常州，刺史杜棱被擒毕命，留田頵居守。偏孙儒自广陵来争常州，頵复败走，常州又为儒所得。两下转战不息，江淮间成为赤地。还有朱全忠与李克用，仇怨日深，各思占拓地盘，为并吞计。全忠攻下洛孟诸州，克用也攻下邢磁洺诸州。全忠又联结云中防御使赫连铎，与卢龙节度使李匡威，上表请讨克用，乞朝廷速简统帅。昭宗正加上尊号，改龙纪二年为大顺元年，既见三镇表章，遂召宰相等集议。杜让能等俱言未可，台官等亦多主杜议，独张浚献议道："先帝再幸山南，统是沙陀所为，臣尝虑他与河朔相连，今得两河藩镇，共请声讨，这是千载一时的机会，万不可失，愿陛下假臣兵柄，旬月可平。"<small>谈何容易？</small>杨复恭出驳道："先帝播迁，虽由藩镇跋扈，亦因在朝大臣，措置失宜，因致乘舆再出。今宗庙甫安，国家粗定，如何再造兵端？"<small>复恭虽是权阉，足为唐祸，但此语却是可取。</small>昭宗沉吟半晌，亦启口道："克用有兴复大功，今欲乘危往讨，未免不公。"偏孔纬亦赞成浚议，竟面奏道："陛下所言，是一时大体，张浚所言，是万世远利，还乞陛下俯从浚议。"一时尚是难保，还能顾到万世么？昭宗因两相同意，且正忌复恭擅权，不欲依言，乃语张浚、孔纬道："此事颇关重大，朕特付卿二人，幸勿贻羞！"随即授浚为河东行营都招讨制置使，以京兆尹孙揆为副。且命朱全忠为南面招讨使，王熔为东面招讨使，李匡威为北面招讨使，副以赫连铎。

浚奉诏出师，陛辞时再白昭宗道："俟臣先除外忧，然后为陛下除内患。"杨复恭在外窃听，料知此语，与己有关，遂至长乐陂饯浚，携酒欢饮。浚一再固辞，复恭戏语道："相公杖钺专征，乃即欲作态么？"浚答道："待平贼回来，作态未迟，目下尚未敢出此呢！"复恭佯笑而别。浚出都西行，檄召宣武、镇国、靖难、凤翊、保大诸军，同会晋州。朱全忠且乘势进图昭义。昭义军节度使，本是克用从弟克修，克用尝巡阅潞州，因克修供具不丰，横加诟辱，克修惭病即死，弟克恭代为留后。克恭骄暴，不习军事，牙将安居受作乱，焚杀克恭，贻书全忠，自愿归附。全忠遂遣河阳留后朱崇节，率兵往潞，到了潞州，居受已为众所杀，别将冯霸拒战不利，奔往克用。崇节得入潞城，克用遣将康君立、李存孝围潞。存孝系克用养子，骁悍异常，既至城下，与崇节交战两次，崇节哪里是他的对手，杀得大败亏输，还城拒守，急向全忠处求援。全忠遣骁将葛从周，率健骑千名，乘夜犯围，入潞助守，遣别将李谠等，至泽州往攻李罕之，牵制克用，且奏促孙揆速援潞州。张浚亦恐昭义为全忠所据，即请旨命揆为昭义节度使，促使赴镇。揆乃自晋州出发，建牙杖节，哀衣大盖，拥众而行。至长子西谷中，忽有一彪军突出，为首一个少年，手执铁挝，径至孙揆马前，大呼道："孙揆哪里走！"揆急欲拔剑招架，哪知已被来将拨下，活擒而去。揆众欲趋前往救，尽被敌骑杀退，死伤甚众。看官道何人擒揆？原来就是李存孝。存孝闻揆将至潞，率三百骑伏住长子谷，掩击揆军，果然将揆擒住，解送克用。克用召揆入见，诱令降附，许为河东副使，揆奋然道："我为天子大臣，兵败身死，分所当然，怎能复事镇使哩？"克用怒起，命用锯杀揆。锯不能入，揆骂道："死狗奴，锯人当用夹板，奈何不知？"克用乃改用夹板锯揆，揆至死骂不绝口，好算是唐季一位忠臣。疾风知劲草，板荡识忠臣。克用再令存孝救泽州，直压汴寨。汴将邓季筠自恃勇力，引兵出战，存孝也出阵相迎，战不数合，但听存孝喝声道着，已把季筠擒去，余众审散。李谠亦解围遁还，存孝罕之又合军追击，斩获汴军万人，及追至怀州，方收兵西归。

罕之仍屯泽州，存孝复攻潞州，葛从周、朱崇节等，惮存孝英勇，也弃城走还。昭义军归入克用，克用命康君立为昭义留后，存孝为汾州刺史，李匡威攻蔚州，也为克用养子李嗣源击退。嗣源慎重廉俭，口不言功，他将多自夸战绩，嗣源独徐徐道："诸将喜用口击贼，嗣源但用手击贼哩。"诸将始惭沮而退。张浚闻汴军败走，尚不肯班师，率诸军出阴地关。克用遣存孝领兵五千，出屯赵城。镇国军节度使韩建，夜率壮士三百，劫存孝营。偏存孝先已防备，用了一个空营计，诱建杀入，待建慌忙退还，存孝却麾兵横击，亏得建策马飞奔，才算侥幸逃还。静难凤翔各军，闻建袭营失利，各生惶恐，不战先走，禁军亦溃。存孝乘胜逐北，直抵晋州西门。张浚出战，又复败绩，各镇兵陆续遁去，只剩禁军及宣武军，共计万人，闭城守御，不敢再出。存孝攻城三日，城将垂克，反号令军中道："张浚宰相，俘获无益，天子禁军，亦不宜加害。"乃退五十里下寨。浚与韩建，始得开城遁归。存孝既入晋州，复取绛州，并大掠慈隰诸州，唐廷闻张浚败还，君臣震惧，独杨复恭自鸣得意。那李克用复连上二表，一再陈冤，首表尚在张浚未败时，略云：

　　臣父子三代，受恩四朝，破庞勋，翦黄巢，*黜襄王，存易定，致陛下今日冠通天之冠，佩白玉之玺，未必非臣之力也。朝廷当阽危之时，誉臣为韩彭伊吕，既安之后，骂臣为戎羯胡夷，天下握兵立功之臣，宁不畏陛下他日之骂乎？况臣果有大罪，六师征之，自有典刑，何必幸臣之弱，而后取之耶？今张浚既已出师，则臣固难束手，已集蕃汉兵五十万，欲直抵蒲潼，与浚格斗，若其不胜，甘从削夺，不然，轻骑叫阍，顿首丹陛，诉奸回于宸座，纳制敕于庙廷，然后自投司败，恭候铁质。

　　第二表乃在张浚既败以后，至大顺二年正月，始达唐廷，略云：

　　张浚以陛下万代之业，邀自己一时之功，知臣与朱温深仇，私相连结，臣今身无官爵，名是罪人，不敢归陛下藩方，且欲于河中寄寓，进退行止，伏侯指挥！

　　是时昭宗已加惩张浚，将他罢职，孔纬亦连坐免官，改相兵部侍郎崔昭纬，及御史中丞徐彦若，至克用二次表至，再贬纬为均州刺史，浚为连州刺史，赐克用诏，赏还官爵，令归晋阳。未几，又加克用中书令，更贬浚为绣州司户。浚至蓝田，转奔华州，依附韩建，密向全忠求救。全忠上表，代为诉冤，昭宗不得已并听自便。纬至商州驰还，亦寓居华州，李克用既得逞志，声焰越盛，乃父国昌，已经早殁，这是补笔。沙陀兵马及代北将士，尽归克用管辖。克用转攻云州，赫连铎败走吐谷浑，嗣为克用追击杀死。克用复转攻王熔，经李匡威出兵相救，克用方大掠而还，朱全忠欲攻克用，假道魏博，罗弘信不许，全忠遂遣丁会葛从周击魏，自率大军继进，五战皆捷。弘信不得已乞和，全忠乃命止攻掠，归还俘虏，还军河上。魏博自是附汴。徐州节度使时溥，亦与全忠失和，屡相争哄，南北东西，彼此逐鹿，几不识当时天下，究竟是谁氏的天下了。藩镇之弊，一至于此。

唯韦昭度王建两军，奉诏西征，昭度毫无韬略，但知沿途逗挠，一切攻守事宜，俱听王建处置。建取得邛州，降西川将杨儒，杀刺史毛湘，复略定简、资、嘉、定四州，进逼成都，累攻未下。韦昭度率诸道兵十余万，逗留不进，反请赦陈敬瑄罪，撤归各道兵马。朝廷居然下诏，依昭度议，令王建等率兵归镇。建奉到诏书，慨然太息道："大功垂成，奈何弃去？"参谋周庠在侧，便进言道："公何不请韦公还朝，自攻成都，独成巨业？"建点首称善，即表称敬瑄令孜，罪不可赦，愿毕命以图成功。一面又劝昭度道："关东藩镇，互相吞噬，这是腹心大疾，相公宜早归朝堂，与天子谋定关东，敬瑄不过疥癣，但责建办理，指日可除哩。"昭度迟疑未决。建竟擒昭度亲吏骆保，脔割烹食，说他私盗军粮。昭度大惧，遂托疾东归，将印节授建。建与昭度别后，奋力攻城，环城烽堑，亘五十里。陈敬瑄力不能支，田令孜登城语建道："老夫前待君甚厚，何为见逼如是？"建答道："父子至恩，建不敢忘，但朝廷命建来此，无非因陈公拒命，不得不然。若果改图，建复何求？"令孜下城商诸敬瑄，敬瑄无法可施，只好缴出旌节，托令孜至建营交付。建泣涕拜谢，愿为父子如初。建亦逞刁。令孜还白敬瑄，敬瑄开城迎建，建率军入城，自称西川留后，令敬瑄出居新津，给以一县租税，且表称收复成都，由敬瑄自甘退让，应令他子陶为雅州刺史。昭宗当然照准，并即授建为西川节度使。

东川节度使顾彦朗病逝，军中推顾弟彦晖知留后，彦晖据情奏闻，也即命为节度使，敕赐旌节。朝使宋道弼，赍诏出都，中途为山南西道节度使杨守亮所执，并发兵攻东川。守亮姓訾，因拜杨复恭为义父，冒姓杨氏，前为扈跸都将，后得出镇山南，

223

全是复恭一手提拔。复恭总掌宿卫，独揽大权，诸假子统出司方镇，又养宦官子六百人，多充监军，内外勾连，威赫莫比，昭宗母舅王瓌，求为节度使，复恭不可，瓌怒诟复恭，复恭佯为谢过，奏请王瓌为黔南节度使。及瓌奉节至桔柏津，却被杨守亮阻住中流，拨翻瓌舟，瓌覆水溺死。昭宗闻耗，已疑是复恭主使，可巧天威都将李顺节，也将复恭阴谋，入白昭宗。昭宗大愤，出复恭为凤翔监军，复恭托疾不赴，自愿致仕。有昭赐官上将军，致仕归第。复恭居第近玉山营，因假子守信为玉山军使，屡往探视，且与他密谋为乱。事为昭宗所闻，亲御安喜门，命李顺节等往攻复恭居第。复恭与守信，乃挈族走兴元，往依杨守亮。守亮决计造反，所以拍住宋道弼，遣绵州刺史杨守厚，攻顾彦晖。彦晖急求王建过援，建发兵至梓州，守厚引还。守亮以讨李顺节为名，更欲自金商通道，入袭京师。幸金州防御使冯行袭邀击，大破守亮，才不得逞。守亮守厚，统是复恭假子，就是天威都将李顺节，原名叫作杨守立也系复恭义儿，昭宗恐他好勇作乱，特召居左右，赐姓名李顺节，令掌六军管钥，擢为天威都将，隐示笼络。顺节骤得贵显，遂与复恭争权，所以复恭密谋，多由顺节报达宫廷。及复恭被逐，顺节恃恩骄横，出入必用兵自随。中尉刘景宣，及西门君遂，屡为所辱，遂入奏昭宗，请除顺节，昭宗允诺。二人诱顺节入银台门，把他杀死，百官皆奉表称贺。<u>全是丑态。</u>昭宗亦颇喜慰，乃于大顺三年正月，改元景福。<u>祸且日至，何福可言？</u>

凤翔节度使李茂贞，靖难节度使王行瑜，镇国节度使韩建，同州节度使王行约，秦州节度使李茂庄，相继上表，谓杨守亮容匿叛臣杨复恭，请即出兵加讨。王行瑜等并乞加茂贞为山南西道招讨使。昭宗接览各表，便令群臣集议，大众谓茂贞若得山南，不可复制，不如下诏和解为是。<u>全靠和解，亦非政体。</u>昭宗颁诏慰谕，五节度无一受命。茂贞行瑜，竟擅举兵击兴元，一面由茂贞上表，自求招讨使职衔，且贻杜让能及西门君遂手书，有怨谤朝廷等语。昭宗亦忍耐不住，再召群臣入商，宰相等多面面相觑，不敢发言。独给事中牛徽道："先朝多难，茂贞有翼卫功，诸杨阻兵，亟出攻讨，未始非有心嫉恶，不过未奉诏命，太觉专擅。近闻他兵过山南，杀伤甚多，陛下倘尚靳节麾，不授他为招讨使，恐山南百姓，尽被屠灭了。"昭宗不得已授茂贞为招讨使。茂贞遂进取兴元，杨复恭及守亮等均奔往阆州，茂贞乃自请镇守兴元。朝廷特改任茂贞为山南西道节度使，将他凤翔节度使职任撤销。偏茂贞又不肯奉诏，累得昭宗无法对付，且模模糊糊地延宕过去。是时成德节度使王熔，为李克用所攻，卢龙节度使李匡威，率兵救熔，击退克用。匡威引还，谁知行至半途，乃弟匡筹，竟占据军府，自称留后，不欲匡威还镇，且用兵符追还行营兵。匡威部众，闻风离散。那时匡威归路已断，没奈何返奔镇州，这也是匡威自作自受，所以遭此剧变呢。原来匡筹妻有美色，匡威很是艳羡，只因匡筹同在军中，没法下手，望梅不能止渴，已不知滴了多少馋涎。至出救卢龙时，家人会别，阖室畅饮，匡筹夫妇，不觉多饮几杯，统皆醉倒。匡威却是有心，趁他弟妇醉卧床间，竟去做了一个采花使者，了却生平夙愿。及匡筹妻醒悟转来，才知着了道儿，悔已无及，当下泣诉匡筹。匡筹因此恨兄，乃把匡威拒绝。匡威奔往镇州，王熔事他如父，非常恭敬，偏匡威又欲图熔，镇人不服，攻杀匡威。**该死久矣。**匡筹闻报甚喜，遂得安据幽州。**可惜绿头巾终难洗净。**幽州将刘仁恭，前由匡威遣戍蔚州，过期未代，至是闻匡筹擅立，自为军帅，还攻幽州，不利而去，投奔河东，依附李克用。此外如杨行密攻杀孙儒，得封淮南节度使，朱全忠攻拔徐州，感化节度使时溥，登燕子楼，举族自焚。王建杀死陈敬瑄、田令孜，只说敬瑄谋乱，令孜私通凤翔，当令判官冯涓草表，中有切要语云："开柙出虎，孔宣父不责他人，当路斩蛇，孙叔敖盖非利己。专杀不行于阃外，先机恐失于彀中。"**国家失刑，故得令强藩借口。**昭宗也无可奈何，置诸不问。福建观察使陈岩病殁，都将范晖自称留后，晖骄侈不法，被王潮攻死。潮代任观察使，寻且进职节度使，群雄角逐，寰宇分崩，到了景福二年秋季，李茂贞抗表不逊，公然责备昭宗，与敌国相去无二。昭宗恼羞成怒，掷置来表，再拟兴师。正是：

河东覆辙方宜戒，京右来车又妄行。

欲知茂贞是否被讨，且至下回再详。

　　李克用功罪参半，不必讨而反欲讨之，杨复恭有罪无功，应讨而反不欲讨，此已可见昭宗之不明，其他可无论已。或谓昭宗固不欲讨克用，迫于张浚、孔纬之力请，乃有招讨制置使之命，然试思君主时代，国家大事，究竟由谁主持耶？一击不胜，丧师无算，转不得不屈体调停，上替下陵，因此益甚。杨复恭已走兴元，虽有若干义儿，实皆朝秦暮楚之流，不足一试，即如杨守立、杨守亮等，匹夫徒勇，亦宁足成大事？为昭宗计，正可遣师进讨，借伸主威，况有五节度使之联表上请乎？乃迟回不决，转令李茂贞等擅自兴师，一再胁迫，不得已授以兵柄，于是朝廷日加退让，而方镇即日加跋扈矣。要之无主之国，非乱即亡，唐至昭宗之季，有主与无主等，虽欲不乱，乌得而不乱？虽欲不亡，亦乌得而不亡？

第三十一回

三镇犯阙荤毂震惊
一战成功邠宁戡定

却说李茂贞恃功骄横，不受朝命，且上表讥毁昭宗，表文略云：

陛下贵为万乘，不能庇元舅之一身，指王瓌事。尊极九州，不能戮复恭之一竖，但观强弱，不计是非，体物辁铢，看人衡纩，军情易变，戎马难羁，唯虑徇服生灵，因兹受祸，未审乘舆播越，自此何之？

昭宗览此数语，禁不住愤怒起来，便拟发兵进讨，命宰相杜让能，专司兵事。让能进谏道："陛下初登大宝，国难未平，茂贞近在国门，不宜与他构怨，万一不克，后悔难追。"昭宗叹息道："王室日卑，号令不出国门，这正志士愤痛的时候，朕不能坐视陵夷，卿但为朕调兵输饷，朕自委诸王用兵，成败与卿无干。"让能道："陛下必欲兴师，亦当商诸中外大臣，集思广益，不应专事委臣。"昭宗又道："卿居元辅，与朕义关休戚，不宜畏难避事。"让能泣道："臣岂敢畏避？但时有未可，势又未能，恐他日徒为晁错，不能弭七国兵祸，所以临事踌躇。如陛下必欲委臣，臣敢不奉诏，效死以报。"果然死了。昭宗乃喜，命让能留居中书，计划调度，月余不归。偏崔昭纬阴结邠岐，代作耳目，让能朝发一言，二镇夕即知晓。茂贞暗令党羽混入都中，纠合市民数千，俟观军容使西门君遂，及崔昭纬等出来，即遮集马前，泣诉："茂贞无罪，不宜致讨，免使百姓涂炭。"君遂谓："事关宰相，于己无与。"昭纬且说道："此事由主上专委杜太尉，我辈不得预闻。"市人因乱投瓦石，昭纬等慌忙走避，才得脱身。昭宗闻报，命捕诛为首乱民，并一意遣将调兵，遂命覃王嗣周顺宗子经之后。为京西招讨使，讨李茂贞，神策大将军李铹为副，出宰相徐彦若为凤翔节度使，令嗣周带着禁军三万，送徐赴镇，出驻兴平。茂贞联同王行瑜军，合兵六万，共至盩厔，抵拒禁军。禁军多系新募少年，哪里敌得过两镇雄师？一闻两镇兵至，未战先怯，至茂贞等进逼兴平，禁军多已骇散。嗣周及铹，也只得奔还。茂贞乘胜进攻三桥，京师大震，盈廷惶惶。崔昭纬更密遣茂贞书，谓："用兵非主上意，全出杜太尉一人。"茂贞因陈兵临皋驿，表列让能罪状，请即加诛。让能亦入白昭宗道："臣尝料有此变，今已至此，请以臣为辞。"昭宗且泣且语道："今与卿成诀别了。"遂下诏贬让能为梧州刺史，流观军容使西门君遂至儋州，内枢密使李周潼至崖州，段诩至驩州。茂贞等仍然未退，昭宗又御安福门，命斩君遂、周潼、诩三人，再贬让能为雷州司户，且遣使语茂贞道："惑朕举兵，实出君遂等三人，非让能罪。"茂贞定欲诛死让能，方肯退兵。崔昭纬复从中怂恿，乃竟将让能赐死，连让能弟户部侍郎弘徽，亦迫令自尽。让能已是枉死，弘徽更属沉冤。再召东都留守韦昭度为司徒，御史中丞崔胤为户部侍郎，并同平章事，授茂贞为凤翔节度使，兼山南西道节度使，并官中书令。王行瑜进爵太师，加号尚父，特赐铁券，两镇兵方卷甲退归。嗣是朝廷动息，均须禀受邠岐二镇意旨，不得擅行。

景福二年，复改元乾宁，李茂贞入朝，大陈兵卫，阅数日归镇，自昭宗以下，无敢少忤。右散骑常侍郑綮，素号诙谐，多为歇后诗，讥嘲时事。昭宗还道他蕴蓄深沉，特手注班簿，命他为相。党吏争往告綮，綮微笑道："诸君太弄错了。就使天下无人，也未必轮到郑綮。"堂吏答道："事出圣意，的确不误。"綮又道："果有此事，岂不令人笑话？"既而贺客趋集，綮搔首道："歇后郑五作宰相，时事可知了。"自知颟顸。当即上书固辞，有诏不许，乃勉强受职；已而复累表避位，解组竟归。却是明哲保身。昭宗复命翰林学士李谿为相，知制诰刘崇鲁，出班大恸。昭宗问为何因？崇鲁极言李谿奸邪，不胜重任，乃罢谿为太子少傅。谿上书自讼，亦丑诋崇鲁、庭拜、田令孜，为朱玫作劝进表，恸哭正殿，为国不祥，于是崇鲁亦即免官，内政不纲，外乱益炽。平卢节度使，任了王师范，镇海节度使，任了钱镠，柳玭为泸州刺史，刘隐为封州刺史，还算由朝廷封拜，奉命就职。他如杨行密擅取庐、歙、舒、泗诸州，所置守吏，毫不禀承。孙儒余党刘建锋、马殷，南走至洪州，招集党羽，得十万余人，攻下潭州，杀死节度使邓处讷，自称留后。王建也擅夺彭州，杀死节度使杨晟，及马步使安师建。李克用尝为养子存孝，表求为邢、洺、磁节度使。存孝为存信所谮，无从申诉，存信为张氏子，亦为克用义儿。竟潜结王熔及朱全忠，背叛克用。克用自引兵围攻邢州，存孝固守经年，城中食尽，乃出见克用，泥首谢罪。克用将他械住，囚归晋阳，车裂以徇。存孝骁勇绝伦，克用很加怜惜，意下令用刑时，诸将必代为请免，偏诸将嫉忌存孝，无一进言，坐致令出难回，一个昂藏勇士，分作四裂。存孝部将薛阿檀，勇悍不亚存孝，因与存孝通谋，恐致事泄，也即自杀。克用失去两人，心中好生不悦，好几日不视军事，过了半年，方因李匡筹屡侵河东，乃出师北向，拔武州，降新州，连败匡筹兵众，直捣幽州。匡筹逃往沧州，为义昌节度使卢彦威所杀。他的艳妻，不知如何下落？幽州军民，开城欢迎河东军，克用趋入府舍，命刘仁恭及养子李存审，略定各属，又表荐刘仁恭为卢龙节度使，唐廷不敢不从。

可巧护国节度使王重盈病亡，军中愿奉重荣子珂为留后，珂实重荣兄子，重荣养为己儿，重盈子王珙，曾为保义节度使，同弟晋州刺史王瑶，与珂争位。珂系李克用女夫，当然向克用告急，克用即为珂代求节钺。朝廷准珂为留后，珙与瑶未肯便休，却厚结王行瑜、李茂贞、韩建三帅，表称珂非王氏子，不应袭职。昭宗下敕相报，谓已先允克用所奏，不便食言。看官！你想这王行瑜、李茂贞、韩建三人，果肯降心相从，不复异议么？茂贞方攻拔阆州，逐走杨复恭，且献复恭致守亮书，中有："承天门为隋家旧业，汝但应积粟训兵，勿复贡献，试想我在荆榛中推立寿王，才得尊位，今废定策国老，天下有如此负心门生天子么？此恨不雪，决非丈夫。"昭宗得书甚怒，适韩建捕住复恭，及余党多人，书献阙下，枭首独柳。随笔了过杨复恭。两镇立此宏功，愈有德色。偏王珂、王珙争位一案，联名上奏，竟撞了一鼻子灰，面子上很过不下去，王珙更遣使语三帅道："珂与河东联婚，将来必不利诸公，请先机加讨！"王行瑜首先发兵，令弟同州刺史王行约攻河中，自与茂贞及建，各率精骑数千人入朝。昭宗御安福门，整容以待。还算胆大。三帅到了门下，盛陈甲兵，拜伏舞蹈。昭宗俯语道："卿等不奏请俟报，便称兵驰入京城，意欲何为？若不能事朕，今日请避贤路。"行瑜茂贞，听到此言，倒也无词可答。唯韩建略述入朝情由，昭宗乃谕令入宴，三帅宴毕，又复面奏，略言："南北司互分朋党，紊乱朝政，韦昭度前讨西川，甚为失策，李谿虽已免相，尚且蟠踞朝堂，非亟诛无以慰众心。"昭宗不愿允行，又不敢毅然拒绝，只得以"且从缓议"四字，对付三帅。偏三帅出了殿门，竟招呼甲士，捕杀韦昭度、李谿，及极密使康尚弼数人。**目中岂尚有天子耶？**又请除王珙为河中节度使，徙王珂至同州。昭宗惧为所胁，不得已暂从所请。三帅又密谋废立，拟另戴昭宗弟吉王保为帝。忽闻李克用起兵勤王，约期入关，三帅各有戒心，乃各留兵三千人宿卫京师，匆匆地辞归本镇去了。

后来昭宗察知三帅犯阙，由崔昭纬暗中怂恿，乃决意易相，再起孔纬同平章事，张浚为诸道租庸使，李克用闻浚复任事，因抗表固争，有"浚朝为相，臣夕至阙"等语。昭宗遣使慰谕，谓未尝相浚。克用乃申表王行瑜、李茂贞、韩建称兵犯阙，戕害大臣，愿率蕃汉兵南下，为国讨贼，一面移檄三镇，指斥罪状，王行瑜等统皆惊惶，克用长驱至绛州，刺史王瑶闭城守御，相持十日，竟被克用攻破，斩瑶示威。复进兵河中，王珂迎谒道旁，克用也不暇入城，即趋同州，王行约弃城遁走。行约弟行实，时为左军指挥使，奏称同华已没，沙陀将至，请车驾转幸邠州。枢密使骆全瓘，却请昭宗往凤翔，昭宗道："克用尚驻军河中，就使到来，朕自有法对付，卿等但各抚本军，勿使摇动为是。"两人怏怏退出。全瓘却去联结右军指挥使李继鹏，谋劫上趋凤翔。继鹏本姓阎名珪，因拜茂贞为假父，所以易姓改名。骆李等正在安排，事为中尉刘景宣所闻，告诸王行实。行实也欲劫上往邠州，孔纬面折景宣，谓车驾不应轻离宫阙。到了傍晚，继鹏又连请出幸，昭宗不从。哪知王行实竟召入行约，引左军攻右军，两下相杀，鼓噪震地。**辇毂下如此横行，尚得谓有法纪么？**昭宗闻乱，亟登奉天楼，传谕禁止，且命捧日都头李筠，率部军侍卫楼前。继鹏竟召凤翔兵攻筠，矢拂御衣，射中楼桷。左右扶昭宗下楼，继鹏复纵火焚宫门，烟焰蔽天，阖宫鼎沸。先是有盐州六都兵屯驻京师，为左右两军所惮，昭宗急令入卫，两军方才退走。昭宗至李筠营避乱，护跸都头李居实率众继至，昭宗稍稍放心。未几，复有谣言传入，说是行瑜茂贞，将入都来迎车驾。昭宗又恐他胁迫，乃命筠居实两都兵自卫，径出启夏门，道过南山，寄宿莎城镇。士民追从车驾，约数十万人，及至谷口，三成中喝死一成，夜间复遭盗劫，哭声遍野，百官多扈从不及，唯户部尚书薛王知柔先至，昭宗命权知中书事及置顿使。既而崔昭纬等皆至莎城，昭宗乃复移跸石门镇。

李克用闻昭宗出奔，遣判官王瓌趋问起居，一面督兵攻华州。韩建登城呼克用道："仆与公未尝失礼，何为见攻？"克用应声道："公为人臣，逼逐天子，公为有礼，何人为无礼呢？"说罢，即麾兵进攻。建亦极力拒守，彼此相持不下。适内侍都延昱，赍诏至克用军，略言邠、岐二镇，有劫驾消息，请即过援。克用乃释华州围，移驻渭桥。昭宗复遣供奉官张承业，诣克用营，克用留使监军，遂遣部将李存贞为先锋，又令史俨统三千骑士，诣石门扈驾，再命李存信、李存审令同保大节度使李思存，**即拓跋思恭弟。**往梨园寨攻王行瑜，擒住敌将王令陶等，械送行在。李茂贞闻风知惧，召还李继鹏，把他斩首，传示石门，奉表谢罪，且遣使向克用求和。昭宗亦遣延王戒丕，**玄宗子玢之后。**往谕克用，令且赦茂贞，专讨行瑜。克用受命，遣子存勖还报行在。存勖年仅十一，状貌魁梧，昭宗叹为奇儿，用手抚顶道："儿方为国栋梁，他日宜尽忠我家。"存勖拜谢而还。昭宗即命克用为邠宁四面行营都招讨使，保大节度使李思存为北面招讨使，定难节度使李思谏为东面招讨使，彰义节度使张镠为西面招讨使，共讨瑜。

克用复表请还京，并愿拨骑兵三千，驻守三桥，防蔽京师。昭宗始启跸回都，到了京城，但见宫阙被焚，尚未完葺，没奈何寓居尚书省，百官随驾往来，流离颠沛，亦多半无袍笏仆马，面目憔悴，形色苍凉。**乱世君臣，大率如是。**宰相孔纬，在途中感冒风寒，即致病死。崔昭纬罢为右仆射，再贬为梧州司马。徐彦若本出镇凤翔，因不得莅任，还为御史大夫，仍进授同平章事；户部侍郎王搏，亦得入相；崔胤已免复起；京兆尹孙偓，也受命为户部侍郎，一同辅政。相臣四人，一个儿也不少，可惜都未能称职。王搏较孚物望，但硕果仅存，何足济事。昭宗专任克用，进命为行营都统，授昭义节度使，李罕之为检校侍中，充行营副都统，且特把后宫中的魏国夫人陈氏，赐与克用。**不怕做元绪公么？**陈氏才色双全，竟畀克用享受，当然感恩图报，愿尽死力，于是与邠宁兵交战数次，无不奏捷，再令李罕之、李存信等，急攻梨园，堵绝粮道。城中无粮可食，自然溃散。罕之等纵兵邀击，杀获万余人，擒住行瑜子知进，及大将李元福。克用复亲往督攻，王行约、行实等遁去。行瑜率精骑五千，退守龙泉寨，且飞使至凤翔告急，李茂贞发兵五千各往援，遇着沙陀将士，好似风卷残云，顷刻四散。行瑜复弃寨入邠州，克用追至城下，行瑜登城号哭，顾语克用道："行瑜无罪，胁迫乘舆，皆茂贞继鹏所为，请公移兵责问凤翔，行瑜愿束身归朝。"**你是首先发难，为何诿过他人？**克用答道："王尚父何谦恭乃尔？仆受诏讨三贼臣，公实与列，若欲束身归朝，仆却不敢擅允哩。"**答语颇妙。**行瑜知不可免，涕泣下城，越宿，挈族出走。克用得入邠州，封府库，抚居民，禁兵四掠，邠人大悦。行瑜走至庆州境，为部下所杀，传首京师，邠宁告平。

克用还军渭北，昭宗封克用为晋王，加李罕之兼侍中，以河东大将盖寓领容管观察使，其余克用子弟及将佐，并进秩有差。克用遣书记李袭吉入朝谢恩，乘间代奏道："近来关辅不宁，强臣跋扈，若乘此胜势，遂取凤翔，这是一劳永逸的至计。臣今屯军渭北，取候进止。"昭宗迟疑未决，特与近臣熟商。或谓："茂贞复灭，沙陀益盛，朝廷且听命河东，亦非良策。"昭宗乃赐克用诏书，褒他忠勇，且言："跋扈不臣，唯一行瑜，茂贞韩建，近已悔罪，职贡相继，且当休兵息民，徐观后衅。"克用奉诏乃止，但私语诏使道："朝廷用意，似疑克用有异心，克用居心无他，特自料茂贞不除，关中恐仍无宁日哩。"**诚如公言。**言下很是叹息。未几，又有诏免他入觐，克用尚欲入朝，经盖寓劝止，乃表称臣总领大军，不敢径入朝觐，惊动宫廷。表至京师，上下始安。

克用引兵北归，茂贞仍骄横如故，河西州县，多为所据。还有威胜节度使董昌，历年苛敛，充作贡赋，唐廷宠命相继，他欲求为越王，未邀允准，竟居然称起越帝，自称大越罗平国，改元顺天，署城楼曰天册之楼，令群下呼为圣人。当时吴越间谣传有怪鸟，四目三足，鸣声几似人言，仿佛有"罗平天册"四字。昌指为鸑鷟，依鸟声为国号。**实是妖孽。**节度副使黄碣，会稽令吴镣，山阴令张逊，先后进谏，均被诛夷。又移书钱镠，详告开国情形，并授镠为两浙都指挥使。镠复书道："与其闭门作天子，与九族百姓，俱陷涂炭，何若开门作节度使，长保富贵？"昌不见省，镠遂表称董昌僭逆，不可不诛。昭宗乃命镠为浙东招讨使，令击董昌。镠遣部将顾全武许再思等，进兵浙东，昌发兵迎战，屡次失败。余姚石城，接连失守，慌忙向淮南乞援。杨行密令宁国节度使田頵，润州团练使安仁义，往攻杭州戍军，遥应董昌，且自率兵攻苏州，拔常熟镇，虏去刺史成及。镠急召全武还军，令防行密。全武已乘胜抵越州，不愿再还，因复报镠书道："越州系贼根本，愿先取越州，再复苏州未迟。"镠依议而行。全武即猛攻越州，破入外郭，昌尚据牙城拒战，镠令降将骆团，往赔昌书，伪言已奉有诏命，令大王致仕归临安。昌乃送交牌印，出居清道坊。全武遣都监使吴璋，用舟载昌至杭州，途次把他杀死，并诛家属三百余人。镠得昌首，献入京师。**罗平应改称荡平。**昭宗加镠兼中书令，出王搏为威胜节度使。**威胜军即浙东镇。**镠却嘱两浙吏民，公同上表，请任镠兼领浙东。昭宗不得已仍留搏为相，命镠为镇海、威胜两军节度使，更名威胜为镇东军。镠复令全武等克复苏州，淮南兵遁去。吴越一区，遂长为钱氏守土了。小子有诗叹道：

> 果然乱世出英雄，戡定东南立巨功。
> 为溯当年吴越事，迄今犹著大王风。

东南暂定，东北又启纷争，待小子下回续叙。

李茂贞、王行瑜、韩建，同为晚唐逆臣，为昭宗计，非不可讨，但讨罪须仗将士，试问当日有良将否乎？有勇士否乎？覃王嗣周，素无将略，贸贸然任为元戎，杜让能一书生耳，无裴晋公、李赞皇之才略，而遽委以兵事，多见其不知量也。迨三帅犯阙，恃众横行，杜让能之贬死，冤过鼂错，韦昭度、李谿之被杀，惨过武元衡，废立将成，神器不保，是非昭宗之自贻伊戚耶？幸李克用仗义兴师，吓退三帅，梨园一战，行瑜授首，假令移讨凤翔，更及华州，茂贞、韩建，指日可平，关辅从此弭兵，亦未可知也。乃惑于蜚言，阻止克用，前之讨茂贞也何其急？后之赦茂贞、韩建也又何其宽？自相凿枘，适召强藩之侮弄而已。至若吴越一区，更不暇问，钱镠自愿讨逆，始得平定董昌，于昭宗固无与焉。

第三十二回

占友妻张夫人进箴
挟兵威刘太监废帝

却说李克用还兵晋阳，正值朱全忠进攻兖郓，兖郓为天平军属境，节度使朱瑄兄弟，曾助全忠破秦宗权，全忠与他约为弟昆，倚若唇齿。及全忠兼有徐州，遂欲并吞兖郓，只苦无词可借，未便出师，蓦然想了一计，架诬朱瑄，但说他诏诱宣武军士，移书诮让。瑄怎肯受诬，自然复书抗辩。全忠即遣部将朱珍葛从周袭据曹州，并夺濮州。嗣是连年战争，互有胜负。乾宁二年，全忠大举攻兖州，朱瑄遣将贺瓌、柳存、薛怀宝，率兵万余人，往袭曹州，不意为全忠所闻，贲夜往追，至巨野南，生擒瓌存及怀宝，并获兖军三千余名，乃再至兖州城下，望见朱瑾巡城，便将俘虏推示，指语瑾道："卿兄已败，何不早降？"瑾因兄瑄留守郓州，未闻失陷消息，料知全忠诳言，遂将计就计，伪称愿降，出送符节。全忠大喜，即使朱琼往迎。瑾被甲出城，立马桥上，令骁将董怀进埋伏桥下，待琼一到，即呼怀进何在？当由怀进突出，擒琼入城，不到片刻，即将琼首掷出城外。全忠易喜为怒，也将柳存、薛怀宝杀毙，只因贺瓌素有勇名，留为己用，自己引兵还镇，但命葛从周屯兵兖州。

朱瑄闻兖州围急，屡遣使至河东，求他出援。李克用发兵数千，令史俨李承嗣为将，假道魏州，往援兖郓。继又遣李存信率兵万骑，作为后应，再向魏州假道。魏博节使罗弘信，初意颇愿和克用，放过史俨等军，及存信将至，适接到朱全忠书，谓克用志吞河朔，休中他假途灭虢的诡计。弘信信为真言，**朱三反复狙诈，难道弘信尚未闻知么？**遂发兵三万，夜袭存信。存信未曾防备，哪里敌得住许多魏军，立即大溃，资粮兵械，委弃殆尽。克用见存信逃归，始知弘信依附全忠，便兴兵往攻魏博。全忠正遣大将庞师古，会同葛从周军，径攻郓州，一闻克用攻魏，亟调从周赴洹水，为魏博声援。克用引兵击从周，从周令军士多掘深坎，引河东将士追击，屡踬坎中，俘去甚众。克用性起，也策马驰救，哪知一脚落空，也入坎窞，险些儿为汴军所擒。幸克用眼明手快，拈弓射毙一汴将，始得脱险奔还。河东兵退去，从周复还击兖、郓，连破朱瑄兄弟。兖、郓属境，统为汴军所据。克用再发兵赴援，辄为魏人所拒，不得前进。全忠遂命庞、葛两将，并力攻郓，朱瑄兵少食尽，不复出战，但凿濠引水，聊以自固。师古等夜筑浮桥，冒险渡濠，直薄城下。瑄料不可守，弃城奔中都。葛从周麾兵追蹑，瑄为野人所执，献从周军。全忠得入郓城，命庞师古为天平留后，至从周解到朱瑄，复令从周速袭兖州。朱瑾方虑乏食，留部将唐怀贞守城，自与河东将史俨李承嗣，出掠徐境，接济军需。怀贞孤立失援，突闻汴军奄至，不觉大惊，只好开城迎降。

从周入兖州，捕得朱瑾妻孥，送往郓城。瑾妻饶有姿色，为朱全忠所见，即命侍寝，妇人家畏威怕死，没奈何含垢忍耻，供他淫污。**这是妇人最坏处。**全忠欢宿数宵，始引兵返汴，到了封邱，正值爱妻张氏，率众来迎。这位张夫人籍隶砀山，甚有智略，素为全忠所敬惮，无论军府大事，必经帷阃参谋，此次全忠还见妻面，不禁带着三分惭色。张夫人已瞧透机关，用言盘诘，知全忠已纳瑾妻，便笑语道："妾虽妇人，不怀妒意，何妨请来相见。"全忠乃令瑾妻入谒，瑾妻俯首下拜。**亏她老脸。**张夫人亦答拜，且持瑾妻手泣语道："兖郓与我同宗，约为兄弟，只因小故起嫌，遂致互动兵戈，使吾姒辱至此地，他日汴州失守，恐我亦不免似吾姒今日哩。"这一席话，说得瑾妻无地自容，泪涔涔下，连全忠亦自觉赧颜，汗流满面。**晋汴举事不同，偏各得一贤妇。**乃送瑾妻至佛寺为尼，斩朱瑄于汴桥。自是郓、齐、曹、棣、兖、沂、密、徐、宿、陈、许、郑、滑、濮诸州，俱属全忠。唯王师范保有淄青一道，还算独立，但也与全忠通好，不敢擅行。

朱瑾闻兖郓俱失，无路可归，乃与史俨李承嗣走保海州，又恐为汴军所逼，即拥州民渡淮，投奔杨行密。行密至高邮迎劳，并表瑾为武宁节度使。淮南旧善水战，不娴骑射，及得河东兖郓兵，水陆兼备，军声大振。全忠闻行密招纳朱瑾，发兵往击，遣庞师古屯清口，葛从周屯安丰，自将中军屯宿州。行密与朱瑾统兵三万，出御汴军，瑾闻师古营地汙下，拟决淮水上流，灌入敌垒，当下向行密献计。行密欲先趋寿州，李承嗣进言道："朱公计划甚善，清口破敌，全忠夺气，何必再行劳师。"行密遂依瑾议，瑾令军校潜决淮水，自率五十骑先渡。有人报知师古，师古尚谓讹言惑众，将他杀毙。及瑾已逼营，仓猝拒战，适值淮水大至，营中几成泽国，士卒骇乱，师古方手足失措，不料行密又统军杀到，与朱瑾并力夹攻，那时汴军大败，师古竟死乱军中。葛从周闻报骇退，被行密等乘胜追击，杀溺殆尽，生还只数百人。全忠亦扫兴奔归。行密大会诸将，极称李承嗣有谋，表领镇海节度，且待史俨亦甚厚，还军后各赐第宅及姬妾，两人遂愿为行密效力，屡次立功。李克用亦遣人赍书，求还史李二人，行密留住不放，但复书修好，只说待缓日遣归，由是得保据江淮，全忠不能与他争锋了。这是借用客将之效。

梧州司马崔昭纬，沿途逗留，不肯往就贬所，且因武安军方有乱事，节度使刘建锋，私通亲卒陈赡妻，为赡所杀，军中另立马殷为留后，他便借此借口，只推说道梗难通，一面赍书朱全忠，求他挽回，全忠置诸不理。唐廷已有所闻，乃遣中使追及荆南，勒令自尽，中外称快。独李茂贞、韩建两人，素与昭纬表里为奸，不忍闻他诛死，因又欲伺隙发难，可巧昭宗置殿后四军，选补数万人，使延王戒丕等统带，借资护卫。李茂贞乘间上表，诡说延王将称兵讨臣，臣今勒兵入朝请罪。昭宗览表大惊，亟向河东告急。急时抱佛脚，已属无益。偏偏远水难救近火，河东尚未接洽，凤翔兵已逼京畿。覃王嗣周，带了卫军，出阻茂贞，茂贞不待晤谈，便指挥众士，杀退嗣周，直薄长安城下。延王戒丕，入白昭宗，谓："关中藩镇，无可依托，不如由鄜州渡河，往幸太原。"昭宗因草草整装，挈着嫔妃嗣王等数十人，潜出都城，奔至渭北。连番奔波，莫非自取。韩建遣子从允奉表，请幸华州，昭宗知建不怀好意，未肯遽从，但命建为京畿都指挥，兼安抚制置，及催促诸道纲运等使，自启驾至富平。建又奉表固请，从官亦不愿远去，乃召建至行在，面议去留。

建抵富平，谒见昭宗，顿首泣陈道："方今藩镇跋扈，不止茂贞一人，陛下若去，宗庙园陵，何人居守？臣恐车驾渡河，无复还期。今华州兵力虽微，控带关辅，尚足自固，臣积聚训厉，已十三年，西距长安不远，愿陛下惠临，徐图兴复，臣愿为陛下尽力。"口是心非。昭宗因偕建至华州，就府署为行宫。建请罢崔胤相职，改授尚书左丞陆扆同平章事，王抟亦相继免相，用左谏议大夫朱朴代任。崔胤密求朱全忠，替他转圜，且教他营修东都宫阙，表迎车驾。全忠依言上表，力言崔胤忠臣，不应免职，自愿率兵迎跸。韩建不免惊慌。乃复召胤为相，遣人谕止全忠，胤再黜再进，遂排挤陆扆，诬他党同李茂贞。扆竟遭贬为硖州刺史。茂贞入长安，又放了一把无名火，将重修的宫室市肆，焚毁俱尽。昭宗闻报，命宰相孙偓，为凤翔四面行营招讨使，讨李茂贞。茂贞才上表请罪，献助修宫室钱。韩建暗中袒护茂贞，阻偓出师，且奏称睦、济、韶、通、彭、韩、仪、陈八王，均系唐朝宗室。谋劫车驾往河中。昭宗似信非信，召建入问。建又托疾不入，昭宗不得已，令八王诣建自陈。建又拒绝不见，但再表申请勒归私第，妙选师傅，教以诗书，不准典兵预政。昭宗已陷虎口，无法推诿，乃诏令诸王所领军士，遣归田里，建又请撤去殿后四军，昭宗亦不敢不从。天子亲军，至此尽撤。捧日都头李筠，为石门扈从第一功臣，建诬他谋变，请旨处斩。筠既冤死，建心尚未足，索性大起杀心，纵兵围诸王第，拿住覃王嗣周，延王戒丕，通王滋，沂王禋，彭王惕，丹王允，及韶王、陈王、韩王、济王、睦王等十一人，韶王以下，史失其名。共牵至石堤谷，冤诬反状，可怜诸王被发徒跣，极口呼冤，随他叫破喉咙，没一个出来救护，号炮一鸣，刀光四闪，十一王首级，都垂地下。暗无天日。建竟先斩后奏，以谋反闻。看官！你想昭宗至此，果安心不安心么？建又强慰昭宗，奏请立德王裕为皇太子，裕系昭宗冢嗣，为淑妃何氏所出，何氏方从幸华州，建向何氏讨好，立裕为储，并请册何氏为皇后。唐自宪宗以降，好几代不立正宫，至此复行册后礼，行辕草率，粗备仪文。看官听着！这已是着末一出了。

孙偓受诏不行，撤去招讨使，并罢相位。朱朴亦免，王抟再相，也无术维持国政。李茂贞官爵，忽夺忽还，毫无定策。东川为王建所并，节度使顾彦晖自杀。威武节度使王潮逝世，弟审知知军府事，魏博节度使罗弘信死，子绍威自称留后。当时虽皆上表奏闻，昭宗还有什么辩论。不过有求必应，滥给诏书，予他旌节，便算了事。回鹘别部庞特勒后裔，及南诏嗣酋舜化，先后上书，唐廷也无暇报答，幸外夷亦多衰微，无心入寇，所以边疆尚靖，只内部纷扰难平。李克用闻茂贞犯阙，拟再发兵进援。茂贞素惮克用，因诈称改过，累表谢罪。嗣又闻朱全忠营洛阳宫，有迎驾意，复驰表行在，愿修复宫阙，奉昭宗归长安。韩建已与茂贞串同一气，也劝昭宗还都，昭宗乃令建为修宫阙使。建与茂贞共致书河东，愿与克用修和。克用正用兵幽州，乐得应允，韩建乃奉驾还都。看官阅过前回，应知幽州节度使刘仁恭，为克用所保荐，何故互动兵戈哩？原来仁恭莅镇，克用曾派亲兵千人监守，所有租赋，除供给军需外，悉令输送晋阳。至昭宗出奔华州，克用向仁恭征兵，一同入援，仁恭不应，经克用移书责备，他反掷书谩骂，拘住使人。克用大怒，自率兵往攻幽州，中途饮酒，被仁恭将单可及，设伏杀败，奔还晋阳。仁恭恐克用复仇，亟与朱全忠联络，全忠因会同幽州魏博两镇军士，攻拔邢洺磁三州，昭宗方还京大赦，下诏罪己，改元光化，一面命太子宾客张有孚，为河东汴州宣慰使，替他双方和解。克用颇欲奉诏，独全忠不从，泽州守将李罕之，本依附克用，平王行瑜，他本思代镇邠宁，克用谓不应恃功要君，乃怏怏还泽州。

　　会昭义节度使薛志勤病逝，罕之即自泽州入潞州，据有昭义军。克用遣使诘责，罕之遽输款朱全忠，乞为援助。全忠遂表荐罕之为昭义节度使。克用遣李嗣昭袭取泽州，掳得罕之家属，囚送晋阳。罕之惊惶成疾，竟致不起。全忠急使部将贺德伦代守潞州，嗣昭移军围攻，德伦夜遁，泽潞复归克用，克用表授孟迁为留后。你也上表，我也上表，其实统是盗名欺世。刘仁恭与魏州失欢，大举攻贝州，魏博节度使罗绍威，乞师汴梁，由朱全忠遣将李思安等，率兵救魏，大破幽州，斩仁恭骁将单可及。可及系仁恭妹婿，骁勇绝伦，绰号单无敌，至是堕思安计，中伏败死，幽州夺气。仁恭自督兵拒战，又被汴将葛从周杀退，丧失无算，仅与子守文狼狈遁还。从周乘胜攻河东，拔承天军，别将氏叔琮拔辽州。克用遣将周德威往破叔琮，生擒叔琮骁将陈夜叉，叔琮遁去，从周亦引还。保义军乱，杀死节度使王珙，另推都将李璠为留后。璠又为都将朱简所杀，简与全忠同姓，因作书相遗，改名友谦，愿为全忠子侄。全忠笑允来使，自是陕虢一带，亦为全忠属土。全忠又北攻镇州，成德节度使王镕乞和，献子为质，义武节度使王郜，驻守定州，也被全忠将张存敬所攻，出战大败，奔赴晋阳。兵马使王处直，出降全忠，用缯帛十万犒师，全忠乃还，仍为处直表求节钺。河北诸镇，又折入全忠肘下，全忠势力，直占有中原大半，各方镇莫与比伦了。为篡唐张本。

　　宰相崔胤，恃全忠为外援，屡与昭宗谋去宦官，枢密使宋道弼、景务修，专权自盗，也连结岐华二镇，抵制崔胤。王抟从容入奏道："人君当明大体，不宜意存偏私，宦官擅权已数十年，何人不知弊害？但势难猝除，且俟外难渐平，再惩内蠹。"昭宗转告崔胤，胤即谓搏依附中官，万难再相。昭宗又疑胤怀私，竟将胤免职，复相陆扆。胤怎肯干休，乃浼全忠出头，硬要昭宗贬逐王搏，及道弼、务修等人。昭宗乃贬搏为崖州司户，流道弼至骧州，务修至爱州，再用崔胤为相。胤更请命昭宗，令王搏等自尽，于是胤专制朝政，势震中外，宦官相率侧目，遂复闯出一场废立的大祸崇来。当时中尉刘季述，统领左军，曾与韩建谋杀诸王，及道弼、务修等贬死，不免动了兔死狐悲的念头，遂与右军中尉王仲先，继任枢密使王彦范、薛齐偓等密谋道："主上轻佻多诈，不堪奉事，我辈恐终罹祸患，不若奉立太子，引岐、华二镇兵入援，控制诸藩，方得免害。"仲先等同声赞成。会昭宗出猎苑中，夜宴归来，醉后模糊，手刃黄门侍女数人，*内外交讧，危亡在即，尚且游宴好杀，是非速祸而何？*翌晨日上三竿，尚是酣寝宫中，未曾启户。季述诣中书省，语崔胤道："宫中必有变故，我系内臣，不便坐视，愿便宜从事。"胤半晌无言，季述竟率禁军千人，破门直入，访问宫中，具得昨晚情状，乃复出白崔胤道："主上所为如此，怎堪再理天下？不如废昏立明，为社稷计，不得不然。"胤怕他凶威，含糊答应。季述即召集百官，陈兵殿廷，令胤等连名署状，请太子监国。胤等统是怕死，无奈署名。季述仲先，带领禁军，大呼入思政殿，杀死宫人多名。昭宗闻殿前鼓噪，惊堕床下，及勉强起身，见季述仲先已在面前，吓得毛发直竖。季述等掖令坐定，出百官状递示昭宗。宫人忙走报何后，后趋入拜请道："中尉勿惊动官家，有事不妨徐议。"季述道："陛下厌倦大宝，中外群情，愿太子监国，请陛下移养东宫！"昭宗支吾道："昨与卿曹乐饮，不觉过醉，今日已悔悟了。"季述瞋目道："这非臣等所为，事出南司，众怒难犯，愿陛下且往东宫，待事稍就绪，再当迎还大内，休得自误！"何后见他声色俱厉，颇有惧容，乃顾昭宗道："陛下且依中尉语。"随即从床内取出传国玺，交与季述。季述叱令群阉，扶昭宗及何后登辇，并嫔御侍从十余人，诣少阳院。季述用银挝划地，数昭宗过失道："某时汝不从我言，某事汝又不从我言，罪至数十，尚有何说？"*仿佛似父训子。*语毕出门，亲自加锁，熔铁锢住，复遣左军副使李师虔率兵环守，穴墙为牖，俾通饮食。昭宗求钱帛纸笔，一概不与。天适大寒，嫔御公主无衣衾，号哭声直达墙外。季述迎太子入宫，矫诏令太子即位，改名为缜，奉昭宗为太上皇，何后为皇太后，加百官爵秩，优赏将士，凡宫人左右，前为昭宗宠信，一律捶死，更欲杀司天监胡秀林，秀林正色道："中尉幽求君父，尚欲多杀无辜么？"季述倒也不敢下手，听令自去。复恐崔胤密召朱全忠，立遣养子希度至汴，许把唐室江山，作为赠品。小子有诗叹道：

> 拼将社稷送强臣，逆竖居然作主人。
>
> 试看唐朝阉寺祸，江山从此付沉沦。

欲知全忠是否乐从？且至下回说明。

乱世无公理，亦几无天道。朱瑾曾救朱全忠，全忠乃诬罪加兵，夺其地，辱其妻，杀其兄，张夫人虽有微言，得释瑾妻为尼，然一经玷污，毕生难涤，全忠之恶，可胜数乎？然犹得横行河朔，无战不克，非后日老贼万段之举，尚何有所谓公理？又何有所谓天道也？若昭宗之被幽，无非自取，权幸虿于内，悍帅麇于外，尚游畋酣宴，恬不知戒，鱼游釜中，蝇集刀上，不死被幽，犹为幸事。但穷凶极恶如刘季述，亦为宦官最后之终点。观其银挝划地之言，试问由何人纵容，乃至于此？而且丧心病狂，竟欲送唐社稷于朱全忠，犬马犹思报主，而晚唐乃有此近臣，不吾忍闻，吾几不欲终读此篇矣。

第三十三回

以乱易乱劫迁主驾
用毒攻毒尽杀宦官

却说刘季述遣人至汴，愿以唐社稷为赠品，崔胤亦密召全忠，令他勤王。全忠接阅两书，踌躇莫决。*已有心篡唐了*。副使李振进言道："王室有难，便是助公霸业，今公为唐室桓文，安危所系，季述宦竖，乃敢囚废天子，若不能讨，如何号令诸侯？况且幼主位定，天下大权，尽归宦官，岂不是倒授人柄么？"全忠大悟，即将希度囚住，遣亲吏张玄晖赴京，与崔胤共谋反正。计尚未定，巧值神策指挥使孙德昭，因季述废立，常有愤言，胤微有所闻，即令判官石戬，往说德昭道："自上皇幽闭，中外大臣，莫不切齿，今独季述、仲先等数人，悖逆不臣，公诚能诛此二人，迎上皇复位，岂非功成名立，传誉千秋？若再狐疑不决，恐此功将为他人所夺呢。"德昭且泣且谢道："德昭不过一个小校，国家大事，怎敢擅行？若相公有命，德昭何敢爱死？"戬即还白崔胤，胤割衣带为书，令戬转授德昭。德昭复结右军都将董彦弼、周承诲等，拟至除夕举事，伏兵安福门外，掩捕凶竖，是时已为光化二年的暮冬了。

残年已届，宫廷内外，统是团圞守岁，畅饮通宵，独德昭等部勒军士，分头潜伏。转眼间天色熹微，鸡声报晓，王仲先驰马入朝，甫至安福门外，即由德昭突出，麾动兵士，将他拿下，趁手一刀，砍作两段。*名为仲先，应该先诛*。德昭持首诣少阳院，叩门大呼道："逆贼已诛，请陛下出劳将士！"何后正与昭宗对泣，骤闻呼声，尚是未信，因即应声道："逆贼果诛，首级何在？"德昭丞将仲先首级，从穴中递入。何后持示昭宗，果然不谬，乃破扉直出，崔胤也已到来，奉上御长乐门楼，自率百官称贺。周承诲亦擒住刘季述、王彦范，押至楼下，昭宗正欲诘责，已被各军士用梃乱击，打成了一团糟。薛齐偓投井自尽，由军士搜出枭尸，遂灭四人家族，诛逆党二十余人。宦官奉太子匡左军，献还传国玺。昭宗道："裕尚幼弱，为凶竖所立，不足言罪，可还居东宫。"乃仍降裕为德王，仍复原名。赐德昭姓名为李继昭，承诲姓名为李继诲，彦弼亦赐姓李，继昭充静海节度使，继诲充岭南西道节度使，彦弼充宁远节度使，均兼同平章事职衔，留掌宿卫。阅十日始出还家，赏赐倾府库，时人号为三使相。进崔胤为司徒，朱全忠为东平王。李茂贞闻昭宗复位，特自凤翔入朝，诏封他为岐王。**无功加封，益令跋扈。**改元天复，大赉功臣子孙。

　　崔胤、陆扆，联名上疏，谓："国家祸乱，皆由中官典兵，乞令臣胤主左军，臣扆主右军，庶宦官无从专擅，诸侯亦不敢侵陵，王室自然渐尊了。"李茂贞闻了此言，谓崔胤等欲翦灭诸侯，大加反对。昭宗乃召李继昭、李继诲、李彦弼三人入商，三人同声说道："臣等累世在军中，未闻书生可为军帅，且禁军若属南司，必多所变更，不若仍归北司为便。"于是复命枢密使韩全诲，凤翔监军张彦弘为左右军尉，**祸水又成了。**另用袁易简、周敬容为枢密使。李茂贞辞行还镇，崔胤与茂贞商议，令留兵三千人，充作宿卫，监督宦官。茂贞允诺，令养子继筠为将，率三千人留京。谏议大夫韩偓道："留此兵必为国患。"胤不肯从，但日思裁抑宦官，削除内柄。从前杨复恭为中尉时，尝向度支使借拨卖曲榷赋，赡养两军，此后不复归偿。胤不欲宦官专利，特令酤酒家自己造曲，月输榷钱至度支，并近镇亦照例办理。李茂贞亦失利权，表乞入朝论奏。韩余诲更代为申请，乃许茂贞入朝。茂贞至京，全诲厚与相结，约为党援，胤始戒惧，益与朱全忠交欢，抵制茂贞。昭宗方倚胤为重，事无大小，先咨后行，每日召胤坐论，至晚方休。胤唯以除绝宦官为职志，奏对时辄加怂恿，宦官越觉侧目。中书舍人令狐涣，及谏议大夫韩偓，已擢为翰林学士，闻胤欲尽诛宦官，从旁屡谏，谓相持过急，恐防他变，胤始终不省。

　　蹉跎蹉跎，过了半年，昭宗召偓入问道："敕使中多半为恶，如何处置？"偓答道："前时东宫发难，敕使统是同恶，欲加处置，应在正旦，今已错过时机了。"昭宗道："卿在前日，何不与崔胤商决？"偓又道："臣见诏书，谓除刘季述四家外，余人一概勿问。人主所重唯信，既下此诏，不宜食言，若复戮一人，势必人人怕死，转致惝惝不安。况此辈杂居内外，不下万计，怎能一一尽诛？陛下不若择他最恶诸人，声罪正法，然后抚谕余党，选二三忠厚长者，令侍左右，庶几劝善惩恶，激浊扬清。目下至要事体，在方镇有权，朝廷无权，陛下能集权朝廷，中官亦何能有为？愿陛下熟权缓急，毋致误施。"偓语亦是非参半。昭宗颇以为然，无心诛阉。偏崔胤日夕营谋，先令宫人掌管内事，阴夺宦官权柄。韩全诲等泣语昭宗，求免摈斥，且求知书识字的美女数人，纳诸宫中，令之调察胤谋。胤有所陈，辄为所闻，乃教禁军对上喧噪，只说胤减扣冬衣。胤方兼握三司使事，昭宗不得已撤胤盐铁使。胤知谋泄事急，不得不致书全忠，令他入清君侧。全忠正取河中晋绛等州，擒斩王珂，复攻下河东、沁、泽、潞、辽等州，威震四方，奉诏兼任宣武、宣义即义成军，因全忠父名诚，改名宣义。天平护国节度使。既得胤书，遂自河中还大梁，指日发兵。韩全诲闻知消息，急与李继昭、李继诲、李彦弼，及李继筠等潜谋劫驾，先往凤翔。继昭独不肯允议，全诲以事在燃眉，势所必行，无论继昭允否，他却决计劫驾，便增兵分守宫禁诸门，所有出纳文书，及进退诸人，一律搜察，盘诘甚严。昭宗闻报，忙召韩偓入语道："全忠入清君侧，大是尽忠，但须令李茂贞共同合谋，方不致两帅交争，卿可转告崔胤，速即飞书两镇，令他联络。"偓徐答道："这事恐办不到。"昭宗道："继诲彦弼等，骄横日甚，朕恐为他所害。"偓又道："此事实失诸当初，前时诸人立功，但应酬以官爵田宅金帛，不宜使他出入禁中，且崔胤欲留岐兵，监制中尉，今中尉岐兵合为一气，汴兵若来，必与斗阙下，臣窃寒心，不知将如何结局哩。"昭宗但愀然忧沮，不知所措。悔之晚矣。及偓既退出，全诲竟令继诲彦弼等，勒兵登殿，请车驾西幸凤翔。昭宗支吾对付，说是待晚再商，继诲等暂退。昭宗亲书手札，遣人密赐崔胤，札中有数语云："我为宗社大计，势须西行，卿等但东行便了。惆怅惆怅！"是夕即开延英殿，召全诲等议事。李继筠已遣兵入内库，劫掉宝货法物。全诲见了昭宗，但云"速幸凤翔"四字。昭宗不答，全诲退出，竟遣兵迫送诸王宫人，先往凤翔。适朱全忠有表到来，请昭宗幸东都，两下交逼，内外大骇。昭宗遣中使宣召百官，待久不至，唯全诲等复带兵登殿，厉声奏请道："朱全忠欲劫天子幸洛阳，求传禅，臣等愿奉陛下幸凤翔，集兵拒守。"昭宗不许，拔剑登乞巧楼。拔剑为何？全诲等随至楼上，硬逼昭宗下楼。昭宗才行及寿春殿，李彦弼已在御院纵火，烟焰外腾。

比强盗还要凶悍。昭宗不得已，与后妃诸王百余人，出殿上马，且泣且行。沿途供奉甚薄，到了田家硝，始由李茂贞来迎。昭宗下马慰谕，茂贞请昭宗上马，相偕至凤翔。

朱全忠发兵至赤水，闻昭宗已经西去，拟即还兵。左仆射致仕张浚入劝道："韩建系茂贞私党，今正好乘便往取，否则必为后患。"全忠乃引兵至华州，建料不能拒，出城迎谒，愿献银三万两助军。全忠徙建为忠武节度使，派兵送往，令前商州刺史李存权知华州。独行独断，简直是个皇帝。会接崔胤来书，请全忠速迎车驾。全忠复书道："进以胁君，退即负国，不敢不勉力从事。"便顺道诣长安。胤率百官出迎长乐坡，列班申敬。全忠入都，因李继昭不肯附逆，格外礼待，命为两街制置使，赏给甚厚。继昭尽献部众八千人，全忠即使判官李择装铸，赴凤翔奏事，谓臣系接奉密诏，及得崔胤书，令臣率兵入朝。昭宗已同傀儡，统由全海、茂贞等作主，矫诏复答全忠，但言朕避灾至此，并非宦官所劫，所有从前密诏，都出自崔胤矫制，卿宜敛兵归保土字，不必西来。茂贞遣部将符道昭，屯兵武功，拒遏全忠。全忠与胤，接到矫诏，知非昭宗本意，遂由全忠派得康怀贞，领兵数千，作为前驱，全忠自统大军继进。怀贞击破符道昭，直抵凤翔城下，全忠亦至，耀武城东。茂贞登城语全忠道："天子避灾，非由臣下无礼，公为谗人所误，不免多劳。"全忠应声道："韩全海劫迁天子，故我特来问罪，迎驾还宫。岐王若不与谋，何烦陈谕。"茂贞下城，逼昭宗登陴，自谕全忠，令他退兵。全忠本非实心勤王，不过经崔胤苦功，勉强前来，既由昭宗面谕退还，乐得拜命奉辞，移趋邠州。彼此都是好心肠。

邠宁节度使李继徽，本是茂贞养子，闻全忠移师来攻，没法抵御，只好出城迎降。全忠引兵入城，继徽设宴相待，且出妻奉酒。全忠见她杏靥桃颐，非常美艳，不由得四肢酥麻，心神俱醉，待宴罢还营，寝不安枕，默筹了好多时，想定一策，待至天晓，即引兵再见继徽，令复姓名为杨崇本，仍镇邠州，但须交出妻孥，徙质河中，方许留镇。继徽惮他兵威，没奈何唯唯从命，当下唤出艳妻爱子，与他们诀别。全忠不待多言，即麾兵直前，把他妻子拥去，终不脱盗贼行径。自率兵退出邠州。暮闻河东将李嗣昭，由沁州至晋州，来援凤翔，接应茂贞，当下不得不分兵往御，自己却匆匆还至河中，安置继徽妻孥，晚间即召继徽妻入行幄，不管她愿与不愿，把她解带宽衣，自逞肉欲。淫贼。

恋色忘时，又过了天复元年的残冬。河东将李嗣昭，在平阳击退汴兵，复会同别将周德威，攻克慈隰二州，进逼晋绛。全忠接连闻警，方遣兄子友宁，及部将氏叔琮，率精兵十余万人，往击河东。河东兵少，不及汴军半数，闻汴军大至，众情恟惧。周德威出战失利，密令嗣昭率后军先退，自督兵士且战且行。叔琮友宁，长驱追击，大败河东军，擒住克用子廷鸾，克用接得败报，忙遣李存信领兵往迎，到了清源，河东军多弃甲抛戈，狼狈奔还。随后便是汴军追至，存信登高遥望，见汴兵漫山遍野，吓得魂胆飞扬，慌忙收军还晋阳。汴军取还慈、隰、汾三州，乘胜薄晋阳城。周德威李嗣昭，甫入城中，余众尚未尽归，克用仓猝拒守，巡城俯视，见叔琮等攻城甚急，不由得长叹道："我不该信用李茂贞，遣兵攻凤翔，此次被汴军环攻，恐是城且将不保哩。"借克用口中，补述出兵缘由。遂召诸将入议，欲北走云州。存信主张北行，李嗣昭、嗣源及周德威，一齐劝阻道："儿辈在此，必能固守，王勿为此谋，摇动人心。"克用乃昼夜登城，督众力守，甚至寝食不暇，日虞危险，复欲乘夜北走。刘夫人亦谏阻道："王常笑王行瑜轻意弃城，终致身死，奈何王亦蹈彼辙。且王前奔鞑靼，几不能免，幸朝廷多事，始得复归，今一足出城，祸且不测，塞外尚可得至么？"克用乃止。阅数日，溃兵还集，军府渐安。嗣昭嗣源，又屡募死士，夜袭汴营，辄有斩获。汴军惊扰不安，复因霪雨连绵，疫疾大作，叔琮等乃引兵退还。嗣昭与周德威，出城追敌，复取慈、隰、汾三州，河东复振。但克用遭此虚惊，敛兵静守，不敢与汴军相争，约有数年。全忠便得篡唐了。

昭宗寓居凤翔，已经半载，但任兵部侍郎卢光启，权勾当中书事，参知机务。韩全诲请罢免崔胤，李茂贞荐给事中韦贻范为相，昭宗不得不从，一面分道征兵，命讨朱全忠。杨行密据有江淮，特旨加封吴王，兼任讨汴行营都统。王建并有两川，亦由昭宗颁诏，令出师讨汴，其实统是全诲、茂贞，强迫昭宗，下此敕命。行密与建，也是阳奉阴违，各营私利，崔胤因罢相情急，奔赴河中，泣请全忠迎驾。全忠与宴，胤且亲执檀板，长歌侑酒。不知自居何等？全忠乃发兵五万，再赴凤翔。李茂贞也督军出拒，行至虢县，与汴军相遇，斗了一仗，大败奔还。全忠进军凤翔城下，朝服向城泣拜道："臣但欲迎驾还宫，不愿与岐王角胜哩。"嗣是分设五寨，环攻凤翔。茂贞出兵拒击，屡战屡败，保大节度使李茂勋，系茂贞弟，引兵救凤翔，为汴将康怀贞击败。全忠且遣部将孔勍、李晖，乘虚袭取鄜坊，茂勋进退无路，只好乞降全忠，改名周彝。茂贞养子继远彦询等，又皆奔赴全忠，王建又袭据山南州镇，弄得茂贞穷蹙失援，镇日里坐守孤城，愁眉不展。汴军诟城上人为劫天子贼，城上人诟汴军为夺天子贼，彼此一攻一守，又过数旬。凤翔城中食尽，天气已值隆冬，连番雨雪，冻死饿死，不可胜计，人肉每斤值百钱，犬肉值五百钱，每日进奉御膳，就把此肉充当。昭宗令鬻御衣，及后宫诸王服饰，暂充日用，军士多缒城出降汴军，茂贞无法可施，乃密谋诛戮宦官，自赎前愆，遂贻全忠书，归罪全诲，请全忠扈跸还都。全忠复书道："仆举兵至此，无非为乘舆播迁，公能协力诛逆，尚有何言？"茂贞得复，独入见昭宗，请诛韩全诲等，与全忠议和，奉驾还京。昭宗当然乐从，便遣殿中侍御史崔构，供奉官郭遵训，赍诏出慰全忠，密订和议。时又年暮，约以正月为期，尽诛阉党。全忠允约，遣崔构等还城，并饬军士缓攻，就在凤翔行营，过了残年。

天复三年正月，李茂贞收捕韩全诲，及李继筠、继诲、彦弼等十六人，一并斩首，改任第五可范为左军中尉，仇承坦为右军中尉，王知古杨虔朗为枢密使，当由昭宗遣后宫赵国夫人，及翰林学士韩偓，囊全诲等首级，持诣汴营，遣一妇人为使，不知何意。且传述诏语道："向来胁留车驾，不欲协和，均出若辈所为，今朕已与茂贞决议，一体诛夷，卿可将朕意晓谕诸军，俾伸众愤。"全忠总算拜受诏旨，遣判官李振奉表入谢，唯兵围仍然未撤。茂贞疑崔胤从中作梗，请昭宗飞书召胤，令率百官赴行在。胤竟迟迟不至，诏书连下，至六七次，仍不见胤到来。再令全忠作书相招，全忠乃作书戏胤道："我未识天子，请公速来，辩明是非。"胤才来至凤翔，入城谒见昭宗，请即回銮。茂贞无法挽留，但请求何后女平原公主，赐为子妇。后意却是未愿，昭宗叹道："且令我得还长安，何忧尔女？"剜肉补疮，且顾眼前。于是将平原公主，下嫁茂贞子侃，当即启跸出城，幸全忠营，崔胤搜诛扈从宦官，共七十二人。全忠又密令京兆尹，捕斩致仕诸阉，及留居京中各内侍，约九十人。一面迎驾入营，素服谢罪，顿首流涕。全是做作。昭宗命韩偓扶起全忠，且语且泣道："宗庙社稷，赖卿再安，朕与宗族，赖卿再生，卿真可谓再造王室了。"恐就要砍你的脑袋。说罢，即解下玉带，赐给全忠。全忠拜谢，遂命兄子朱友伦，统兵扈驾先行，自留部兵后队，焚撤诸寨。驾至兴平，始由崔胤召集百官，迎谒昭宗。昭宗复命胤为司空，兼同平章事，仍领三司如故。

及昭宗还都，全忠亦至，与胤上殿面奏，谓宦官典兵预政，倾危社稷，此根不除，祸终未已，请悉罢内诸司使，事务悉归省寺。诸道监军，俱召还阙下。昭宗听一

句，应一声，及两人奏毕，退朝出来，即由全忠麾动兵士，大索宦官，捕得左右中
尉，及枢密使等以下数百人，驱至内侍省，悉数枭首，冤号声远达内外。又命远方宾
客诸中使，不问有罪无罪，概由地方官长，就近捕诛，止留黄衣幼弱三十人，在宫洒
扫。嗣是宣传诏命，概令宫人出入，所有两军八镇兵，悉属六军，命崔胤兼判六军
十二卫事。胤益专权自恣，忌害同僚，贬陆扆、王溥、韩偓，逼死卢光启，且奏请令
皇子为诸道兵马元帅，副以朱全忠。昭宗欲简任德王裕，胤承全忠密旨，利在幼冲，
特请任昭宗第九子辉王祚。昭宗不能坚拒，悉从胤议，且加封胤为司徒兼侍中，全忠
进爵梁王，赐号回天再造竭忠守正功臣。凡全忠部将敬翔朱友宁以下，各赐号有差。
全忠奏留步骑万人戍京，用朱友伦为宿卫使，张廷范为宫苑使，王殷为皇城使，蒋玄
晖为卫使，随即陛辞还镇。正是：

> 宦官扫尽权归去，悍将留屯待再来。

全忠辞归，当有一番饯别情形，且俟下回申叙。

刘季述后，又有韩全诲，以天子为傀儡，任情侮弄，崔胤之志在尽诛，宜也。但
胤身居何职，就近不能诛逆阉，但借外兵以快私忿，始倚李茂贞，继恃朱全忠，亦思
茂贞全忠为何如人，而可教猱升木乎？且季述既诛，不闻惩前毖后，以致全诲复起，
再劫乘舆，朱全忠逆迹久著，倚若长城，宦官虽歼，而唐室终覆，是亡唐者全忠，崔
胤实其伥也。汉袁绍召董卓而汉亡，唐崔胤召朱全忠而唐亡，岂不哀哉？

第三十四回

徒乘舆朱全忠行弑
移国祚昭宣帝亡唐

却说朱全忠辞行归镇，昭宗御延喜楼，亲自宴饯，席间赐全忠诗，全忠依章属和，又进《杨柳枝词》五首，一褒一颂，无非是纸上风光。全忠奏荐清海节度使裴枢，可任国政，且谓臣与克用，无甚大嫌，乞厚加抚慰。昭宗唯命是从，全忠即谢宴启行。百官送至长乐驿，崔胤更远送至灞桥，至夜间二鼓，始还都城。昭宗尚召胤入对，问及全忠安否，置酒奏乐，至四鼓乃罢。**方得息肩，又要长夜饮，可谓至死不变。**克用闻胤得宠，语僚属道："胤外倚强贼，内胁孱君，权重怨必多，势均衅必生，破国亡家，就在目前了。"又闻全忠请抚慰河东，也不觉冷笑道："此贼欲有事淄青，恐我乘虚袭汴，所以假作慈悲呢。"**亿则屡中。**看官道全忠何故欲攻淄青？原来平卢节度使王师范，曾接凤翔伪诏，出讨全忠，攻克兖州。及全忠还汴，师范正遣兵围齐州，全忠令朱友宁援齐，击退师范，乘胜拔博昌、临淄二县，直抵青州城下。师范向淮南乞援，杨行密遣将王茂章往救，与师范共破汴军，追斩友宁，汴军伤亡几尽。全忠闻报大愤，统兵二十万，兼程东行。师范逆战，大败亏输。茂章手下，不过数千人，眼见得支持不住，收兵退归。全忠留杨师厚攻青州，令葛从周攻兖州，自率余军还汴。师厚连败师范，擒住师范弟师克，师范恐弟为所杀，不得已乞降。兖州守将刘郡，由师范谕令归汴，亦举城降从周。全忠表郡为保大留后，师范为河阳节度使。既而友宁妻泣请复仇，全忠乃拘杀师范，并将他族属骈戮无遗。

会山南东道节度使赵德禋病卒，子匡凝依附全忠，复得全忠荐表，得袭父职。**褒中寓贬。**匡凝令弟匡明并据荆南，使为留后，岁时贡献朝廷，还算是方镇中的一位忠臣。邠宁节度使杨崇本，因妻为全忠所占，免不得惭怒交并，**事见前面。**乃复姓名为李继徽，遣使白李茂贞道："唐室将灭，朱温猖狂，阿父何忍坐视？"**为了爱妻，始记义父，也是情理倒置。**茂贞遂与继徽合兵，侵逼京畿，迫昭宗加罪全忠。全忠恐他再行劫驾，特出兵屯河中。左仆射张浚，致仕居长水，当王师范举兵时，欲取浚为谋主，事不果行，全忠虑浚为患，嘱令河南尹张全义，捕杀张浚。浚次子格子身逃脱，由荆南入蜀，投奔王建。这时建已晋封蜀王，与全忠本不相容，便留格在侧，待若子侄。全忠既出屯河中，欲乘势篡夺唐祚，辄与崔胤密书往来，隐露心迹。胤不禁良心发现，外面虽仍与全忠亲厚，暗中却徐图抵制。**迟了！迟了！**乃复告全忠，但说："长安密迩茂贞，不可不防，六军十二卫，徒有虚名，愿募兵补足，使公无西顾忧。"偏全忠窥破胤意，佯为应允，却密令麾下壮士，入都应募，诇察隐情。**一个乖逾一个。**胤全未知晓，每日与京兆尹郑元规等，缮治兵仗，兴高采烈。适宿卫使朱友伦，击毬坠马，重伤身死，全忠疑胤所为，遥令张廷范、王殷、蒋元晖，查出友伦击毬时伴侣，杀毙十余人。更遣兄子友谅，代掌宿卫，并密表崔胤专权乱国，请穷究党与，一体严惩。昭宗不得已罢免胤职，另授礼部尚书独孤损，同平章事，与裴枢分掌六军三司。更进兵部尚书崔远，翰林学士柳璨，一同辅政。胤虽罢相，但尚得为太子少傅，留居京师。不意朱友谅受全忠命，竟带领长安留军，突入胤宅，将胤砍毙，复出捕郑元规等，杀得一个不留。昭宗御延喜楼，正要召问友谅，那全忠已飞表到京，请昭宗迁都洛阳，免为邠、岐所制。昭宗览表下楼，同平章事裴枢，也得全忠贻书，昂然入殿，严促百官东行。越日复驱徙士民，概令往洛。可怜都中人士，号哭满途，且泣且詈道："贼臣崔胤，召朱温来倾覆社稷，使我辈流离至此。"张廷范、朱友谅等，令人监谤，任情捶击，血流满衢，昭宗尚不欲迁居，怎奈前后左右，统变作全忠心腹，不由昭宗主张，硬要他启驾东行，遂于天复四年正月下旬，挈后妃诸王等，出发长安。

车驾方出都门，张廷范已奉全忠命令，任御营使，督兵役拆毁宫阙，及官廨民宅，取得屋料，浮渭沿河而下。长安成为邱墟，洛阳却大加兴造，全忠发两河诸镇丁匠数万，令张全义治东都宫室，日夜赶造，所需材料，就是取诸长安都中，工匠却是交运。一面遣使报知昭宗。昭宗行至华州，人民夹道呼万岁，昭宗泣谕道："勿呼万岁！朕不能再为汝主了！"及就宿兴德宫，顾语侍臣道："都中曾有俚言云：'纥干山头冻杀雀，何不飞去生处乐？'朕今漂泊，不知竟落何所？"说至此，泪下沾襟。谁为之，孰令听之？左右亦莫能仰视。二月初旬，昭宗至陕，因东都宫室未成，暂作勾留。全忠自河中来朝，昭宗延他入宴，并令与何后相见。何后掩面涕泣道："自今大家夫妇，委身全忠了。"除死方休。全忠宴毕趋出，留居陕州私第。昭宗命全忠兼掌左右神策军，及六军诸卫事。全忠置酒私第中，邀上临幸，面请先赴洛阳，督修宫阙，昭宗自然面允。次日昭宗大宴群臣，并替全忠饯行，酒过数巡，众臣辞出，留全忠在座，此外更有忠武节度使韩建一人。何后自室内出来，亲捧玉卮，劝全忠饮。偏后宫晋国夫人至昭宗身旁，附耳数语，留宴强臣，亦不应使宫人耳语，这正自速其死。全忠已未免动疑。韩建又潜蹑全忠右足，全忠遂托词已醉，不饮而去。越宿全忠即赴东都，临行时，上书奏请改长安为佑国军，以韩建为佑国节度使。昭宗虽然准奏，心下很怀着鬼胎，夜间密书绢诏，遣使至西川河东淮南，分投告急。诏中大意，谓："朕被朱全忠逼迁洛阳，迹同幽闭，诏敕皆出彼手，朕意不得复通，卿等可纠合各镇，速图匡复"云云。未几就是孟夏，全忠表称洛阳宫室，已经构成，请车驾急速启行。适司天监王墀，奏言星气有变，期在今秋，不利东行。昭宗因欲延宕至冬，然后赴洛，屡迁宫人往谕全忠，说是皇后新产，不便就道，请俟十月东行，且证以医官使阎佑之诊后药方。全忠疑昭宗徘徊俟变，即遣牙官寇彦卿，带兵至陕，且嘱语道："汝速至陕，促官家发来。"彦卿到了行在，狐假虎威，迫昭宗即日登程。昭宗拗他不过，只好动身。全忠至新安迎驾，阴嗾医官许昭远，告讦阎佑之王墀及晋国夫人，谋害元帅，一并收捕处死。自崔胤被戮，六军散亡俱尽，所余击毬供奉内园小儿二百余人，随驾东来。全忠设食幄中，诱令赴饮，悉数缢死，另选二百余人，大小相类，代充此役。昭宗初尚未觉，数日乃寤。已经死了半个。嗣是御驾左右，统是全忠私人，所有帝后一举一动，无不预闻。

至昭宗已至东都，御殿受朝，改元天祐，更命陕州为兴唐府，授蒋玄晖、王殷为宣徽南北院使，张廷范为卫使，韦震为河南尹，兼六军诸卫副使。召朱友恭、氏叔琮为左右龙武统军，并掌宿卫，擢张全义为天平节度使，进全忠为护国宣武宣义忠武四镇节度使。昭宗毫无主权，专仰诸人鼻息，事事牵制，抑郁无聊，乃封钱镠为越王，罗绍威为邺王，尚望他热心王室，报恩勤王。那李茂贞、李继徽、李克用、刘仁恭、王建、杨行密等，却移檄往来，声讨全忠，均以兴复为辞。全忠方欲西攻茂贞，恐昭宗尚有英气，不免生变，拟乘势废立，以便篡夺，乃遣判官李振至洛阳，与蒋玄晖、朱友恭、氏叔琮等，共同谋议。数人只知全忠，不知有昭宗，索性想出绝计，做出弑君大事来了。是年仲秋，昭宗夜宿椒殿，玄晖率牙官史太等百人，夜叩宫口，托言有紧急军事，当面奏皇帝。由宫人裴贞一开门，史太等一拥而进，贞一慌张道："如有急奏，何必带兵？"道言未绝，玉颈上已着了一刃，晕倒门前。玄晖在后大呼道："至尊何在？"昭仪李渐荣披衣先起，开轩一望，只见刀芒四闪，料知不怀好意，便凄声道："宁杀我曹，勿伤大家。"昭宗亦惊起，单衣跣足，跑出寝门，正值史太持刀进来，慌忙绕柱奔走。史太追赶不舍，李渐荣抢上数步，以身蔽帝，太竟用刀刺死渐荣，昭宗越觉惊慌，用手抱头，欲窜无路，但听得砉然一声，已是不省人事，倒地归天。年止三十八岁，在位一十六年，改元六次。龙、纪、景福、乾宁、光化、天复、天祐。

何后披发出来，巧巧碰着玄晖，连忙向他乞哀。玄晖倒也不忍下手，释令还内，遂矫诏称李渐荣裴贞一弑逆，宜立辉王祚为皇太子，改名柷，监军国事。越日，又矫称皇后旨意，令太子柷在柩前即位。柷为何后所生，年仅十三，何知大政，就是昭宗死后，匆匆棺殓，何后以下，也不敢高声举哀，全是草率了事。唯全忠闻已弑昭宗，佯作惊惶，自投地上道："奴辈负我，使我受万代恶名。"*还想美名么？*乃趋至东都，入谒梓宫，伏地恸哭。*装得还像，可惜欲盖弥彰。*寻即觐见嗣皇，奏称友恭、叔琮不戢士卒，应加贬戮，随即贬友恭为崖州司户，叔琮为白州司户，概令自尽。友恭系全忠养子，原姓名为李彦威，临死时，向人大呼道："卖我塞天下谤，但能欺人，不能欺鬼神，似此行为，尚望有后么？"*你自己甘为所使，难道得免刑诛？*嗣皇帝柷御殿受朝，是谓昭宣帝，尊何后为皇太后，奉居积善宫，号为积善太后。天平节度使张全义来朝，复任河南尹，兼忠武节度使，判六军诸卫事，命全忠兼镇天平。全忠乃辞归大梁，故相徐彦若，曾出任清海军节度使，彦若病故，遗表荐封州刺史刘隐，权为留后。隐重赂全忠，得他庇护，令掌节钺。

倏忽间又是一年，昭宣帝不敢改元，仍称天祐二年。全忠已决意篡唐，特使蒋玄晖邀集昭宗诸子，共宴九曲池。那时联翩赴宴，就是德王裕、棣王祤、虔王禊、沂王禋、遂王祎、景王秘、祁王祺、雅王祯、琼王祥等九人。全忠殷勤款待，灌得诸王酩酊大醉，即命武士入内，一一扼死，投尸池中。行同蛇蝎。昭宣帝怎敢过问，但奉昭宗安葬和陵，算是人子送终的大典。同平章事柳璨举进士及第，不过四年，骤得相位，专知求媚全忠，暨蒋玄晖、张廷范等一班权奴，同列裴枢、崔远、独孤损三人，统负朝廷宿望，看轻柳璨，璨引为深憾。张廷范以优人得宠全忠，表荐为太常卿，枢支吾道："廷范是国家功臣，方得重任，何需乐官？这事恐非元帅意旨，不便曲从。"全忠闻言，语宾佐道："我尝谓裴十四想是裴枢小字。器识真纯，不入浮党，今有此议，是本态毕露了。"璨正欲推倒裴枢等人，乐得投石下井，向全忠处添些坏话，并将损远两相，一并牵入，谓系与枢同党。全忠遂请罢三相，另荐礼部侍郎张文蔚，吏部侍郎杨涉，同平章事。

到了孟夏，彗星出西北方，光长亘天，占验家谓变应君臣，恐有诛戮大祸，璨遂将平时嫉忌诸人物，列作一表，密贻全忠，且传语道："此等皆怨望腹诽，可悉加诛戮，上应星变。"全忠尚在迟疑，判官李振进言道："大王欲图大事，非尽除此等人物，不能得志。"璨振等比全忠尤凶。全忠乃奏贬独孤损为棣州刺史，裴枢为登州刺史，崔远为莱州刺史，吏部尚书陆扆为濮州司户，工部尚书王溥为淄州司户，太子太保致仕赵崇为曹州司户，兵部侍郎王赞为潍州司户。此外或系世胄，或由科名，得入三省台阁诸臣，稍有声望，俱一律贬窜，朝右为之一空。李振尚不肯干休，更劝全忠斩草除根。原来振屡试进士，终不中第，所以深恨搢绅，欲把他一网打尽。全忠因派兵至白马驿，截住裴枢等三十余人，尽行杀死，投尸河中。振始得泄恨，笑语全忠道："此辈清流，应投浊流。"全忠亦含笑点首，引为快事。柳璨既诛逐同僚，因恐人心未服，特召前礼部员外郎司空图诣阙，欲加重任。图本见朝事丛脞，弃官居王官谷，至是不得已入朝，佯为衰野，坠笏失仪。璨复传诏，说他匪夷匪惠，难列朝廷，可仍放还，这数语正中图意，便飘然出都，还我初服。后来全忠篡位，又征图为礼部尚书，仍然不起。昭宣帝遇弑，图不食而死，完名全节，亘古流芳。特别表扬。这且不必细表。

且说朱全忠既揽大权，复受命为诸道兵马元帅，别开幕府，因闻赵匡凝兄弟，也与杨行密等联络一气，声言匡复，乃令杨师厚带兵取襄阳，进拔江陵。匡凝奔广陵，

柴再用射杀敌将

匡明奔成都，全忠欲乘胜攻淮南，亲督大军至襄州。敬翔谏阻不从，复进次枣阳，道遇大雨，尚不肯回军，再进至光州，路险泥泞，人马疲乏，士卒多半逃亡，没奈何敛兵退归。光州刺史柴再用，引兵抄截全忠后队，斩首三千级，获辎重万计。全忠悔不用敬翔言，很是躁忿，因欲急篡唐祚，乃返大梁。杨行密却命数将终，生了一年余的大病，他的长子名渥，曾出为宣州观察使，喜击毬，好饮酒，没有什么令名。行密因诸子皆幼，不得不将渥召还，嘱咐后事。且令牙将徐温、张颢，共同夹辅。未几，行密即死，渥袭职为节度使。朱全忠亦无暇过问，唯密嘱蒋玄晖等，迫令昭宣帝禅位。玄晖与柳璨等计议道：“自魏晋以来，大臣代有帝祚，必先封大国，加九锡殊礼，然后受禅。事当循序，不宜欲速。”柳璨亦以为然。偏宣徽副使王殷等，嫉玄晖权宠，隐思加害，遂私白全忠，谓玄晖与璨，欲延唐祚，所以从中阻挠。全忠大怒，诟责玄晖。玄晖亟至大梁，进谒全忠，全忠忿然道：“汝等巧述闲事，阻我受禅，难道我不加九锡，便不能作天子么？”玄晖道：“唐祚已尽，天命归王，玄晖与柳璨等，受恩深重，怎敢异议？但思晋、燕、岐、蜀，统是劲敌，王遽受禅，恐反滋人口实，计不若曲尽义理，然后受禅，较为名正言顺呢。”*无论迟速，总是篡位，从何处窃取义理？玄晖、柳璨等恶贯已盈，因有此议，以自速其死耳。*全忠呵叱道：“奴才奴才！汝果欲叛我了。”玄晖惶遽辞归，亟与柳璨议定，封全忠为相国，总掌百揆，晋封魏王，兼加九锡。全忠愤不受命，玄晖与璨，越加惶急，即奏称：“中外物望，尽归梁王，陛下宜俯顺人心，择日禅位！”看官！你想昭宣帝童年无识，朝政统由汴党主持，所有一切诏敕，名目上算是主命，其实昭宣帝何曾过目，统是一班狐群狗党，矫制擅行，一面修表呈入，一面即由柳璨承旨，出使大梁，传达禅位的意思。全忠又是拒绝，璨只好扫兴回来。*卖国也这般为难，莫谓天下无难事。*何太后居积善宫，得知消息，镇日里以泪洗面，且恐母子生命不保，暗遣宫人阿秋、阿虔，出告玄晖，哀乞传禅以后，幸全母子两命。为此一着，又被王殷等借口，诬称玄晖、柳璨、张廷范，在积善宫夜宴，与太后焚香为誓，兴复唐祚。全忠不问真假，即令王殷等捕杀玄晖，揭尸都门外，焚骨扬灰。*为附贼为逆者，作一榜样。*王殷又说玄晖私侍太后，由宫人阿虔、阿秋，作为牵头，通导往来。于是全忠密令殷等入积善宫，弑何太后，且请旨追废太后为庶人。阿秋阿虔，并皆杖死，贬柳璨为登州刺史，张廷范为莱州司户。才阅一日，复将柳璨、张廷范拿下，置璨大辟，加廷范车裂刑。璨被推出上东门外，仰天呼道：“负国贼柳璨，该死该死！"要他自认，始知空中应有鬼神。这消息传达各镇，凡与全忠反对的镇帅，当然多一话柄，传檄讨罪，格外激烈。全忠却一时不敢篡夺，又延捱了一年。

魏博节度使罗绍威，曾娶全忠女为子妇，平时因军士跋扈，力不能制，乃遣人密告全忠。全忠发兵屯深州，伪言将进击幽沧，暗中欲援助绍威，可巧全忠女得病身亡，全忠即选精兵千人，充作担夫，贮兵械满橐中，挑入魏州，诈云会葬，全忠率大军为后继，会同绍威夜击牙军，屠灭军将八千家，老稚无遗。绍威深感全忠，留馆客舍，供张甚盛，声乐美妓，无不采奉。全忠耽恋声色，一住半年，绍威只好勉力供给，所杀牛羊豕等，不下七千万头，资粮亦耗费无算，蓄积一空。及全忠引兵渡河，往攻沧州，绍威始得息肩，且悔且叹道："合六州四十三县铁，铸成大错，虽悔无及了。"

全忠至沧州城下，督兵围城。刘仁恭搜括兵民，得十万人，自幽州出驻瓦桥关，一面乞师河东。李克用恨他反复，未肯许援，还是存勖进谏，请克用释怨助兵，共御朱温。克用乃召幽州兵共攻潞州，牵制全忠。潞州节度使丁会，本由全忠举荐，因闻全忠弑帝及后，也觉心怀不忍，尝缟素举哀，至是闻克用进攻，竟举城请降。克用留李嗣昭为昭义节度使，令丁会诣河东，厚加待遇。全忠闻潞州失守，复返魏州，绍威情急，亟出迎全忠道："今四方称兵，与王构怨，无非以翼戴唐室为名，王不如趁早灭唐，以绝人望。"全忠乃匆匆还镇。唐廷遣御史大夫薛贻矩，往劳全忠。贻矩到了大梁，请以臣礼相见，北面拜舞，且语全忠道："大王功德在人，三灵改卜，皇帝将行舜禹故事，臣怎敢违慢？"全忠侧身避座，心下很是喜欢，当下厚礼遣还。贻矩返白昭宣帝，劝令禅位，昭宣帝因即下诏，拟于天祐四年二月，禅位大梁，全忠佯上表乞辞。唐宰相张文蔚、杨涉等，复共请昭宣帝逊位，且至大梁劝进，全忠尚不肯受。何必做作？文蔚等返至东都，再请昭宣帝降札禅位，老奸巨猾的朱全忠，方应允受禅。张文蔚为册礼使，礼部尚书苏循为副，杨涉为押传国宝使，翰林学士张策为副，薛贻矩为押金宝使，尚书左丞赵光达为副，六个唐室大臣，带领百官，把唐朝二百八十九年的国祚，赠送盗魁朱全忠。全忠受了册宝，改名为晃，居然被服衮冕，做起大梁皇帝来了。唐朝自是灭亡，昭宣帝被废为济阴王，徙居曹州，由全忠派兵监守，越年将他鸩死，追谥为哀皇帝。及后唐明宗即位，始改谥为昭宣帝，昭宣帝在位止三年，年只一十七岁。

看官听着！当全忠受禅时，淮南节度使杨渥，并吞洪州，掳得镇南军留后钟匡时，卢龙节度使刘仁恭，为子守光所囚，守光自称节度使，武贞节度使雷彦恭，屡寇荆南，留后贺瑰闭门自守。朱全忠虑他怯懦，别调颍州防御使高季昌为留后，总计唐室故土，四分五裂，最大的为梁，次为晋李克用。岐李茂贞。吴杨渥。蜀王建。共成五国，尚有吴越钱镠。湖南马殷。荆南高季昌。福建王审知。岭南刘隐。历史上称为五大镇。此外如魏博、卢龙等，也是犬牙相错，割据一隅。小子叙述唐事，至此已完，所有五国五镇，及各处未了情形，不能琐叙，只好续编《五代史演义》，再行详述。看官少安毋躁，请续阅《五代史演义》便了。小子有七言诗二绝，作为《唐史演义》的终篇：

三百年间世乱多，几经流血几成波。
追原祸始由来久，开国诒谋已半讹。
妇寺乘权藩镇继，长安荆棘遍铜驼。
百回写尽沧桑感，留与遗民话劫磨。

本回叙朱温篡唐事，一气呵成，为全书之结束，弑昭宗，弑何太后，弑昭宣帝，并滥杀大臣及诸王，凶暴残虐，至温已极，但皆由贼臣等卖国而成。前有崔胤，后有柳璨，引狼入室，后为狼噬，朱友恭、氏叔琮、蒋玄晖、张廷范等，本为全忠爪牙，乃亦死诸全忠之手，党恶为虐者，果有何幸乎？张文蔚、杨涉等，迫主传禅，手捧册宝，赠献大梁，益足令人愧死。或谓唐之得国也由受禅，其失国也亦由传禅，冥冥之中，固自有天道存焉。然则祖宗创业，其果可不慎乎哉？